AF397571

Ella Quinn ist eine USA Today-Bestsellerautorin von intelligenten, sinnlichen Regency Romances, darunter „The Worthingtons" und „The Marriage Game Series". Bevor sie Liebesromane schrieb, war Ella Quinn Assistenzprofessorin, Anwältin und die erste Frau, die einer Green Beret-Einheit zugeteilt wurde. Sie ist Mitglied der Romance Writers of America und hat die Regency-Ära ausgiebig recherchiert, um ihre Geschichten mit dem Flair und dem Gefühl dieser Zeit auszustatten, so dass die Leser:innen sich in diese Zeit hineinversetzen können. Sie und ihr Mann leben derzeit in Deutschland, wenn sie nicht gerade mit ihrem Segelboot um die Welt segeln.

ELLA QUINN

THE WORTHINGTONS

Das Herz des

DUKE OF ROTHWELL

Deutsche Erstausgabe März 2022

© 2022 dp Verlag, ein Imprint der dp DIGITAL PUBLISHERS GmbH

Made in Stuttgart with ♥
Alle Rechte vorbehalten

DAS HERZ DES DUKE OF ROTHWELL

ISBN 978-3-98637-694-9
E-Book-ISBN 978-3-96817-667-3

Copyright © 2017 by Ella Quinn
Titel des englischen Originals: It Started with a Kiss

Published by Arrangement with KENSINGTON PUBLISHING CORP., NEW YORK, NY 10018 USA
Dieses Werk wurde vermittelt durch die Literarische Agentur Thomas Schlück GmbH, 30161 Hannover.

Übersetzt von: Angelika Lauriel
Covergestaltung: ARTC.ore Design
Umschlaggestaltung: ARTC.ore Design
Unter Verwendung von Abbildungen von
shutterstock.com: © Dirk M. de Boer
periodimages.com: © PeriodImages.com
Korrektorat: Katrin Ulbrich
Satz: dp DIGITAL PUBLISHERS GmbH
Druck und Bindung: Books on Demand GmbH, Norderstedt

KAPITEL 1

Hyde Park im Mai 1815, am frühen Morgen

Die Morgendämmerung war erst vor wenigen Minuten hereingebrochen, aber ein leichter Nebel lag in der Luft und ließ die Sonne wie einen kleinen gelben Ball aussehen. Gideon Duke of Rothwell war sich sicher, dass er zu derart früher Morgenstunde der einzige Reiter sein würde. Er brauchte dringend die Ruhe, die ihm ein scharfer Ritt verleihen konnte, und donnerte den leeren Kutschpfad entlang. Doch plötzlich brach wie aus dem Nichts ein dunkler Fuchs aus dem Nebel heraus und störte seine Einsamkeit. Noch mehr wurde seine Aufmerksamkeit allerdings von dem riesigen Hund – fast von der Größe eines Ponys – gefesselt, der mit dem Pferd Schritt hielt.

Was zum Teufel?

Faisu, sein schwarzer Murgese, tänzelte nervös, als Gideon ihn zum Stehen brachte. »Ruhig, Junge. Wir wollen doch nicht, dass dieses Biest dir ins Gehege kommt. Er könnte dir im Nu einen Bänderriss an den Hinterläufen bescheren.«

Einen Augenblick darauf lenkte eine lange, dunkle Haarsträhne, die sich unter dem Hut der Reiterin löste, seine Aufmerksamkeit auf die Frau. In der Zeit, die verging, bis sie auf gleicher Höhe mit ihm war, hatte er ihre zierliche, in ein dunkelblaues Reitgewand gekleidete Gestalt und ihre exzellente Haltung wahrgenommen.

Sie sah herüber und zügelte ihr Pferd nur für den kürzesten Augenblick, bevor sie an ihm vorbeiritt. Ihre

Wangen waren von der kühlen Luft rosig, und ein zauberhaftes Lächeln umspielte ihre glänzenden, rosaroten Lippen. Ihre Blicke trafen sich und blieben aneinander haften. Als wären sie die beiden einzigen Menschen auf der Erde. In dieser Sekunde, in der Gideon sich fühlte, als würde er in das lebhafte Blau der Augen der Reiterin hinabstürzen, erinnerte deren Farbe ihn an Lapislazuli.

Sie muss ein Trugbild sein.

Er zwinkerte, und da war sie verschwunden. Es hätte alles nur ein Traum sein können, doch wenige Sekunden später ritt ein Stallbursche heran, der offenkundig versuchte, seine Herrin einzuholen.

Für einen Moment war er versucht, ebenfalls hinterherzureiten, aber da wäre er schlecht beraten. Offenkundig war sie eine Dame, und selbst wenn er eine offizielle Vorstellung herbeiführen könnte und ihre Bekanntschaft sich zufriedenstellend entwickeln würde, so war er doch noch nicht in der Lage, sich zu verheiraten.

Es war reine Spinnerei, im Zusammenhang mit einer Frau, die er nur im Vorbeireiten gesehen hatte, an eine Ehe zu denken. Trotzdem hätte er zu gerne davon träumen dürfen.

Verdammt, Vater! Wärst du noch am Leben, würde ich dich schütteln, bis du Vernunft annähmest.

Doch der alte Herzog hatte bereits seit mehr als drei Monaten unter der Erde gelegen, als Gideon aus Kanada zurückgekehrt war. Er konnte jetzt nur noch die Scherben einsammeln, die sein Vater hinterlassen hatte.

»Komm, Junge.« Er schüttelte den Kopf, um das Bild der blauen Augen in seinem Geiste loszuwerden, und ließ Faisu in Trab fallen. »Es ist Zeit, umzukehren. Solange ich hier bin, kann ich auch versuchen, mehr herauszufinden, und einige Rechnungen begleichen.«

Er hätte nie weggehen sollen. Die Verluste waren seine eigene Schuld. Wäre er zu Hause geblieben, wäre kein Schaden entstanden. Wie ging noch mal das alte Sprichwort vom Säen und Ernten? Nun, jetzt war es allein seine Aufgabe, die Besitztümer des Herzogtums wieder zu dem zu machen, was sie noch vor wenigen Jahren gewesen waren, bevor er zu den Kolonien aufgebrochen war, um den Hinterwäldler zu spielen. Leider würden die Erfahrungen, die er dort gesammelt hatte, ihm keineswegs dabei dienlich sein, seine Besitztümer wieder zusammenzutragen und auf den Stand der Zeit zu bringen.

Fünfzehn Minuten später, als er zu den Stallungen hinter dem Stadthaus ritt, betrachtete er das Gebäude auf der Suche nach Anzeichen dafür, dass es bald renoviert werden müsste. Als er aus Kanada zurückgekehrt war, hatte es ihn zunächst einmal schockiert zu erfahren, dass sein Vater verstorben war. Man hatte zwar einen Brief geschickt, doch den hatte er nicht erhalten, bevor er die Kolonien verlassen hatte. Der zweite Schock war der erbärmliche Zustand seiner Liegenschaften. Es überraschte ihn, dass die ehemals prosperierenden Anwesen innerhalb solch kurzer Zeit in einen solch reparaturbedürftigen Zustand hatten geraten können. Wenn er nur wüsste, aus welchem Grund sein Vater seine Besitztümer so vernachlässigt hatte, wo er in der Vergangenheit doch so stolz auf deren Zustand gewesen war. Noch verwirrender empfand er es jedoch, dass niemand in ganz Rothwell Abbey ihm zufriedenstellend erklären konnte, was geschehen war, das seinen Vater derart verändert hatte.

Wäre er doch nur zu Hause geblieben, wo er hingehörte, anstatt in See zu stechen und den Ozean zu überqueren. Es hatte ihn gelehrt, seine eigene Verantwortung niemals in die Hände anderer zu legen.

Eigentlich hatte er keine Zeit für diesen Abstecher in die Stadt, doch sein Vetter Edmond Bentley hatte Gideon geschrieben und um Hilfe gebeten, also war er jetzt hier.

»Euer Gnaden.« Barnes, sein Stallmeister, streckte rasch die Hand nach Faisus Kopf aus und griff nach dem Zaumzeug. »Ich hab ihn.«

»Wie ist der Zustand des Dachs?«, fragte Gideon und schwang sich vom Pferd. In der kurzen Zeit, seit er zu Hause war, hatte er gelernt, zu fragen. Niemand, so schien es, gab freiwillig irgendwelche Informationen preis. »Ich will die Wahrheit hören. Es ist viel leichter, ein kleines Leck zu reparieren, als den Schaden, den es nach sich ziehen kann.«

»Bis jetzt ist alles trocken, Euer Gnaden. Ich behalte es im Auge. Aber an einigen Fensterrahmen löst sich der Kitt.«

Wenn es nichts Schlimmeres war, würde Gideon sich glücklich schätzen. Es würde Zeit und Geduld kosten, die nötigen Reparaturen an den vernachlässigten Gebäuden durchzuführen, aber er wollte verdammt sein, wenn er zuließ, dass noch mehr in Unordnung geriet. »Sorgen Sie dafür, dass sie repariert werden.«

»Sehr wohl, Euer Gnaden. Werdet Ihr lange hierbleiben?«, fragte der Mann mit einem hoffnungsvollen Ausdruck im wettergegerbten Gesicht.

»Ein paar Wochen, vielleicht auch kürzer. Es muss einiges getan werden – sowohl auf Rothwell als auch den übrigen Gütern.«

»Schlimme Sache, das Ganze.« Der ältere Mann tippte sich mit dem Finger seitlich an die Nase. »Ich sorge mal dafür, dass die Stadtkutsche in gutem Zustand ist. Ihr könnt's nicht brauchen, dass sie zusammenbricht, wenn Ihr sie benutzt. Oder dass sie schäbig aussieht.«

»Wenn es noch dieselbe ist, an die ich mich erinnern kann, muss sie wohl ersetzt werden.« Gideons Tonfall klang sogar noch grimmiger, als er sich fühlte, obwohl das kaum ging.

»Die hat noch ein paar gute Jahre.« Der Stallmeister schickte sich an, Faisu in den Stall zu führen, und blieb stehen. »Überlasst es dem alten Barnes.«

»Danke sehr.« Gideon hoffte, er konnte die Dankbarkeit, die er für seine alten Hausangestellten hatte, zeigen. Sie waren echte Juwelen. Ohne ihre Loyalität und ihre Geduld wäre sein eigenes Leben und das seiner gesamten Familie viel schwerer.

»Jetzt, wo Ihr da seid, was wollt Ihr mit den neuen Kutschen machen, die der Herzog bei Hatchett's geordert hat?«

»Neue Kutschen?« Er musste sich zusammenreißen, dass ihm nicht die Kinnlade herunterfiel. Was zum Teufel hatte sich sein Vater nur gedacht? Wobei dieses Detail unnötiger Extravaganz zu den Informationen passte, die er nach und nach über das Verhalten des alten Herzogs zusammengetragen hatte. Über seine Ausgaben, die nur wenig übrigließen, um die Besitztümer in Schuss zu halten.

»Er hat einen Landauer und einen hochsitzigen Phaeton ...«

»Was zum Teufel sagen Sie da?« Sein Vater war nicht mehr siebzig. »Was wollte er denn mit einen Phaeton anfangen?«

Barnes errötete. »Ich glaube, der war für diese gierige Weibsperson, mit der er sich eingelassen hat.«

Gideon blieb die Luft weg. Seine Eltern waren das hingebungsvollste Ehepaar gewesen, das er kannte. Was konnte geschehen sein, das seinen Vater so drastisch verändert hatte? Und warum, in Gottes Namen, hatte niemand Gideon geschrieben und ihn gebeten, nach Hause zu kommen?

Verflucht noch mal! Nur das wäre nötig gewesen.

Ein Gefühl der Frustration durchlief ihn. Er fuhr sich mit den Fingern durchs Haar und stieß dabei seinen Hut herunter. Und doch passte auch das zu der unvollständigen Geschichte, die er über den Tod seines Vaters gehört oder vielmehr *nicht* gehört hatte. Wahrscheinlich war das der Grund, weshalb seine Mutter so einsilbig gewesen war. Niemand hatte ihm erklären wollen, was genau geschehen war und dazu geführt hatte, dass der Herzog seine Besitztümer derart vernachlässigt hatte. Gott sei Dank waren die meisten Liegenschaften Erblehen, sonst hätte Gideon sie womöglich bestenfalls bis unters Dach mit Hypotheken belastet oder gleich ganz veräußert vorgefunden. »Wissen Sie zufällig, wer diese bedürftige Weibsperson ist?«

»Ihr Mädchen nannte sie Misses Rosemund Petrie.« Barnes spuckte den Namen aus. »Als wäre sie von königlichem Blut und müsste auch so behandelt werden. Nichts weiter als eine Hure, wenn Ihr mich fragt.«

Sein Stallmeister schien nicht viel über die Frau zu wissen, aber Gideon würde dafür sorgen, nicht nur herauszufinden, wer sie war, sondern auch, was er, wenn überhaupt, von ihr zurückverlangen könnte. Dann kam ihm ein Gedanke, den er nicht in Betracht hatte ziehen wollen. »Ich hörte, er starb in der Stadt.«

Barnes hob Gideons Hut vom Boden auf und fuhr mit der Hand die Krempe entlang, bevor er sprach. »Ist im Bett gestorben. Bei ihr.«

»Hier?« Er blickte dem Älteren scharf ins Gesicht. »In Rothwell House?«

Ohne aufzublicken, nickte der Stallmeister langsam.

»Um Gottes willen! Was dachte Vater sich nur dabei?«

»Ich weiß es nicht, Euer Gnaden«, sagte Barnes rasch, als würde er persönlich für die Indiskretion des alten Herzogs verantwortlich gemacht. »Ich hab sie aus dem Haus geschafft, ohne dass es einer mitbekommen hat ... außer zwei der Burschen und Mister Fredericks. Die wo hier arbeiten, wissen, wes Brot sie essen. Da wird keiner was weitertratschen.« Er zeichnete ein Kreuz über sein Herz. »Ihr könnt meinen Namen aus der Bibel meiner Ma streichen, wenn wer was verrät. Misses Boyle hat sogar die Matratze wechseln lassen. Sagte, die ist voll Lasterhaftigkeit.«

Gideon glaubte nicht daran, dass eine Matratze eine lasterhafte Natur haben konnte, war aber froh über die neue. Ebenso würde er darauf schwören, dass seine Mutter eine genaue Vorstellung davon hatte, wo ihr Gatte sich aufgehalten hatte, als er zu seinem Schöpfer gegangen war. »Ich bin sicher, Sie haben alles Nötige getan.«

»Jawohl, Euer Gnaden! Ich lass die Fenster reparieren. Was soll mit den Pferden und Kutschen dieser Misses Petrie geschehen, die sie hier stehen hat?«

Er durchbohrte Barnes mit strengem Blick. »Ich würde es außerordentlich schätzen, wenn Sie mir alles auf einen Schlag sagen könnten. Wie viele Pferde, Kutschen und andere Dinge sind es? Hat mein Vater sie gekauft oder hat sie sie bereits besessen, bevor er sich mit ihr eingelassen hat? Bitte seien Sie so frei und informieren mich über alles, was Sie sonst noch für nötig halten.«

Der Stallmeister rieb sich die Nase, während er nachdachte. Schließlich antwortete Barnes: »Der alte Herzog kaufte ihr einen hübschen Araber und zwei dunkelrote, hochtrabende Füchse für den Phaeton, den er ihr vor ein paar Jahren gekauft hat ...«

»Ein zusammenpassendes Paar?« Gideon konnte es kaum aussprechen.

Der Diener sah ihn an, als wäre er närrisch geworden. »Hättet Ihr etwa was anderes von Seinen Gnaden erwartet? Wenn ich nun fertig aufzählen kann, Euer Gnaden?«

Mit verkrampftem Kiefer nickte er knapp. Nicht, dass es eine Rolle spielte, was noch alles da war. Alles würde baldmöglichst verkauft werden. Er rechnete, dass allein die Kosten für die Pferde sich auf dreitausend Pfund beliefen. Wenn es um Pferde ging, war Vater nie geizig gewesen. Gideon wandte seine Aufmerksamkeit erneut Barnes zu, der noch immer die Ausgaben seines Vaters der letzten drei Jahre aufzählte.

»Verkaufen Sie alles.«

»Ich wollte gerade zu den Satteln und dem anderen Zeugs kommen«, sagte der ältere Mann in beleidigtem Tonfall.

»Behalten Sie die Pferde, die ich mitgebracht habe, und alles, was Sie für die Stadtkutsche für nötig halten. Der Rest muss weg.«

»Was ist mit dem Zweispänner? Dafür bekommt Ihr nicht viel, und er könnte Euch von Nutzen sein.«

Er konnte eine sportliche Kutsche brauchen. Es würde jedenfalls Geld für Mietdroschken sparen. »Gut dann. Aber setzen Sie sich wegen der Kutschen und der anderen Dinge mit Tattersalls und allen anderen in Kontakt, die nötig sind.« Barnes öffnete erneut den Mund. »Behalten Sie alles, wovon Sie denken, dass ich es brauchen werde.«

»Vielen Dank, Euer Gnaden.«

Stanwood House, Mayfair

»*Die Masern?*«, rief Lady Louisa Vivers aus. »Alle drei?«

In der Vorfreude, jemandem von dem Gentleman zu erzählen, den sie im Park gesehen hatte, war sie direkt zu dem Salon gegangen, den sie sich mit ihrer Freundin und neuen Schwester Lady Charlotte Carpenter teilte.

Just bevor die Saison tatsächlich begann, hatte Matt Worthington, Louisas Bruder, Lady Grace Carpenter geheiratet.

Grace war der Vormund ihrer sieben Brüder und Schwestern. Ihre Ehe hatte dazu geführt, dass Louisa nun insgesamt zehn Brüder und Schwestern hatte, ihre drei leiblichen Schwestern eingeschlossen, Grace nicht mitgezählt. Irgendwann im nächsten Winter würde sich die Zahl der Kinder mit der Geburt des ersten Kindes von Matt und Grace auf zwölf erhöhen. Die Mädchen waren ganz aus dem Häuschen, dass sie Tanten werden würden. Aber auch die Jungen waren voller Vorfreude.

Wie auch immer – als Louisa den Mund geöffnet hatte, um loszureden, hatte Charlotte ihr sogleich von der Diagnose des Doktors berichtet. Offenkundig war diese Neuigkeit wichtiger als die von Louisa.

»Ja«, antwortete Charlotte. »Theo, Mary und Philipp. Laut Cousine Jane und den Informationen, die deine Mama Grace hinterlassen hat, haben die anderen, auch Grace und Matt, sie schon gehabt.«

»Wird dadurch die Reise von Grace und Matt nach Worthington hinfällig?« Der Zuwachs so vieler Familienmitglieder bedeutete, dass nicht nur Worthington House, sondern das gesamte Gut Worthington ausgedehnten Renovierungen unterzogen werden mussten, um alle angemessen unterbringen zu können. Tatsächlich war Charlie Earl of Stanwood der Einzige ihrer Geschwister, der derzeit nicht in Stanwood House, dem Stadthaus der Carpenters, lebte, weil er derzeit in Eaton weilte. Selbst Louisas Mutter und ihr neuer Gatte, Richard Viscount Wolverton, würden die restliche Saison in Stanwood House wohnen, solange Worthington House renoviert wurde. Natürlich erst, wenn sie von ihrer Hochzeitsreise zu Richards Anwesen in Kent zurückkehrten. Glücklicherweise lagen die beiden Häuser am Berkeley Square sich genau gegenüber.

»Ich glaube, sie müssen fahren«, sagte Charlotte. Sie saß am Schreibtisch und tippte sich mit dem weichen

Ende der Schreibfeder gegen die Wange. »Die Schulzimmer dort müssen renoviert werden, wenn wir nach der Saison alle auf dem Familiengut leben wollen.«

Luisa und ihre Schwester hatten fast die Hälfte ihrer ersten Saison hinter sich. Diese neue Entwicklung verkomplizierte die Dinge fraglos.

Sie kaute auf ihrer Unterlippe herum und begann, im Geiste ihre Pläne an die neuen Umstände anzupassen. »Hm, ich denke, wir sollten Entschuldigungsschreiben formulieren, um unsere Zusagen zu den gesellschaftlichen Anlässen, die wir angenommen haben, zu annullieren.«

Sie blickte zum Schreibtisch. »Was für eine Unannehmlichkeit. Warum mussten die Kinder ausgerechnet jetzt krank werden?«

Charlotte stieß ein glockenhelles Lachen aus und lockerte damit die Stimmung wieder etwas auf. »Fast exakt die gleichen Worte hat Matt benutzt.«

Louisa schmunzelte. »Und Grace?«

»Sie sagte ihm, er solle nachhören, was die Kinder dazu meinen. Grace trifft für den Fall, dass er die Reise dennoch machen möchte, Vorkehrungen für unsere gesellschaftliche Begleitung.« Charlotte seufzte schwer. »Die armen Dinger. Ich weiß noch, wie ich die Masern hatte. Am schlimmsten war es, als ich mich wieder besser fühlte, aber das Krankenzimmer trotzdem noch nicht verlassen durfte. Ich wünschte, Charlie wäre hier, um dabei zu helfen, sie bei Laune zu halten. Ich werde natürlich bei der Betreuung helfen.«

»Ich auch.« Louisa nahm ihr Notizbuch vom Schreibtisch. »Wir sollten einen Plan machen, der es uns ermöglicht, an den gesellschaftlichen Anlässen teilzunehmen und bei der Pflege der Kinder zu helfen.«

Sie duckte sich, als Charlotte mit einem kleinen, gestickten Kissen nach ihr warf. »Du und deine Pläne.«

»Wie willst du sonst unsere Vermählungen ermöglichen? Wie geht es denn übrigens mit Harrington voran?«

Charlottes Lippe schob sich vor. »Nicht so, wie ich es mir wünsche. Er scheint anzunehmen, er hätte alle Hürden übersprungen. Folglich ist er für eine Woche zu seinem Landhaus gereist.« Sie zog eine Braue hoch. »Ich kann mir nur vorstellen, dass er denkt, ich wäre ihm sicher.«

»Das geht nicht an.« Louisa war über diese Information alles andere als glücklich. Charlotte verdiente es, besser behandelt zu werden. »Wenn er dich jetzt schon ignoriert, stell dir nur vor, wie er erst als Ehemann wäre.«

»Ganz mein Gedanke«, stimmte Charlotte zu. »Ich mag ihn gern, aber ich möchte nicht als gegeben angenommen werden. Ich glaube, ich muss ihn als möglichen Ehemann streichen.«

»Ich kann nicht sagen, dass ich das falsch von dir finde.« Louisa schlenderte zum Tisch neben einem der Sofas und legte die Hand an die kalte Teekanne. »Würdest du nach einer neuen Kanne klingeln, während ich mich umkleide?« Charlotte nickte abwesend.

»Ich habe endlich entschieden, was ich mit Lord Bentley tue.« Louisa warf ihrer Freundin ein maliziöses Lächeln zu. »Du musst mir helfen, die passende Frau für ihn zu finden.«

Edmond Marquis of Bentley, Erbe des Duke of Covington, war einer der ersten Gentlemen gewesen, die Louisa in dieser Saison kennengelernt hatte, und trotz der Hinweise, die sie ihm gegeben hatte, ihr hartnäckigster Verehrer. Nichts, was sie bis jetzt getan hatte, hatte ihn davon überzeugt, dass sie nicht zusammenpassten.

Ihre Schwester brach in überraschte Rufe aus. Kurz darauf zog sie ihr Taschentuch hervor und wischte sich

Jahre älter als Bentley war, so waren sie doch immer sehr vertraut gewesen, und Gideon würde alles tun, was er konnte, um ihm beizustehen. Wenn er denn je herausfinden würde, worum es ging. Er hoffte ernstlich, dass Bentley entweder eine Frau mit Verstand heiraten oder eigenständig welchen entwickeln würde, bevor er den Titel seines Vaters erben würde.

Indessen war es bis zum Ball noch Stunden hin, und Gideon konnte die Zeit sinnvoll nutzen. Seit er nach Hause gekommen war, hatte er viel über neue Anbaumethoden und eine Steigerung des Ernteertrags nachgelesen. Zunächst jedoch musste er ein paar Worte mit seinem Sekretär wechseln. Anschließend würde er einen Freund besuchen.

***

Eine knappe Dreiviertelstunde später pochte er an der Tür von Worthington House. Ein stattlicher Butler öffnete, und Gideon überreichte ihm seine Karte.

Ohne eine Miene zu verziehen, verbeugte sich der Diener. »Folgt mir, Euer Gnaden.«

Gideon unterdrückte ein Grinsen. Matt Earl of Worthington hatte immer die Tatsache beklagt, dass das Schicksal ihm einen Butler beschert hatte, der sich weigerte, ein Lächeln über sein Antlitz huschen zu lassen oder seine Steifheit für den geringsten Augenblick aufzugeben. Weshalb ihn das allerdings störte, war Gideon nicht klar. Die meisten Butler waren so steif wie ein Brett und hochnäsiger als Herzöge.

Er blickte sich um und bemerkte, dass das Haus ungewöhnlich leer zu sein schien, und auf dem Boden lagen keine Teppiche. Dann setzte lautes Klopfen ein.

Kurz darauf öffnete sich die Tür von Worthingtons Studio.

»Seine Gnaden, der Duke of Rothwell«, verkündete der Butler in feierlichem Ton.

»Vielen Dank, Thornton.« Worthington stand auf und kam hinter seinem Schreibtisch hervor. »Rothwell, es ist schön, dich wiederzusehen. Ich glaube, meine Stiefmutter hat unsere Beileidsbekundung geschickt. Es tut mir sehr leid um deinen Verlust.«

Gideon streckte die Hand aus, die sein Freund ergriff. »Danke. Vaters Tod war ein Schock, doch was ich über den Zustand unserer Ländereien und anderen Besitztümer feststellen musste, war noch schlimmer. Glücklicherweise besteht der größte Teil unseres Besitzes aus Erblehen.«

»Heutzutage scheint es, als ob nur noch unveräußerliche Erblehen und die Töchter aus wohlhabenden Händlerfamilien viele aristokratische Familien retten können. Nimm Platz.« Worthington winkte Gideon zu einem großen Sessel neben einem leeren Kamin. »Der Tee wird gleich kommen. Ich habe aber auch Wein und Brandy, wenn dir das lieber ist.«

»Vielen Dank, Tee ist hervorragend.« Es war außerordentlich wichtig, seine Sinne beisammenzuhalten. »Wie kannst du bei solchem Lärm arbeiten?«

»Glaub mir, die Alternative ist schlimmer.« Worthington ließ sich mit seiner langen Statur auf einem kleinen Sofa gegenüber von Gideon nieder. »Ich hatte noch gar nicht gehört, dass du in der Stadt bist.«

»Ich bin gestern erst spät angekommen. Ein Verwandter hat mich um Hilfe gebeten. Ich werde nicht lange bleiben. Es ist zu viel zu tun.«

»Ist das ein rein freundschaftlicher Besuch«, Worthington neigte leicht den Kopf, »oder kann ich etwas für dich tun?«

Der Tee kam, während Gideon noch darüber nachdachte, wie viel er seinem Freund von den Schwierigkeiten anvertrauen sollte, die ihn beschäftigten. Wenn er den besten Rat wollte, den er bekommen konnte, war es sinnlos, alles geheim zu halten. Dennoch zögerte er, allzu viel Information preiszugeben. »Unser Gespräch muss unter uns bleiben. Wenn das, was ich dir sage, herauskommt, wird es meine Lage noch verschlimmern.«

Worthingtons Lächeln erlosch. »Du kannst dich selbstverständlich auf mich verlassen.«

»Ich will offen sein. Wenn es um flüssige Geldmittel geht, bin ich praktisch am Limit. Mein Vater hat die Konten geplündert, als wäre ihm die Welt egal. Glücklicherweise war mein Verwalter fähig, mit den Ressourcen, auf die er Zugriff hatte, hauszuhalten. Deshalb haben wir Saatgut, allerdings auf Kosten von drei Jahren der Instandhaltung und Reparaturen.«

»Es ist nie eine gute Idee, nötige Reparaturen anstehen zu lassen«, kommentierte Worthington ausdruckslos.

Gideon nickte. »Ich muss auch unsere Methoden ändern. Mein Verwalter ist ein guter Mann, hält jedoch an den alten Traditionen fest. Ich habe einiges gelesen, aber ich bin gekommen, um deinen Rat einzuholen, welche der neuen Methoden die besten sind.« Er grinste. »Abgesehen davon bin ich gespannt, zu sehen, wie du mit dem Eheleben zurechtkommst.«

Das breite Lächeln seines Freundes verriet ihm, was er wissen wollte.

»Hätte ich gewusst, wie viel Freude es machen würde, hätte ich schon vor Jahren geheiratet.« Worthington zog neckend eine Braue hoch. »Denkst du daran, es mir gleichzutun?«

Gideons Gedanken kehrten zu der Lady auf dem Pferderücken zurück, die er früher an diesem Tag gesehen hatte, dann schüttelte er den Kopf. »Ich habe durchaus vor zu heiraten. Es ist sowohl mein Wunsch als auch meine Pflicht. Unglücklicherweise kann ich erst um die Hand einer Dame anhalten, wenn meine Finanzen wieder in besserer Ordnung sind.«

»Du könntest eine Erbin heiraten.« Worthington klopfte mit einem Bleistift auf seinen Schreibtisch. »Das ist eine durchaus ehrenwerte Art und Weise, sein Vermögen wieder aufzustocken. Besonders, da du nicht schuld an dem Problem bist.«

»Und mich einer Frau anpassen, die nur Herzogin werden möchte.« Gideon zog eine Grimasse. »Nein, danke. Alles soll wieder seine Ordnung haben, bevor ich mir eine Frau nehme, und ich werde so sparsam wie möglich sein, um das zu erreichen. Glücklicherweise habe ich noch ein oder zwei Jahre bis zum Debüt meiner Schwester.« Er rieb sich über den Nacken, dann sah er Worthington in die Augen. »Vielleicht ist es dumm von mir, aber ich will nicht das Geld meiner Gattin für die Instandsetzung meiner Besitztümer benutzen. Was eine Dame mit in die Ehe bringt, sollte für Kinder und ihr eigenes Wohlergehen verwendet werden. Dies ist mein persönliches Problem. Ich werde mich darum kümmern.«

Er wollte seine Gattin nicht vom Zustand bestimmter Besitztümer abhängig machen, die sie höchstwahrscheinlich mittellos zurückließen, wenn sie nicht gut verwaltet wurden. Er schüttelte sich und nahm einen Schluck Tee. Nicht, dass er sich um eine Heirat Gedanken machen müsste. Er zweifelte, ob überhaupt eine Dame sein Interesse zu wecken vermochte. Es sei denn vielleicht eine Dunkelhaarige mit wundervoller Haltung auf dem Pferderücken, entsprechender Statur und Augen, in denen ein Mann glücklich versinken konnte. Jedoch waren die Aussichten darauf, dass er ihr begegnen würde, fast inexistent. Abgesehen von dem Ball an diesem Abend beabsichtigte er nicht, an irgendwelchen gesellschaftlichen Veranstaltungen teilzunehmen.

***

In demselben Augenblick, in dem Louisa sich Worthington House näherte, öffnete ein eifriger Hausdiener die Tür und der Lärm von Hammerschlägen erscholl aus den oberen Bereichen des Hauses, wo das Stockwerk mit den Schulzimmern renoviert wurde.

Der Diener verbeugte sich. »Seine Lordschaft hält sich in seinem Studio auf, Mylady.«

Und das konnte fast der einzige denkbare Grund sein, weshalb sie das Haus ihrer eigenen Familie aufsuchte. »Danke sehr.«

Andererseits fühlte sie sich in Stanwood House mehr zu Hause. Letzten Endes hatte sie dort länger gelebt. Nachdem Louisas Mutter sie und ihre Schwestern in die Stadt gebracht hatte, hatten sie nur wenige Wochen in Worthington House verbracht, bevor Matt und Grace heirateten und die Familie in das Stadthaus der Carpenters umgezogen war. Es war nichts weniger als ein Wunder, dass sie alle so gut miteinander auskamen. Louisa liebte Charlotte und ihre Geschwister schon jetzt ebenso sehr wie ihre eigenen.

Die Teppichläufer waren für die Renovierungsarbeiten entfernt worden, und ihre Stiefel erzeugten ein hohl klapperndes Geräusch auf dem harten Holzboden des Flurs. Sie erreichte die Tür und klopfte an, bevor sie sie öffnete. »Matt ...«

Ein großer Gentleman mit dunkelblondem Haar und den bezauberndsten grauen Augen, die sie je gesehen hatte, stand da und blickte sie an. Sie riss sich zusammen, damit ihr der Mund nicht offenstehen blieb.

Das ist er!

Derselbe Mann, den sie vor nicht einmal einer Stunde gesehen hatte. Seine wohlgeformten Lippen verzogen sich zu einem Lächeln, das sie bereitwillig erwiderte.

»Louisa«, sagte ihr Bruder, als sie den Blick von dem anderen Gentleman löste. »Ich möchte dir den Duke of

Rothwell vorstellen. Rothwell, meine Schwester, Lady Louisa Vivers.«

Sie trat in den Raum hinein, und er wandte sich ihr zu. Als sie ihre Hand ausstreckte, verbeugte er sich. »Sehr erfreut, Mylady.«

»Euer Gnaden.« Sie sank in einen tiefen Knicks. »Das Vergnügen ist ganz meinerseits.« Der Augenblick, in dem sein warmer Mund ihre nicht behandschuhten Finger berührte, ließ ihre Knie weich werden, und es kümmerte sie nicht einmal, dass er ihre Hand nicht wirklich hätte küssen dürfen.

Gütiger Himmel! Das war noch niemals geschehen. Sein Blick aus Augen von geschmolzenem Silber fing ihren ein, genauso wie früher am Tag. »Ich bestehe darauf, dass Ihr mir zugesteht, das größere Vergnügen zu verspüren, Mylady.«

Fast zum allerersten Mal in ihrem Leben blieb Louisa die Sprache weg. Glücklicherweise räusperte Matt sich, bevor sie sich vollends zur Närrin machen konnte. Sie zuckte mit der Hand, und langsam gab der Herzog ihre Finger frei und ließ sie los.

»Matt«, sagte sie und nahm einen tiefen Atemzug in dem Versuch, ihr rasendes Herz zu beruhigen. Mehr konnte sie nicht tun, um den Blick von dem des Herzogs zu lösen. Endlich gelang es ihr, wieder ihren Bruder anzusehen. »Ich bin gekommen, um dir zu sagen, dass wir heute Abend zum Ball gehen werden.«

»Ja. Ich dachte mir schon, dass wir das tun«, erwiderte er verdrießlich. »Ich hatte darauf gehofft, die Masern könnten mir die restliche Saison ersparen, aber Grace hat andere Vorstellungen.«

»Was haben Masern mit dem Ball zu tun?«, fragte der Herzog.

»Ich habe nicht nur eine Frau gewonnen, sondern auch mehrere Kinder.« Matt erklärte, dass Grace bereits vor ihrer Eheschließung Vormund ihrer Brüder und Schwestern gewesen war. Diese Pflicht hatte er nun übernommen. »Die drei Jüngsten sind krank, aber es geht ihnen nicht so schlecht, dass wir unsere gesellschaftlichen Verpflichtungen absagen müssen.«

Louisa blickte erneut den Herzog an. »Werdet Ihr Lady Sales Ball besuchen?«

»Ich werde da sein.« Seine Augen schimmerten silbern, als er sie anblickte. »Würdet Ihr mir die Ehre eines Tanzes erweisen, Mylady?«

Im Geiste ging sie ihre Tanzkarte durch. Bentley bat für gewöhnlich um den Supper-Tanz, aber wenn ihr Vorhaben, eine andere Dame für ihn zu finden, erfolgreich sein sollte, musste sie ihn von sich entwöhnen. »Den Supper-Tanz habe ich noch frei.«

»Wundervoll. Ich freue mich darauf, Euch wiederzusehen.«

Ihr Bruder warf ihr einen Blick zu, den sie nicht zu interpretieren vermochte, und sagte: »Rothwell und ich haben uns darüber beraten, wie er seine Eigentümer mehren kann.«

Sie wusste um nichts in der Welt, ob er sie gerade einlud, sich in die Unterhaltung einzubringen, oder ob er sie bat zu gehen. Allerdings musste sie tatsächlich noch nach den Kindern sehen. »Ihr habt dafür die richtige Person aufgesucht, Euer Gnaden. Wenn es um Immobilien geht, kennt Matt sich sehr gut aus.« Sie knickste erneut. »Es war schön, Euch kennenzulernen. Ich freue mich auf unseren Tanz.«

»Ganz meinerseits, Mylady.« Sein warmer Tonfall überlief sie und ließ einen wohligen Schauder ihren Rücken entlanglaufen.

Er öffnete die Tür für sie, und sobald sie wieder geschlossen war, flog Louisa praktisch den Flur entlang zur Halle und dann über den Platz. Ihr Herz schlug wie noch nie zuvor. Als sie ihn an diesem Morgen gesehen hatte, hätte sie beinahe ihr Pferd angehalten. Doch so gern sie auch jegliche Vorsicht in den Wind geschlagen hätte, hatte sie gewusst, dass das nicht ging. Solches Verhalten würde nicht nur ihre Mutter, sondern auch Grace und Matt enttäuschen. Und dann war *er* hier bei Matt!

Das musste ein Zeichen sein, dass es ihnen vorbestimmt war, sich zumindest kennenzulernen. Louisa konnte es nicht abwarten, Charlotte davon zu erzählen!

***

Er war ein verfluchter Narr. Das dachte Gideon jedenfalls, als sich die Tür hinter Lady Louisa schloss. Und doch hätte er sie genauso wenig ignorieren können, wie er aufhören konnte zu atmen. Als sie gefragt hatte, ob er an diesem Abend auf dem Ball sein würde, konnte er sich nicht bremsen, sie um einen Tanz zu bitten. Nur ein Tanz, mehr nicht. Mehr konnte es nie sein. Danach würde er herausfinden, was zum Teufel Bentley wollte, ihm dabei zur Seite stehen und nach Rothwell Abbey zurückkehren.

»Wieso habe ich das Gefühl, dass du meine Schwester schon kennengelernt hast?« Worthington wandte sich Gideon zu, die Brauen zusammengezogen.

»Nicht wirklich kennengelernt«, sagte er langsam. Er wollte Worthington nicht verärgern. Lady Louisa war nicht nur seine Schwester, sondern auch sein Mündel, und Gideon hatte diesem Mann soeben erklärt, dass er keine Frau unterhalten könne. Als er sie gesehen hatte, hätte er sogleich wissen müssen, dass sie seine sorgfältig gefassten Pläne durcheinanderwerfen würde. Doch so sehr er sich auch zu ihr hingezogen fühlte, blieb doch die Tatsache bestehen, dass er mit einer Heirat noch warten musste. Er legte sich seinen Satz sorgsam zurecht. »Wir sind heute Morgen zu früher Stunde im Park aneinander vorbei geritten. Sie hatte ein riesiges

Ungeheuer bei sich.« Er hatte seine Reaktion auf sie heute Morgen für stark gehalten – so, als verginge die Zeit langsamer und als wären sie die einzigen Menschen auf der Erde. Doch als er vorhin Lady Louisas Hand ergriffen hatte, hatte sein Körper sie mit jeder Faser festhalten wollen.

Er hatte nicht gewollt, dass der Augenblick endete. Hätte sie nicht sanft mit der Hand gezuckt, würde er sie womöglich noch immer festhalten. Dennoch konnte er ihr nicht den Hof machen. Allerdings konnte er sie vielleicht für einige Zeit im Arm halten.

Er hörte jemanden oder etwas hinter dem Schreibtisch gähnen. Nach einer ganzen Weile erhob sich genau das Ungeheuer, das er heute früh gesehen hatte.

Worthington grinste. »Dieses Ungeheuer?«

»Ja. Eine Deutsche Dogge?«

»Richtig. Wir haben zwei, aber Daisy, die Jüngere, ist noch nicht verlässlich genug, um die Pferde zu begleiten.«

»Deine Schwester ist eine sehr gute Reiterin.«

»Das war sie immer schon.« Matt warf Gideon einen intensiven Blick zu, den er nicht zu deuten vermochte, dann sagte er: »Kommen wir zu unserem Thema zurück? Ich besitze mehrere Bücher, die ich dir ausleihen kann, wenn du möchtest.«

»Ja, gewiss. Danke sehr.« Erneut bildete sich in seinem Kopf die Vision von Lady Louisa auf ihrem Pferd. Verfluchter Vater. Hätte er nicht leichtfertig das Herzogtum aufs Spiel gesetzt, könnte Gideon ihr den Hof machen. Wie die Dinge jedoch lagen, konnte er es nicht. Nicht, solange seine Besitztümer in derartig schlechtem Zustand waren. Und sei es auch nur aus dem Grund, dass er Worthington nicht auf diese Art hinters Licht führen wollte.

Aber, bei Gott, sie war schön! Er freute sich auf den Tanz und den anschließenden Imbiss mit ihr mehr, als er sollte. Vielleicht, wenn sie sich gut verstanden, würde sie warten bis ... Nein. Darum konnte er sie nicht bitten.

Worthington kritzelte etwas auf eine Karte. »Dies sind Name und Adresse meines Geschäftsbevollmächtigten. Er wird dir dabei helfen, einige sichere Investitionen zu tätigen.«

»Danke sehr. Das wird mir sicherlich von Nutzen sein.« Selbst wenn Gideon den Verstand verlor und doch um ihre Hand anhielt, würde Worthington, der den Zustand von Gideons Vermögen kannte, es nicht erlauben. Er hatte nicht den geringsten Zweifel daran, dass irgendein Glückspilz sie ihm wegschnappen würde, bevor die Saison vorbei war.

Hölle und Verdammnis! Warum hatte sich sein Vater nicht von Flittchen und Spieltischen fernhalten können?

»Was kannst du mir über eine ehrgeizige Frauensperson namens Misses Petrie sagen?«

Abermals lehnte Worthington sich gegen die Rückenlehne. »Nichts aus persönlicher Erfahrung. Ich weiß, dass dein Vater recht oft in ihrer Gesellschaft ›gesehen‹ wurde. Nach allem, was ich höre, ist sie unerhört kostspielig.«

»So wurde es mir zur Kenntnis gebracht.«

»Geht es um den Herzog?«

Wie viel sollte Gideon enthüllen? Er wollte nicht, dass jedermann erfuhr, was sein Vater angerichtet hatte. Andererseits schien Worthington von der Verbindung zu wissen. Mal ganz abgesehen davon, dass Gideon niemand anderen hatte, um über sein spezielles Problem zu reden. »Unglücklicherweise. Bei der Inventur wurde festgestellt, dass einiges vom Erbschmuck fehlt. Zunächst glaubte ich noch daran, dass die Stücke im Schmuckkästchen meiner Mutter auftauchen würden, aber sie sagte, dass Vater sie immer im Safe aufbewahrte. Sie waren weder in Abbey noch sind sie hier. Erst heute Morgen habe ich von der Existenz dieser Misses Petrie erfahren. Ich glaube, sie könnte die Stücke haben.«

»Sollten sie wirklich in ihrem Besitz gewesen sein, könnte sie sie auch versetzt haben.«

»Daran dachte ich auch, aber sie sind leicht wiederzuerkennen. Nur ein erfahrener Juwelier könnte sie auseinanderlegen.«

Worthington zog eine weitere Karte hervor. »Geh zu Rundell and Bridge's. Wenn sie den Schmuck nicht gesehen haben, dann könnte dir der Pfandleiher T. M. Sutton vielleicht weiterhelfen. Mister Sutton hat den Ruf, den besten Gegenwert zu zahlen.«

»Übrigens, solltest du nach guten Pferden suchen – ich werde einige Tiere verkaufen, für die ich keinen Nutzen habe.«

»Willst du sie bei Tattersalls versteigern lassen?«

»Ja, ich muss sehen, dass ich so viel dafür bekomme wie irgend möglich.«

»Lass mich wissen, wann sie versteigert werden sollen, und ich werde danach schauen.«

»Danke für alles.« Gideon nahm die Karte und erhob sich. »Ich überlasse dich nun wieder deinen Geschäften.«

Sein Freund stand auf. »Ich freue mich, dich wiederzusehen. Es ist eine teuflische Schande, dass du zu Gütern heimgekehrt bist, die in Trümmern liegen, aber du wirst es durchstehen.« Sie schüttelten sich die Hände. »Lass mich wissen, wenn du noch etwas brauchst.«

»Das werde ich. Nochmals Dank für deine Unterstützung.«

Worthington hielt die Tür auf. »Ich werde meine Frau Grace bitten, dir eine Einladung zum Abendessen zu schicken, sobald wir von unserem Kurztrip nach Worthington Place zurück sind.«

»Ich glaube, ich bin ihr noch nie begegnet.«

Ein selbstgefälliges Lächeln erschien auf Worthingtons Antlitz. »Nein, ich habe sie mir so schnell geschnappt, wie ich konnte.«

Als Gideon das Pflaster betrat, schlenderte er die Straße entlang und hielt nach einer Droschke Ausschau. Kurz darauf entdeckte er eine, der soeben ein Passagier entstieg. »Hatchett's in Longacre.«

»Sehr wohl, Meister.« Die schäbige Kutsche fuhr ruckelnd los.

Eine halbe Stunde darauf betrat er einen weitläufigen Bau, in dem Dutzende von Kutschen in unterschiedlichen Stufen der Reparatur und des Ausbaus standen. Ein Mann, den er nur wenige Jahre älter als sich selbst schätzte, näherte sich ihm.

»Ich bin Mister Hatchett Junior. Kann ich Euch helfen, Sir?«

»Sehr erfreut. Mein Name ist Rothwell.« Der Mann machte einen Diener. »Mein Vater hat bei Ihnen zwei Kutschen in Auftrag gegeben, einen Landauer und einen hochrädrigen Phaeton. Leider muss ich diese Bestellungen annullieren.«

»Ich erinnere mich gut an die Aufträge. Doch zunächst lasst mich Euch das Beileid meiner Familie ausdrücken. Wir haben vom Ableben Seiner Gnaden gehört. Tatsächlich haben wir aus diesem Grund mit dem Bau des Landauers gar nicht begonnen. Der Phaeton ist allerdings schon halb fertig.« Er hüstelte diskret. »Die Frau, die Euren Vater begleitete, als er uns den Auftrag erteilte, hat just gestern eine Nachricht geschickt, in der sie danach fragte.«

Raffgieriges Weib. »Wenn Ihr mir ihre Adresse gebt, kann ich ihr die Lage selbst erläutern.«

Mister Hatchett wirkte, als werde ihm eine schwere Last von den Schultern genommen. »Ja, in der Tat, Euer Gnaden. Sehr gern.«

»Außerdem besitze ich einen Phaeton, den ich gern veräußern würde. Handeln Sie mit gebrauchten Kutschen?«

»Das tun wir. Es wäre mir ein Vergnügen, zu Euch zu kommen, oder Ihr lasst Euren Kutscher den Wagen herbringen.«

Gideon wollte das Ding schnellstmöglich aus dem Stall haben, genauso wie alles andere, das die Geliebte seines Vaters als ihr Eigen betrachtete. »Ich lasse ihn vorbeibringen.«

Gideon rief eine andere Mietdroschke, nannte die Adresse in der Nähe von Green Park, änderte dann jedoch seine Meinung und beschloss, Rundell and Bridge's zuerst aufzusuchen. »Ludgate Hill.«

»Dieses Mal sicher?«

»Sicher«, antwortete er.

Bevor er die Frau darüber in Kenntnis setzte, dass sie von Rothwell keine Großzügigkeiten mehr zu erwarten hatte, wollte er herausfinden, ob die vermissten Schmuckstücke aufzufinden waren. Er wollte sie auch nicht wissen lassen, dass er die Absicht hatte, nachzuforschen, ob sie Dinge in ihrem Besitz hatte, die sie nicht besitzen sollte. Er fragte sich, ob das Haus, in dem sie lebte, überhaupt ihres war. So verliebt, wie sein Vater anscheinend gewesen war, konnte es sehr wohl auch seines sein. Aber nicht nur das, er konnte auch gleich noch seinen Anwalt besuchen, wenn er schon unterwegs war.

Das Bild von Lady Louisa huschte durch seinen Geist. Wenn er seine Besitztümer nur rasch genug wieder zusammentragen konnte, um ihr den Hof machen zu können.

KAPITEL 3

»Charlotte!« Louisa schritt so rasch aus, wie sie konnte, es war fast schon Rennen, und platzte in ihren Salon. »Ich bin ihm begegnet.«

Ihre Freundin legte einen Stift ab und drehte sich im Stuhl um. »Wem begegnet?«

»Dem Gentleman, den ich heiraten will.« Das Herz raste ihr in der Brust und machte sie atemlos. »Zumindest glaube ich es.«

Charlotte betrachtete sie eine Weile, dann zog sie am Glockenseil. »Das kommt unerwartet. Wo war er?«

»Bei Matt. Er hat mit ihm über die Instandhaltung von Besitztümern gesprochen.«

Ihre Freundin feixte. »Es überrascht mich, dass du nicht geblieben bist und dich an der Unterhaltung beteiligt hast. Ich weiß doch, wie sehr du dich für dieses Thema interessierst.«

Louisa kaute auf ihrer Unterlippe herum. »Das wäre ich gern, aber ich war unsicher, ob ich das tun sollte.«

»Das klingt nicht nach dir.« Charlotte ging zu einem der Sofas und klopfte mit der Hand auf den Sitz neben sich. »Ich bin gespannt. Erzähl mir von ihm.«

Unfähig, still zu sitzen, ging Louisa hin und her. »Du magst vielleicht denken, dass ich närrisch bin, aber … aber ich habe ihn zum ersten Mal schon heute Morgen, auf meinem Ausritt, gesehen. Unsere Blicke haben sich getroffen. Es war fast, als würde ich ihn schon mein Leben lang kennen.« Sie sah ihre Schwester an, die auffordernd nickte. »Als ich ihm dann in Matts Studio begegnet bin, war es wie eine Art Zeichen. Als hätte das Schicksal alles geplant. Ich konnte gar nicht von ihm wegblicken, und ich glaube, er hat das Gleiche empfunden.« Der Tee kam, und Charlotte schenkte ihnen ein. Doch als Louisa ihre Tasse anhob, zitterten ihre Finger. »Meine Güte. Zuerst meine Knie, jetzt meine Hände.«

Charlotte zog eine Braue hoch.

»Ich benehme mich wie eine dumme Pute. Da ich nur zu Matt hinüberging, hatte ich mir die Handschuhe nicht wieder übergestreift. Und er, Rothwell, hat mir die Hand geküsst.«

»Hat deine Hand im Kuss tatsächlich berührt. Warte einen Augenblick. Sagtest du Rothwell?« Die zweite Augenbraue hob sich. »Wie in Duke of Rothwell?«

»Ja.« Louisa nickte. »Bist du ihm schon einmal begegnet?«

»Nein, aber … es gab da etwas.« Charlotte zog die Brauen zusammen. »Ach ja, meine Tante hat ihn mal erwähnt. Sein Vater ist gestorben, als der jetzige Herzog in Kanada war. Seit seiner Heimkehr hat ihn niemand gesehen. Sie hat auch erwähnt, dass er sich in den letzten beiden Jahren eigenartig benommen hat.« Sie zuckte die Achseln. »Das ist alles, was ich weiß. Ich frage mich, ob er heute Abend auf dem Ball sein wird.«

Louisa konnte ein Lächeln nicht unterdrücken. »Ja, das wird er, und wir haben uns für den Supper-Tanz verabredet.«

»Hervorragend!« Charlotte klatschte in die Hände. »Ich muss sagen, das klingt alles sehr verheißungsvoll.«

»Ich stimme dir zu.« Je eher Louisa ihn näher kennenlernte, umso eher würde sie wissen, ob sie mit ihrem Eindruck recht hatte.

»Wenn du deinen zukünftigen Gatten getroffen hast, musst du definitiv für Bentley eine Lösung finden.«

»Ach, verflixt. Ihn hatte ich beinahe vergessen.« Sie stieß einen frustrierten Atemzug aus und sagte: »Es führt nichts daran vorbei. Ich muss meinen Plan eher früher als später umsetzen.«

»Plan?«

»Ja, ja. Den Plan, ihm bei der Suche nach einer Frau zu helfen.«

»Das hatte ich vergessen.« Charlottes Augen begannen zu leuchten. »Dies scheint die Angelegenheit schon etwas dringlicher zu machen. Ich wünschte nur, ich würde eine Kandidatin kennen. Vielleicht kommt mir während der Morgenbesuche ein passender Gedanke.«

In dem Versuch, ihrer Freundin gedanklich zu folgen, schüttelte Louisa den Kopf. »Morgenbesuche?«

»Ja.« Ihre Schwester dehnte das Wort. »Du weißt ja, normalerweise statten wir die Besuche ab, aber heute ist Grace die Gastgeberin.« Charlotte blickte kurz zur Decke. »Du bist aber nicht auf den Kopf geschlagen worden, oder?«

»Nein, nein. Ich hatte nur vergessen, dass Grace heute Nachmittag die Gäste empfängt.« Louisa nahm ihre Teetasse wieder hoch. Zum Glück hatten ihre Hände aufgehört zu zittern. »Wenn doch nur eine neue Dame in die Stadt käme.« Eine, die zu Bentley passte.

***

Aufgrund von Worthingtons Ratschlag und auch wegen der zahlreichen Rechnungen von Rundell and Bridge's – einem der teuersten Juweliere Londons –, die Gideon in den Schubladen seines Vaters vorgefunden hatte, suchte er deren Laden als zweites auf, nachdem er von Worthington fortgegangen war.

Eine Glocke über der Tür läutete, als er das Gebäude betrat.

Fast sogleich begrüßte ihn ein Angestellter. »Kann ich behilflich sein, Sir?«

»Ich denke, ja.« Gideon legte das Bündel Rechnungen, das sich auf Tausende Pfund belief, auf die Theke. »Mein Name ist Rothwell. Was wissen Sie über diese Rechnungen?«

Der Angestellte blickte das Papierbündel an, als könnte es ihn beißen. »Ich glaube, Ihr werdet mit Mister Rundell sprechen wollen.«

Wenige Minuten später wurde Gideon in ein kleines, aber elegant eingerichtetes Büro geführt. Die Wände waren gestrichen, nicht tapeziert, aber daran hingen Kunstwerke in vergoldeten Rahmen. Das Mobiliar war in wertvollem Kirschbaum gehalten.

Als Gideon angekündigt wurde, erhob sich der ältere Mann hinter dem Schreibtisch und kam nach vorne. »Euer Gnaden, ich bin Mister Rundell.« Er verbeugte sich. »Ich nehme an, Ihr seid hier, um Euch ein Bild über die Käufe des verstorbenen Herzogs zu machen.«

Gideon nickte kurz. »So ist es. Es gibt eine große Anzahl von Käufen unmittelbar vor dem Tod meines Vaters und selbst noch nach seiner Bestattung.«

»Bitte, nehmt Platz.« Mr. Rundell deutete auf einen Stuhl neben dem Schreibtisch. »Unglücklicherweise wurden wir über das Sterbedatum des Herzogs nicht informiert. Ich habe das hier von der Dame erhalten«, er sprach das Wort aus, als wäre es verabscheuungswürdig, während er Gideon ein Stück Papier hinhielt, »eine Blankovollmacht.«

Gideon spürte, wie er erblasste. Das war noch viel schlimmer, als er für möglich gehalten hatte. »Kann ich das bitte sehen?«

»Gewiss, Euer Gnaden.«

Er betrachtete das Papier, das nicht viel mehr als eine an den Juwelier adressierte Notiz war. Sie verlieh Mrs. Petrie die Erlaubnis, alles zu erwerben, wonach ihr der Sinn stand. Sicher konnte sein Vater sein Verantwortungsgefühl nicht in einem solchen Maße verloren haben. Gideon kämpfte gegen seine Furcht an und studierte die Unterschrift. Etwas daran schien falsch zu sein. Allerdings war es auch möglich, dass er verzweifelt hoffte, die Vollmacht möge eine Fälschung sein.

»Ich brauche nicht eigens zu sagen, dass diese Vollmacht hiermit aufgehoben ist. Ich glaube allerdings, dass die Unterschrift nicht echt ist. Ich will, dass mein Sekretär sie sich ansieht. Er ist mit der Handschrift meines Vaters am besten vertraut.«

»Gewiss, Euer Gnaden. Rundell and Bridge's möchte nicht Teil eines Betrugs sein. Bitte, nehmt sie mit und lasst mich wissen, was Ihr herausfindet.«

»Danke sehr.« Er erhob sich und schickte sich an, zu gehen, da fiel ihm der verschwundene Schmuck ein. »Ich vermisse auch ein Schmuckset aus unserem Inventar. Die Parure ist sehr alt, sie stammt aus dem sechzehnten Jahrhundert. Die Edelsteine sind Rubine und Opale.«

»Ich kenne die Stücke, aber zuletzt gesehen habe ich sie vor etwa einem Jahr, als wir sie zum Reinigen und Reparieren einiger loser Steine hier hatten. Ich werde Euch sogleich informieren, wenn ich ihrer ansichtig werde. Wenn Ihr es wünscht, werde ich Euch auch eine Liste der Stücke zusammenstellen, die im Rahmen der Blankovollmacht bei uns erworben wurden.«

»Nochmals vielen Dank«, antwortete Gideon und nickte zustimmend. Allerton hatte bereits eine Liste aller Schmuckstücke erstellt, für die Rechnungen eingegangen waren, aber eine Bestätigung von Rundell and Bride's könnte nicht schaden. »Ich bitte Sie auch darum, nichts von unserer Unterhaltung wiederzugeben.«

»Natürlich nicht, Euer Gnaden. Wir rühmen uns unserer Diskretion.«

Als er auf die Straße trat, wandte er sich zur Victoria Street, in der er den Pfandleiher T. M. Sutton finden würde. Gideon wollte wissen, ob Worthington recht damit hatte, dass sie den Glitterkram gegen schnelles Geld eingetauscht hatte. Gideon könnte auch herausfinden, ob einige der Schmuckstücke, die sie mit der Vollmacht gekauft hatte, versetzt worden waren.

Das Ladengeschäft war überraschend sauber und gut sortiert.

»Seid Ihr auf der Suche nach etwas Bestimmtem?«, fragte ein junger Mann hinter dem Schalter.

Er überreichte dem Mann seine Karte. »Ich möchte Mister Sutton sprechen.«

»Ich hole ihn sofort, Euer Gnaden.« Der Mann verschwand hinter einem kastanienfarbenen Vorhang und erschien wenige Augenblicke darauf mit einem Gentleman, der aussah, als wäre er um die vierzig. »Euer Gnaden, dies ist mein Vater, Mister Sutton.«

Wie erwartet, machte der ältere Mann einen tiefen Diener, bevor er sich diensteifrig an Gideon wandte. »Wie kann ich zu Diensten sein?«

»Ich suche nach Informationen über jeglichen Schmuck, den Misses Petrie Ihnen verkauft haben könnte.«

»Euer Gnaden, Ihr werdet verstehen, dass ich solche Informationen nicht preisgeben kann.«

»Tatsächlich?«, fragte Gideon in gelangweiltem Ton nach. »Mir wurde gesagt, Ihr Geschäft sei seriös, und die Objekte, von denen ich spreche, sind gestohlen.« Das war vielleicht nicht ganz die Wahrheit, aber doch dicht genug dran, dass er nicht den Hauch von Schuld empfand. »Ich habe hier eine Liste.«

Mister Sutton nahm das Blatt entgegen. Als er die Liste durchging, presste er die Lippen zu einem Strich zusammen. »Ich erkenne einiges davon.«

· Die Liste belief sich auf ein kleines Vermögen. Wenn Gideon beweisen konnte, dass die Vollmacht gefälscht war, wäre es genug, um den Verlust, für den sein Vater verantwortlich war, zu einem beträchtlichen Teil auszugleichen. Nun war die Frage, wie der Pfandleiher damit umzugehen gedachte. »Ich werde meinen Anwalt einschalten, damit er mit Ihnen klärt, wie diese Sache zu handhaben ist.«

»Jawohl«, sagte Mister Sutton mit grimmiger Stimme. Zweifellos würde dies für seine Geschäfte einen großen Verlust bedeuten. Der Mann tat Gideon leid, doch er musste seine eigenen Verluste ausgleichen.

»Wir sind ein seriöses Geschäft. Ich werde Euch gerne beim Erledigen dieser Angelegenheit unterstützen. Ich nehme an, dass ich mit Euch in Kontakt treten darf, wenn noch mehr Stücke zu mir gebracht werden?«

»Das würde ich sehr schätzen.« Das lief viel besser, als er erwartet hatte. Er sprach ein Stoßgebet, dass er sich bezüglich der Unterschrift seines Vaters nicht irrte.

Weniger als eine halbe Stunde später hielt er vor Rothwell House an und schritt stracks in sein Studio. »Allerton.«

Der Sekretär blickte auf. »Euer Gnaden.«

Gideon überreichte das Blatt seinem Sekretär. »Ist das die Unterschrift meines Vaters? Es scheint so, aber irgendetwas daran stimmt nicht.«

Der Mann nahm das Dokument, las es und rieb sich die Stelle zwischen den Brauen, bevor er eine große Lupe herauszog und die Nachricht studierte. Wenige Augenblicke später hob er den Kopf. »Nein, Gott sei Dank nicht. Allerdings ist nur ein einzelner Bogen nicht korrekt.«

»Rundell and Bridge's sagten, es war mit dem Siegel versehen.«

»Ich vermute, das war unter den gegebenen Umständen einfach. Tatsächlich habe ich die Unterschrift extra genau studiert, weil diese Frauensperson die Frechheit hatte, diesen Brief – oder einen ähnlichen – hierherzubringen mit der Bitte, dass Seine Gnaden ihn unterzeichnen mögen. Stattdessen schrieb er einen Brief an das Geschäft, in dem er mitteilte, sie mögen ihr ein Schmuckstück ihrer Wahl geben.«

»Sie oder ein Komplize muss die Unterschrift gefälscht haben.« Gideon saß auf dem Lederstuhl vor Allertons Schreibtisch. »Was tue ich nun? In ihr Haus einbrechen?«

Auf dem Gesicht seines Sekretärs erschien ein leichtes Lächeln. Gott wusste, dass dieser Mann in letzter Zeit nicht viel Angenehmes erlebt hatte. »Ich schlage vor, dass Ihr Euren Anwalt damit beauftragt.«

»Darum werde ich mich kümmern, sobald ich die Liste habe, die Rundell and Bridge's mir angeboten haben.«

»Das wäre klug, Euer Gnaden.«

»Ich wünschte, ich wäre frühzeitiger über Misses Petrie aufgeklärt worden. Wie die Dinge liegen, bin ich nur durch puren Zufall auf ihre Existenz gestoßen.«

Sein Sekretär seufzte tief. »Ihre Gnaden hat nicht gewünscht, dass ich Euch einweihte.« Allertons Stimme klang müde. Als trüge er das Gewicht der Welt auf den Schultern. Das hellbraune Haar des älteren Mannes begann an den Schläfen zu ergrauen. »Ich glaube, sie wünschte sich, dass Ihr den Herzog so in Erinnerung behaltet, wie er war.«

»Dennoch – wenn man bedenkt, dass noch immer Gelder zu dieser Frau geflossen sind«, Gideon sprach mit ruhiger, aber fester Stimme, »so wäre es doch am besten gewesen, mir einen Hinweis zu geben.«

»Ich hätte früher sprechen sollen, Euer Gnaden. Wünscht Ihr von mir eine Liste anderer Gegenstände, die Euer Vater für sie gekauft hat?«

»Ja, auf diese Weise kann ich herausfinden, was sie selbst erworben hat.«

Sein Sekretär zog einen Stapel Quittungen hervor. »Wie Ihr wisst, wurden einige der Käufe erst kürzlich getätigt.«

»Ich nehme an, es besteht die Möglichkeit, dass sie, nachdem sie mit dem Brief bei Rundell and Bridge's erfolgreich war, das Gleiche in anderen Geschäften getan hat.« Er nahm die Rechnungen und blätterte sie durch, bevor er sie wieder auf den Schreibtisch legte. »Sortieren Sie sie nach den Geschäften und danach, ob die Gegenstände vor oder nach seinem Tod erworben wurden. Legt sie sortiert aufeinander, und ich werde die Geschäfte morgen Vormittag persönlich aufsuchen.«

Allerton schien einen erleichterten Seufzer auszustoßen.

»Was denken Sie, auf wie viel sich die Summe insgesamt belaufen wird?«

»Ich schätze, auf annähernd zwanzigtausend Pfund, Euer Gnaden. Ein paar Pence mehr oder weniger.«

Gideon pfiff leise durch die Zähne, froh darüber, dass seine Mutter nicht da war und ihn hören konnte. Sie würde es nicht schätzen, wenn er sich so vulgär verhielt. »Das würde uns den Hals retten.«

»Es wäre eine große Erleichterung, Euer Gnaden.«

Einige Ländereien müssten erst noch begutachtet werden, aber die Summe würde lange vorhalten. Lange genug, dass er Worthington um Erlaubnis fragen konnte, Lady Louisa den Hof zu machen. Wenn auch eine Heirat für den Augenblick noch außer Frage stand.

Er verließ das Büro leichtfüßiger und ging zu seinen Räumen. »Hobson.«

»Euer Gnaden.«

Sein Leibdiener war bei ihm, seit er Oxford verlassen hatte, und glücklich darüber, wieder auf englischem Boden zu weilen. Die raue und direkte Art der Kanadier hatten nicht zu seiner Vorstellung von Würde gepasst. Gleich bei Gideons Ankunft in London hatte sein Leibdiener darauf bestanden, dass zuvorderst Westons aufgesucht werden musste, um ihn mit neuer Kleidung auszustatten.

»Ich nehme heute Abend am Ball von Lady Sale teil.«

»Hervorragend, Euer Gnaden. Ich werde alles herrichten. Werdet Ihr zu Hause oder auswärts dinieren?«

Er wog seine Optionen ab. Er mochte die Gesellschaft in seinem Klub eigentlich nicht. Andererseits würde sie ihm die Gelegenheit liefern, mehr über diese Frauensperson herauszufinden. »Finde heraus, ob unser Koch mit mir rechnet. Falls nicht, werde ich in meinem Klub dinieren.«

Vor allem wollte er die Stunden zwischen jetzt und dem Zeitpunkt, zu dem er Lady Louisa wiedersah, mit irgendetwas füllen.

KAPITEL 4

Mehrere Stunden später saßen Louisa und Charlotte im vorderen Empfangsraum, während Grace die Rolle der Gastgeberin der Antrittsbesuche innehatte. Unglücklicherweise kamen keine noch unbekannten Damen. Weder junge noch andere.

Louisa hätte davon ausgehen müssen, dass sie wohl alle kannte, die heute zu Besuch kamen. Trotzdem bestand immer auch die Möglichkeit, dass ein neues Gesicht auf der Bildfläche erschien.

Sie sah den Uhrzeigern zu, wie sie voranrückten, und wollte bereits alle Hoffnung fahren lassen, da kündigte ihr Butler neuen Besuch an: »Die Herzogin von Stillwell und Miss Blackacre.«

Gewiss, sie hatte von der Herzogin bereits gehört, aber was tat sie hier, und wer war Miss Blackacre? Louisa sprach ein Stoßgebet, als die beiden Damen den Salon betraten.

Die Herzogin war eine zierliche Dame unbestimmbaren Alters. Ihr goldenes Haar war von einigen weißen Strähnen durchzogen, ihre Haut weitgehend faltenlos. Louisa blickte zu Charlotte, die sich aufrechter hinsetzte. Sie und Grace ähnelten der Herzogin entfernt. Waren sie womöglich verwandt?

»Grace«, die Herzogin glitt in den Raum, Miss Blackacre folgte ihr, »was für ein glücklicher Zufall, dass du heute empfängst.« Sie drehte Grace die Wange zum Kuss hin. »Ich glaube nicht, dass du deine Base Oriana Blackacre schon kennengelernt hast.«

»Das habe ich nicht«, sagte Grace und lächelte die Jüngere an. »Wie glücklich ich bin, Sie hier zu sehen, Tante Dianna.«

»Genauso wie ich, dass ich dich wiedersehe, meine Liebe. Aber erlaube mir zuerst, die Vorstellungen zu beenden, bevor ich sie allesamt vergesse. Oriana«, fuhr Ihre Gnaden fort, »dies ist Grace, die neue Countess of Worthington.« Die Herzogin sah um sich, bis ihr Blick auf Charlotte fiel und sie herzlich lächelte. »Und hier ist eine weitere Base, Lady Charlotte Carpenter.«

Charlotte, die sich mit allen anderen im Raum erhoben hatte, sank in einen Knicks. »Tante Dianna, wie schön, Sie zu sehen.«

»Sehr hübsch«, lobte ihre Tante.

Grace nahm den Arm der Herzogin. »Bitte, nehmen Sie Platz. Ich wusste nicht, dass Sie in der Stadt sind.«

Die Lady ließ sich elegant auf das Zweiersofa neben Grace sinken. »Ihr habt vielleicht schon gehört, dass mein Schwiegersohn, Orianas Vater, vergangenes Jahr gestorben ist. Natürlich hatte sie nicht das Gefühl, einer Saison gewachsen zu sein, doch schlussendlich haben wir beschlossen, es wäre doch besser für sie, als ständig Trübsal zu blasen. Meine arme Tochter konnte natürlich nicht herkommen, aber ich bin mehr als glücklich darüber, Oriana die Saison zu ermöglichen.« Die Herzogin bedeutete Oriana, sich auf den Stuhl neben Charlotte zu setzen. »Dann fiel mir ein, dass du Charlotte und Worthingtons Schwester nach London bringen wolltest.« Sie zog eine Braue hoch. »Ich vermute, dies ist Lady Louisa?«

»Jawohl, Euer Gnaden.« Louisa knickste und nahm dann ihren Platz auf dem Sofa wieder ein.

»Perfekt. Ich hoffe sehr, Sie und Charlotte können Oriana raten, wie sie vorgehen soll. Warum zieht ihr Mädchen euch nicht irgendwohin zurück und lernt euch besser kennen?« Die Augen der Herzogin wurden groß, als sie sich an Grace wandte. »Sofern du keine Einwände hast, meine Liebe?«

Auch wenn sie es als Frage formulierte, war klar, dass die Herzogin nicht mit Einwänden rechnete.

»Ich habe keinerlei Einwände«, sagte Grace und grinste reuevoll. »Charlotte, du und Lady Louisa könntet Oriana zum Tee mit hinaus auf die Terrasse nehmen.«

»Ich bin sicher, die Terrasse wird ganz zauberhaft sein.« Die Herzogin machte eine scheuchende Handbewegung.

Sie verließen den Raum, während Grace nach dem Glockenstrang griff.

»Ich freue mich, Sie endlich kennenzulernen«, sagte Charlotte zu Oriana, als sie den Raum verließen und den Flur hinunter gingen. »Mein Großvater, Lord Timothy, hat uns von Ihrer Seite der Familie erzählt.«

»Er hat mir auch von Ihrer Familie erzählt«, sagte Miss Blackacre mit einer angenehmen, wohlklingenden Stimme, in der keine Künstlichkeit zu liegen schien. »Ich habe mir so gewünscht, ich würde Sie früher kennenlernen, aber ich weiß ja, dass Sie eine sehr schwierige Zeit hatten.« In Miss Blackacres Tonfall lag tiefes Verständnis. »Wie unsere Familie auch.«

Was für eine bezaubernde junge Dame. Könnte sie die richtige Frau für Bentley sein?, fragte sich Louisa. »Es tut mir sehr leid, von Ihrem Verlust zu hören.«

Miss Blackacres Augen wurden feucht, und sie blinzelte rasch mehrmals. »Ich vermisse Papa schrecklich, aber ich bin froh, dass er nicht mehr leiden muss.« Sie lächelte mit tränenfeuchten Augen. »Er war der beste Vater der Welt. Ich bete nur, dass ich das Glück habe, einen Gentleman zu heiraten, der so ist wie er.«

Wenn Louisa an ihren Papa dachte, erinnerte sie sich an einen Mann, der zu bestimmten Zeiten in ihrem Leben aufkreuzte und dann wieder verschwand. Matt war für sie und ihre Schwester mehr wie ein Vater gewesen. Sie wollte ganz entschieden keinen Mann wie ihren Vater heiraten.

»Sind Sie wirklich bereit für Ihre erste Saison?«, fragte Charlotte.

»Oh ja.« Miss Blackacre nickte. »Großmama hatte recht. In der Stadt finde ich viel mehr Zerstreuung, als es zu Hause der Fall wäre.«

Louisa fragte sich, ob es richtig war, die Kupplerin zu spielen, da Miss Blackacre doch gerade erst ihren Vater verloren hatte, der ihr so lieb gewesen war. Andererseits hieß es nicht umsonst: Wer nicht wagt, der nicht gewinnt. Und möglicherweise kannte sie Bentley bereits. »Aus welcher Region stammen Sie?«

»Aus den West Midlands. In der Nähe von Wolverhampton.«

Das war weit genug vom Anwesen der Bentleys entfernt, dass Miss Blackacre ihm höchstwahrscheinlich noch nicht begegnet war, und umgekehrt. Das war gut. Sehr gut sogar. Eine Teekanne wurde gebracht, dazu Plätzchen, Mohnkuchen und Früchtetörtchen. Charlotte begann, den Tee einzuschenken.

Als Miss Blackacre ihre Tasse hochhob, fing Louisa Charlottes Blick ein und hob fragend eine Augenbraue. Charlotte zuckte unverbindlich die Schultern. Ja, sie würden viel mehr über Miss Blackacre herausfinden müssen, bevor sie entscheiden konnten, ob sie die richtige Dame für Bentley war.

»Würden Sie uns heute Nachmittag gern auf einem Spaziergang im Park begleiten?«, fragte Louisa. Der Spaziergang würde ihr Gelegenheit bieten, Miss Blackacre näher kennenzulernen.

»Wie freundlich von Ihnen.« Miss Blackacres Brauen zogen sich leicht zusammen. »Wenn es Ihnen nichts ausmacht, würde ich das sehr gern, Mylady. Aber bitte, fühlen Sie sich nicht von Großmama unter Druck gesetzt. Sie ist eine Naturgewalt.«

Louisa und Charlotte lachten. »Glauben Sie mir«, sagte Louisa, »sie ist nicht die einzige Lady, die wir kennen, die so ist. Aber bitte, nennen Sie mich doch Louisa. Charlotte und ich sind fast wie Schwestern, also müssen Sie auch meine Base sein.«

Ein breites Lächeln ließ Miss Blackacres Antlitz strahlen. »Vielen Dank, dann musst du mich Oriana nennen. Da ich so spät erst zur Saison dazugekommen bin, habe ich nicht erwartet, Freundinnen zu finden, geschweige denn Familienmitglieder. Ich bin froh darüber, mit euch beiden verwandt zu sein.«

»Ich stimme Louisa zu. Du musst mich Charlotte nennen. Es gibt keinen Grund, so förmlich miteinander umzugehen.«

»Sehr schön.« Orianas Lächeln wurde noch strahlender. »Charlotte und Louisa also.«

Just in diesem Augenblick wurde die Tür zum Morgenzimmer aufgerissen, und die Zwillinge kamen mit Madeline auf die Terrasse herausgelaufen, wo sie stehenblieben.

»Wer sind Sie?«, fragte Louisas Schwester Madeline.

»Das ist unhöflich«, sagte Louisa streng.

»Wir wollen es aber wissen«, sagte Charlottes Schwester Alice in schmeichelndem Tonfall.

Eleanor, Alices Zwillingsschwester, die neben ihr stand, nickte. »Das wollen wir wirklich. Uns erzählt nie einer was.«

»Na gut«, antwortete Louisa. »Das ist Miss Blackacre. Sie ist eine Base von der Carpenter-Seite.«

»Wir mögen neue Cousins und Cousinen«, sagten die Mädchen einstimmig.

»Und Sie sind hübsch.« Madeline machte einen Schritt nach vorn und starrte Oriana ins Gesicht. »Ihre Augen sind so blau wie unsere Stiefmütterchen.«

Natürlich führte die Bemerkung dazu, dass auch die Zwillinge ihre neue Base genauer betrachteten.

»Hm, ich finde, sie sehen eher wie Veilchen aus«, gab Eleanor ihre Meinung zum Besten.

»Vielleicht.« Alice schaute noch genauer hin. »Sie passen zu dem einen Kleid von dir, Louisa.«

»Oh, Kleider!« die Zwillinge klatschten in die Hände.

Ein erstickter Laut erklang von Charlotte. »Ganz gleich, welcher Blume oder welchem Kleid sie mehr ähneln, wollen wir uns darauf einigen, dass Orianas Augen sehr schön sind, und es dabei belassen?«

Glücklicherweise nickten die Mädchen.

»Gut.« Charlottes Augen strahlten vor unterdrücktem Lachen. »Geht jetzt spielen, bevor ihr wieder hineingerufen werdet.«

Oriana kicherte. »Sind sie immer so unterhaltsam?«

»Du hast keine Vorstellung, wie enervierend sie manchmal sein können«, sagte Louisa und wählte ein Plätzchen aus. »Ich hoffe, dass ich längst verheiratet und weit, weit weg bin, wenn sie in die Gesellschaft eingeführt werden.«

»Wenn ich es richtig gesehen habe, sind zwei von ihnen Zwillinge, und die dritte ist deine Schwester?«

Louisa hob ihre Tass hoch und nahm einen Schluck. »Ja, und sie sind alle zwölf Jahre alt. Es ist eher, als hätten wir Drillinge, nicht Zwillinge.«

»Das kann ich mir vorstellen«, antwortete Oriana. »Großmama hat mir alles von der Hochzeit erzählt. Was für ein Glück, dass ihr euch alle so gut versteht.«

»Das ist es wirklich«, stimmte Charlotte zu. »Das einzige Problem ist, dass ich nun noch vier Schwestern habe, die ich vermissen werde, wenn ich heirate.«

Louisa war soeben der gleiche Gedanke gekommen. Sie wandte sich jedoch wieder der Frage zu, wie und wo sie Bentley mit Oriana bekanntmachen konnte. »Gehst du heute Abend zum Ball von Lady Sale?«

»Ich bezweifle es. Wir sind gestern erst angekommen, und Großmama hat nichts davon gesagt.«

»Ihr müsst unzählige Einkäufe zu erledigen haben«, sagte Charlotte.

»So viele sind es gar nicht einmal.« Oriana runzelte erneut die Stirn. »Meine Maße wurden an die Schneiderin meiner Großmutter vorausgeschickt, und dazu Instruktionen für mehrere Kleider. Manche davon sollen heute Nachmittag geliefert werden.«

»Dann müssen sie aber immer noch angepasst werden.« Charlotte warf Louisa einen Blick zu. »Du bist ungefähr gleich groß und hast auch dieselbe Haut- und Haarfarbe. Ich glaube nicht, dass Grace etwas einzuwenden hat, wenn du Oriana ein Ballkleid ausleihst, damit sie uns heute Abend begleiten kann.«

»Was für eine brillante Idee.« Louisa lächelte Charlotte bestätigend zu. »Lasst uns den Tee austrinken und dann Grace und unsere Tante fragen.«

Oriana, Charlotte und Louisa führten ihr Gespräch über ihre Familien weiter, dann über die Unterschiede zwischen Stadt- und Landleben, wodurch sie unwillkürlich auf Mode und Stadthäuser zu sprechen kamen.

»Wie ist dein Zuhause?«, fragte Louisa Oriana.

»Unser Anwesen ist im Grunde recht klein. Ein Herrenhaus, ein Bauernhof und einige Pächter.« Sie seufzte. »Ich habe euch ja gesagt, dass Papa ein lieber Mensch war?« Charlotte und Louisa nickten. »Nun, er stammte aus einer großen Familie und war überaus charmant. Er liebte alle, und alle liebten ihn. Deshalb hinterließen ihm seine unverheirateten Onkel und Tanten, wenn sie starben, ihren Besitz.« Sie zog eine leichte Grimasse, dann fuhr sie fort: »Die einzige Schwierigkeit ist, dass er zerstreut und nicht besonders entscheidungsfreudig war. Glücklicherweise ist meine Mutter sehr klug, und eines der Anwesen, die er früh erbte, hatte einen Verwalter. Um es kurz zu fassen: *Er* brachte uns bei, wie man Immobilien verwaltet. So kam es, dass ich« in den letzten paar Jahren dafür verantwortlich war, während meine beiden großen Brüder an der Universität waren und meine Mutter Papa pflegte. John, mein ältester Bruder, ist kurz vor Papas Tod heimgekehrt.« Ihre Stimme klang kurz heller. »Er war in Hull bei meinem Großvater Gordon gewesen und hat dort neue Methoden der Landwirtschaft kennengelernt. Tja, wie gesagt, jetzt ist er wieder zu Hause, und ich stand plötzlich ohne Aufgabe da, als er die Leitung übernahm.« Sie lächelte reuig. »Nun habt ihr wahrscheinlich mehr über mich gehört, als ihr überhaupt wissen wolltet.«

»Nein, nein. Gar nicht«, versicherte Louisa ihr, die sich fragte, was die Tatsache, dass Orianas Vater nicht entscheidungsfreudig gewesen war, implizieren mochte. »Ich wünschte nur, ich hätte die Gelegenheit bekommen, schon im Vorfeld zu erleben, wie ein Haushalt auf einem Anwesen funktioniert. Grace lehrt mich einiges darüber, und ich habe Bücher gelesen. Aber es wäre wundervoll gewesen, praktische Erfahrungen sammeln zu können.«

»Ich bin in der glücklichen Lage, ebenfalls einige praktische Erfahrung zu haben«, fügte Charlotte hinzu. »Louisa, ich bin mir sicher, dass du brillant darin sein wirst, einen Haushalt und ein Anwesen zu führen.«

Daisy, ihre Deutsche Dogge-Hündin, spazierte auf die Terrasse heraus und kam zu ihnen, um Aufmerksamkeit zu finden. Oriana kicherte, als der große Hundekopf unter ihre Hand stupste. »Du bist ein großes, hübsches Mädchen.« Sie blickte Charlotte an. »Wie alt ist sie?«

»Sie wird nächsten Monat zwei, aber wir sagen immer noch, dass sie ein Jahr alt ist, weil ihr Geburtstag noch nicht war.«

»Dahinter ahne ich eine Geschichte.«

»Damit halten wir die kleineren Kinder davon ab, ihre Jahre und Monate zu zählen.« Charlotte feixte. »Philipp, unser kleinster Bruder, hat damit angefangen, den Leuten zu erzählen, dass er sieben Jahre und zwei Monate alt war, dann sieben Jahre und drei Monate. Um nicht zurückzustehen, begannen die Zwillinge damit, auch noch ihre Tage zu zählen.«

»Oh je.« Oriana hielt sich eine Serviette vor den Mund. »Ich kann mir vorstellen, wie irritierend das nach und nach wirken musste.«

»Allerdings.« Charlotte senkte die Stimme, da die Mädchen zur Terrasse zurückkamen. »Aus dem Grund ist sie ein Jahr alt.«

»Miladies, Miss Blackacre.« Royston, der Butler der Stanwoods, verbeugte sich. »Ihre Ladyschaft wünscht, mit Euch zu sprechen.«

Louisa, Charlotte und Oriana folgten dem Butler zurück in den Empfangsraum, in dem Grace mit Matt saß. Die Herzogin war augenscheinlich gegangen.

»Da sind Sie ja.« Sie wandte sich Oriana zu. »Tante Dianna wollte, dass Sie die Gelegenheit haben, noch etwas Zeit mit Charlotte und Louisa zu verbringen, während sie Erledigungen macht. Ich wurde angewiesen, Sie zu Madam Lisette's zu schicken, aber ich fühle mich wohler, wenn ich Sie dorthin begleite.« Matt neben ihr nickte. »Ich würde Louisa und Charlotte mit dir schicken, aber leider sind die drei kleinsten Kinder krank und haben schon nach ihnen gefragt.« Grace zögerte einen Augenblick. »Wissen Sie, ob Sie schon die Masern hatten?«

»Ja, hatte ich. Meine Brüder erinnern mich immer daran, wie sehr ich mit Pusteln übersät war. Warum fragen Sie?«

»Das ist die Krankheit, die die Kleinen plagt«, sagte Charlotte. »Wie es aussieht, muss unser geplanter Spa-

ziergang im Park verschoben werden. Grace, wir hätten
gern, dass Oriana uns heute Abend begleitet.«

»Ich habe über diesen Gedanken schon mit unserer
Tante gesprochen. Aber sie ist der Ansicht, dass die
morgige Abendveranstaltung besser sein wird. Oriana
hat einige Abendkleider, die noch angepasst werden
müssen. Das ist auch der Grund dafür, Madam Lisette's
aufzusuchen. Morgen werden wir in Stillwell House dinieren, bevor wir zum Ball gehen.«

»Was für eine wundervolle Idee!« Oriana lächelte
glücklich. Sie sah zu Louisa und Charlotte. »Es tut mir
leid, dass ich heute Abend nicht mit von der Partie sein
werde, aber ich freue mich sehr auf morgen. Vielen
Dank, dass ihr mich so herzlich willkommen geheißen
habt.«

Nach Umarmungen und Wangenküsschen erhob
sich Grace und gab Oriana das Zeichen, sie zu begleiten.
Matt stand ebenfalls auf und geleitete sie in die Halle.

Charlotte und Louisa gingen hinterher.

»Ihre Abstammung ist hervorragend«, flüsterte
Louisa, als sie zum Krankenzimmer hinaufstiegen.

»Ja, und sie ist die Enkelin von Herzogen sowohl von
der mütterlichen als auch von der väterlichen Seite«,
stimmte Charlotte zu. »Ihre Mitgift ist sicherlich mehr
als beachtlich. Man kann davon ausgehen, dass sie außergewöhnlich geduldig ist, und sie weiß, wie man einem Gut vorsteht.«

»Und Bentley kann so sein, wie ihr Vater war. Kurz,
sie ist perfekt für Bentley.« Louisa lächelte und spürte
schon, wie die Last des unerwünschten Verehrers von
ihren Schultern abglitt.

»Wenn sie ihn nur leiden mag«, erinnerte Charlotte
sie sanft.

»Und er sie.« Louisa wollte sich von der Möglichkeit,
dass Oriana und Bentley nicht zueinander passen
könnten, nicht abhalten lassen.

»Sollen wir sie zuerst vorbereiten?«

»Das wäre ungeschickt.« Charlotte zog ein Gesicht. »Nachdem wir sie miteinander bekannt gemacht haben, werde ich versuchen, herauszufinden, was sie über Bentley denkt. Nach allem, was wir wissen, könnte sie ihr Herz bereits einem anderen Gentleman zugewandt haben.«

»Sie ist vergangene Woche erst in der Stadt angekommen, und ich glaube nicht, dass sie schon viel herumgekommen ist. Wenn ich sie doch nur besser kennen würde.«

»Oh, das werden wir noch.« Charlotte ging zurück zu ihrem Schreibtisch, setzte sich und zog einen Bogen Papier hervor. »Ich schreibe ihr, um sie für morgen Nachmittag zu einem Spaziergang während der Promenade einzuladen.«

»Was für eine großartige Idee. Warum habe ich nicht daran gedacht?«

»Weil du eine Aufgabe am liebsten in Angriff nimmst, indem du jedem einen Platz zuweist, um ihnen anschließend zu sagen, was sie tun sollen.«

Louisa seufzte. Sie konnte etwas harsch sein, jedoch immer zum Wohle der anderen. Hoffentlich würde Rothwell ihre Art, Ziele zu verfolgen, akzeptieren. Es war ihr bis jetzt noch nicht in den Sinn gekommen, sich zu fragen, ob er sich eine weniger energische Dame wünschen würde. »Wenn wir nur wüssten, ob Bentley sie schon kennengelernt hat.«

»Das bezweifle ich.« Charlotte versiegelte die Nachricht. »Wie sie sagte, hat sie ja noch an keiner der Abendveranstaltungen teilgenommen.«

Louisa sandte ein leidenschaftliches Stoßgebet zum Himmel, dass Oriana und Bentley sich sogleich ineinander verlieben würden.

KAPITEL 5

Eine Stunde nach seiner Unterhaltung mit Allerton saß Gideon bei Brook's und aß Rinderbraten, was er sonst selten tat. Ein distinguierter älterer Gentleman trat an seinen Tisch. »Rothwell, ich hörte schon, dass Ihr zurück seid. Es ist schön, Euch wiederzusehen.«

Neben dem Herrn stand ein jüngerer Mann, Lord Marcus Finley, und grinste. Gideon kannte Lord Martin aus der Schulzeit und war ihm in Kanada einige Male über den Weg gelaufen. »Willkommen zu Hause. Es tat mir sehr leid, von deinem Verlust zu hören.«

»Ich danke dir, Marcus.« Gideon stand auf und schüttelte seinem Gegenüber zur Begrüßung die Hand. »Ich habe gehört, du hast geheiratet.«

»Richtig. Unglücklicherweise habe ich ebenfalls einen Verlust erlitten. Mein Bruder ist gestorben. Ich bin jetzt Earl of Evesham. Das ...«, er deutete auf den Älteren, »ist mein Schwiegeronkel, Lord St. Eth.«

»Mein herzliches Beileid, Sir«, wandte Gideon sich an Lord St. Eth. »Ich habe Euch nicht sofort erkannt. Bitte nehmt Platz.«

Marcus und der Marquis of St. Eth setzten sich zu beiden Seiten von Gideon. Ein Ober brachte eine Flasche Bordeaux.

»Wie ich hörte, habt Ihr Euren Ruf zum House of Lords erhalten, und ich habe es mir zur Aufgabe gemacht, Euren Eintritt ins Oberhaus zu begleiten«, bemerkte St. Eth, nachdem er einen Schluck Wein genommen hatte. »Ich gehe davon aus, dass Ihr lange genug in London sein werdet, um dieses Amt auszuüben?«

Gideon war von den verlustreichen Geschäften seines Vaters und von Lady Louisa – obwohl er sie erst zweimal gesehen hatte – so abgelenkt gewesen, dass er seinen Sitz im House of Lords völlig vergessen hatte. »Danke, Sir, ich nehme Eure Hilfe gerne an.«

Marcus und Lord Eth orderten ebenfalls von dem Rindfleisch. Sobald ihre Speisen serviert wurden, widmeten sie sich dem ausgezeichneten Rinderbraten des Klubs. Nachdem sie gemeinsam eine Flasche Wein geleert hatten, fragte Gideon: »Werdet Ihr heute Abend den Ball von Lady Sale besuchen?«

»Wir gehen ins Theater«, antwortete Marcus. »Der einzige Grund, weshalb meine Frau noch in der Stadt weilt, ist, dass sie heute Abend Kean spielen sehen möchte. Anschließend bringe ich sie schnellstens hinaus aufs Land, wo sie die Geburt unseres ersten Kindes erwarten wird.«

Das Leben wandelte sich so rasch! Bald würden all seine Freunde verheiratet sein und der Geburt ihrer Kinder entgegenblicken. »Herzlichen Glückwunsch. Ich könnte mich nicht mehr für dich freuen!« Gideon hob sein Glas. »Auf die Gesundheit von Mutter und Kind!«

»Auf die Gesundheit von Mutter und Kind!«, sagten die beiden einstimmig.

»Da du am Ball teilnimmst«, Marcus stellte sein Glas auf den Tisch zurück, »nehme ich an, du bist auf der Suche nach einer Ehefrau?«

Gideon kaute auf einem Bissen Rindfleisch und dachte über eine passende Antwort nach. »Es gibt da eine Dame, die mich interessiert. Unglücklicherweise muss ich noch einige Angelegenheiten regeln, bevor ich ihr den Hof machen kann.«

Die Gentlemen bedachten ihn mit wissenden Blicken, gaben jedoch keine Kommentare von sich. Er begriff, dass sein Vater nicht gerade diskret mit seiner Affäre umgegangen war. Noch mehr beunruhigte ihn jedoch die Frage, wie viel im *Ton*, in der feinen Gesellschaft Londons, über seine finanzielle Lage bekannt war. Viele Familien lebten über Generationen hinweg am Rande des Bankrotts. Da Peers nicht in Schuldnergefängnisse geschickt werden konnten, gab es für diese Familien augenscheinlich keinen Anreiz, ihre Lebensweise zu ändern. Doch die Dukes of Rothwell hatten immer mit ihren Ressourcen hausgehalten, und Gideon war nicht nur beunruhigt, sondern peinlich berührt ob seiner Situation.

Das Gespräch drehte sich darum, ihn auf den neuesten Stand bezüglich seiner alten Freunde und anderer prominenter Mitglieder der höheren Gesellschaft zu bringen.

Schließlich warf er einen Blick auf seine Taschenuhr. »Ihr müsst mich entschuldigen. Ich muss zu einem Ball.«

St. Eth und Marcus erhoben sich. »Und wir sollten unsere Frauen abholen«, sagte Marcus mit einem Lächeln.

Als Gideon hinaus auf das Trottoir trat, hielt ihn Lord Masters, ein alter Bekannter seines Vaters, auf. »Auf ein Wort bitte, Euer Gnaden.«

Der Mann war Gideon nie sonderlich angenehm gewesen, und das hatte sich nicht geändert. Seine Lordschaft roch nach starkem Alkohol, und auf seiner Krawatte prangte ein fettig aussehender Fleck. Gideon spürte, wie er sich versteifte. »Mylord?«

Masters zog mehrere Papiere aus der Tasche seiner Weste. »Habe gehört, dass Ihr in der Stadt seid, und habe gehofft, Euch zu treffen. Es geht um diese Schulden, die Euer Vater hinterlassen hat.« Er beugte sich näher und sagte in einem lauten Flüstern: »Ehrenschulden, Ihr wisst schon.«

Ehrenschulden waren es nur, weil man sie nicht vor Gericht einfordern konnte. Allerton hatte Gideon von den Spielschulden seines Vaters berichtet, ihm aber keinen vollständigen Überblick gegeben. Dass sein Vater so viel Geld verloren hatte, war an sich schon eigenartig. Der Duke hatte selten gespielt, aber wenn doch, dann hatte er nie verloren. Um die Sache jedoch noch schlimmer zu machen: Gideon verfügte nicht über die nötigen Mittel, um die Schulden zu begleichen, die sein Vater vor seinem Tod nicht gezahlt hatte. Aber nicht nur das – je länger er über die fürchterliche Lage nachdachte, in der er und seine Familie nun steckten, desto ärgerlicher wurde er. »Ich kann nichts Ehrenhaftes darin finden, die eigene Familie an den Bettelstab zu bringen, und ich habe keinerlei Absicht, darin eine Rolle zu spielen.«

»Aber Euer Gnaden«, jammerte der Mann, »Euer Vater gab sein Wort.«

»In diesem Fall empfehle ich, Ihr nehmt ihn beim Wort, wenn Ihr ihm das nächste Mal begegnet.«

Das bereits gerötete Gesicht des älteren Mannes lief noch stärker an. »Merkt Euch eines«, grummelte Seine Lordschaft. »Eure Entscheidung werdet Ihr noch bedauern.«

»Dann sei es so.« Er sah zu, wie der ältere Mann sich den Weg die Straße hinunter bahnte, und fragte sich, ob seine Lage noch auswegloser werden konnte. Zu allem Übel standen Marcus und St. Eth immer noch bei ihm. »Ich nehme an, Ihr habt das Gespräch gehört.«

»Ihr werdet Euch nicht sehr beliebt machen«, antwortete St. Eth nachdenklich. »Andererseits war es offenkundig, dass Euer Vater nicht er selbst war. Es ist nicht ehrenhaft, mit noch nicht Volljährigen oder mit geistig Eingeschränkten zu wetten.«

Gideon schüttelte den Kopf. »Was meint Ihr mit ›geistig Eingeschränkte‹?«

»Es war klar, zumindest in meinen Augen«, sagte St. Eth mit trockener Stimme. »Er litt unter Demenz. Die wenigen Male, als ich ihn traf, sprach er mich mit meinem alten höfischen Titel an. Ich kann nicht der Einzige gewesen sein.« St. Eth blickte in Gideons Augen. »Als junger Mann war Euer Vater ein fürchterlicher Kartenspieler. Irgendwann überstiegen seine Verluste seine Einkünfte, und Euer Großvater zog ihm die Zügel an. Als ich ihn danach wieder in der Stadt sah, war sein Verhalten nicht nur viel moderater, sondern seine Fähigkeiten hatten sich derart verbessert, dass nur noch wenige gegen ihn zu setzen wagten.«

Nun, das erklärte vieles. Vor allem aber: Wenn St. Eth herausgefunden hatte, dass Vater nicht ganz bei Sinnen war, wer musste es sonst noch gewusst und sich einen Vorteil davon verschafft haben? Eine Last hob sich von Gideons Schultern. Wenn sein Vater nicht bei Verstand gewesen war, konnte man ihn für sein Verhalten nicht verantwortlich machen. Darüber hinaus konnte man, wie St. Eth angedeutet hatte, Gideon nicht vorwerfen, wenn er sich weigerte, die Hinterlassenschaften seines Vaters zu zahlen. »Danke, dass Ihr es mir sagt.«

»Viel Glück.« Marcus klopfte Gideon auf den Rücken. »Wenn du irgendetwas benötigst, zögere nicht, zu fragen.«

»Das werde ich nicht.« Trotz des Angebots wusste Gideon jedoch, dass er diese Angelegenheit selbst klären musste.

Die beiden Gentlemen schlenderten davon. Gideons Stadtkutsche stand in der Nähe. Barnes hatte großartige Arbeit geleistet und die alte Kutsche wieder zum Strahlen gebracht. Sogar das Wappen sah aus, als wäre es frisch vergoldet. Zumindest *wirkte* Gideon wohlhabend, auch wenn er es nicht war. Er wartete, während ein livrierter Diener die Tür öffnete und die Stufen herausklappte.

Obgleich er sein Leben lang der Erbsohn gewesen war, würde er sich an die Zeremonien gewöhnen müssen, die der Herzogstitel mit sich brachte. Vielleicht würde es ihm leichter fallen, hätte er nicht drei Jahre in Kanada verbracht, wo Formalitäten wenig Beachtung fanden. Doch nicht nur das, sondern wäre er zu Hause gewesen, anstatt sich auf einem anderen Kontinent herumzutreiben, dann hätte er die Exzesse seines Vaters eindämmen können. Anstatt sich mit einem lüsternen alten Herzog herumzuschlagen, der nicht mehr bei Sinnen war, hätte Gideon die Sache vor Gericht gebracht und die Vormundschaft über seinen Vater gewonnen.

Jetzt musste er den Preis dafür zahlen, dass er nur an sich gedacht hatte. Diesen Fehler würde er nicht noch einmal machen. Das Herzogtum, seine Familie und alle, die von ihm abhängig waren, verließen sich auf ihn, und dieses Mal würde er sie nicht im Stich lassen, auch wenn das hieß, dass er seine eigenen Wünsche aufgeben musste.

Gideon lehnte sich gegen die weichen Polster der Kutsche zurück und malte sich den Abend aus. Er würde ihn genießen – oder vielmehr, er würde seinen Tanz mit Lady Louisa und den anschließenden Imbiss genießen. Aber das musste die letzte Gelegenheit sein, bei der er sie sah, bis er seine Angelegenheiten regeln konnte. Wenn es nach ihm ginge, würde er erst zum Tanz vor dem Supper zum Ball gehen, aber das wäre nicht nur unhöflich, sondern es würde sie auch noch zu seiner einzigen Gesprächspartnerin machen und damit genau zu der Art von Gerüchten führen, die er vermeiden sollte.

Wenige Minuten später hielt die Kutsche an. Das große Stadthaus vibrierte von Kerzenschein, Musik und Stimmen. Nachdem er die Treppe hinaufgestiegen war, begrüßte er den Gastgeber und die Gastgeberin.

Lady Sale lächelte und sank in einen tiefen Knicks. »Euer Gnaden«, ihre Stimme erinnerte ihn an eine Katze vorm Sahnetopf, »ich bin erfreut, dass Ihr uns heute Abend Gesellschaft leistet.«

»Ich fühle mich geehrt, Eure Einladung erhalten zu haben«, antwortete Gideon und verbeugte sich.

Er wandte sich Lord Sale zu und reichte ihm die Hand. »Mylord.«

»Euer Gnaden«, sagte Seine Lordschaft, als er Gideons Hand schüttelte. »Willkommen in der Heimat.«

»Ich bin glücklich, zurück zu sein, Sir.« Als das Paar sich umdrehte, um ihn zu begleiten, begriff er, dass sie höchstwahrscheinlich auf seine Ankunft gewartet hatten, bevor sie ihre Posten verließen. »Ist mein Vetter, Lord Bentley, schon zugegen?«

»Bedauerlicherweise hat er uns seine Absage gesandt.« Der Mund Ihrer Ladyschaft verzog sich zu einem Flunsch.

»Ach, wie schade.« Bei einem anderen Gentleman hätte sich Gideon über dieses Verhalten gewundert. Bei Bentley hingegen war er überrascht, dass er daran gedacht hatte, abzusagen. Gideon würde schlicht warten müssen, bis er den Grund erfahren würde, weshalb er gebeten worden war, nach London zu kommen.

Er bot Lady Sale seinen Arm an. »Bitte erlaubt.«

Sie neigte höflich den Kopf. »Danke, Euer Gnaden. Ich werde Euch mit einigen der jungen Damen bekanntmachen. Wenngleich ich nicht sicher bin, ob Ihr zeitig genug angekommen seid, um auf viele Tänze zu hoffen.«

Diese Tatsache befriedigte ihn allerdings mehr, als er Ihre Ladyschaft wissen lassen konnte. Gideon enthielt sich jeden Kommentars und trug ein angemessen betrübtes Aussehen zur Schau. Sein Name stand längst auf der Karte der einzigen Dame, mit der er Zeit verbringen wollte.

»Ich nehme an, Ihr wollt nach einer Gattin Ausschau halten.« Ihre Ladyschaft wartete mit hochgezogener Augenbraue auf seine Antwort.

»Nein. Nicht diese Saison. Ich bin nur kurze Zeit in der Stadt.«

»Ah.« Sie nickte. »Nachdem Ihr so lange weg wart, müsst Ihr viel zu tun haben. Aber ich ersuche Euch dringend, Euch dadurch nicht von einer passenden Heirat abhalten zu lassen.«

Im Kopfe hörte er die Unterhaltung mit Worthington noch einmal.

»Du könntest eine Erbin heiraten. Das ist eine durchaus ehrenwerte Art und Weise, sein Vermögen wieder aufzustocken.«

Nur ein Grund mehr, sein finanzielles Dilemma für sich zu behalten. Er hatte es nicht nötig, dass man ihm junge Damen vor die Nase hielt, die darauf hofften, seine Herzogin zu werden. »Ich werde Euren Rat im Kopf behalten, Mylady.«

In diesem Augenblick wurde er Lady Louisas ansichtig. Sie war eine zauberhafte Erscheinung in ihrem weißen, mit Rosa abgesetzten Ballkleid, das bei jedem der Tanzschritte changierend schimmerte, die sie im Cotillon machte. Er konnte sich nicht erinnern, den Tanz jemals graziöser ausgeführt gesehen zu haben.

Als wüsste sie, dass sie beobachtet wurde, drehte sie den Kopf, und er sah ihr in die Augen, hielt den Blick nur für die allerkleinste Sekunde fest, und doch war es schon genug. Er spürte eine unbeschreibliche Elektrizität, eine Verbindung zu ihr, die er noch niemals empfunden hatte. Er zwinkerte, und sie hatte sich wieder ihrem Tanzpartner zugewandt.

Lady Sale neben ihm murmelte zustimmend. »Soll ich Euch zu Lord und Lady Worthington geleiten?«

»Ja, bitte.« Entging der Frau nichts? Gideon unterdrückte ein Stöhnen. Das war ungeschickt von ihm gewesen. Wie viele der Anwesenden hatten es auch noch bemerkt? Er wollte eigentlich nicht, dass Lady Sale ihn zu irgendjemandem geleitete, doch war er sich unsicher, ob er seinen Freund ohne die Hilfe Ihrer Ladyschaft würde finden können.

Er hatte vergessen, wie belebt die Bälle des *Tons* sein konnten. »Das ist anders als die gesellschaftlichen Anlässe, die ich in letzter Zeit gewohnt war.«

»Ich bezweifle, dass die Vergnügungen in den Kolonien mit dem mithalten können, was wir hier in London haben«, antwortete sie auf die abschätzige Art, die den Menschen zu eigen war, die die Kolonien Englands für weniger wertvoll hielten, als sie sein sollten.

Ihre Ladyschaft hatte den Ballsaal umschifft, dabei ihren vielen Gästen zugenickt und Gideon mehr als einer Matrone vorgestellt, die heiratsfähige Töchter hatte. Endlich konnte er sehen, wo Worthington stand, am anderen Ende des Saals. »Vielen Dank für Euer Geleit, Mylady. Ich glaube, von hier aus finde ich den Weg.«

»Es war mir ein Vergnügen, Euer Gnaden.« Sie knickste. »Wenn Ihr jemandem vorgestellt werden möchtet, gebt mir nur Bescheid.«

Das Set Tänze war zu Ende, wodurch Gideon die Möglichkeit hatte, quer durch den Saal zu gehen und sich zu seinem Freund und bald, so dachte er zumindest, zu Lady Louisa zu gesellen.

»Rothwell, bist du das?«

Vor sich entdeckte er einen alten Schulfreund. »Featherton, wie ist es dir ergangen?«

»Mir geht es gut. Es tat mir leid, das von deinem Vater zu hören.«

»Das war ein Schock.« In mehrfacher Hinsicht. Er schüttelte seinem Freund die Hand.

Er ging ein paar Schritte weiter, und eine von Mamas alten Freundinnen begrüßte ihn. »Euer Ehren, bitte richtet Eurer Mutter meine Grüße aus. Es tut mir leid, dass sie diese Saison nicht in die Stadt kommen konnte.« Eine junge Dame gesellte sich zu ihnen. »Erinnert Ihr Euch noch an meine Tochter, Lady Jane? Sie war noch ziemlich klein, als ihr euch zum letzten Mal begegnet seid.«

Er verbeugte sich vor der Tochter der Frau, unfähig, sie in all die Kinder einzuordnen, die über die Jahre in Rothwell Abbey zu Besuch gewesen waren. »Ihr habt Euch sehr verändert, Lady Jane.« Sie klimperte mit den Wimpern und lächelte ihm neckisch zu.

Er verlor keine Zeit, sich wieder an ihre Mutter zu wenden. »Ich werde ihr ausrichten, dass Ihr nach ihr gefragt habt.«

Es war faszinierend, wie schwer es sein konnte, einen Ballsaal zu durchqueren. Wenige Minuten später atmete er tief aus. »Ich dachte schon, ich würde dich nie finden. Im Wald die Spur eines Wilds zu verfolgen ist einfacher.«

»Nun, du bist zurück im *Ton*. Herzlich willkommen.« Worthington lachte. »Wir haben deinen Weg über die Tanzfläche beobachtet. Nächstes Mal halte dich an den Rand der Fläche.«

Die Lady mit dem goldenen Haar neben ihm gluckste. Nach dem Blick zu urteilen, den Worthington ihr schenkte, und nach der Art, wie die Hand der Dame sicher in seiner Armbeuge lag, konnte sie niemand anderes sein als seine Braut. »Ach, mein Liebes. Erlaube mir, dir den Duke of Rothwell vorzustellen. Rothwell, meine Frau.«

Gideon verbeugte sich über der Hand der Dame, während sie knickste. »Sehr erfreut, Mylady. Ich wusste, dass nur eine besondere Frau Worthingtons Herz gewinnen würde, und wie ich sehe, habe ich richtiggelegen.«

Eine rosige Farbe überzog ihre Wangen. »Ich bin erfreut, Euch endlich kennenzulernen, Mylord. Mein Gatte hat mir von Euren Reisen erzählt. Wie gefällt es Euch, zu Hause zu sein?«

»Bis jetzt war es interessant. Ich wünschte, ich hätte unter anderen Vorzeichen zurückkehren können, Mylady.«

»Ja.« In ihren Augen zeigte sich Besorgnis. »Es ist nie leicht, ein Elternteil zu verlieren. Aber nach Hause zu kommen, um es dann erst zu erfahren, muss niederschmetternd sein. Es tut mir sehr leid, von Eurem Verlust zu hören.«

Sie war der erste Mensch, der seit seiner Rückkehr so tiefes Mitgefühl zeigte, und unvergossene Tränen ließen ihm den Hals schmerzlich eng werden. »Es war nicht einfach.«

»Ich bin mir sicher, das ist eine Untertreibung. Wie hält Eure Mutter sich?«

»So gut man es erwarten kann.« Heimlich dachte er sich, dass seine Mutter möglicherweise erleichtert über den Tod seines Vaters war. In ihrer langen Ehe hatte sich der Herzog nie zuvor eine Liebhaberin genommen. Auch das Wissen, dass sein Vater krank war, hatte wahrscheinlich die Verletzung nicht mindern können, die sie bei dessen Betrug empfunden haben musste.

»Ich werde ihr schreiben. Nach einem Sterbefall erhält man oft viele Beileidsschreiben und dann nichts mehr. Ich weiß, dass meine eigene Mutter das nach dem Tod meines Vaters schmerzlich erfahren hat.«

»Vielen Dank für Eure Freundlichkeit.«

Worthington hatte großes Glück, eine solche Frau gefunden zu haben. Gideon hoffte nur, er selbst hätte ebensolches Glück.

»Worthington sagte, Ihr habt nicht vor, lange in der Stadt zu bleiben. Wir speisen fast nie nach förmlichen Regeln«, sie schmunzelte. »Ihr seid herzlich eingeladen, zum formlosen Überraschungsessen zu uns zu kommen.«

Und bei Lady Louisa zu sein. Würde er das können? In dem Wissen, dass er nur in Gesellschaft anderer bei ihr sein könnte? »Danke, Mylady.«

»Schickt einfach eine kurze Nachricht, und ich werde für eine Person mehr decken lassen.«

»Vielleicht werde ich Euch beim Wort nehmen.« Er suchte den Saal nach Lady Louisa ab, und endlich sah er, dass sie in seine Richtung geführt wurde.

Er hatte nicht darauf geachtet, wann er angekommen war, und wusste deshalb nicht, welcher Tanz-Satz soeben geendet hatte. Gideon hoffte nur, dass der Tanz vorm Supper schon bald stattfinden würde.

KAPITEL 6

Louisa verpasste beinahe ihren Part im Tanz, als der Duke of Rothwell ihre Aufmerksamkeit auf sich zog. Seine Augen wie aus geschmolzenem Silber hypnotisierten sie mehr als jemals zuvor etwas es vermocht hatte. Es war, als hätte er sie mit purer Willenskraft dazu gebracht, ihn anzusehen, und sie dann mit seinem Blick gefangengenommen.

So erhitzt sie vom Tanz in dem Saal voller Menschen auch sein mochte, überlief sie ein leichter Schauder beim Anblick des Herzogs.

Nie war sie einem so imposanten Mann wie ihm begegnet. Gütiger Himmel! Wenn sie eine derartige Reaktion bei seinem bloßen Anblick empfand, was würde sie erst tun, wenn sie beim Tanz in seinen Armen lag? Er musste der Richtige sein! Diese Art Reaktion hatte sie noch nie bei einem der anderen Gentlemen erlebt, und sie hatte gerade mal zehn Worte mit ihm gewechselt, nun, vielleicht auch zwanzig. Dennoch war ihre Reaktion ungewöhnlich. Meistens hatte sie nach einem Satz Tänze den Wunsch, in Ruhe gelassen zu werden, ganz gleich, wer ihr Partner war – anstatt sich zu wünschen, noch mehr Zeit mit dem jeweiligen Gentleman zu verbringen. Sie hatte das Gefühl, dass es nach einem Tanz mit Rothwell anders sein würde.

»Lady Louisa.« Lord Babcock, ihr Tanzpartner, unterbrach sie in ihren Gedanken. »Ist Euch kalt?«

»Keineswegs.« Ganz im Gegenteil. Als sie jedoch den Arm hob, glich ihre Haut der eines gerupften Huhns.

Sie schüttelte das eigenartige Gefühl, dass etwas nicht so war, wie es sein sollte, ab und erhaschte einen Blick auf ihn, als Lady Sale ihn gerade wegführte, zweifellos, um ihn ihren anderen Gästen vorzustellen.

Nach Louisas Kenntnisstand war dies die erste Veranstaltung, an der er seit seiner Rückkehr von den Kolonien teilnahm. Sicher war er eine Bereicherung für das Fest Ihrer Ladyschaft.

Seit Louisas Debüt hatte sie mehr als ihren Anteil an Aufmerksamkeit auf sich gezogen, doch das war nichts im Vergleich zu den Blicken, die Rothwell von einigen der Damen auf sich zog. Meine Güte, sie geiferten regelrecht. Armer Mann. Er musste sich wie ein Tier in der königlichen Menagerie fühlen.

Bald war Rothwell aus ihrem Blickfeld verschwunden, und sie wandte ihre volle Aufmerksamkeit wieder dem Tanz zu, der viel länger als üblich zu dauern schien. Endlich war das Set vorbei, und ihr Tanzpartner geleitete sie zu Grace und Matt zurück. Als sie sie erreichte, war auch Rothwell da.

Sie hätte vor Freude strahlen mögen, wahrte jedoch die Contenance und machte einen Knicks, begleitet von einem fröhlichen, sittsamen Lächeln. Es wäre nicht angebracht, alle merken zu lassen, wie sehr sie an ihm interessiert war. Das würde nur unerwünschte Spekulationen über sie beide auslösen. »Euer Gnaden.«

»Mylady.« Er nahm ihre behandschuhte Hand und presste einen Kuss auf ihre Finger. Hitze glühte an der Stelle, an der seine Lippen gewesen waren.

Oh du lieber Gott! Das ist noch schlimmer als heute Morgen!

Er sah sie an, und auch wenn sein Gesicht gleichgültig wirkte, blitzten seine Augen schelmisch. Ihr blieb die Luft weg, und einen Augenblick war sie sich nicht sicher, ob sie je wieder würde atmen können.

Dann sagte Grace etwas, worauf Matt mit einem Glucksen reagierte, und Rothwell ließ ohne Eile ihre

Hand wieder los. Sein Blick jedoch hielt den ihren weiterhin fest.

»Louisa«, sagte Grace in warnendem Ton. »Ich glaube, Lord Babcock kommt mit Limonade zu dir zurück.«

»Oh ... oh ja. Gewiss.« Der Mann war der Auffassung, alle Damen müssten zwischen den einzelnen Sätzen Limonade trinken. Zunächst hatte Louisa die Geste geschätzt, dann jedoch begriffen, dass er sie nicht aus Freundlichkeit tat, sondern, um sich selbst, wie er dachte, einen Vorteil zu verschaffen.

Rothwell streckte den Rücken durch, und sie sah zu Lord Babcock, als er zu ihnen trat.

»Für Euch, Mylady.« Mit übertriebener Geste übergab er ihr das kühle Getränk.

»Vielen Dank, Mylord. Ich weiß das zu schätzen.« Das tat sie zwar keineswegs, aber es gäbe keinen Grund, außer Bosheit, ihm das zu sagen.

Matt stellte Rothwell Lord Babcock vor. Gegenüber dem Herzog und ihrem Bruder wirkte Lord Babcock sogar noch jünger als gewöhnlich, und Matt konnte nicht mehr als vier Jahre älter sein als Lord Babcock, vielleicht weniger. Vielleicht wirkte Seine Lordschaft einfach nicht so reif wie ihr Bruder und Rothwell.

Bald wandte sich das Gespräch dem Krieg gegen Napoleon zu.

»Ich denke darüber nach, den Kontinent zu bereisen, sobald der korsische Teufel aus dem Feld geschlagen ist«, sagte Lord Babcock. »Die Erzählungen meines Großvaters über seine Grand Tour haben mich immer fasziniert.«

»Ich erwarte nicht, dass Napoleon leicht zu besiegen sein wird«, bemerkte Louisa. »Seine Flucht von Elba hat er ohne Schwierigkeiten bewerkstelligt, und beim Marsch auf Paris scheint er viel Unterstützung bekommen zu haben.«

»Lady Louisa, ich muss sagen ...«, Lord Babcock bedachte sie mit einem gönnerhaften Lächeln von der Art, wie er es vielleicht einem Kind geschenkt hätte. »Wir haben den Lump bereits ein Mal auf ganzer Linie geschlagen. Es gibt keinen Grund, weshalb uns dies nicht wieder gelingen sollte.«

»Ich teile zufällig die Besorgnis von Lady Louisa«, sagte Rothwell, bevor Seine Lordschaft fortfahren konnte. Sie war glücklich, als sie hörte, dass er derselben Meinung war wie sie. »König Louis hat es fertiggebracht, nicht nur diejenigen zu verärgern, die sich nichts aus ihm machten, sondern auch seine Unterstützer. Wie Lady Louisa sagte, ist Napoleons Fähigkeit, seit seiner Flucht Truppen zu mobilisieren, beeindruckend. Berücksichtigt man außerdem, dass Wellingtons erfahrenste Truppen in Amerika geschlagen wurden, erkennt man eine denkbar schlechte Ausgangslage.« Rothwell blickte sie an. »Ich bin beeindruckt, dass Ihr so gut informiert seid, Mylady.«

Sie schenkte dem Herzog ihr strahlendstes Lächeln. »In meiner Familie unwissend zu bleiben, wäre schwierig, Euer Gnaden. Ihr müsst wissen, dass wir alle politisch sehr interessiert sind.«

»Ja, ja«, pflichtete Babcock ihr errötend hastig bei. »Wenn nur alle jungen Damen so scharfsinnig wären.«

Sie hätte gern mit den Augen gerollt. Wenn er dachte, sie fiele auf seine plötzliche Meinungsänderung herein, war er ein Narr. Er hatte einen Ehrentitel, und sie fragte sich, ob er das politische Geschehen überhaupt verfolgte. Viele junge Männer scherten sich nicht um die Regierung oder den Krieg, wenn sie keinen Familienangehörigen hatten, der in der Armee war.

Glücklicherweise begann der nächste Satz, und Rothwell hielt ihr den Arm hin. »Darf ich bitten, Mylady?«

Sie legte die Hand auf seinen Arm und wappnete sich innerlich für den Ansturm von Empfindungen. Dennoch war sie nicht darauf vorbereitet, seine Hitze zu spüren. Und die Art, wie ihr selbst davon warm wurde. »Gerne, Euer Gnaden.«

Sie nahmen ihre Tanzpositionen ein, und in dem Augenblick, als seine Hand ihre hielt und sie das Gewicht seiner Hand an ihrer Taille spürte, wusste sie, dass sie verloren war. Ihr Herz begann zu rasen, und ihr Atem wurde flach. Die Anziehungskraft, die er auf sie ausübte, war wirklich so, wie es in romantischen Büchern beschrieben wurde. Konnte es sein, dass sie sich schon verliebte? Sie sah zu ihm auf, und die Wärme in seinen Augen weckte in ihr den Wunsch, näher zu ihm zu rücken, als es statthaft war.

Seine Finger in ihrem Rücken griffen fester zu. »Oh Gott.«

Gideon zwang sich, sie nicht näher an sich zu ziehen.

»Exakt.« Seine Stimme klang rau, als hätte er wochen- oder monatelang nicht gesprochen.

»Fühlt Ihr das ...«

»Ja«, unterbrach er sie. »Ja«, sagte er dann mit sanfterer Stimme. Er wollte sie nicht verschrecken. Obgleich ihm etwas sagte, dass sie nicht so leicht zu ängstigen wäre.

Neben Lady Louisa zu stehen und sie nicht berühren zu dürfen, war schon schlimm gewesen. Sie im Arm zu halten, war Folter. Es hatte schon etwas für sich, die Dame, die man wollte, zu entführen. Jetzt und hier hatte er das Gefühl, als wären aller Augen auf sie gerichtet. Und er musste rasch nachdenken, was er ihr sagen konnte, das nicht beinhaltete, wie sehr er sie küssen und andere, noch viel ungebührlichere Dinge mit ihr tun wollte. Noch nie hatte er solch unmittelbare körperliche Reaktionen auf eine Dame erlebt.

»Babcock ist ein Narr.« Das war nicht die beste Gesprächseröffnung, aber aus irgendeinem Grund hatte er es aussprechen wollen. Vielleicht, um Lady Louisas Reaktion einschätzen zu können.

»Ich stimme zu.« Ihre Stimme klang atemlos, so als wäre sie durch einen Wald gerannt. »Um fair zu sein, allerdings nicht mehr als viele andere Gentlemen.«

Gideon wollte nicht fair sein. Babcock hatte sich beinahe über ihre Auffassung lustig gemacht, dann seine Haltung rasch geändert, sobald Gideon Einwände erhoben hatte. »Ein Gentleman sollte seinen eigenen Prinzipien treu sein.«

Was im Moment nicht sehr für ihn selbst sprach.

»Ihr wart zu lange fernab der feinen Gesellschaft, wenn Ihr das denkt.« Ihre Stimme klang trocken wie Zunder, aber um ihre schimmernden, rosigen Lippen zuckte es.

»Ihr seid eine Zynikerin, Mylady.« Konnte er sie erneut zum Lächeln bringen? Aus irgendeinem Grund wollte, nein, musste er sehen, wie ihre dunkelroten Lippen sich verzogen und ein amüsiertes Funkeln in ihre lapislazuliblauen Augen trat. »Euer Bruder hat feste Grundsätze.«

»Gewiss hat er die, und auch andere seiner Freunde sind vernünftige, vorausschauende Männer.« Er führte sie in eine Umdrehung, und sie legte den Kopf schief. »Und Ihr?«

»Ob ich vernünftig und vorausschauend bin?« Es gefiel ihm, dass sie gleich auf den Punkt kam. »Ich wünsche es mir. Es gibt viele Frauen, auch Ladys, die viel Macht besitzen. In Kanada haben die Frauen der Indianer die gleiche Macht wie die Männer. In manchen Stämmen besitzen die Frauen sogar die Eigentümer.«

»Ich würde gern mehr über die Indianer und Kanada hören.«

Irgendwie war sie ihm jetzt näher als zuvor. Verpatzte er den Tanz? Einen Skandal hervorzurufen, würde ihnen beiden nicht guttun.

Er versuchte, die Arme etwas durchzudrücken, doch es gelang ihm nicht. »Ich wünschte, Ihr könntet sie mit eigenen Augen sehen.«

Ein sehnsüchtiger Ausdruck legte sich auf ihr Antlitz. »Das wäre wundervoll. Wie auch immer, ich werde froh sein, wenn ich Europa bereisen kann. Matt hat rundheraus abgelehnt, mit uns nach Brüssel zu reisen, wohin sich ein großer Teil des *Ton* verlagert hat. Sogar die Herzogin von Richmond ist dort. Allerdings verstehe ich seine Gründe.«

Gideon konnte sich Worthingtons Reaktion auf den Vorschlag, zwei junge Frauen im heiratsfähigen Alter, seine schwangere Frau und einen Haufen Kinder an einen Ort zu bringen, an dem eine Schlacht geschlagen werden sollte, ausmalen. Die Vorstellung, Lady Louisa könnte in Gefahr sein, ließ Gideon das Blut gefrieren. Andererseits schien sie allem gewachsen zu sein. »Ich habe bemerkt, dass in London viel weniger Menschen der feinen Gesellschaft sind, als ich es in Erinnerung hatte.«

»Etwas.« Louisas Brauen zogen sich zusammen, als sie weitersprach. »Ich glaube, dass Wellington gewinnen wird, aber ich fürchte, um einen hohen Preis.«

»Aus welchem Grund?« Nichtsdestoweniger dachte er durchaus, dass dieser Kampf anders sein würde. Wellington und Napoleon waren sich zuvor nie als Gegner gegenübergetreten.

»Ich traf kürzlich einen Offizier, der von Kanada nach Brüssel versetzt wurde. Er drückte die gleiche Sorge aus wie Ihr: dass viele von Wellingtons erfahrensten Soldaten im Januar in der Schlacht von New Orleans getötet wurden. Und nicht nur das, sondern auch die meisten Offiziere, die unter ihm gedient haben, sind weg.«

Gideon hatte unvermittelt eine Vision von Lady Louisa, wie sie einem politischen Dinner vorsaß. Sie wäre brillant, umwerfend und würde alle mit ihrem Wissen und ihrer Klugheit anlocken. Sie war ganz und gar der Typ Dame, die die perfekte Herzogin abgeben würde. *Seine perfekte Herzogin.* »Ich denke, wir müssen darum beten, dass Wellington tatsächlich seinem guten Ruf als Feldherr gerecht wird.«

»Ich habe das Gefühl, ich sollte auf irgendeine Weise etwas beitragen.« Ihre Stirn glättete sich, und sie lächelte ihm bedauernd zu. »Aber selbst, wenn Matt mit uns dorthin reisen würde, gibt es höchstwahrscheinlich nichts, was ausgerechnet ich tun könnte.«

Gideon hatte vielmehr das Gefühl, dass sie einen Weg finden würde, sich einzubringen. »Es wird eine Herausforderung sein, auf den Ausgang warten zu müssen.«

Mit einem strahlenden Lächeln antwortete sie: »Ja, allerdings. Sie sagen mir immer, ich solle mir keine Sorgen über diese Dinge machen, aber ich wäre wirklich froh, wenn ich jemanden hätte, mit dem ich meine Besorgnis teilen könnte.«

»Ihr habt doch mich.« Er platzte mit den Worten heraus, ohne nachzudenken. Wenn es nach ihm ginge, würde er den Rest seines Lebens damit verbringen, ihr zuzuhören und mit ihr zu sprechen. Wäre er doch nur nicht nach Kanada gegangen!

In ihren strahlend blauen Augen lag Wärme, als sie zu ihm aufsah. »Wenn Ihr Euch sicher seid, würde ich Euer Angebot sehr schätzen.«

»Es gibt nichts, wessen ich mir sicherer wäre.« Der Tanz endete, und Gideon brachte sie dazu, stehen zu bleiben. Er brachte es jedoch nicht über sich, sie loszulassen.

Vielleicht konnte sie dem Herzog in Belgien nicht helfen, aber hier gab es noch einen anderen Herzog, dessen Überzeugung gerade wuchs, dass sie genau die Frau war, die er brauchte. Je rascher es ihm gelang, seine finanziellen Angelegenheiten in Ordnung zu bringen, desto früher konnte er Worthington um Erlaubnis bitten, Lady Louisa den Hof zu machen. Die Schwierigkeit war jedoch, dass Gideon nicht wusste, wann das der Fall sein würde, und er war fest entschlossen, ihr erst den Hof zu machen, wenn alles seine Richtigkeit hatte. Wenn das, was sie beide körperlich spürten, echt war, würde sie vielleicht auf ihn warten.

Louisa musste sich abermals zwingen, ihren Blick von Rothwells betörenden grauen Augen abzuwenden. Großer Gott, hatten ihr Bruder und Grace bei ihrer ersten Begegnung auch so empfunden? Sie hatte nie danach gefragt. Hauptsächlich, weil sie bisher niemanden kennengelernt hatte, der in ihr den Wunsch ausgelöst hatte, ihre gesamte Zeit mit ihm zu verbringen. Nun jedoch war genau das eingetreten.

Allzu bald war der Tanz-Satz zu Ende.

Rothwell hielt ihre Hand fest, als sie sich von ihrem Knicks wieder aufrichtete, und sein Atem strich über ihr Ohr. »Ich bin überaus glücklich darüber, dass ich Euch zum Supper führen darf.«

»Ich bin gleichfalls erfreut darüber. Aber ich muss Euch warnen: Wir werden uns zu meiner Familie gesellen, und Matt gestattet es weder Charlotte noch mir, allein mit einem Gentleman zu dinieren.«

»Nicht weniger würde ich von ihm erwarten.« Rothwell geleitete sie dorthin, wo der Rest ihrer Angehörigen wartete.

Sie schlenderten den anderen hinterher zum Speiseraum. »Reitet Ihr am Morgen wieder aus?«

Waren sie sich erst diesen Morgen begegnet? Louisa lächelte in sich hinein. Sie hatte immer gesagt, dass sie es wissen würde, wenn sie den richtigen Gentleman traf. »Ja. Ich stehe immer vor der restlichen Familie auf.«

»Um sieben Uhr? Wenn das nicht zu früh ist.«

Sie nickte fast unmerklich. »Sieben Uhr ist perfekt. Wir werden nach dem Essen nun nicht mehr lange bleiben. Wir haben nicht lange gebraucht, um herauszufinden, dass wir unseren Nachtschlaf benötigen, wenn wir mit den kleineren Kindern mithalten wollen.«

Seine Lippen öffneten sich langsam zu einem Lächeln. »Ich kann mir nicht vorstellen, wie es ist, so ein volles Haus zu haben.«

Hätte ihr früher jemand vorausgesagt, was geschehen würde, hätte sie auch so gedacht. Trotzdem ... »Früher hätte ich Euch vielleicht zugestimmt, aber wir hatten solches Glück. Von Anfang an haben wir uns gut verstanden, und wir fühlen uns wie leibliche Geschwister.«

Sie gesellten sich zu Matt, Grace, Charlotte und dem Earl of Endicott, der Charlotte begleitete, an den Tisch, den Matt ihnen organisiert hatte.

»Wenn Ihr mir sagt, was Ihr am liebsten mögt«, flüsterte Rothwell, womit er erneut einen wohligen Schauer ihr Rückgrat hinab schickte, »werde ich mich bemühen, es Euch zu bringen.«

Seine Hand lag in ihrer Taille, und ein Gefühl, als berührte er mit den Fingern ihre ganze Wirbelsäule, jagte ihr den Rücken hinauf. Ihre Wangen wurden heiß. »Ich liebe Hummerpasteten und Gefrorenes.«

»Euer Wunsch ist mir Befehl, Mylady.«

Sie beobachtete, wie er sich mit ihrem Bruder und dem Earl entfernte.

»Louisa.«

Graces Stimme drang in Louisas Gedanken vor. »Ja?«

»Starr nicht so.«

Louisa riss den Kopf herum, um auf den Tisch zu blicken. Was hatte sie sich nur gedacht? Sie wusste es doch besser, als sich vor den Anwesenden zur Attraktion zu machen. »Es tut mir leid. Ich wollte nicht ...«

»Ich verstehe das.« Grace tätschelte Louisas Hand. »Ich habe viel Gutes über Rothwell gehört, und er ist überaus attraktiv.«

»Ja, ja, das ist er. Aber was noch wichtiger ist: Er hört mir zu und ist in der Lage, eine intelligente Unterhaltung zu führen.« Sie blickte Charlotte an, die an etwas vollends anderes zu denken schien.

»Ich habe bemerkt, dass er sich anscheinend dafür interessiert, was du zu sagen hast.« Grace blickte in die Richtung, in der die Gentlemen verschwunden waren. »Sie kommen zurück.«

Louisa drückte Graces Finger. »Ich würde gerne morgen mit dir sprechen, wenn du Zeit hast.«

»Sehr schön. Komm nach dem Frühstück in mein Studio.«

»Danke.«

Die Männer kamen. Rothwell stellte einen Teller vor Louisa ab, auf dem Hummerpastetchen gestapelt waren. »Meine Güte, ich werde niemals so viele essen können.«

»Ich werde Euch gerne dabei helfen.« Seine Stimme vibrierte, als müsse er sich das Lachen verbeißen.

Ein Diener brachte mehrere Sorten Eis und Champagner.

Matt blickte finster drein. »Wie gut, dass Rothwell an unserem Tisch sitzt. Sonst wäre unsere Louisa die Einzige, die Hummerpastetchen sammelt.«

»Ui!« Grace bedeckte ihren Mund mit einer Serviette. »Willst du etwa sagen, dass er schneller als du war, mein Liebster?«

»Er ist drauf losgestürmt und hat uns anderen strategisch beiseite gedrängt. Diesen Trick muss er in seiner Zeit in den Kolonien gelernt haben.« Mit völlig ausdrucksloser Miene fuhr Matt fort: »Welche Lady auch immer beschließen wird, ihn zu nehmen, wird ihn zuerst wieder zivilisieren müssen.«

Erneut wurden Louisas Wangen warm, und sie senkte den Kopf, um von dem Eis zu essen. Rothwell war ein Freund ihres Bruders. Wenn er und sie entschieden, dass sie zueinander passten, würde Matt die Verbindung dann gutheißen? Sie könnte Grace am Morgen nach ihrer Meinung fragen. Wie auch nach den fremden Gefühlen, die Louisa empfand, sobald sie sich in der Nähe des Herzogs aufhielt.

KAPITEL 7

Als Gideon am nächsten Morgen kurz vor sieben Uhr zu Stanwood House ritt, sah er Lady Louisa, die gerade ihr Pferd bestieg. Das war ungewöhnlich. Als er zum letzten Mal in London geweilt hatte, war es noch üblich gewesen, dass Damen einen Gentleman im Haus erwarteten. »Guten Morgen. Ich dachte, ich wäre früh dran, aber ich muss mich wohl geirrt haben.«

Sie sah ihn erschrocken an. »Ihr hattet nichts davon gesagt, dass Ihr zum Haus kommt. Ich dachte, wir wollten uns im Park treffen.«

»Ich sehe, ich muss in meinen Verabredungen mit Euch präziser sein. Ihr seid sicherlich keine Dame, der es an Selbstsicherheit mangelt.« Er konnte nicht glauben, dass es zu ihren Gewohnheiten gehörte, sich im Park mit Gentlemen zu treffen. Sicherlich würden ihr Bruder und ihre Schwägerin solches Verhalten nicht billigen. »Weiß Worthington, dass wir heute Morgen gemeinsam ausreiten?«

Zwischen ihren Brauen bildete sich eine feine Linie. »Matt und Grace haben sich heute Morgen noch nicht blicken lassen. Ich habe meinem Mädchen und dem Butler Bescheid gegeben.« Sie blickte zu einem Stallburschen, der in der Nähe stand. »Im Grunde brauche ich Sie gar nicht.« Nachdem der Diener gegangen war, drehte sie sich zu Gideon um. »Wollen wir, Euer Gnaden?«

Lady Louisa wirkte nicht so, als schleiche sie sich davon, Gideons Fragen hatten sie nicht aus dem Konzept gebracht, und bis vor wenigen Augenblicken war ein Stallbursche zugegen gewesen. Warum zum Teufel war

er dann darüber beunruhigt, dass sie ihn draußen traf?
»Ja. Ich schätze den Park mehr, wenn er nicht so voller
Menschen ist.«

Ihr helles Lachen klang in der Luft, als sie im Trab die
Straße hinunter und um die Ecke Richtung Carlos
Place ritten. Auch wenn die meisten Angehörigen des
Tons noch im Bett lagen, so brummte das restliche London doch bereits vor Geschäftigkeit, und zwar schon
seit einigen Stunden. Karren, die Milch und andere
Dinge lieferten, hielten immer wieder an und zwangen
sie zu Langsamkeit. Als sie in die Mount Street einbogen, ließen sie die Pferde Schritt gehen, bis sie den Park
erreichten.

Normalerweise wäre er jetzt für einen schönen, ausgedehnten Galopp bereit, aber Lady Louisa faszinierte
ihn, und er wollte mehr von ihr wissen. Irgendetwas an
ihr war anders als bei allen Damen, die er bisher kennengelernt hatte. Und doch konnte er nicht den Finger
auf das legen, was sie für ihn so anziehend machte.

Sie hatte einen starken Willen. Wenn der letzte
Abend beispielhaft war, hatte sie keine Hemmungen,
ihre Ansichten zu äußern. Ihr Geist war schnell und
aufnahmefähig. Er hatte kaum je eine Dame getroffen,
die so viel wusste und so empfänglich für das Leid in
der Welt war. Hingegen schien sie wenig Erfahrungen
mit dem Necken und Scherzen mit Verehrern zu haben. Sie klimperte nicht mit den Wimpern oder lächelte ihn verführerisch an, wie Lady Jane es getan
hatte. Lady Louisa war vollends unschuldig. Offensichtlich hatte noch kein Gentleman versucht, ihr seine
Liebe zu zeigen. Andererseits war das nicht überraschend, da Worthington ihr Bruder war. Er würde jeden Mann aufspießen, der es wagte, mit seiner Schwester nur zu tändeln.

»Was wollt Ihr mit dem heutigen Tag anfangen?«,
fragte sie, als sie in den Park einbogen.

Mit meinem Anwalt sprechen und auf die Suche nach dem Haus einer Hure gehen, wo ich den fehlenden Schmuck finden will. »Ich muss einige Angelegenheiten bezüglich meiner Liegenschaften klären. Eigentlich bin ich auf die Bitte eines Familienmitglieds nach London gekommen, aber wie sich hier erst herausgestellt hat, muss ich mich auch um meine eigenen Besitztümer kümmern.« Sie schien zu zögern, und Gideon fragte sich, ob ihr Bruder ihr von seiner finanziellen Bredouille erzählt hatte. Er hoffte, dass Worthington sein Vertrauen nicht verraten hatte.

Wenn Lady Louisa nichts davon sagte, beschloss Gideon, würde er es auch nicht tun. Er wollte es sich nicht wegen der schlechten Geschäfte seines Vaters mit ihr verderben. Er warf einen Köder aus. »Euer Bruder hat mir den Namen seines Geschäftsbevollmächtigten genannt. Ich werde ihn um einen Besuch bitten.«

»Hat Eure Familie denn keinen eigenen?«

Hitchens, ihr früherer Geschäftsbevollmächtigter, hatte kurz nach Gideons Rückkehr auf ihn gewartet und dann die meiste Zeit damit verbracht, die Hände zu ringen. Als Gideon vorschlug, in einige der Unternehmen zu investieren, die er in Kanada gesehen hatte, hatte der Mann entsetzt reagiert. »Doch, aber er ist in seinen Methoden sehr festgefahren. Ich wünsche mir, mehr Erfahrung zu sammeln und neue Möglichkeiten der Ertragssteigerung kennenzulernen.«

»Ah, ich verstehe.« Sie sah ihn an, ihre Augen waren voller Mitgefühl. »Es ist schwierig, wenn ein Angestellter, der lange für einen gearbeitet hat, keine neuen Wege einschlagen kann. Matt musste unseren alten Verwalter überzeugen, seine Tätigkeiten niederzulegen.«

Gott sei Dank. Sie wusste nichts. Gideon ließ den Atem ausströmen, den er angehalten hatte, und lächelte sie strahlend an. »Wir müssen uns alle mit der Zeit verändern.«

»Das sollten wir wirklich.« Sie lachte. Es war der wohlklingendste Ton, den er je gehört hatte.

Vielleicht sollte er ihr von seinen Schwierigkeiten erzählen. Schließlich fühlte er sich überaus zu ihr hingezogen, und er wollte nicht, dass sie ihn für einen Mitgiftjäger hielt. Andererseits vertraute Worthington Gideon offenbar. Sonst hätte er ihm Lady Louisa niemals vorgestellt oder ihr gar erlaubt, mit ihm zu tanzen. Er durfte den Grund für die meisten seiner finanziellen Schwierigkeiten nicht erwähnen. Kein Gentleman würde mit einer Lady über Frauen von schlechtem Ruf sprechen, erst recht nicht mit einer so unschuldigen Lady. Wenn er seinem Wunsch, ihr näherzukommen, Ausdruck verleihen wollte, musste er ihr einen plausiblen Grund liefern, weshalb sie in dieser Saison noch keine dauerhafte Bindung eingehen konnten. Wahrscheinlich noch für ein weiteres Jahr nicht. Aber bis dahin würde er sich wieder erholt haben, hoffte er.

Sie ritten unter eine Baumgruppe, die sie vor Blicken schützte, und er hielt sein Pferd an. »Vielleicht falle ich mit der Tür ins Haus, aber ich spüre eine Verbindung zu Euch, wie ich sie noch nie zuvor zu einer Dame verspürt habe.«

Lady Louisa hatte geradeaus geblickt, doch nun wirbelte sie mit dem Kopf herum und sah ihn mit leicht gerunzelter Stirn an. Beinahe hätte er aufgestöhnt. Es war doch noch zu früh gewesen, und er hatte wie der schlimmste Grünschnabel geklungen. Wahrscheinlich nahm sie an, dass er jetzt bald damit anfangen würde, Gedichte zu rezitieren. Er blieb so unbeweglich sitzen, wie er konnte, und überließ sich ihrem prüfenden Blick.

Schließlich kräuselten sich ihre Lippen, und sie erwiderte seinen Blick. »Ich habe das Gleiche empfunden, aber ich weiß nicht, wie ich damit umgehen soll. Wir haben uns erst gestern kennengelernt, und doch scheint es, als würde ich Euch schon immer kennen.«

Ihr Zögern, voranzupreschen, war genau das, was Gideon benötigte. Er sah ihr in die Augen. »Wir sollten uns Zeit lassen.«

Worthington würde von Gideon erwarten, dass er all seine finanziellen Angelegenheiten geordnet hätte, bevor er ihn darum bat, ihr den Hof machen zu dürfen. Wie er ihrem Bruder bereits erklärt hatte, wollte er nicht, dass seine Gattin in die Reparaturen an seinen Eigentümern hineingezogen würde.

Sie nickte. »Natürlich, wir sollten nichts übereilen. Schließlich besteht dazu auch keine Notwendigkeit.«

Keine Notwendigkeit außer der, dass er sich wünschte, sie für immer in seinem Leben zu haben. Dass er sich wünschte, sie zu halten, zu küssen und ... Ihre Augen weiteten sich, gerade so, als könne sie sehen, was er sich wünschte. »Wir würden keinen Anlass zu Gerede geben wollen.«

»Ich gebe Euch recht. Gerede ist nicht wünschenswert.«

Gerede mochte nicht wünschenswert sein, aber, bei Gott, sie war es. Lady Louisa leckte sich über die Lippen, als ihr Pferd näher zu seinem tänzelte. Zum Teufel, sie hatte keine Vorstellung davon, was sie ihm da antat. Sein Gemächt drückte gegen seine Hosen. Ihre Pferde standen nebeneinander, und er streckte die Hand aus, berührte ihre Wange, genoss ihre zarte Haut und strich mit dem Daumen über ihre rosigen Lippen. Just in dem Augenblick, in dem er sich hinüberbeugte, um sie zu küssen, bewegten sich die verdammten Biester.

Sie hielt die Zügel fester und kicherte nervös. »Ich glaube, wir sollten zurückkehren.«

»Ja.« Bevor er erneut den Verstand verlor und versuchte, sie zu küssen! *Und dann im Park, um Himmels willen!* Was zum Teufel hatte er sich nur gedacht? Worthington würde ihm den Kopf abreißen – und andere Körperteile auch. Wäre Gideon doch nur frei, jetzt schon mit seinem Freund zu sprechen!

Sie ließen sich Zeit beim Heimritt zu Stanwood House. Es schien, als wolle keiner von beiden die Gesellschaft des anderen schon aufgeben.

Als sie noch etwa einen Häuserblock weit weg waren, sagte Louisa: »Wenn es etwas gibt, womit ich dabei helfen kann, Euer Anwesen zu modernisieren, sagt es mir bitte. Ich bin in der Führung von Gütern unterrichtet worden, auch wenn ich eingestehen muss, dass ich keine praktischen Erfahrungen habe.«

»Danke sehr.« Ihr Angebot war charmant, doch die Aufgabe, sich um seine Güter zu kümmern, oblag allein ihm. »Ich kann mir vorstellen, dass Euer Bruder dafür gesorgt hat, Euch auf den neuesten Kenntnisstand zu bringen.«

Ihre Augen funkelten, als sie ihn angrinste. »Grace hat es mir erklärt. Sie steht den Stanwood-Liegenschaften bereits seit Jahren vor.«

»Worthington ist ein glücklicher Mann, da er von so intelligenten Damen umgeben ist.« Wäre Gideon doch auch so glücklich. »Ich freue mich darauf, mich mit Euch über das auszutauschen, was Ihr gelernt habt. Es wird viel unterhaltsamer sein, als es in einem trockenen Buch zu lesen.« Eine Vision blitzte auf: Sie, nackt im Bett, ihre langen dunklen Locken flossen über ihre Schultern, ihre Lippen waren vom Küssen angeschwollen, und sie war von Wälzern über Landwirtschaft umgeben. Seine Körper spannte sich vor Verlangen an.

Er versuchte, seine Sehnsucht zu verbergen, aber ihre Augen weiteten sich. »Woran denkt Ihr gerade?«

»Ich ... ähm ...« Die Haustür flog auf, und zwei große Deutsche Doggen liefen die Treppe herunter. Ein Hausdiener jagte ihnen hinterher, und ein Stallbursche mühte sich, die kleinere von den Pferden fernzuhalten. Dem Schicksal sei Dank für das Durcheinander!

»Duke, bleib«, befahl Luisa. Der größere Hund – der, den sie gestern bei sich gehabt hatte – blieb stehen.

Der Bursche hielt den anderen fest, streichelte ihn und sagte: »Miss Daisy, sei brav jetzt.«

Gideon schwang sich von seinem Pferd, ging zu Louisa und half ihr hinunter. »Ich gehe besser.«

Sie neigte den Kopf. »Werdet Ihr mir antworten?«

Beharrliche Person. »Nicht, wenn ich uns nicht beide beschämen will.«

Er küsste ihr rasch die Hand, da er von den Hunden abgedrängt wurde. »Gebt Ihr mir heute Abend wieder den Tanz-Satz vor dem Essen?«

»Wisst Ihr denn, zu welcher Veranstaltung wir gehen?«

Grinsend antwortete er: »Nein, aber ich hoffe, Ihr werdet es mir verraten.«

Ihre Augen zogen sich zusammen, aber ein Lächeln umschmeichelte ihre Lippen. »Zu Lady Pickerings Ball.« Sie schickte sich an, mit den Doggen zur Haustür zu gehen, dann blickte sie über die Schulter zurück. »Ich werde Euch den Tanz vor dem Supper reservieren.«

Er wusste, er strahlte wie ein Idiot, und konnte doch nichts dagegen tun. »Dann bis heute Abend.«

Nachdem sich die Tür hinter ihr geschlossen hatte, stieg er auf sein Pferd. Gott, er war ein Narr. So viel zu seinem Schwur, nicht ihre Zuneigung zu gewinnen. Er wusste, dass die einzige Möglichkeit, sich von ihr fernzuhalten, wäre, die Stadt zu verlassen, und das konnte er nicht. Er musste immer noch seinem Vetter helfen und seinen Besitz von dieser Misses Petrie zurückgewinnen. Aber bis heute Abend war noch viel Zeit zu überbrücken. Vielleicht konnte er sie für eine Ausfahrt über den Grand Strut gewinnen, sofern er eine angemessene Kutsche hatte. Er musste Barnes fragen.

Als Gideon in seinem Stadthaus ankam, lag auf dem Schreibtisch in seinem Studio ein Brief auf einem Tablett. Er erkannte die Handschrift seiner Mutter und ging zu seinem Stuhl, um das Siegel zu öffnen. Er betete, dass es keine schlechten Nachrichten waren.

Mein liebster Gideon,
wie sehr ich bedaure, dass ich es nicht fertigbrachte, mit Dir über Deinen Vater zu sprechen, als Du bei mir weiltest. Doch nun ist mir klargeworden, dass Du den Grund für sein ausschweifendes Leben erfahren musst. Mehrere Monate nach Deinem Aufbruch in die Kolonien begann er, einfache Dinge zu vergessen. Ich machte mir keine großen Gedanken darüber. Er war bereits über siebzig Jahre alt, und die Dienerschaft stand zur Verfügung, um ihm dabei zu helfen, die Dinge wiederzufinden, die er verlegt oder vergessen hatte.
Unglücklicherweise verschlimmerte sich sein Zustand rasch. Als du etwa ein Jahr in der Ferne warst, erkannte er mich nicht mehr und auch niemanden mehr, der bereits aus der Zeit vor unserer Heirat im Haushalt lebte. Als ich hörte, dass er sich mit einer Frau eingelassen hatte, brach es mir das Herz. Doch da er sich an mich ohnehin nicht mehr erinnerte, gönnte ich ihm sein Glück. Hätte ich auch nur geahnt, wie er unseren Besitz herunterwirtschaften würde, hätte ich Dir sicherlich geschrieben, dass Du heimkommen sollst.
Vielleicht denkst Du, dass ich gerichtlich hätte vorgehen und einen Vormund bestimmen lassen müssen. Jedoch konnte ich mich nicht dazu überwinden, etwas Derartiges zu tun. Für mich wird er immer der starke und fähige Mann bleiben, den ich geheiratet habe. Ich hätte es nicht ertragen, Rothwell auf den Status eines Unzurechnungsfähigen verwiesen zu sehen.

Gideon ließ den Brief aus seinen Fingern gleiten und lehnte sich auf dem Stuhl zurück. Demenz. St. Eth hatte recht gehabt. Jetzt, da Gideon mit der Wahrheit konfrontiert war, konnte es tatsächlich nur Demenz gewesen sein, und noch dazu ein sehr schlimmer Fall. Kein Wunder, dass seine Mutter es nicht über sich gebracht hatte, darüber zu sprechen. St. Eth hatte recht, was das Spielen anging. Kein Ehrenmann, der diesen Titel verdient hatte, würde mit einem Minderjährigen oder einem geistig Umnachteten spielen. Deshalb konnte niemand Gideon Vorwürfe machen, wenn er keine der Spielschulden seines Vaters beglich. Wenn die Krankheit des Herzogs *einem* Mann so klar vor Augen gestanden hatte, dann musste es mit allen, die ihn kannten, so gewesen sein.

Er rieb sich mit der Hand über das Gesicht. Verflucht noch eins. Seine Mutter hatte ebenfalls recht: Er war sich nicht sicher, ob er seinen Vater der letzten Würde, die ihm verblieben war, hätte berauben können. Einerseits glaubte Gideon, dass er einen Teil der schlimmsten Irrungen seines Vaters hätte umlenken können. Allerdings hätte der Herzog wahrscheinlich nicht einmal gewusst, wer er war. Ganz gleich, wie sehr es ihn geschmerzt hätte, es zu tun – er hätte seinen Vater für unzurechnungsfähig erklären lassen müssen. Das wäre seine Pflicht gewesen. Aber diese Gedanken waren Schnee von gestern. All seine Wünsche und sein Bedauern getroffener Entscheidungen würden es ihm nicht ermöglichen, die Zeit zurückzudrehen.

Auf der Anrichte stand eine Karaffe mit Brandy, wie zeit seines Lebens. Er wollte so dringend ein Glas. Nur für einige Stunden hätte er gern genug getrunken, um vergessen zu können. Stattdessen läutete er nach Tee. Heute war viel zu erledigen, und so sehr er sich auch wünschte, es wäre anders, war Brandy keine Hilfe.

Er griff nach einem Blatt Papier von dem Stapel auf seinem Schreibtisch, nahm seinen Federhalter, tauchte ihn in die Tinte und schrieb einen Brief an Worthingtons Geschäftsbevollmächtigten, in dem er ihn um einen Gesprächstermin bat, sobald es ihm möglich wäre.

Ein Pochen erklang an der Tür. Fredericks trat ein. »Euer Gnaden, ich habe gesehen, dass Ihr nach Tee geläutet habt. Aber habt ihr denn schon gefrühstückt?«

Passend knurrte Gideon genau in diesem Augenblick der Magen. »Augenscheinlich nicht.« Zweifellos hatte sein Koch die Anrichte von einem Rand bis zum anderen mit Essen beladen. »Ich komme sofort.« Er hielt den Brief hoch. »Lassen Sie dies per Boten schicken.«

Sein Butler verbeugte sich. »Jawohl, Euer Gnaden.«

»Und schicken Sie Allerton zu mir. Ich komme zum Essen, sobald ich mit ihm gesprochen habe.«

»Wie Ihr wünscht, Euer Gnaden.«

Kurz darauf klopfte Gideons Sekretär an und betrat den Raum. »Euer Gnaden?«

»Ich habe einen Brief von Ihren Gnaden erhalten, in dem sie mich darüber informiert, dass der Herzog an Demenz litt.« Sein Gegenüber setzte zum Sprechen an, doch Gideon hob die Hand. »Ich werfe weder Ihnen noch sonst jemandem meiner Dienerschaft vor, mich nicht aufgeklärt zu haben. Das war nicht Ihre Aufgabe. Ich weiß, Sie alle haben Ihr Bestes getan, um ihn zu schützen.« Er lächelte. »Das war deutlich an dem Berg unbezahlter Rechnungen zu sehen, den Sie mir übergeben haben, wie auch an Ihrem Rat, die Liste mit zum Juwelier und zum Pfandhaus zu nehmen.«

Allerton nickte.

»Ich bitte um eine weitere Liste mit allen Läden, in deren Kreide ich stehe. Ich habe vor, sie heute aufzusuchen.«

Nach einem Augenblick räusperte Allerton sich. »Wenn ich einen Vorschlag machen darf, Euer Gnaden. Ein Brief Eures Anwalts könnte effektiver sein als ein persönlicher Besuch.«

Nun, zur Hölle, Allerton hatte recht. Zum ersten Mal kam Gideon in den Sinn, wie es wirken musste, wenn er die Kaufleute persönlich belästigte. Gerede über sein Verhalten würde sich schneller ausbreiten als ein Buschfeuer.

Die Idee seines Sekretärs war besser. Nicht so unterhaltsam – er würde einen anderen Weg finden müssen, sein Mütchen zu kühlen – aber umso produktiver. »Sie haben recht. Sendet Templeton ein Billett, er möge mich aufsuchen.«

»Das werde ich sogleich erledigen.«

Gideon erhob sich und ging zu seinem Frühstücksraum. Er brauchte etwas Handfestes, bevor er die Schwierigkeiten in Angriff nahm, an denen diese geldgeile Hure mit schuld war.

Kapitel 8

Kaum eine Stunde nach Louisas Rückkehr von ihrem Ausritt tunkte sie ein Frottiertuch in eine Schale mit eisgekühltem Wasser und legte es auf die Stirn ihrer Schwester Theo. Charlotte tat das Gleiche für ihre kleinere Schwester Mary, während Grace sich um Philip kümmerte.

Es hatte Louisa zuerst das Herz gebrochen, als sie ihren Bruder und ihre Schwestern sah. Normalerweise strotzten sie nur so vor Gesundheit, und jetzt wirkten sie so klein und zerbrechlich! Sobald Louisa hörte, dass Theo nach ihr rief, hatte sie ihr restliches Frühstück im Stich gelassen, um nach ihrer Schwester zu sehen. Zum Glück wusste sie, was zu tun war, da sie ihre beiden anderen Schwestern auch schon gepflegt hatte, als sie an den Masern erkrankt waren. Die Kleinen hatten jetzt eine fast blaue Körperfarbe, aber solange das Fieber unten gehalten werden konnte, würden sie bald wieder sie selbst sein.

Die älteren Familienmitglieder hatten sich bereits mit der Pflege der Kranken abgewechselt. Matt konnte besonders gut mit Kindern umgehen und schaffte, dass sie sich besser fühlten, auch wenn die Krankheit gerade am schlimmsten war. Und Charlie, der älteste Sohn und Earl of Stanwood, der derzeit in Eaton war, hatte jeden Tag geschrieben, seit er über die Krankheit informiert worden war. Seine Briefe enthielten immer witzige, pfiffige Anekdoten und Erinnerungen daran, wie er und Charlotte an den Masern erkrankt waren.

»Ich will nicht krank sein«, sagte Theo in fast jammerndem Tonfall.

»Charlie hat gesagt, diese Phase dauert nicht lange«, antwortete die fünfjährige Mary und sah zu ihrem Bruder herüber. »Stimmt's, Philip?«

»Ja, und dann gibt's Eis. Stimmt's, Grace?«, fügte Philip hinzu.

»Völlig richtig, Schatz. Es wird nicht lange dauern, wenn ihr im Bett bleibt und die Ruhe bekommt, die ihr braucht, um euch zu erholen.«

Das Fieber war vergangene Nacht gesunken, aber die drei Kinder sahen blass und elend aus. Es half ein bisschen, sie mit kühlem Wasser abzutupfen. Später am Tag, wenn Grace sicher war, dass sie sich auf dem Wege der Besserung befanden, würden sie gebadet. Fieber, so hatte sie erklärt, war gefährlich und musste mit Sorgfalt behandelt werden. Ihre Mutter war am Fieber gestorben, und sie hatte kurz vor ihrem einundzwanzigsten Geburtstag allein dagestanden und die Fürsorge für ihre Brüder und Schwestern übernehmen müssen.

Louisa schob den Arm unter Theos Rücken und schlug das Kissen auf, bevor sie ihr eine Schale mit Haferschleim reichte. »Versuch, etwas zu essen. Denk daran, es gibt kein Eis, bevor du nicht allein essen kannst.«

»Ich verstehe den Grund nicht«, schmollte Theo. »Ich will jetzt Eis.«

»Die Eisstückchen schmelzen so schnell. Stell dir nur vor, was für eine Ferkelei das gäbe, wenn du damit gefüttert werden müsstest.«

»Das glaube ich auch.« Sie nahm den Löffel und aß ein bisschen. »Der schmeckt besser als der Haferschleim unserer alten Köchin.«

Dem Himmel sei Dank für die kleinen Freuden. »So bist du mein gutes Mädchen.« Louisa lächelte. »Ruckzuck wirst du Eis essen können.«

Wenige Minuten später schliefen die Kranken, und ihre Kindermädchen kamen zurück.

»Ich gehe ins Musikzimmer«, flüsterte Charlotte, um die Kinder nicht aufzuwecken.

Das Klavier war ihr größter Trost, wenn sie müde oder traurig war. Louisa umarmte sie. »Ich muss mit Grace reden.«

»Wegen Rothwell?«, fragte Charlotte.

Louisa nickte. »Ja. Ich brauche einen Rat.«

Ihre Schwägerin musste sie verstanden haben, denn sie flüsterte: »Es tut mir leid, dass wir noch nicht miteinander sprechen konnten. Aber immerhin – jetzt haben wir etwas Zeit. Matt ist gerade beschäftigt, und die Kinder werden uns vorerst nicht brauchen.«

Sobald Louisa und Grace ihr Studio erreichten, läutete sie nach Tee, der kurz darauf ankam. »Wie kann ich dir helfen?«

Louisa runzelte unwillkürlich die Stirn und gab Zucker und Milch in ihren Tee. »Ich glaube, ich bin gerade dabei, mich zu verlieben. Aber ich habe Angst, dass es zu schnell geht.«

»Rothwell?«, fragte Grace und wählte ein Sandwich aus.

»Ja. Er ist so attraktiv und charmant, aber außerdem spüre ich bei ihm eine Reaktion, die ich so noch nie bei einem anderen Gentleman erlebt habe.«

»Lass mich raten.« Sie sah Louisa in die Augen und schmunzelte. »Wenn er deine Hand küsst, spürst du es den ganzen Arm hinauf. Wenn seine Handfläche beim Tanz in deiner Taille liegt, entsteht in dir der Wunsch näher zu ihm zu rücken.« Mit hochgezogener Augenbraue fragte sie: »Soll ich fortfahren?«

Hitze überflutete Louisas Wangen und Nacken, und sie hatte das dringende Bedürfnis, an etwas herumzuspielen. »Nein, bitte nicht. Genau das meine ich, aber woher ...« Grace zog die zweite Braue hoch und bedachte Louisa mit einem belustigten Blick. »Oh! Wie dumm von mir. Du musst mit Matt das Gleiche erlebt haben.«

»Habe ich, und es ist noch immer so. Und ich wünsche mir inniglich, dass meine Gefühle mit der Zeit immer noch tiefer werden.«

Louisa hatte ihr Debüt noch nicht gehabt, als Matt und Grace sich kennengelernt hatten. Tatsächlich wusste sie weder wann noch wo sie sich begegnet waren, aber sobald die Familie in London angekommen war, hatte Matt sich auf die Suche gemacht, daran erinnerte sie sich. Ihre Verlobung hatte gar nicht lange gedauert, knapp drei Wochen. »Was geschieht als nächstes?«

»Diese Anziehung ist erst der Anfang. Ob zwei Menschen wirkliche Liebe zueinander entwickeln, hängt davon ab, wie sehr sie einander vertrauen können.«

Louisa verschluckte sich beinahe an ihrem Tee. »Vertrauen?«

»Man muss fähig sein, dem anderen das Herz zu öffnen. Die einzige Möglichkeit, das zu tun, ist Vertrauen.« Grace setzte ihre Tasse ab. »Hätte Matt mich nicht davon überzeugt, dass ich ihm in Bezug auf die Kinder vertrauen kann, dann hätte ich niemals heiraten können. Glücklicherweise«, ihre Wangen nahmen eine leichte rosige Farbe an, »war er außerordentlich überzeugend.«

Louisa verstand kaum noch etwas nach den Worten ›dem anderen das Herz zu öffnen‹. Aus irgendeinem Grund hatte ihr Verstand plötzlich die Funktion eingestellt. Auch wenn Mama das niemals eingestehen würde, so hatte sie doch Louisas Vater vertraut und war im Unglück gelandet. Nicht, dass Papa direkt unfreundlich gewesen wäre. Er hatte ihre Mutter nur nie in sein Herz eingelassen – oder auch nur in sein Leben. Louisa konnte verstehen, wieso es Grace leichtfiel, Matt zu vertrauen, aber andere Männer waren eine ganz andere Angelegenheit. Für Louisa war es wichtig, dass ihr Gatte sie als Gemahlin und als eine Partnerin behandelte. Rothwell schien ihre Intelligenz und ihre Fähigkeiten zu schätzen, aber wie sähe das nach der Heirat aus? Nach dem Wenigen, das sie gehört hatte, zeigten viele beim Hofieren ein anderes Gesicht. Würde sie ihm so vertrauen können, wie Grace es bei Matt konnte? Louisa wollte Gideon vertrauen. Aber woher sollte sie Gewissheit haben? Vielleicht gab es einen Hinweis, nach dem sie suchen sollte, der es ihr verriet. Davon abgesehen, müsste sie einfach mehr Zeit mit ihm verbringen. Matt erwartete nicht von ihr, dass sie diese Saison bereits heiratete. Ergo konnte sie sich alle Zeit lassen, die sie benötigte. Aber wollte sie das überhaupt?

Gideon war unfähig, geduldig abzuwarten, bis Templeton ihn aufsuchte, also machte er sich auf den Weg nach Doctors' Common, wo sein Anwalt sein Büro unterhielt. Der alte Templeton würde zweifellos wortreich und zuvorkommend darüber räsonieren, dass er Gideon sehr gerne in Rothwell House aufgesucht hätte, aber ein Gefühl der Dringlichkeit trieb ihn zur Tür hinaus und zur Anwaltskanzlei.

Er musste herausfinden, wie er die Fälschung dieser Misses Petrie handhaben sollte und ob das Haus, in dem diese Person lebte, ihm gehörte. Abgesehen davon schritt der Tag zu schnell voran.

Nachdem sein Stallmeister Gideon versichert hatte, dass er den Zweispänner in bestem Zustand vorfinden und benutzen könnte, hatte er eine Nachricht nach Worthington House schicken lassen, um Lady Louisa zu fragen, ob sie ihm die Ehre erweisen und am Nachmittag eine Kutschfahrt im Hyde Park mit ihm machen wolle. Ihre Zusage war nur wenige Minuten später angekommen.

Nach diesem Morgen war Gideon entschlossen, dafür zu sorgen, dass jeder Schritt, den er in Bezug auf Lady Louisa unternahm, völlig korrekt war, insbesondere da er sich wünschte, dass sie auf ihn wartete, bis er in der Lage war, sie heiraten zu können.

Zwei Stufen auf einmal nehmend, stieg er die Treppe hinauf und klopfte bei Templeton and Templeton an die Tür. Ein Angestellter öffnete, und Gideon überreichte dem jungen Mann seine Karte. »Ich wünsche, sogleich zu Mister Templeton vorgelassen zu werden.«

»Sehr wohl, Euer Gnaden.« Er führte ihn zu einem großen Raum mit hohen Fenstern, einem massiven Tisch und einem Kamin, in dem ein Feuer brannte. »Wenn Ihr Platz nehmen möchtet, werde ich Mister Templeton in Kenntnis setzen, dass Ihr zugegen seid. Möchtet Ihr einen Tee oder ein Glas Wein?«

»Tee bitte.«

Wenige Minuten später kam ein Mann, der kaum älter als Gideon war, gefolgt von dem Angestellten mit einem Teetablett und einem Teller mit Gebäck.

»Euer Gnaden.« Der Mann verbeugte sich. »Ich bin Mister John Templeton, der Sohn des verstorbenen Mister Joseph Templeton. Erlaubt mir, Euch zum Tod Eures Vaters mein Beileid auszusprechen.« Bevor Gideon etwas sagen konnte, fuhr Templeton fort: »Lasst mich Euch versichern, dass ich, wie zuvor mein Vater, mit allen Belangen der Güter der Familie Rothwell vollends vertraut bin. Ich wollte gerade auf Eure Bitte, Euch einen Besuch abzustatten, antworten. Nun erscheint es mir jedoch, dass der Grund, weshalb Ihr mich aufsucht, von großer Dringlichkeit ist.«

»Das ist richtig.« Gideon schenkte sich eine Tasse Tee ein und fügte Milch und Zucker hinzu. »Ich hoffe, Sie können mir sagen, ob ein bestimmtes Stadthaus in der Brick Street zu meinem Eigentum gehört.«

»Ja, das tut es, Euer Gnaden. Der Kauf wurde erst vor zwei Jahren getätigt. Ich freue mich, Euch darüber informieren zu können, dass – dank der langen Bekanntschaft meines Vaters mit Eurem Vater – das Eigentum auf Euren Namen läuft.«

Gideon dachte, dass er entweder nicht richtig verstanden oder Templeton sich versprochen hätte. »Meinen Sie nicht, auf das Herzogtum?«

»Nein, Euer Gnaden. Auf Euren Namen. Mein Vater war sich sehr bewusst, dass der Herzog, Euer Vater, nicht er selbst war. Dass er vielmehr so handelte, wie er es zu tun pflegte, bevor er Eure Mutter kennenlernte und heiratete. Es gab nur sehr wenig, was Vater tun konnte, um die Exzesse Seiner Gnaden einzudämmen, aber er war dank eines gewissen rechtlichen Winkelzugs in der Lage, das Haus auf Euren Namen eintragen zu lassen. Da die Immobilie kein Erbstück war, hätte das riskant sein können, hätte Euer Vater seine Schulden nicht mehr gezahlt.«

Gideon bedachte, was der Anwalt ihm offenbart hatte, und leerte seine Tasse. »Ich schulde Ihrem Vater meinen Dank und Ihnen mein herzliches Beileid zu seinem Tod.«

»Vielen Dank, Euer Gnaden.« Templeton ging kurz in den Nebenraum, kam zurück und öffnete vor Gideon eine Akte. »Ihr werdet sehen, dass es weder eine Miete noch Raten auf das Haus in der Brick Street gibt. Ein weiterer Umstand, den wir umgehen konnten.«

»Inwieweit ist das hilfreich für mich?« Besonders, da er keinerlei Einnahmen durch diese Immobilie erhielt.

»Euer Vorteil ist, dass die Frau als Gast in diesem Haus weilt und, wenn nötig, jederzeit zum Gehen aufgefordert werden kann.«

Es war Mitte Mai. Mit der Geldsumme, die Misses Petrie entwendet hatte, sollte sie kurzfristig eine neue

Unterkunft finden. »Ich will sie bis Ende des Monats aus dem Haus heraus haben.«

Templeton neigte den Kopf. »Ich werde mich gerne für Euch um diese Angelegenheit kümmern.«

»Noch etwas anderes: Gestern habe ich herausgefunden, dass sie die Unterschrift meines Vaters auf mindestens einem Dokument gefälscht hat, das ihr die Generalvollmacht bei Rundell and Bridges bescheinigt. Wenn ich die Zahl der Rechnungen betrachte, die sich auf dem Schreibtisch meines Sekretärs häufen, nehme ich an, dass sie noch mehr Dokumente gefälscht hat.«

»Wollt Ihr sie wegen Fälschung vor Gericht bringen? Ich nehme an, Ihr wisst, dass darauf Erhängen steht?«

Zu diesem Zeitpunkt würde Gideon die Hure gern hängen sehen, aber möglicherweise gab es eine bessere Lösung. »Vielleicht können wir sie überzeugen, das Land zu verlassen.«

»Ich bin sicher, sie wird Eure Großzügigkeit zu schätzen wissen. Ich empfehle Euch, sie noch einige Wochen länger in dem Haus verweilen zu lassen. Es ist wünschenswert, dass wir den Aufenthaltsort der Dame kennen, bis alle Schwierigkeiten ihretwegen beseitigt sind.«

»Nun gut.« So sehr Gideon sie auch aus dem Haus heraus haben wollte, hatte der Anwalt damit doch recht. Wäre nur Hitchens im Beschützen des Herzogtums ebenso gründlich gewesen, anstatt zuzulassen, dass sein Vater die Konten plünderte.

»Habt Ihr sonst noch ein Anliegen, Euer Gnaden?«

Gideon nickte nachdrücklich. »Ich bin auf der Suche nach einem neuen Geschäftsbevollmächtigten. Bitte nehmen Sie Kontakt zu Mister Hitchens auf und lassen Sie sich die Akten schicken, die er in seinem Besitz hat. Ich wünsche eine vollständige Liste meiner nicht an Erblehen gebundenen Vermögenswerte.« Wenn er schon mal hier war, konnte er sich auch entlasten, indem er für seine Familie alles ins Reine brachte. »Ich möchte auch sicherstellen, dass das Erbteil meiner Mutter unantastbar ist, und dass die Mitgiften meiner Schwestern geklärt sind.«

»Sehr gern, Euer Gnaden. Ich bin sicher, wir haben ein Inventar hier. Aber ich gehe davon aus, dass Ihr die Aufzeichnungen von Mr. Hitchens dennoch sehen möchtet.«

»Ich beauftrage meinen Sekretär, Ihnen die Namen der Warenhäuser zukommen zu lassen, die Misses Petrie«, – schon ihr Name hinterließ einen üblen Geschmack auf seiner Zunge –, »aufgrund der Unterschriftenfälschung Waren verkauft haben.« Gideon erhob sich. »Nochmals Dankeschön für Ihre und die Unterstützung Ihres Vaters.«

»Es war ganz das Vergnügen meines Vaters wie auch meines, auf jede uns mögliche Weise zu helfen«, sagte Templeton und geleitete Gideon zur Tür. »Ich lasse Euch ein Billett schicken, sobald ich eine vollständige Auflistung Eurer Vermögenswerte habe.«

Als er die Treppe hinunterging und nach draußen trat, dachte er über seinen nächsten Schritt nach. Templeton würde keine Zeit verschwenden und die Ladengeschäfte sogleich informieren. Barnes würde heute die Pferde zu Tattersalls und die Kutschen zu Longacre bringen lassen. Schon bald würde die Frauensperson bemerken, dass ihr der Geldhahn zugedreht worden war. Am liebsten würde er sie sogleich mit dem verschwundenen Schmuck konfrontieren und sie überzeugen, ihre Geschäfte woanders fortzusetzen, vorzugsweise in einer weit entfernten Kolonie, aber das wäre möglicherweise nicht die beste Vorgehensweise. Wie auch immer, er konnte versuchen, mehr über sie herauszufinden, und keine Zeit eignete sich besser als die Gegenwart.

Gideon ging zurück Richtung Mayfair und fand die Brick Street ohne große Schwierigkeiten. Er warf noch einen Blick auf die Adresse, bevor er die flachen Stufen eines bescheidenen Hauses hinaufstieg, das gut in Schuss war. Offenkundig zahlte jemand Bedienstete. Er hoffte nur, dass nicht er derjenige war. Er hob die Hand und klopfte an, als eine junge Frau mit einer Samttasche die Stufen an der Seite des Hauses heraufkam.

»Wenn Ihr hier seid, um Misses Petrie zu besuchen, die ist nich da«, sagte die Frau und betrachtete ihn von oben bis unten, als schätze sie seinen Wert ein.

»In der Tat. Wann erwarten Sie sie zurück?«

»Rechtzeitig, um sich für den Abend anzukleiden. Wenn Ihr Eure Karte hierlassen möchtet, sorg ich dafür, dass sie sie kriegt.«

Seine Karte im Haus der Geliebten seines Vaters abzugeben war sicherlich das Letzte, was Gideon zu tun beabsichtigte. »Danke sehr, aber ich möchte lieber mit Misses Petrie selbst sprechen.«

»Ihr wollt nich, dass irgendwer weiß, dass Ihr hier wart?« Die junge Frau zuckte die Achseln. »Wir sind alle diskret hier im Haus. Euer Name wird nich rumgetratscht, aber wie Ihr wollt. Sie geht heute Abend ins Theater.«

»Tatsächlich? Welches Stück?«

»Weiß ich nich, aber Mister Kean spielt mit.«

»Besucht sie oft das Theater?«, fragte Gideon und gab sich Mühe, nur mäßig interessiert zu klingen.

Das Mädchen nickte. »Sie liebt's, und wo sie jetzt 'ne Loge hat, die sie 'ne Weile nutzen kann, kostet es sie ja nix.«

Eine Loge? Womöglich *seine* Loge? Er sah wieder die Tasche an und verspürte den Wunsch, das Mädchen nach dem Inhalt zu fragen. Andererseits – sollte sie zum Juwelier oder zum Pfandhaus gehen, würde er das noch früh genug herausfinden. »Danke für die Auskunft.«

Er drehte sich um und schlenderte davon, ging ein kurzes Stück die Straße hinunter, bevor er einen Blick zurück warf, um zu sehen, welche Richtung das Dienstmädchen einschlug.

Würde sie geradewegs zu Rundell and Bridges beziehungsweise zum Pfandhaus gehen? Er drehte sich wieder um und folgte ihr in angemessenem Abstand.

Sofern sie nicht bereits einen neuen Gönner hatte, würde Misses Petrie höchstwahrscheinlich so viel Bargeld zusammenraffen, wie sie konnte, damit sie versorgt war, bis sie einen anderen alten Mann in ihre Falle lockte. Vielleicht sollte er nicht so hart mit ihr ins Gericht gehen. Schließlich tat sie nichts anderes als jeder andere Weiberrock täte. Zwar hatte sie seinen Vater ausgenutzt, aber soweit er sehen konnte, hatte der Herzog es zugelassen. Nicht einmal seine Mutter hatte versucht, die Person loszuwerden. Was ihm jedoch Sorge bereitete, waren der Betrug und das Gefühl, dass sie vom geistigen Zustand seines Vaters gewusst haben konnte. Das wiederum konnte er nicht einfach abschütteln.

Er musste diesen Schmuck aufstöbern. Wenn er nur eine Möglichkeit fände, in ihr Haus zu gelangen und es zu durchsuchen. Der einfachste Weg wäre natürlich, sie zu seiner Geliebten zu machen, doch die Vorstellung, die Frau intim zu berühren, mit der sein Vater angebändelt hatte, machte ihn krank. Ganz zu schweigen von seiner wachsenden Zuneigung und den Gestalt annehmenden Plänen für Lady Louisa Vivers. Aber musste er überhaupt so weit gehen? Besäße er doch nur das Geld, jemanden anzuheuern! Während die Gedanken in seinem Kopf umherwirbelten, verpasste er beinahe den Moment, als das Dienstmädchen die Tasche einem jungen Mann übergab, der, nach seiner Kleidung zu urteilen, wie ein Angestellter aussah.

Bevor die Magd sich zu ihm umdrehen konnte, überquerte Gideon die Straße und folgte dem jungen Mann stracks durch die Tür der Hoarse's Bank. Er griff nach dem Arm des Angestellten und fragte in seinem herrischsten, herzoglichsten Tonfall: »*Was* ist in dieser Tasche?«

Die Augen des jungen Mannes wurden rund, als er gehetzt um sich blickte. »S-Sir, ich-ich kann nicht ...«

»Was hat das zu bedeuten?«, wollte ein älterer Mann, wahrscheinlich ein leitender Angestellter, wissen.

Ohne den Angestellten loszulassen, griff Gideon in seine Westentasche, zog eine Karte hervor und übergab sie dem Leiter. »Mein Name ist Rothwell, und ich glaube, dass der Inhalt der Tasche, die Ihr Angestellter trägt, mein Eigentum ist.«

Wenn der Leiter überrascht war, vermochte er es gut zu verbergen. »Euer Gnaden«, antwortete er und machte einen Diener. »Ich bin Mister Clement, einer der leitenden Angestellten. Es tut mir leid, wenn ich Euch Unannehmlichkeiten bereiten muss, aber das Päckchen ist für das Schließfach eines Kunden vorgesehen. Ich bin nicht dazu befugt, den Inhalt irgendeiner Person zu enthüllen, ohne die korrekten rechtlichen Dokumente gesehen zu haben.«

Zur Hölle! Gideon zügelte, die Zähne zusammenbeißend, seine Ungeduld. »Ich verstehe. Es wird uns beiden allerdings viel Zeit und Mühe sparen, wenn Sie mir sagen können, ob es sich um Schmuck handelt. Alles andere interessiert mich nicht. Wenn Sie mir nicht helfen können, sollte ich vielleicht darauf bestehen, mit Mr. Charles Hoare zu sprechen.«

Mr. Clement neigte den Kopf. »Ich glaube, ich kann Euch über die Art des Inhalts Auskunft geben. Bitte, folgt mir.« Er nahm die Tasche an sich und ging voraus zu einem Büro außerhalb der Haupthalle. Sobald Gideon den Raum betrat, schloss der Angestellte die Tür und öffnete die Tasche, um hineinzuschauen. »Es handelt sich tatsächlich um Schmuck. Schwere, altmodische Schmuckstücke.«

Schmuck von der Art, die seit Generationen in der Familie war. »Danke sehr. Ich mache Sie persönlich dafür verantwortlich, dass er nicht verschwindet, bevor ich mit den richtigen Dokumenten wieder herkomme.«

»Jawohl, Euer Gnaden. Es liegt keineswegs im Interesse von Hoare's, als Komplizen in ungesetzliche Machenschaften hineingezogen zu werden.«

Das war zumindest ein Fortschritt. Zusammen mit den anderen Schritten, die er unternahm, würde das Auffinden des Schmucks ihm das Gefühl verleihen, dass er einiges dazu beigetragen hatte, um das Vermögen seiner Familie wiederherzustellen.

Er zog seine Taschenuhr heraus und öffnete sie. Es war fast vier Uhr. Wenn er sich eilte, konnte er sich frischmachen und rechtzeitig an Stanwood House sein, um Lady Louisa abzuholen.

Er verließ die Bank und rief sich für den Heimweg erneut eine Mietdroschke.

Kapitel 9

Um Punkt fünf Uhr hielt Gideon seinen Zweispänner vor Stanwood House an. Aufgrund des vorherigen Verhaltens von Lady Louisa rechnete er fast damit, sie bereits zur Tür herauskommen zu sehen. Stattdessen erschien ein Diener und kümmerte sich um die Pferde.

Gideon stieg von der Kutsche und die Stufen zum Haus hinauf. Die Tür öffnete sich, irgendwoher von oben klang ein Heulen durch das Haus.

»Lou…is…a«

Es musste einer der schmerzvollsten Klänge sein, die Gideon je gehört hatte.

Auf halber Treppe blieb Lady Louisa stehen, blickte zurück zum Treppenabsatz, dann wieder zu ihm. Sie zog die Unterlippe zwischen die Zähne und schüttelte den Kopf. »Es tut mir leid. Ich kann meine Schwester nicht allein lassen. Sie hat einen Rückfall.«

»Ihr braucht Euch nicht zu entschuldigen.« Er gab sich Mühe, seine Enttäuschung nicht zu zeigen. In Wirklichkeit bewunderte er ihre Entscheidung sogar. »Ich habe auch kleine Schwestern. Was fehlt ihr denn?«

Luisa zog eine Grimasse. »Die Masern.«

»An die erinnere ich mich gut.« Das Gefühl, wieder gesund zu sein, aber nicht nach draußen zu dürfen, war seine stärkste Erinnerung. »Kann ich irgendwie helfen?«

Ein eigenartiger, fast listiger Ausdruck trat in ihre Augen. »Ich glaube, ja.« Sie drehte ihm den Rücken zu und hob die Röcke, als sie die Stufen hinaufstieg. »Bitte, folgt mir.«

»Ich will Char...lie«, rief die Kinderstimme, als sie sich dem Kinderzimmer näherten.

»Charlie?«, fragte Gideon flüsternd.

»Graces Bruder. Er ist im Umgang mit den kleineren Kindern ein richtiges Wunder.« Sie zog die Brauen zusammen und dann hoch. »Ich hoffe, Ihr könnt ihn für eine Weile ersetzen. Die bedauernswerte Theo ist sogar noch armseliger dran als vorher, weil Grace Mary und Philip in ein anderes Zimmer verlegt hat.«

»Und jetzt hat sie keinen, der ihr Gesellschaft leistet. Ich gebe mein Bestes, damit sie sich besser fühlt.« Wenn ihm das nicht gelang, könnte dieser Besuch ein völliges Desaster werden. Zwar hatte er die Wahrheit gesagt: Er hatte Schwestern. Allerdings hatte er sie noch nie pflegen müssen.

Als Louisa und Gideon zu Theo kamen, warf das Mädchen sich unruhig im Bett hin und her und war nicht gewillt, sich von dem Kindermädchen beruhigen zu lassen.

»Theo, du musst aufhören. Sonst fühlst du dich nur schlimmer.« Louisa tauchte ein Stück Stoff in die Schale mit kühlem Wasser und legte es auf die Stirn ihrer Schwester. »Nun, nun. Ich habe hier einen neuen Freund mitgebracht.« Rothwell machte einen Schritt nach vorne. »Lady Theodora Vivers, darf ich Ihnen den Duke of Rothwell vorstellen? Da Charlie nicht da sein kann, ist Rothwell jetzt an seiner Stelle hier.«

Er hob Theos warme, schlaffe Hand und drückte die Lippen darauf. »Sehr erfreut, Mylady.«

Auf den Lippen des Kindes erschien ein zittriges Lächeln. »Es geht mir nicht gut.«

»Ich glaube Euch sofort, dass es Euch nicht gut geht.« Er ließ sich mit seiner hochgewachsenen Statur auf einem niedrigen Holzstuhl neben dem Bett nieder.

»Vielleicht könnt Ihr mir sagen, was Charlie tun würde, um Euch aufzuheitern?«

»Er würde mir vorlesen und Witze erzählen.«

Fragend sah Rothwell zu Louisa auf.

»Er liest die Geschichten wie ein Theaterstück vor, verstellt die Stimme.«

»Wenn Ihr mir ein Buch gebt, werde ich mein armseliges Bestes geben.«

Schon bald war zu sehen, dass sein armseliges Bestes tatsächlich sehr gut war. Innerhalb kürzester Zeit hatte er Theo zum Lachen gebracht. Dann überzeugte er sie, eine kräftigende Brühe zu trinken und etwas Schweineschmalz zu essen. Die Hauswirtschafterin Misses Penny beharrte darauf, dass Theo dadurch schneller zu Kräften käme.

Schließlich fiel sie in einen tiefen und, wie Louisa hoffte, heilenden Schlaf. Rothwell war wundervoll mit ihrer Schwester umgegangen. Wahrscheinlich würde er einen hervorragenden Vater abgeben. Mit Sicherheit eher so wie Matt als wie ihr eigener Vater.

Sie nahm Rothwells Hand und geleitete ihn aus dem Zimmer. »Danke sehr. Ihre Stimmung ist viel besser als die ganze Zeit, seit sie krank geworden ist.«

»Gern geschehen.« Er warf ihr einen schuldbewussten Blick zu. »Ich muss gestehen, dass ich noch nie in ein Krankenzimmer vorgelassen wurde.«

Nun, das war eine Überraschung. Er hatte den Eindruck gemacht, genauestens zu wissen, was zu tun war. »Ich hätte es nie bemerkt. Ihr habt das sehr gut gemacht, vor allem für Euer erstes Mal. Es ist wahrscheinlich zu spät für eine Kutschfahrt, aber würdet Ihr gern einen Spaziergang in unserem Garten machen?«

»Das würde mir sehr gefallen.« Er lächelte, und sie dachte, ihre Knie bestünden nur noch aus Marmelade, weil sie plötzlich Schwierigkeiten hatte, sich aufrecht zu halten.

Louisa dachte daran, dass sie herausfinden wollte, ob sie ihm vertrauen konnte, und wünschte sich ein paar ungestörte Minuten mit ihm. »Wenn wir über die hintere Treppe hinuntergehen, ist die Wahrscheinlichkeit geringer, dass meine Geschwister uns sehen.«

»Bei allem, was recht ist. Ich weiß, dass Ihr eine große Familie habt.«

»Sie ist groß und meistens auch eine sehr große Quelle der Freude. Ich habe Euch bereits gesagt, dass wir uns sehr nahe stehen.«

»Wie alt sind sie denn?«

Einen Augenblick dachte Louisa, er müsste vergessen haben, was sie ihm gesagt hatte, aber als sie im Geiste ihre Gespräche durchging, bemerkte sie, dass sie nicht über die Kinder gesprochen hatten. Sondern nur über ihre Anzahl. »Nach Charlotte und mir kommt Charlie. Ihr wisst wahrscheinlich bereits, dass er der Earl of Stanwood ist. Augusta ist fünfzehn und auf dem besten Wege, ein Blaustrumpf zu werden. Dann kommt Walter. Er ist vierzehn. Alice und Eleanor, die Zwillinge, und Madeline sind zwölf. Theo und Philip sind acht, und die Kleinste, Mary, ist fünf Jahre alt.«

Rothwells Augen wurden rund. »Worthington hat sich darauf ...? Ich meine, nicht nur, dass es eine ganze Anzahl Kinder sind, sondern auch die Bandbreite im Alter macht die Dinge etwas kompliziert.«

Sie konnte ein Lachen nicht unterdrücken. »Es war sowohl von Seiten meines Bruders als auch von Grace eine folgenreiche Entscheidung. Sie hatte die Vormundschaft für ihre Geschwister. Ich weiß auch nicht, ob es besser oder schlimmer wäre, wenn wir altersmäßig dichter beieinander lägen. Und jetzt wächst in Graces Bauch ein Kind heran, also gibt es im nächsten Winter noch eines mehr.« Sie öffnete die Gartentür und sog den süßen Rosenduft ein. »Wie viele Brüder und Schwestern habt Ihr?«

»Ich habe zwei Schwestern und einen Bruder, er ist der Jüngste. Ich hatte noch einen Bruder, der zwei Jahre jünger war als ich, aber er starb, als ich noch ein Kind war.«

Das war wahrscheinlich auch der Grund, weshalb man ihn von Krankenzimmern ferngehalten hatte. »Habt Ihr ein enges Verhältnis innerhalb der Geschwister?«

Einen Moment zögerte er mit der Antwort. »Ich denke schon, in Anbetracht des Altersunterschiedes. Nachdem mein Bruder gestorben ist, hat meine Mutter mehrere Jahre keine Kinder bekommen.« Er grinste sie an. »Dann kamen drei hintereinander. Jetzt, da ich wieder zurück bin, möchte ich mehr Zeit mit ihnen verbringen.«

Sie und Rothwell waren an einer Rosenlaube im hinteren Teil des Gartens angekommen. Louisa wandte sich ihm zu und sah ihn an. Da sie es in Betracht zog, diesen Mann zu heiraten, sollte er wissen, was sie wollte. Mit einem Blick in seine sturmgrauen Augen sagte sie: »Ich genieße es, dass meine Familie, auch meine neuen Geschwister, so ein enges Verhältnis haben. Ich wünsche mir das Gleiche für die Familie, die ich selbst einmal haben werde.«

»Ja.« Er hauchte das Wort beinahe. »Das wünsche ich mir auch.«

Er beugte den Kopf tiefer, und sie stellte sich auf die Zehenspitzen. Ihre Lippen überwanden langsam die Lücke zwischen ihnen, er schlang den Arm um ihre Mitte ...

»Da ist sie!« Helle, mädchenhafte Stimmen klangen von der anderen Seite des Pavillons herüber.

Louisa stieß frustriert den Atem aus, und Gideon ließ den Arm fallen. Das war zu nah gewesen. Was wäre geschehen, wenn jemand sie bei einem Kuss erwischt hätte, und wann hatte er damit begonnen, als *Louisa* an sie zu denken? War es der Beinahe-Kuss? Wie auch immer, das ging nicht an. Er musste irgendwie die Distanz zwischen ihnen wahren.

»Es tut mir leid«, murmelte sie.

»Mir ebenfalls.«

Kaum eine Sekunde später wuselten drei Mädchen, zwei von ihnen Zwillinge, auf den Platz.

»Wir kommen, um euch zu sagen, dass der Tee fertig ist«, sagte eines der Zwillingsmädchen.

»Danke sehr«, antwortete *Lady* Louisa – er musste daran denken, dass sie sich nicht zu nah kommen durften – im Tonfall darbender Sehnsucht. »Wir würden auf keinen Fall den Tee vermissen wollen.«

Drei Paar blauer Augen starrten Gideon an, und er konnte nicht anders, als die Mädchen anzugrinsen. Zwei hatten die gleichen goldblonden Haare und sommerblauen Augen wie Lady Worthington, und eines hatte die gleiche Haar- und Augenfarbe wie Louisa. Verdammt, es passierte ihm schon wieder. Lady Louisa. Die Mädchen sahen ihn unverwandt an. Sie würden eine ganz schöne Truppe abgeben, wenn die Zeit für ihr Debüt kam. »Den Tee zu versäumen, ginge gar nicht an.«

»Nicht, wenn der Koch Erdbeertörtchen gebacken hat«, sagte das dunkelhaarige Mädchen.

Er blickte Lady Louisa an. Na bitte, es ging doch. »Erdbeertörtchen esse ich besonders gern.«

»Madeline, Alice und Eleanor.« Beim Klang von Louisas Stimme – Kruzifix! Er bekam es nicht hin – hielten die Mädchen still. »Lasst mich euch den Duke of Rothwell vorstellen. Euer Gnaden, Lady Madeline Vivers, Lady Alice and Lady Eleanor Carpenter.«

Die Mädchen knicksten anmutig, als er sich verbeugte. »Sehr erfreut, Eure Bekanntschaften zu machen.«

Ein Vielklang heller Stimmen antwortete ihm.

»Ihr seid gutaussehend.«

»Habt Ihr hochtrabende Pferde?«

Diese Fragen kamen von den Zwillingen.

»Oh, vielen Dank, und ja, ich habe Hochtraber.«

Er fragte sich, was sie als nächstes fragen würden, als Madeline an seiner Hand zog. »Macht Ihr Louisa den Hof?«

Schlagartig blieb alles stillstehen und alle schwiegen. Man hätte ein Blatt vom Baum fallen hören können, und ihm fiel keine andere Antwort ein als »ja«. Aber diese Antwort konnte er derzeit nicht geben.

»Madeline«, sagte Louisa und ersparte ihm weitere Peinlichkeiten. »Eine Lady stellt keine solchen Fragen. Falls und wenn Seine Gnaden mir den Hof machen, wirst du darüber informiert werden.«

Bedrückt kehrte das Mädchen ihnen den Rücken zu.

»Lauft schon.« Sie machte eine scheuchende Handbewegung. »Und esst nicht alle Erdbeertörtchen, bevor wir da sind.«

Die Carpenter-Mädchen nahmen je eine von Madelines Händen und zogen, bis sie mit ihnen davonstapfte.

Als sie gegangen waren, schob Louisa ihre Hand in seine Ellenbeuge. »Fühlt Euch nicht genötigt, etwas zu sagen. Manchmal können die Kinder peinliche Momente hervorrufen.«

Das wäre der Zeitpunkt, ihr zu erklären, warum er jetzt noch nicht offen sprechen konnte, insbesondere da er sie beinahe geküsst hatte. Doch sie näherten sich bereits der Terrasse, auf der eine andere ihrer Schwestern – das konnte er an der Haarfarbe erkennen – gerade heraustrat und mit einem der Zwillinge sprach.

Später. Gideon würde es später erklären. Oder auch niemals. Aber doch, wenn er nicht auf irgendeine Weise alle nötigen Geldmittel auftreiben konnte, die er brauchte, wäre er gezwungen, ihr seine Umstände darzulegen. Aber nicht alles. Nicht das von der Geliebten seines Vaters. Und nicht jetzt.

Der Tee wurde, wie erwartet, eine laute und lebhafte Angelegenheit. Der Raum schien von Kindern nur so zu schwirren. Madeline hatte sich wieder erholt und saß bei den Zwillingen. Lady Worthington und Worthington selbst hatten sich zu ihnen gesellt.

Gideon verbeugte sich. »Mylady, vielen Dank, dass ich Euch Gesellschaft leisten darf.«

Lady Worthington ließ einen Blick durch den Raum wandern und lächelte. »Es ist uns eine Freude. Theo erzählte mir, dass Ihr fast so gut vorlest wie mein Bruder Charlie. Vielen Dank für Eure Hilfe.«

»Es war mir eine Freude, die Geschichte für sie lebendig werden zu lassen«, versicherte Rothwell Ihrer Ladyschaft.

Ein weiteres Mädchen mit dem charakteristischen Haar der Vivers trat in das Zimmer, sah zu ihm, lächelte breit und setzte sich neben Louisa auf das Sofa.

»Wo sind Philip und Mary?«, fragte Louisa.

Es fehlen noch welche? Er zählte die anwesenden Kinder. Ach ja, noch drei. Er konnte sich kaum vorstellen, wie viel voller der Salon dann sein würde. Wenigstens waren die Hunde nicht da.

»Sie wollten mit Theo den Tee einnehmen, als sie aufwachte«, antwortete Lady Worthington und reichte den kleineren Kindern Tassen mit Tee.

Wenige Augenblicke darauf sah Louisa ihn an. »Milch und Zucker?«

»Beides bitte.« Als sie ihm seine Tasse Tee und einen Teller reichte, bemerkte er erfreut, dass ein Erdbeertörtchen darauf lag. Er senkte die Stimme, sodass nur sie ihn verstehen konnte. »Vielen Dank. Ich wusste nicht, ob noch eines übrig war.«

Sie lächelte. »Sie würden es nicht wagen, alles aufzuessen, bevor jeder eines bekommen hat.«

Um ihn herum schwirrte die Unterhaltung, und die Stimmen wurden immer lauter, um auf sich aufmerksam zu machen. Gelegentlich sprachen die Älteren der Anwesenden eine Warnung aus, ruhiger zu sein. Er war noch nie bei einem Tee wie diesem gewesen. Es war etwas verwirrend, dass Kinder an diesem Nachmittagstee teilnahmen. Sein Bruder und seine Schwestern waren zum Tee immer auf das Kinderzimmer verwiesen worden, und soweit er wusste, war das auch heute noch so.

Lady Louisa, die neben ihm saß und gerade darüber gesprochen hatte, wie sinnvoll es wäre, eines von Lady Charlottes Kleidern mit heller Spitze zu verzieren, sah ihn an. »Ihr sagt ja gar nichts. Ich hoffe, wir haben nicht auf irgendeine Weise Euer Missfallen erregt?«

»Aber nein, keineswegs.« Einen Augenblick lang hatte er den Faden verloren, doch dann siegte seine Neugier. »Nehmt Ihr immer den Tee zusammen mit den Kindern ein?«

»Ja.« Sie hob etwas das Kinn, und ihm wurde klar, dass er sich auf dünnem Eis bewegte. »Wir nehmen alle Mahlzeiten gemeinsam ein, es sei denn, Matt und Grace empfangen formell Gäste. Es ist eine Tradition in Graces Familie, und ich empfinde es weit besser, als die Kinder ins Kinderzimmer zu verbannen.«

Irgendwie wusste Gideon, dass im Falle einer Ehe zwischen ihm und Louisa ihre Kinder ebenfalls die Mahlzeiten und den Tee mit ihnen einnehmen würden. Natürlich wäre das erst in vielen Jahren der Fall. Vielleicht sogar nie, wenn er es nicht schaffte, seine finanziellen Angelegenheiten zu klären. Obgleich seine Lage dabei war, sich zu verbessern. Dennoch war es ein verfluchtes Glück, dass er sie vorhin nicht geküsst hatte. Herzog oder nicht, Worthington hätte ihm bei lebendigem Leib die Haut abgezogen.

Als hätte jemand ihn gerufen, kam Worthington zu ihnen herüber. »Der Lärm kann ohrenbetäubend sein.« Es gab nichts, das Gideon darauf hätte antworten können, solange Louisa neben ihm saß. Glücklicherweise fuhr sein Freund fort: »Ich habe neue Informationen für dich. In meinem Studio.«

»Ihr solltet mit Matt gehen.« Louisa erhob sich. »Ich begleite Euch zur Tür.«

Gideon verabschiedete sich von Lady Worthington und den Kindern, dann folgte er Louisa aus dem Raum.

Sie legte die Hand auf seinen Arm und lotste ihn halb durch die Eingangshalle, dann blieb sie stehen. Sie richtete ihre leuchtend blauen Augen auf seine, und er kämpfte gegen den Drang an, sie zu küssen. »Danke nochmals für Eure Hilfe mit Theo. Ihr wisst nicht, wie sehr ich das zu schätzen weiß.«

Sie sah forschend in sein Gesicht, und er lächelte breit. »Ich bin glücklich, dass ich für fast so gut wie Charlie befunden wurde.«

»Das ist tatsächlich ein großes Kompliment.« Louisas glänzende, dunkelrote Lippen öffneten sich. »Ihr solltet wissen, dass er ein Liebling meiner Schwester ist. Das ist also ein großes Lob.«

Gideon hob Louisas Hand und berührte mit den Lippen ihre nackten Finger, was ihn sogleich den Verstand verlieren ließ. »Ich kann nur hoffen, dass ich auch der Liebling eines weiteren Angehörigen dieses Hauses sein kann.«

Ihre Wangen leuchteten rosig, doch sie sah ihn weiter an statt den Blick zu senken, wie eine andere Dame es vielleicht getan hätte. »Ich glaube, das wäre möglich.« Als Worthington in die Halle trat, vertiefte sich die Röte ihrer Wangen. »Viel Glück, Euer Gnaden. Vielleicht können wir unseren Ausflug morgen nachholen.«

Noch immer von ihren Augen gebannt, nickte er. »Nichts wünsche ich mir mehr. Werdet Ihr heute Abend auf Lady Feathertons Ball sein?«

»Ja.«

Er holte tief Luft. »Darf ich zwei Sätze haben?«

Ohne zu zögern antwortete sie: »Dürft Ihr.«

Gideon hätte am liebsten gejubelt. Er hatte nie gesehen, dass Louisa mehr als einen Satz Tänze mit ein- und demselben Gentleman getanzt hätte. »Bis heute Abend.«

»Bis dann.« Sie schenkte ihm ein schnelles Lächeln, bevor sie den Flur entlang zurück ging.

Erst auf den Stufen vor Worthingtons Haus wurde Gideon bewusst, dass sie ihm Glück gewünscht hatte. Kannte Louisa seine Situation? Er konnte sich nicht vorstellen, dass ihr Bruder ihr davon erzählt hatte. Aber die einzige andere Möglichkeit war, dass seine Lage sich im *Ton* bereits herumgesprochen hatte. Das hatte er verhindern wollen. Andererseits: Indem er an einem öffentlichen Ort erklärt hatte, dass er nicht bereit war, die Spielschulden seines Vaters zu begleichen, hatte er es vielleicht selbst zu verantworten. *Hol's der Teufel!* Nichts verlief wie geplant. Doch nicht nur das, er wusste auch noch immer nicht, was sein Vetter von ihm wollte.

KAPITEL 10

Louisa war bereits die halbe Treppe hinaufgeeilt, als Charlotte sie einholte. »Prüfst du Rothwell auf Herz und Nieren?«

»Rothwell?«

»Ich könnte mir nicht vorstellen, auf wen ich mich sonst beziehen könnte.«

Zunächst erschreckte der Gedanke Louisa. Andererseits prüfte sie ihn womöglich tatsächlich. Nachdem sie dankbar registriert hatte, wie Rothwell es vermochte, ihre Schwester zu beruhigen, war ihr erster Gedanke gewesen, dass Rothwell nicht wie ihr Vater war. »Ich weiß es nicht.«

Charlotte zog die Schultern hoch. »Es würde dir keiner einen Vorwurf machen, wenn es so ist.« Sie stieg die restliche Treppe hinauf. »Eine Ehe dauert das ganze Leben. Weißt du nicht mehr, wie Grace und Matt zwischen Himmelhochjauchzend und zu Tode betrübt hin und her schwankten?«

»Und wie Dotty für Merton eine Braut suchte und gleichzeitig nicht wusste, ob sie ihn für sich selbst wollte.«

Charlotte lachte leise. »Oder deine Mutter und Richard.«

Mama hatte beinahe die Liebe ihres Lebens nicht geheiratet, weil er vergessen hatte, in welchem Jahr sie ihr Debüt gehabt hatte. Als er dann von seiner biologischen Expedition zurück war, war sie mit Louisas Vater verheiratet gewesen. »Jetzt wirken sie allesamt glücklich.«

»Das stimmt. Aber ich meine dennoch, dass man nicht vorsichtig genug sein kann.« Charlotte hielt einen Augenblick inne. »Es ist nichts falsch daran ... ich weiß nicht ... ihn zu prüfen. Gewissermaßen hat Dotty das auch getan, als sie Merton bat, Bedürftigen zu helfen.«

»Aber das tat sie doch nur wegen des Versprechens, das sie ihrem Vater gegeben hatte«, wandte Louisa ein.

»Sehr richtig. Sie tat es nicht gezielt. Aber als sie anfing, Merton in Betracht zu ziehen, erinnerte sie sich an diese Freundlichkeiten.«

Charlotte und Luisa hatten ihren Salon erreicht und sich auf dem Sofa niedergelassen.

Louisa runzelte die Stirn und fragte: »Und worin bestand Graces Prüfung?«

»Es ging natürlich um uns.« Charlotte lachte. »Glücklicherweise war Matt mehr als bereit, die Fürsorge für uns zu übernehmen.«

»Und wenn Worthington House erst einmal fertig ist, hat Richard zugestimmt, Stanwood House während der Saison zu vermieten.«

»Da hast du es«, sagte Charlotte und strahlte triumphierend. »Du musst dich nur selbst erforschen und herausfinden, was du vor allem von einer Ehe und einem Gatten erwartest, Rothwell entsprechend prüfen und schauen, ob er dir das bieten kann.«

Das ergab tatsächlich sehr viel Sinn. Aber wie konnte man prüfen, ob Vertrauen vorhanden war? Oder vielleicht bestand dieses Vertrauen aus vielen kleinen Teilen, wie etwa, wie sehr er Kinder mochte oder ob er an eine partnerschaftliche Ehe glaubte, wie die von Matt und Grace es war. Sicherlich würde das in ihren Gesprächen zutage treten. Aber wie konnte man über die Ehe sprechen, ohne verlobt zu sein? Außerdem musste auch die Liebe berücksichtigt werden. »Woher wussten sie, dass sie sich liebten? Was meinst du?«

Charlotte hatte ihren Stickrahmen genommen und legte verschiedenfarbige Seidengarne auf das Muster. »Ich weiß es nicht, aber meine Mutter sagte mir einst, sie hätte es an Papas Kuss erkannt.«

»Matt würde mich nach Worthington Place verbannen, wenn er mich dabei erwischen würde, einen Gentleman zu küssen, bevor ich mit ihm verlobt wäre.«

»Das ist das eine«, sagte Charlotte und entschied sich für eine Garnfarbe. »Andererseits will ein Gentleman die Dame küssen, die er liebt.«

Louisa und Rothwell hatten sich diesen Nachmittag beinahe geküsst. Bedeutete das, dass er dabei war, sich in sie zu verlieben? Und verliebte sie sich gerade, wenn sie sich wünschte, dass er sie küsste?

Gideon trat in Worthingtons Studio ein und ging zu einem der Sessel beim Kamin, auf den Worthington deutete.

»Nimm Platz.«

Gideon lehnte das angebotene Glas Wein ab, Worthington schenkte eines für sich selbst ein und setzte sich auf den Sessel Gideon gegenüber. »Ich habe Nachforschungen über Misses Petrie anstellen lassen. Es scheint so, als habe sie sich auf ältere Gentlemen spezialisiert. Auf die Art, die ihre Jugend wieder aufleben lassen will.«

Mit einer Hand umklammerte Gideon die hölzerne Sessellehne. »Diejenigen, die ihren Verstand eingebüßt haben.«

»Nicht unbedingt. Männer, die sich weder von ihren Ehefrauen noch von jüngeren Frauen anerkannt fühlen.« Sein Freund hielt sein Weinglas hoch und schien es eine Weile genau zu betrachten. »Vor drei Jahren ist Lord Henry Burghley, ein Junggeselle, gestorben und hat Misses Petrie den größten Teil seines Vermögens hinterlassen. Zumindest behauptete *sie* das.«

»Hatte sie eine Abschrift seines Testaments?«

Worthington stellte seinen Wein ab. »Sie hatte ein Original eines Testaments. Zu ihrem Unglück hatte Burghley eine extrem enge Bindung zu einer seiner Nichten. Sie hatte eine Abschrift eines jüngeren Testaments, das alles der Nichte überschrieb, so wie seine Familie es auch erwartet hatte. Es scheint außerdem, als habe er einem Freund – streng vertraulich natürlich – anvertraut, dass seine Geliebte etwas gierig geworden sei, er es aber geschafft habe, sie vorerst zu besänftigen.«

Gideon wünschte, er hätte das angebotene Glas Wein doch angenommen. Er sagte: »Sie scheint ihre Taktik verändert zu haben, ihre Gier allerdings nicht.« Er entschied, nicht zu berichten, was er bislang herausgefunden hatte. Auch wenn Gideon für Worthingtons Hilfe dankbar war, so war er jetzt doch der Duke of Rothwell und musste seine Schwierigkeiten selbst lösen. »Vielen Dank. Ich weiß diese Informationen zu schätzen.«

»Wenn es sonst nichts gibt?« Sein Freund zog fragend die Braue hoch.

»Im Augenblick wüsste ich nichts.« Es war nicht der richtige Zeitpunkt, um über Louisa zu sprechen. Vorausgesetzt, es gab diesen Zeitpunkt überhaupt. Er stand auf. »Ich sollte besser gehen. Ich habe noch vieles zu erledigen.«

Worthington öffnete ihm die Tür. »Wie ich mitbekommen habe, hast du vor, heute Abend zum Featherton-Ball zu gehen.«

»Ja. Wir sehen uns dort.« Und Louisa. Vor allem Louisa.

Einen Augenblick darauf hatte Gideon seinen Hut und die Handschuhe vom Butler entgegengenommen, ging die Treppe hinunter, ließ die Kutsche zurückschicken und wandte sich nach rechts, um den Platz zu verlassen. Als er zum Park spazierte, hörte er eine laute Stimme.

»Rothwell!«

Ein Pferdegespann von dunklem Kastanienbraun verlangsamte auf gleicher Höhe mit ihm, gefolgt von einem außerordentlich modischen Zweispänner.

»Bentley.« Ein Lächeln unterdrückend, hob Gideon sein Augenglas, womit er einen alten Witz zwischen sich und seinem Vetter wiederaufleben ließ. »Wann lernst du endlich, passende Pferde auszusuchen?«

»Würde es dich wirklich interessieren«, parierte Bentley, »wärest du hier geblieben, um mich darin zu unterstützen, statt nach Kanada zu verschwinden und dich in Bärenfelle zu kleiden, oder was auch immer du dort getragen hast.«

Die Kutsche hielt an.

»Tja.« Gideon schnaubte. »Wo du schon mal hier bist und *offenkundig*nichts Besseres zu tun hast, würde ich es begrüßen, zu Doctor's Common zu fahren.« Er musste Templeton über die jüngsten Entwicklungen in Kenntnis setzen. Ohne die Antwort seines Vetters abzuwarten, erklomm Gideon den Zweispänner. »Du könntest mir auch erklären, was so dringend ist, dass ich alles stehen und liegen lassen und unverzüglich nach London kommen sollte. Zumal du mich schon vor zwei Tagen hast loshetzen lassen.«

Bentley trieb die Pferde an, drehte sich dann jedoch unverzüglich zu Gideon um und ließ die Zügel wieder fallen.

»Pass auf, was du tust!« Gideon griff die Zügel aus den schlaffen Fingern seines Vetters.

»Verdammt. Ich hab's vergessen.«

Bentley wollte nach den Zügeln greifen, doch Gideon schüttelte den Kopf. »Ich denke, ich halte sie, bis du fertig bist.«

Sein Vetter stieß einen Seufzer auf, der der Drury Lane wert wäre. »Ich bin verliebt, und ich brauche Unterstützung, sie von einer Heirat zu überzeugen.«

Gideon liebte seinen Vetter wie einen Bruder, doch hatte er keinerlei Vorstellung davon, wie er ihm in Herzensfragen beistehen sollte. Andererseits ... »Ich bin froh, wenn ich dir irgendwie helfen kann. Wer ist die glückliche Dame?«

»Habe ich dir das noch nicht gesagt?«, fragte Bentley überrascht.

»Nein«, antwortete Gideon mit aller Geduld, die er aufbringen konnte. »Ich habe einen Brief von dir erhalten, in dem du mir geschrieben hast, dass du meine Hilfe brauchst, aber du hast es versäumt, mir den Grund zu nennen.«

»Wahrscheinlich kennst du sie nicht. Sie hat dieses Jahr erst ihr Debüt.«

Er zog die Braue hoch in der Hoffnung, seinen Vetter etwas zur Eile anzutreiben.

»Lady Louisa Vivers.« Bentley sprach ihren Namen aus, als wäre sie der Inbegriff all seiner Träume.

Zur Hölle nochmal! Könnte mein Schicksal noch schlimmer sein?

Wie sollte Gideon einem seiner engsten Verwandten und besten Freunde um Himmels willen erklären, dass er selbst nicht nur zwei Tänze, darunter den vor dem Supper, mit Louisa tanzen würde, sondern außerdem auf dem besten Wege war, sich in sie zu verlieben? Selbst wenn sie sich nichts aus Bentley machte und auch nicht machen würde, und gleichgültig, wie Gideon selbst ihr gegenüber zu empfinden glaubte – er würde ihr nun nicht den Hof machen können. Sein Vetter würde es als einen Verrat der schlimmsten Sorte auffassen. Und das mit Recht.

Verflixt noch eins! Vielleicht war es gut, dass seine Finanzen in so katastrophalem Zustand waren und er noch nicht dazu berechtigt war, ihr den Hof zu machen.

Und diesen Nachmittag hatte er sie fast geküsst! Gott sei Dank, dass er und Louisa unterbrochen worden waren. Worthington würde einem Mann kein Wohlwollen entgegenbringen, der seine Schwester küsste und ihr dann nicht sogleich einen Antrag machte.

Er dachte kurz daran, diesen Abend nicht am Ball teilzunehmen, aber er konnte Louisa – nein, Lady Louisa – nicht einfach zurücklassen, ohne sich ihr zu erklären. Irgendwie musste er ihr von Bentley erzählen. Er musste ihr verständlich machen, dass er seinem Vetter zuliebe zurücktreten musste.

Nach diesem Abend allerdings war es am besten, wenn er nicht zu einem Anlass ging, bei dem er sie wiedersehen würde.

Er würde sich darauf konzentrieren, das Geld wiederzubeschaffen, das er verloren hatte, und die restlichen Immobilien zu reparieren. Irgendwann in der Zukunft würde er vielleicht die Vorstellung ertragen können, Lady Louisa als Ehefrau seines Vetters zu sehen. Bis dahin würde er jedoch auf Distanz bleiben.

Rosie Petrie, die sich jetzt allerdings Rosemund Petrie nennen ließ – das klang vornehmer, genau wie ihre Rolle als Witwe – legte sich eine doppelreihige Kette perfekter Perlen um den Hals. Sie drehte den Kopf zuerst nach rechts, dann nach links und bewunderte das Halsband und die Ohrstecker. Der alte Herzog war eine ihrer besseren Eroberungen gewesen. Nicht, dass Rothwell dies je herausgefunden hätte. Nein, eine Frau musste einen Mann immer denken lassen, er wäre derjenige auf der Jagd. Außerdem hatte sie ihn auch genau zum richtigen Zeitpunkt gefunden. Kurz nach dem Zwischenfall mit Burghley. Verflucht sei der Kerl, sie so übers Ohr zu hauen. Nun, diesen Fehler würde sie nicht wieder machen. Am Ende war ihr gerade mal genug geblieben, um davon leben zu können, bis sie ihren nächsten Gönner gefunden hatte.

Ihr Glück war, dass Rothwell nur darauf wartete, eingefangen zu werden. Wobei sie einen guten Gegenwert für Geld bot, auch wenn sie das von sich selbst behauptete. Aber nach der Sache mit Burghley war sie viel vorsichtiger gewesen. Als sie den Brief fälschte, der ihr die Generalvollmacht gab, war er bereits zu verwirrt, um es zu bemerken. Mit dem, was sie angesammelt hatte, würde sie vielleicht bis zu ihrem Lebensende auskommen. Sie besaß sogar sein Stadthaus. Vielleicht würde sie nach Paris gehen und das Haus für ein Jahr oder so vermieten. Rosie betrachtete sich im Spiegel. Selbst mit fünfunddreißig war sie noch eine Erscheinung. Es hieß, französische Gentlemen wären besonders leidenschaftlich. Und wenn sie dabei noch einige Schmuckstücke sammeln konnte, brauchte sie sich nie wieder Sorgen zu machen. Morgen oder übermorgen würde sie mal nach Schiffen sehen.

Im Spiegel sah sie ihr Mädchen, Bea, in den Ankleideraum eintreten. Das Antlitz des Mädchens war so weiß, als hätte sie einen Geist gesehen.

»Was gibt es?«

»Ich habe Peter nach Eurer Stadtkutsche geschickt, wie gewöhnlich, und er ist gerade zurückgekommen. Sie ist nicht mehr da.«

Nun, das schlug dem Fass den Boden aus. Rosie hätte damit rechnen müssen. Rothwells Bedienstete hatten sie nicht leiden gemocht. Tatsächlich hatte sie seinen Leibdiener im Verdacht, ihn überzeugt zu haben, dass sie keinen Butler brauche. Und das nach all der Mühe, die sie sich gegeben hatte, um einen jungen, attraktiven Mann für die Stelle zu finden.

Sie drehte sich auf der gepolsterten Bank um und presste die Lippen aufeinander. »Schick ihn zu dem Ort, an den die Kutsche gebracht wurde.«

»Das ist ja das Problem, Ma'am.« Das Mädchen rang die Hände. »Sie ist verkauft worden.«

Das war unmöglich. Die Luft strömte aus ihren Lungen, als hätte sie einen Schlag abbekommen. »Verkauft?« Sie schrie beinahe, aber das Wort kam als heiseres Flüstern aus ihrem Mund. »Wann?«

»Laut Peter hat der Stallmeister gesagt, dass der neue Herzog in der Stadt ist. Er hat befohlen, dass Ihre Kutschen und Pferde verkauft werden und die Bestellung der neuen Kutschen annulliert wird.«

Verfluchte Hölle! Der neue Herzog sollte auf seinem Landsitz trauern. Was tat der denn in London? War denn keinem mehr wichtig, was sich schickte?

Mit ihrem Wissen über Rothwells Bedienstete hätte sie gleich nach dem Ableben des alten Herzogs einen Stall mieten und ihre Tiere und die Kutschen dorthin bringen lassen müssen. Aber sie hatte geglaubt, bis zum Ende der Saison wären sie sicher. Und nicht nur das – sie las auch die Gesellschaftsseiten des *Tattler*, und darin hatte kein Wort davon gestanden, dass der neue Herzog in London weilte.

Nun musste sie einen Weg ersinnen, ihre Pferde und die Kutsche zurückzubekommen. Außerdem musste sie herausfinden, ob Rothwell das Recht dazu hatte, ihre Besitztümer zu veräußern. Sie atmete tief ein und versuchte, sich so zu beruhigen. Rosie Petrie war noch nie untergegangen. Es gab eine Möglichkeit, wieder an ihren Besitz zu gelangen, und sie würde sie finden. »Schick Peter, mir für heute Abend eine Mietdroschke zu besorgen.«

»Jawohl, Madam.«

Sie wandte sich wieder dem Spiegel zu. In ihrem blonden Haar fand sich kein Silber, und sie hatte noch

immer einen frischen Teint. Sie konnte leicht für eine
jüngere Frau durchgehen.

Denk nach, Rosie.

Was wusste sie denn überhaupt vom neuen Duke of
Rothwell? Würde sie ihn überzeugen können, dort wei-
terzumachen, wo sein Vater aufgehört hatte? Als sie
noch jünger gewesen war, hatte sie schon einmal mit
einem Vater und dessen Sohn poussiert. Ihr Galan hatte
von ihr gewollt, dass sie dem jungen Mann zeigte, wie
man einer Frau Freude bereiten konnte. Rosie lächelte
in sich hinein. Das waren interessante Lehrstunden gewesen – besonders, als zu Anfang der Vater im selben
Raum geblieben war. Nachdem der alte Herr gestorben
war, hatte der Sohn sie einfach übernommen. Bis er
sich in eine Dame verliebt und dann geheiratet hatte.

Was wurde nur aus der feinen Gesellschaft, wenn ein
Gentleman seiner Gattin zuliebe die Mätresse aufgab?
Schuld daran waren nur diese Romane, die zu Hochzei-
ten aus Liebe anregten. Sie sollten nicht erlaubt sein.
Die höheren Töchter sollten nicht solchen Nonsens le-
sen.

Seufzend hob sie ihren Schal aus feiner Seide hoch.
Zumindest würde sie heute Abend das Stück genießen.
Und sie hatte das Haus und die Juwelen. Morgen wäre
noch früh genug, Pläne zu schmieden.

KAPITEL 11

Louisa, Charlotte, Matt und Grace erreichten das Stadthaus der Duchess of Stillwell und wurden sogleich in den Salon geführt, in dem die Herzogin und Miss Blackacre saßen.

»Meine liebe Grace.« Die Herzogin erhob sich und umarmte Grace. »Wie schön du bist.« Sie blickte zu Charlotte und Louisa. »Ihr Mädchen seid einfach bezaubernd. Ihr müsst Worthington mit euren Verehrern verrückt machen.«

Matt zog eine Grimasse, aber Grace gluckste leise. »Das tun sie tatsächlich. Wenn er könnte, würde er sie einpacken und nach Hause schicken.«

»Die einzige Frage«, führte Louisa den Scherz fort und gab sich Mühe, nicht zu lächeln, »lautet, in welches Zuhause. Worthington Place wird gerade renoviert, damit unsere inzwischen größer gewordene Familie darin unterkommt.«

»Genau wie ihr es mit dem Worthington-Landhaus macht«, kommentierte die Herzogin, bevor sie sich wieder Grace zuwandte. »Von Oriana habe ich erfahren, dass ihr in eurem Haus ebenfalls einen Masernfall beheimatet.«

»In der Tat«, antwortete Grace in scherzhaftem Ton, »und zwar allererster Güte.« Sie lächelte breit, während Matt finster dreinblickte. »Wir hoffen allerdings, dass unser ungebetener Gast nicht lange verweilen wird, auch wenn eines der Kinder einen Rückfall hat. Worthington und ich müssen möglichst bald zu unserem Landgut fahren, um die Beendigung der Renovierungsarbeiten in die Wege zu leiten. Ich war gerade dabei, für

Louisa und Charlotte eine Anstandsdame zu suchen, als er beschloss, dass wir in der Stadt bleiben, bis es den kleineren Kindern wieder besser geht. Es dürfte nur noch eine Woche dauern, kaum mehr.«

»Lasst es mich wissen, wenn ihr weg seid«, sagte die Herzogin und geleitete Grace zu einem Stuhl. »Ich werde gerne aushelfen.«

»Danke sehr, Tante Dianna. Ich weiß Ihr Angebot wirklich zu schätzen.«

Während Grace und die Herzogin ihre Unterhaltung fortführten, machte Louisa eine Geste in Charlottes Richtung und zog Oriana zu sich. »Ist deine Tanzkarte schon gefüllt?«

»Sie ist praktisch leer«, klagte sie. »Ich werde vor Scham sterben, wenn mich niemand zum Tanz auffordert.«

»Du musst dir keine Sorgen machen«, sagte Louisa. Es war wirklich nicht genug Zeit gewesen, dass Oriana heiratsfähigen Gentlemen hätte begegnen können, aber Charlotte und Louisa kannten die meisten und konnten Oriana mit ihnen bekanntmachen. »Wir werden sehen, was wir tun können. Ich sage dir voraus, dass deine Karte innerhalb kürzester Zeit gefüllt sein wird.«

Ein Diener kam mit gefüllten Weingläsern, und kurz darauf sprachen sie über die bevorstehenden gesellschaftlichen Veranstaltungen. Sobald der Diener den Raum verließ, warf Louisa Charlotte einen raschen Blick zu, worauf diese nickte. Es war Zeit, ihren Plan umzusetzen, und hoffentlich würden Bentley und Oriana so zueinander finden.

»Es gibt einen Gentleman, den wir dir gerne vorstellen möchten«, sagte Charlotte zu Oriana. Er ist überaus reizend.«

»Ich glaube, du wirst ihn leiden mögen«, fügte Louisa hinzu. »Aber falls nicht, fühle dich nicht unseretwegen genötigt, Zeit mit ihm zu verbringen.«

Oriana neigte den Kopf. »Fangt ihr jetzt schon mit dem Verkuppeln an?«

»Vielleicht ein bisschen«, gab Charlotte zu. »Es geht um Lord Bentley. Sein Vater ist der Herzog von Covington.«

»Und du sagtest ja, dass du gerne heiraten würdest.« Louisa biss sich auf die Unterlippe und wartete auf die Antwort ihrer Freundin.

»Nun gut.« Oriana blickte von Louisa zu Charlotte. »Ich freue mich darauf, ihn kennenzulernen.«

Das war ja einfach, dachte Louisa. Hoffentlich nicht zu einfach. Denn das bedeutete für gewöhnlich, dass der Plan schiefging.

***

Zwei Stunden später betrat das Grüppchen den Ballsaal bei Lady Featherton. Mister Featherton, der älteste Sohn der Lady, setzte sogleich seinen Namen auf Orianas Tanzkarte.

Louisa, die Grace und der Herzogin hineinfolgte, suchte den Saal nach einem Zeichen des Duke of Rothwell ab. Nicht, dass er gesagt hätte, wann er herkommen würde. Tatsächlich – wenn sie jetzt darüber nachdachte, war er letzten Abend auch nicht früh gekommen. Doch heute hatte er zwei Tänze bei ihr reserviert.

Sie begann, besorgt auf ihrer Lippe zu kauen, hörte aber gleich wieder auf, als ein Gefühl der Sicherheit sie erfüllte. Er würde zum ersten Walzer hier sein, wenn nicht sogar eher. Er hatte sich als verlässlich erwiesen, und als herzlich. Er war mit Theo früher am Tag so gut umgegangen. Dennoch wünschte sich Louisa, er käme bald.

»Du ziehst ein finsteres Gesicht.« Charlotte stupste Louisa am Arm.

»Gar nicht.«

»Doch.« Charlotte grüßte lächelnd eine Freundin, Louisa tat es ihr nach. »Es ist der gleiche Ausdruck, den du bekommst, wenn etwas nicht so läuft, wie du es dir vorstellst. Miss Tully«, sagte Charlott zu der Dame, die sich soeben zu ihnen gesellte. »Ich möchte Ihnen gern Miss Blackacre vorstellen. Miss Blackacre, dies ist unsere Freundin Miss Tully. Miss Blackacre hat gerade eine Trauerzeit hinter sich. Ihre Großmutter, die Duchess of Stillwell, unterstützt sie.« Sie wandte sich Oriana zu. »Dies ist auch die erste Saison von Miss Tully.«

Im Augenwinkel sah Louisa Lord Bentley herannahen. Es gab keinen besseren Zeitpunkt, ihren Plan umzusetzen. Louisa berührte Charlottes Arm und flüsterte: »Bentley ist da. Bleib bei Oriana und stell sicher, dass er sie um einen Tanz bittet. Ich werde mich einstweilen aus dem Blickfeld bringen.« Louisa ging zu Grace, die in der Nähe stand. »Würdest du mit mir in den Ruheraum gehen?«

»Aber kann Charlotte nicht ...«

»Charlotte macht Oriana mit unseren Freunden bekannt«, unterbrach Louisa sie und beobachtete, wie Bentley sich ihrem Grüppchen näherte.

»Aber ja, gewiss.« Grace entschuldigte sich bei der Herzogin. Sobald sie sich in Bewegung gesetzt hatten, fragte sie: »Gehst du dem armen Lord Bentley aus dem Weg?«

Louisa riss die Augen auf. »Woher weißt du das?«

»Ich habe ihn hereinkommen sehen.« Ihre Schwägerin nahm ihren Arm und zog sie langsam von Bentley weg, zur anderen Seite des Saals. »Was versuchst du gerade?«

»Er ist sehr freundlich, und ich möchte nicht seine Gefühle verletzen, aber ich kann nicht das für ihn empfinden, was er sich wünscht.«

»Ich muss zugeben, dass bereits am ersten Abend deutlich wurde, dass er nicht von deinem Kaliber ist. Wenn du es nicht bemerkt hättest, hätte ich versucht, eure Verbindung zu verhindern. Und jetzt gibt es außerdem Rothwell.«

»Ja, jetzt gibt es Rothwell.« Mit einer Grimasse sah sie Grace an. »Allerdings habe ich den Plan bereits gemacht, bevor ich ihn kennenlernte. Bentley braucht eine Dame, die geduldiger ist als ich. Ich glaube, Oriana könnte für ihn genau die Richtige sein.«

Grace lachte. »Du hoffst, ihn loszuwerden, indem du ihn einer anderen Frau vorstellst?«

»Es ist die freundschaftlichste Methode, die ich einsetzen kann.« Sie blickte quer durch den Ballsaal und sah, dass Bentley gerade ihrer Freundin vorgestellt wurde. »Es könnte funktionieren.«

»Hm.« Grace sah in dieselbe Richtung wie Louisa. »Ich wünsche dir Glück, aber ich rate dir gut, noch etwas anderes zu ersinnen, wenn dies keine Früchte trägt.«

Ihre Schwägerin hatte recht, gewiss. Und doch konnte Louisa sich beim besten Willen keine andere Lösung vorstellen. Würden sich Oriana und Bentley doch nur auf den ersten Blick ineinander verlieben! *Damit* wären alle Schwierigkeiten aus der Welt geschafft. »In dem Falle ist meine einzige Möglichkeit absolute Aufrichtigkeit. Ich habe bereits versucht, ihm anzudeuten, dass wir nicht zusammenpassen.«

»Viele Männer tun sich schwer, Subtiles zu verstehen.«

Höchstwahrscheinlich, weil sie immer denken, sie wären im Recht. Louisa seufzte. »Das Leben wäre um so vieles einfacher, wenn sie einfach auf die Stimme der Vernunft lauschten.«

Ein Lächeln umspielte Graces Lippen. »Sie haben nicht *immer* unrecht.«

Sie hatte wohl gerade im Sinn, wie Matt hartnäckig geblieben war, bis sie davon überzeugt war, dass er sie und ihre Geschwister liebte. Aber das war etwas Anderes. Alle Welt hatte von Anfang an sehen können, wie verliebt die beiden waren, und was für ein wundervolles Paar sie abgegeben hatten. Louisa fragte sich, ob sie und Rothwell einander auf die gleiche Weise ansahen.

In der Zwischenzeit musste sie unbedingt mehr über den Duke of Rothwell herausfinden. Beispielsweise, ob sie sich tatsächlich ineinander verliebten und ob sie ihm vertrauen konnte. Sie hatte angenommen, er wäre wegen der Saison in der Stadt. Aber was, wenn das gar nicht stimmte?

Einzig die gemeinsamen Tänze und das Essen würden ihnen die Gelegenheit bieten, eine Weile miteinander sprechen zu können, vorausgesetzt, niemand unterbräche sie.

Als sie und Grace wieder den Ballsaal betraten, unterhielt sich Bentley mit Charlotte und Oriana. Ein Grüppchen weiterer unverheirateter Damen und Herren fand sich nach und nach neben ihrer Schwester ein. Sie beobachtete, wie Oriana bei einer Bemerkung von Bentley lächelte. »Ich glaube, es läuft gut.«

Grace warf ihr einen Blick zu, der sagte: *Da ist der Wunsch Vater des Gedankens.* »Sie haben sich gerade erst kennengelernt, und du kannst ihn nicht den ganzen Abend ignorieren.« Sie zog die Brauen zusammen und fragte: »Hast du noch offene Tänze auf deiner Karte?«

Louisa nickte. »Einen Landtanz.«

Als sie Matt erreichten, unterhielt er sich mit einem seiner alten Freunde. Grace lächelte und streckte die Hand aus. »Lord Huntley, guten Abend. Ich habe nicht erwartet, Euch hier anzutreffen.«

Ah, einer von Matts ledigen, nicht an Heirat interessierten Freunden.

Der Earl of Huntley errötete leicht, als er Graces Hand ergriff und sich darüber beugte. »Mylady, es ist mir immer ein Vergnügen. Lady Featherton ist eine sehr liebe Freundin meiner Mutter und eine entfernte Verwandte. Ich bin hier, um ihr einen Gefallen zu tun.«

»Exzellent.« Grace warf ihm ein verschmitztes Lächeln zu. »Ihr könntet Lady Louisa zu einem Landtanz auffordern.«

Nun, das hat sie geschickt angestellt, dachte Louisa.

»Aber gewiss, es wäre mir eine Freude.« Er wandte sich ihr zu. »Mylady, erweist Ihr mir die Ehre eines Landtanzes?«

Sie unterdrückte den Drang, zu kichern, und neigte den Kopf. »Sehr gern, Mylord.«

Er schrieb seinen Namen auf ihre Tanzkarte, dann schlenderte er zum Kartenraum.

»Ich hoffe, er vergisst es nicht.«

»Das würde er nicht wagen«, sagte Matt betont. »Was hat das zu bedeuten?«

Grace schob ihren Arm in seinen. »Louisa muss Lord Bentley langsam zu verstehen geben, dass sie nicht an ihm interessiert ist. Seine Schwärmerei dauert schon seit Wochen an und muss ein Ende haben.«

»Der arme Bursche«, sagte Matt voller Gefühl. »Aber ich stimme zu. Wenn du nicht möchtest, dass er dir den Hof macht, ist es besser, ihn nicht zappeln zu lassen. Manchmal ist Schonungslosigkeit das Mittel der Wahl. Männer tun sich oft schwer damit, die Jagd zu beenden.« Er zog Grace näher zu sich. »Habe ich dir jemals gesagt, wie dankbar ich dafür bin, dass unsere Zeit des Poussierens so wohltuend kurz anhielt?«

Sie lehnte sich so leicht an ihn, dass es kaum wahrzunehmen war, doch diese Bewegung sprach in Louisas

Augen Bände darüber, wie tief ihre Liebe zueinander war.

»Nein, aber ich bin ebenfalls glücklich, dass sie nicht lange anhielt.«

Mit dem Gefühl, ein Eindringling zu sein, entschuldigte Louisa sich. »Ich geselle mich nun zu Charlotte und Oriana.« Louisa blickte erneut ihren Bruder und ihre Schwägerin an. Sie waren der Beweis dafür, dass man einander nicht lange kennen musste, um sich zu verlieben.

Liebe wünschte sie sich auch für sich und Rothwell. Auch Bentley wünschte sie Liebe, allerdings nicht zu ihr selbst. Sie sandte ein Stoßgebet zum Himmel, dass ihre Kuppelei erfolgreich wäre.

Bentley unterhielt sich gerade mit Oriana, als Louisa ihren Kreis erreichte. Charlotte bewegte sich leicht zur Seite, sodass Louisa zwischen zwei Freunde treten konnte, anstatt sich neben Bentley zu stellen.

Sie wusste, dass sie das Richtige tat, dennoch nagte ein Schuldgefühl an ihr, als Bentleys Gesicht bei ihrem Anblick aufleuchtete und er sich verbeugte. Er war wirklich ein sehr angenehmer junger Mann. »Lady Louisa, besteht die Chance, dass Ihr noch einen Tanz für mich offengehalten habt?«

Sie wollte gerade eine bedauernde Haltung einnehmen, dann hielt sie inne. Wenn er dachte, sie wäre betrübt, weil er sie nicht früher um einen Tanz gebeten hatte, würde er beim nächsten Anlass gewiss genau das tun. Das liefe ihrem Ziel zuwider.

Dies würde schwieriger werden, als sie angenommen hatte. »Nein. Lord Huntley hat sich auf der letzten Stelle eingetragen. Aber Miss Blackacre ist gerade erst in London angekommen, und ihre Tanzkarte ist noch frei.«

Bentley lächelte Oriana an. »Darüber hat mich Lady Charlotte bereits informiert. Wir sind schon zu einem Satz verabredet.«

»Hervorragend.« Gerade, als Louisa sich anschickte, Elizabeth Tully zu fragen, ob sie etwas mit ihr herumschlendern wolle, wurde es in dem überfüllten Saal unruhig, und Louisa sah auf.

Rothwell war da. Endlich.

Als er auf Louisa zukam, sagte Bentley zu niemand Bestimmtem: »Mein liebster Vetter ist angekommen. Ich glaube nicht, dass Ihr ihn kennt. Er war erst kürzlich für mehrere Jahre in Kanada in der Wildnis und ist ein großartiger Kerl.«

Vetter? Kanada? Louisas Herzschlag setzte aus. Sie blickte von Bentley zu Rothwell und zurück. Ähnlichkeit war vorhanden, aber nicht in der Farbe von Haut und Haaren. Während Bentley hell war, mit hellblondem Haar und einem fast jungenhaften Aussehen, schien Rothwell dunkler zu sein. Von seinem dunkelblonden Haar bis zu seiner Gesichtsfarbe von Nussbraun. Die ausgeprägten Züge seines Antlitzes verrieten Stärke und Entschlossenheit. Bentleys Augen waren von einem unschuldigen, blassen Blau im Gegensatz zu Rothwells geschmolzenem Silber, das auf seine gemachten Erfahrungen hinwies.

Sein Blick traf ihren, bevor er seine Aufmerksamkeit seinem Vetter zuwandte. Die Winkel seiner angespannten Lippen wiesen nach unten. Louisa hatte ihn noch nie mit so grimmigem Ausdruck erlebt.

Seit dem Nachmittag war etwas geschehen, aber was?

Als er ihr Grüppchen erreichte, stellte er sich neben seinen Cousin und beugte den Kopf. »Guten Abend. Ich hoffe, ich bin nicht zu spät.«

An Bentleys erfreutem Lächeln war zu erkennen, dass die beiden Männer sich nahestanden. Tatsächlich sah er den Herzog an, als wäre er sein Retter.

»Überhaupt nicht. Willkommen. Ich freue mich, dich zu sehen.« Bentley blickte die anwesenden Damen an. »Lady Louisa Vivers, Lady Charlotte Carpenter, Miss

Tully und Miss Blackacre, ich möchte Sie mit meinem Vetter bekanntmachen, dem Duke of Rothwell.«

Charlotte blickte zu Louisa, als ihre Freundinnen knicksten. »Euer Gnaden, Miss Blackacre ist eine Base von mir und gerade erst in London angekommen.« Sie wandte sich mit einem Lächeln an Bentley. »Mylord, Lady Louisa und ich hatten bereits das Vergnügen, Seine Gnaden kennenzulernen. Er ist ein Freund der Worthingtons.«

»Oh!«, sagte Bentley und ließ den Mund offenstehen. »Das wusste ich nicht. Aber ich nehme an, das ergibt Sinn. Sie dürften etwa im selben Alter sein. Seid ihr zusammen zur Schule gegangen, Rothwell?«

Rothwell, der von der Seite seines Vetters weggetreten war, um die anderen zu begrüßen, blieb stehen. »Eton und Oxford.«

»Hast du ihn auf dem gestrigen Ball getroffen?«, fragte Bentley.

»Auf dem, den du mir empfohlen hast?« Eine von Rothwells Brauen fuhr in die Höhe, und einen Augenblick lang schien es, als wolle er noch etwas sagen, doch er schwieg.

»Verflixt, es tut mir leid.« Bentley sah fast wie ein Kind aus, das bei einer Missetat erwischt worden war. »Ich hatte vor, hinzugehen, aber dann kam Roughy dazwischen. Du erinnerst dich an ihn, oder?« Er wartete Rothwells zustimmendes Nicken ab. »Er lud mich zum Abendessen mit seinen Eltern ein, und ich habe die Zeit aus den Augen verloren.«

»Ah, ja. Ich verstehe, wie das geschehen konnte.« Rothwell hatte Louisa fast erreicht. »Keine Angst. Ich wurde gut unterhalten.« Er sah sie an, verbeugte sich und nahm, wie sie es erwartet hatte, ihre Finger in seine große Hand. »Es ist mir eine Freude, Euch wiederzusehen, Mylady.«

»Ganz meinerseits, Euer Gnaden.« Ihre Blicke trafen sich, und der Augenblick dehnte sich aus, als wären sie die beiden einzigen Menschen im Ballsaal. Sein Griff um ihre Hand wurde fester, und eine Myriade von Emotionen zeichnete sich in seinem Blick ab.

Resignation und Traurigkeit.

Etwas war ganz und gar nicht im Lot. Doch was hatte in der Zeit zwischen ihrer Trennung am Nachmittag und jetzt geschehen können? Es gab nur eine Möglichkeit, das herauszufinden.

Sie senkte die Stimme, sodass nur er sie hören konnte. »Was ist denn geschehen?«

Seine Kehle bewegte sich, als hätte er Mühe beim Schlucken. »Ich muss Euch etwas sagen.«

Louisa konnte sich nicht vorstellen, was das sein sollte, aber nun näherte sich ihr Tanzpartner für den ersten Satz. »Vielleicht während unseres Tanzes.«

»Wir müssen allein sein.«

»Mylady.« Lord Huntley war gekommen, um zum Tanz zu bitten.

»Mylord.« Sie legte die Hand auf seinen Arm und ließ sich von ihm wegführen.

Doch die ganze Zeit wünschte sie sich, sie hätte nicht von Rothwell weggehen müssen.

KAPITEL 12

Gideon musste mühsam den Blick von Louisa abwenden, als sie mit ihrem Tanzpartner davonschlenderte.

Verfluchter Bentley. Gideon musste ihr sagen, dass er sie nicht mehr treffen durfte.

Beinahe hätte er gestöhnt. Er konnte ihr das nicht auf der Tanzfläche sagen. Und wie konnte er sie unter den Augen seines Cousins zum Tanzen wegführen? Aber er konnte sie ebenso wenig im Stich lassen. Wäre er doch nur nicht nach London gekommen. Hätte ihm Bentley doch nur gleich zu Anfang gesagt, was er von ihm wollte. Sein Herz fühlte sich an, als würde es entzweigerissen.

»Was auch immer Euch betrübt, es wird gut werden«, hatte sie gesagt und seine Finger bekräftigend gedrückt, bevor sie sich umdrehte und den Arm des anderen Gentlemans nahm.

Wenn Louisa wüsste, wie sehr sie sich irrte.

Er griff nach einem Glas Champagner von einem Tablett, das einer der zahlreichen Lakaien herumtrug. Gideon hatte seit dem Treffen mit seinem Vetter Stunden damit verbracht, nach den passenden Worten zu suchen, um Louisa zu sagen, dass er sie morgen oder an einem anderen Tag nicht zu einer Kutschfahrt würde abholen können. Diese Aufgabe sollte nicht allzu schwierig sein. Sie kannten sich noch nicht sehr lange.

Erst wenige Tage. Wenige, wundervolle Tage.

Sein Blick wanderte zur Tanzfläche, wo er unwillkürlich nach Louisa suchte. Sie bewegte sich gerade im Tanzschritt zurück und lächelte, als sie die Hand eines anderen Mannes in ihrem Viererblock annahm. Ihr

Blick schien den seinen zu treffen, und sie schmunzelte. Bevor er sich bremsen konnte, erwiderte Gideon ihr Lächeln. Einen Augenblick darauf hatte sie ihm den Rücken zugewandt, und sein Vetter kam in sein Blickfeld.

Selbst wenn er bereits in der Position wäre, Louisa den Hof machen zu können, so würde er es doch nicht über sich bringen, Bentley zu verletzen. Sein Vetter verdiente – und brauchte – eine Dame, die die Klugheit und die Stärke hätte, ihm beim Unterhalten seines Eigentums zu helfen, wenn er den Titel und die Pflichten seines Vaters erben würde. Gott wusste, dass er das nicht allein hinbekäme.

Gideon zwang sich, den Blick abzuwenden, und sah eine Matrone, an die er sich noch erinnern konnte. Sie war die Mutter von vier Töchtern, von denen zwei ihr Debüt bereits gehabt hatten. Sie starrte ihn an, also neigte er den Kopf, und sie nickte einladend. Offenkundig hatte sich seine voranschreitende Verarmung noch nicht herumgesprochen, oder sie kümmerte manche Menschen nicht.

Louisa tanzte wieder in sein Blickfeld. Sie war so lebendig und so voller Freude. Die Art, wie sie sich um ihre kleine Schwester sorgte, hatte ihn überrascht. Nicht viele Damen hätten die Gelegenheit, im Park mit einem Herzog gesehen zu werden, aufgegeben, selbst mit einem in finanziellen Schwierigkeiten. Nicht, dass sie davon wusste. Er fühlte sich wie ein übler Betrüger. Wäre er doch nur auf seinem Landsitz geblieben! Doch dann hätte er die Ursache für seine Kalamitäten nicht entdeckt.

Wenige Minuten, bevor der erste Satz endete, führte ihn die Gastgeberin Lady Featherton unerbittlich zu einer jungen Dame, die einen Partner brauchte.

»Oh, Euer Gnaden.« Das Mädchen errötete und stammelte sich durch den größten Teil des Tanzes.

Sobald das Musikstück zu Ende war, brachte er sie zu ihrer Mutter zurück und flüchtete mit der Absicht, auf den ersten Walzer zu warten, zum Kartenraum. Da er nie Geschmack am Spielen gefunden hatte, lehnte er sich gegen eine Wand, die möglichst weit von den Tischen entfernt war.

»Euer Gnaden?«

Gideon sah herunter und entdeckte Lord Manning, einen der alten Freunde seines Vaters.

»Sir.« Gideon stellte sich aufrecht hin.

»Ich möchte mit Ihnen über ein Gerücht sprechen, das mir zu Ohren gekommen ist.«

Er hatte Seine Lordschaft fast sein ganzes Leben lang gekannt und hielt viel von dem Mann. Wenn Manning eine Sache für wichtig genug hielt, verstand es sich von selbst, dass Gideon ihn anhörte. »Bitte, fahrt fort.«

»Nicht lange vor dem Tod Eures Vaters begegnete ich ihm im Theater.« Manning sah zur Seite und hielt inne. Gideon wartete, und etwas später fuhr der ältere Mann fort: »Er blickte durch mich hindurch. Zuerst dachte ich, er wolle mich schneiden, dann begriff ich jedoch, dass er mich nicht erkannte. Wie ich weiß, wart ihr weg, und ich dachte, ich sollte Euch über die Möglichkeit informieren, dass er nicht mehr ganz er selbst gewesen sein könnte.«

Gideon stieß einen erleichterten Seufzer aus. Am liebsten hätte er einen Freudentanz aufgeführt. Nicht, weil sein Vater krank gewesen war, sondern weil mehrere seiner Freunde erkannt hatten, dass etwas im Argen lag. »Mylord, ich habe kürzlich erfahren, dass mein Vater an Demenz litt.« Er sprach es nicht gern aus. Er verabscheute es, dass sein Vater so viele Familienmitglieder und Freunde verletzt hatte. Wäre er doch nur da gewesen! Trotz der Zweifel, die er nach der Lektüre des Briefs von seiner Mutter gehabt hatte, hätte er seinen

Vater für unmündig erklären lassen. Es wäre der einzige Weg gewesen, das Herzogtum zu retten.

»Einer meiner Onkel mütterlicherseits litt unter der gleichen Krankheit.« Manning nickte nachdenklich. »Habt Ihr euch aus diesem Grund geweigert, seine Spielschulden zu zahlen?«

»Richtig. Wenn er bei … vollem Verstand gewesen wäre, hätte er es nie so weit kommen lassen.«

»Ich verstehe Eure Haltung. Dennoch wird Eure Entscheidung vielen nicht gefallen und könnte Eure Position im House of Lords beeinträchtigen. Ich rate Euch, eine reiche Frau zu finden und zu heiraten.«

Das House of Lords? Das war eines der Ämter, die er haben wollte. Gideon streckte den Rücken durch. »Lord St. Eth war zugegen, als ich die Entscheidung traf. Er ist der Ansicht, dass ich im Recht bin. Davon abgesehen, müsste die Dame tatsächlich sehr wohlhabend sein. Selbst dann würde ich jedoch ihre Mitgift nicht für mich nutzen. Ich werde die Dinge selbst regeln.«

»Er ist dieser Ansicht?« Manning schien Gideon zu studieren. »War das, bevor oder nachdem Ihr Masters sagtet, dass Ihr die Spielschulden nicht begleichen würdet?«

»Danach.« Gideon begannen die Ratschläge, sich nach einer reichen Frau umzusehen, übel aufzustoßen. Komme, was wolle, er würde sich wieder ganz aufrichten, ohne sich auf das Geld einer Frau verlassen zu müssen. Plötzlich wurde ihm bewusst, dass es ungeachtet seines Widerwillens, den Zustand seines Vaters überall bekannt werden zu lassen, zu seinem Wohle und zum Wohle seiner Familie gereichen konnte, wenn andere von der Krankheit seines Vaters wüssten. »St. Eth sagte, dass die Demenz meines Vaters in seinen Augen deutlich erkennbar gewesen sei und dass kein ehrenhafter Mann mit Minderjährigen oder geistig Beeinträchtigten spielen würde.«

Manning nickte langsam. »Wenn Ihr keine Einwände habt, werde ich das ebenfalls sagen, sobald das Thema wieder zur Sprache kommt.«

»Danke sehr.« Gideon zuckte beinahe zusammen, doch er hatte diese Entscheidung getroffen, und es musste etwas unternommen werden. Wenn er die Spielschulden seines Vaters nicht zahlen konnte, würde das auch auf seine Mutter, seine Schwestern und seinen Bruder zurückfallen. St. Eth und nun auch Lord Manning boten Gideon einen ehrenhaften Ausweg aus dem Dilemma, das Geldvermögen des Herzogtums noch weiter verringern zu müssen. »Ich habe keine Einwände.«

»Nun, sehr gut.« Sein Gegenüber tippte sich mit dem Finger an die Nase. »Ich werde diskret sein, jedoch keinen Zweifel am Zustand des Herzogs in den letzten Jahren lassen.«

Glücklicherweise endetet der Tanz-Satz gerade, und das Vorspiel zu einem Walzer setzte ein. »Wenn Ihr mich entschuldigt, ich habe eine Verabredung.«

»Genießt den Tanz.« Mannings Lippen zogen sich nach oben. »Ich erinnere mich noch daran, wie ich ganze Nächte durchtanzen konnte.«

Gideon verschwendete keine Zeit mehr, sondern holte Louisa ab und führte sie auf die Tanzfläche.

»Worüber müsst ihr mit mir sprechen?«, fragte sie, sobald sie in die Tanzschritte einfielen.

Doch das war nicht der richtige Ort. »Wir sollten ungestört sein, damit niemand uns hören kann. Nach dem Tanz vor dem Supper.«

Sie runzelte nachdenklich die Stirn, und Gideon wollte nichts lieber, als ihre Falten wieder zu glätten. Doch er würde bald neue Linien auf ihrer Stirn herbeiführen. »Das geht nicht. Matt wird erwarten, dass wir uns zum Essen zu ihnen gesellen. Und danach werden wir den Ball verlassen.«

Natürlich würde Worthington seinen Schwestern niemals erlauben, allein irgendwohin zu gehen. »Ich muss unter vier Augen mit Euch sprechen.«

Sie zog die Unterlippe zwischen die Zähne, und schon wieder wollte er sie küssen. »Um sieben Uhr in der Früh. Wir können im Park ausreiten.«

Wie es bereits zu ihrer Gewohnheit wurde. Wenn man das eine Mal, als sie sich begegnet waren, und das zweite Mal, das verabredet gewesen war, bereits als Gewohnheit bezeichnen konnte. »Es wird mir eine Freude sein, Euch zu begleiten.«

Ihr Lächeln ließ ihn beinahe erblinden. Mein Gott, war sie schön!

Er zog sie in die Arme und führte sie über die Tanzfläche. Dies wäre das letzte Mal, dass er mit ihr tanzte. Das letzte Mal, dass er sie hielte, und er glaubte nicht, dass er es ertragen könnte, zu gehen. Doch um seines Vetters willen musste er das. Dennoch, wie könnte er sie verlassen? Wie könnte er dabeistehen und zuschauen, wie sie seinen Vetter heiratete?

Himmel, steh mir bei! Ich verliebe mich. Und Louisa hatte nicht recht, es würde *nicht* gut werden. *Ihm* würde es nie wieder gut gehen. Und er hatte es im Gefühl, dass *sie* nicht glücklich werden würde. Der Einzige, der noch glücklich werden könnte, war Bentley.

***

Oriana bemerkte, dass Louisa sich zu ihrem Bruder und ihrer Schwägerin gesellte, die in der Nähe mit dem Duke of Rothwell plauderten.

Charlotte beugte sich näher zu Oriana. »Ich glaube, Louisa ist gerade endgültig dabei, sich zu verlieben.«

»In Rothwell?« Sie betrachtete das Paar und, tatsächlich, zwischen den beiden schien es etwas zu geben.

»Ja.« Ohne weiter darauf einzugehen, verbrachte Charlotte die nächsten paar Minuten damit, auf mehrere der Anwesenden hinzuweisen und sicherzustellen, dass Oriana wusste, um wen es sich dabei handelte. »Dort hinten steht Lady Bellamny, im Turban mit den lila Federn. Sie jagt vielen Angst ein, aber ich mag sie leiden.«

Oriana hatte ihre Mutter schon einmal über Lady Bellamny sprechen hören. »Meine Mamma sagte, dass ich in ihrer Gegenwart gut auf meine Manieren achten soll.«

»Ach, pff.« Charlotte wedelte herunterspielend mit der Hand. »Sie ist eine echte Pedantin, aber ohne Grund entzieht sie niemandem ihr Wohlwollen.«

Ein Lakai brachte ihnen Gläser mit Limonade.

»Hier ist es viel heißer als auf dem Lande.«

»Nur, weil hier viel mehr Gäste zugegen sind«, sagte Charlotte. »Nach dem nächsten Tanz-Satz fragen wir Grace, ob wir uns zu den Fenstern stellen können.«

»Ist sie sehr streng?«, fragte Oriana. Sie hatte ihre Überraschung, dass Lord Worthington die Verantwortung für so viele Kinder übernommen hatte, offen gezeigt.

»Matt noch mehr als Grace. Er hat schreckliche Angst, uns könnte etwas zustoßen. Insbesondere, da meine Freundin Dotty, die jetzt Marchioness of Merton ist, heimlich ausgebüxt ist, um ihren späteren Ehemann vor einem Komplott gegen ihn zu warnen.«

»Ein Komplott?« Oriana riss ungewollt die Augen auf. »London scheint viel aufregender und gefährlicher zu sein, als ich dachte.«

»Nur für Dotty.« Charlotte kicherte leise. »Ich kenne sie schon, seit wir laufen lernten. Ihr geschehen fortlaufend seltsame Dinge.« Sie nahm einen Schluck Limonade und blickte sich um. »Lord Bentley kommt, um seinen Walzer einzufordern.«

Oriana folgte der Blickrichtung ihrer Freundin. Ihre neuen Basen hatten recht, sie mochte ihn tatsächlich.

Er war so attraktiv und interessant. Zwischen den Sätzen hatten sie viel Zeit mit gemeinsamem Plaudern verbracht. Doch eine ganze Weile hatte sie nicht gedacht, dass er sie um einen Tanz bitten würde. »Danke, dass ihr uns miteinander bekannt gemacht habt.«

»Er wirkt immer ein bisschen unsicher, was er als nächstes tun soll, aber wenn du ihn erst einmal am richtigen Punkt hast, ist er sehr liebenswürdig.«

»Oh, dann war es nicht so, dass er nicht mit mir tanzen wollte?«

»Ach, gar nicht. Bitte, denk das nicht. Er braucht nur meist einen längeren Anlauf.«

»Ach so. Ich weiß, was du meinst.« Schließlich hatte sie ihr ganzes Leben mit dieser Sorte Mann zu tun gehabt. Lord Bentley verbeugte sich lächelnd, als sie ihm die Hand reichte. »Danke, dass Ihr so pünktlich seid, Mylord.«

Unter ihrem angedeuteten Lob schien er zu wachsen. »Es ist mir eine Freude. Lady Louisa«, – er warf der Lady einen verstohlenen Blick zu –, »sagt mir immer, dass ich zu spät dran bin.«

Ach je. Oriana hoffte, dass er nicht glaubte, in Lady Louisa verliebt zu sein. Selbst nach so kurzer Bekanntschaft wusste Oriana, dass die beiden nicht zusammenpassten. Ihre Freundin brauchte einen viel energischeren Mann, als Bentley es jemals wäre. Wenn er allerdings die richtige Dame ehelichte, eine, die ihn ermutigte, konnte Seine Lordschaft sich entfalten. Zumindest schien er kein Akademiker zu sein. Denn die waren die Schlimmsten, wenn es nötig war, eine Entscheidung zu treffen oder etwas zu Ende zu führen.

»Lady Louisa scheint mir nicht der Typ Frau zu sein, der man beim Gehen die Schuhe sohlen kann, wie man so sagt. Ich bin sicher, dass sie es nicht unfreundlich meint.«

Lord Bentley sah entsetzt aus. »Ich wollte nicht ... ich meine, ich wollte nie andeuten ...«

Oriana wartete geduldig, bis sein Satz sich im Nichts verlor, dann lächelte sie und legte ihm die Hand auf den Arm. »Natürlich nicht. Sie ist lediglich sehr direkt und ungeduldig.«

»Ja, das stimmt.« Er strahlte sie an. »Ich bin glücklich, dass Sie mich verstehen.«

Als sie mit dem Tanz begannen, bemerkte sie erfreut, dass er nicht nur gut führte, sondern sie sich in seinen Armen auch wohlfühlte.

Sehr wohl sogar, was gut oder weniger gut sein kann.

Sie entspannte sich bei den Walzerschritten. Lord Bentleys Handfläche lag sicher an ihrer Taille, als er sie elegant durch den Saal führte. Er war ein gutaussehender Mann. Auch wenn er selbst im Alter nie die scharfgeschnittenen Züge seines Vetters oder des Lord Worthington entwickeln würde. Lord Bentleys Antlitz war weicher, offener. Seine aufrichtigen blauen Augen zeigten, dass er offenkundig nie gelernt hatte, Gefühle zu verbergen. Sie hatte sich in seiner Gegenwart sogleich wohlgefühlt. Genau wie jetzt. Das einzige Problem war, dass die Aufmerksamkeit des verflixten Herrn nicht ihr galt.

Sie sah verstohlen in die Richtung, in die er blickte. Ah, das erklärte es. Er dachte wirklich, er liebte Louisa. Da Oriana Brüder hatte, wusste sie genug über Männer, um Bentleys Faszination nachvollziehen zu können. Louisa war wirklich eine Schönheit, aber ihr starker Wille würde den armen Kerl rasch überfordern.

Oriana hatte schon früher solche ungünstigen Paarbildungen erlebt. Es würde niemals gut gehen. Ihre Freundin hatte das Problem höchstwahrscheinlich erkannt, was erklären würde, warum sie keinen Tanz für ihn reserviert hatte, obwohl Lord Bentley offenkundig zu ihrem Kreis gehörte.

Oriana fragte sich, ob das auch der Grund dafür war, dass Charlotte zuvor beständig hin und her gehuscht war. Sie hatte es zwischen den Tanz-Sätzen immerfort so eingerichtet, dass Oriana und Lord Bentley nebeneinander und nicht in Louisas Nähe standen. In diesen Phasen hatte Oriana trotz seiner gelegentlichen Blicke zu Louisa herausgefunden, dass sie und Seine Lordschaft vieles gemeinsam hatten, angefangen bei Pferden bis zur Liebe zur Familie und zum Landleben.

Sie schmunzelte in sich hinein. Als sie zugestimmt hatte, nach London zu gehen, war sie sich sicher gewesen, dass ihre Großmutter einen Anwärter für sie im Sinne gehabt hatte. Offenbar hatten Louisa und Charlotte, nachdem sie sie kennengelernt hatten, dieselbe Idee gehabt. Letztendlich war es ja der Wunsch und die Pflicht Orianas, sich zu verheiraten. Sie hatte ihre Position als Leiterin des väterlichen Besitzes an ihren Bruder abgetreten, und sie vermisste die Verantwortung. Aber einen Ehemann, ein eigenes Heim und schließlich Kinder, um die sich kümmern müsste, waren ihr größter Lebenswunsch.

Zumindest konnte sie herausfinden, ob ihre Freundinnen eine gute Wahl getroffen hatten. »Genießt Ihr den Ball, Mylord?«

Bentley drehte den Kopf in ihre Richtung und errötete. »Ja ... ja, das tue ich.«

»Ihr wirktet etwas abgelenkt.« Das war eine sanfte Mahnung. Mehr als das wäre nicht nötig, da war sie sich sicher.

»Verzeihen Sie mir. Ich war in Gedanken, aber ich hätte Sie nicht ignorieren dürfen.«

Oriana schenkte ihm ein strahlendes Lächeln. »Macht Euch keine Gedanken. Stattdessen könntet Ihr mir sagen, was ich von London sehen sollte, während ich hier bin.«

Er schien einen Augenblick verloren, dann stieß er die Luft aus. »Natürlich. Sie müssen die Elgin Marbles besichtigen.«

»Ein großartiger Vorschlag, Mylord. Ich könnte es nicht ertragen, London zu verlassen, ohne sie gesehen zu haben.« Sie ließ ihre Bemerkung nachklingen und fragte sich, ob er ihr anbieten würde, sie dorthin zu begleiten. Als er nach mehreren Augenblicken noch nicht reagiert hatte, murmelte sie: »Ich wünschte nur, ich würde jemanden kennen, der mich durch das Museum geleiten könnte. Ich fürchte, meine Großmutter ist nicht dazu in der Lage.« Wenn es je eine Lüge gegeben hatte, dann war es diese. Der einzige Grund, weshalb Großmama nicht gehen würde, war, dass sie schon zu viel von den berühmten Marmorskulpturen gesehen hatte.

Wenige Sekunden darauf hellte sich Bentleys Antlitz auf. »Ich wäre glücklich, Sie zu begleiten. Wenn es Ihnen nichts ausmacht, natürlich.«

»Vielen Dank für Euer Angebot.« Mit geweiteten Augen – als hätte sie niemals selbst an diese Möglichkeit gedacht – lächelte Oriana dankbar. »Ich nehme sehr gerne an.« Der Ausdruck der Dankbarkeit auf seinem Gesicht war genau so, wie sie es sich gewünscht hätte, und sie erwartete, dass er Tag und Uhrzeit vorschlagen würde. Als er dies jedoch nicht tat, gab sie ihm einen kleinen Schubs. »Ich habe morgen Vormittag gegen elf Uhr noch nichts vor.«

Einen Augenblick lang starrte er sie einfach an, dann begannen seine Augen zu zwinkern. Wusste er, was sie da gerade tat? »Danke sehr. Ich werde Sie dann abholen.«

Der Anflug von Anspannung, die sein intensiver Blick in ihr ausgelöst hatte, verflüchtigte sich. Er war nicht so stur wie ihr Vater, der zu jeder Entscheidung hatte angeleitet werden müssen. Lord Bentley würde lediglich eine zart leitende Hand und eine tröstende Berührung brauchen, wenn er herausfände, dass Louisa für ihn nicht die Richtige war. Dies konnte in naher Zukunft bereits der Fall sein, überlegte Oriana, wenn man bedachte, was welche Blicke ihre Freundin Rothwell zuwarf, und wie er sie erwiderte. Wie ihre Mutter immer sagte: ›Es war nicht wichtig, die erste Liebe eines Gentlemans zu sein, sondern die letzte.‹ Großmama wiederum glaubte daran, dass Übereinstimmung mit dem Ehemann außerordentlich wünschenswert war, und Oriana war der Ansicht, dass sie und Lord Bentley überragende Übereinstimmungen hatten.

KAPITEL 13

»Ihr seid ein sehr geschmeidiger Tänzer, Mylord.« Miss Blackacres leise, angenehme Stimme riss ihn aus seinen Gedanken über Lady Louisa.

»Ähm, vielen Dank.« Er dachte darüber nach, was er als nächstes sagen sollte. »Sie ebenfalls.«

Gewiss, es war die einzige mögliche Antwort, aber sie schenkte ihm ein Lächeln, die seinen Bauch auf bestimmte Art zum Tanzen brachten.

Zuerst hatte er noch gedacht, dieses Gefühl wäre von etwas ausgelöst worden, das er gegessen hatte, aber das Abendessen lag Stunden zurück. Dann war es ihm aufgegangen. Sie war leicht wie eine Feder und ließ sich bereitwillig führen. Viel leichter als Louisa, die jedes Mal, wenn er unkonzentriert wurde, die Führung übernahm. Er versetzte sich selbst einen inneren Stoß. Er sollte gegenüber der Frau, die er liebte, nicht so illoyal sein.

Lady Louisas Intellekt und ihre Fähigkeit, das Ruder zu übernehmen, faszinierten ihn und hatten ihn dazu gebracht, sie zu lieben. Sie war eine anbetungswürdige Göttin.

Hingegen war Miss Blackacre weich und verströmte Wohlbehagen, oder so schien es zumindest. Nicht, dass Lady Louisa kein Wohlbehagen ausstrahlen konnte. In der Stadt funkelte sie wie ein Diamant. Er war sich sicher, sie wäre nicht mehr so nervös, wenn sie erst einmal verheiratet wären und auf seinem Landgut lebten. Es hatte ihm einen Stich versetzt, dass sie sämtliche Tänze bereits vergeben hatte, bevor er angekommen war. Andererseits war er davon überzeugt, dass Rothwell all seine guten Eigenschaften hervorheben würde.

Rothwell, der einige Jahre älter als er selbst war, war für ihn immer mehr wie ein großer Bruder gewesen. Wenn irgendjemand dazu beitragen konnte, dass Lady Louisa sich in Bentley verliebte, dann Rothwell.

Ihr helles Lachen schien in der Luft zu schweben, aber Bentley widerstand der Versuchung, sich umzudrehen. Es war bereits unritterlich genug gegenüber Miss Blackacre gewesen, als er mit den Gedanken abgeschweift war. Anstatt ihn zur Aufmerksamkeit zu mahnen, wie jede andere es wohl getan hätte, war sie jedoch freundlich und geduldig gewesen. Und bezaubernd. Ihr schwarzes Haar schimmerte im Kerzenlicht. Ihm gefiel es, wie ihre Nase sich kräuselte und ihre Augen aufleuchteten, wenn sie lächelte. Er musste daran denken, sie zu fragen, ob er sie zum Supper geleiten durfte.

»Miss Blackacre, ich möchte Sie etwas fragen.«

Sie richtete ihre dunkelblauen Augen auf seine, sagte jedoch nichts, während er die Worte zusammenklaubte.

»Darf ich, ich meine, würden Sie gestatten, dass ich Sie zum Supper geleite?«

Ihre Mundwinkel zogen sich langsam nach oben. »Es wäre mir ein Vergnügen, Mylord.«

»Danke sehr.« Er schien in diesen Dingen besser zu werden. Einer Lady sein Geleit anzutragen, war ihm noch nie so leichtgefallen.

In aller Frühe am folgenden Morgen schritt Louisa die Treppe vor Stanwood House hinunter und sah, dass Rothwell bereits angekommen war. »Guten Morgen, Euer Gnaden.«

Er schwang sich von seinem Wallach herunter, umrundete das Tier und half ihr auf Lancelot, ihr Lieblingspferd. »Guten Morgen, Mylady.«

Neep, der Stallbursche der Carpenters, nickte einem seiner Schützlinge zu, der auf einer Stute saß, die Bewegung brauchte. Gestern hatte Grace sie sanft daran erinnert, dass Louisa auch dann, wenn sie auf ihrem morgendlichen Ausritt von einem Gentleman begleitet wurde, einen Burschen mitnehmen musste.

»Wollen wir?« Louisa gab ihrem Pferd einen Klaps auf die Flanke. Rothwell ritt neben ihr, während der Bursche ein Stück hinter ihnen blieb. Sie plauderten einige Minuten über das Wetter, das für einen Frühlingstag überraschend sonnig und trocken war, und über ihre Schwester Theo, die jetzt rasch genas. Dann fragte sie: »Worüber wolltet Ihr mit mir sprechen?«

Rothwells Wange zuckte, als bisse er die Zähne zusammen. »Ihr wisst, dass ich auf Geheiß meines Vetters nach London gekommen bin.«

Unwillkürlich umfasste sie die Zügel fester und musste sich zwingen, die Finger wieder zu lockern. »Das sagtet Ihr. Ich nehme an, dieser Vetter ist Bentley?«

»Richtig.« Rothwell spuckte das Wort aus, als ob es ihn irgendwie bedrängte.

Ein eigenartiges Schaudern lief ihr den Nacken hinunter. »Fahrt fort.«

»Er – er hatte in seinem Brief nicht genau geschrieben, welche Art Hilfe er brauchte. Nach meiner Ankunft schickte er mir lediglich eine weitere Nachricht, in der stand, dass er mich auf Lady Sales Ball treffen wollte. Wie Ihr höchstwahrscheinlich gehört habt, ist er dann jedoch einfach nicht aufgetaucht.« Er stieß den Atem aus, bevor er fortfuhr. »Es mag ausreichen zu sagen, dass ich vor gestern Nachmittag nicht wusste, welche Art von Unterstützung er von mir erwartete.«

Als er schwieg, fragte Louisa, nicht sicher, ob sie die Antwort hören wollte: »Welche?«

Eine ganze Weile sah Rothwell sie nicht an. Dann fing sein Blick aus grauen Augen den ihren. Der Schmerz, der darin lag, nahm ihr den Atem. »Er möchte, dass ich ihn in seinem Werben um Euch unterstütze.«

Sein Werben um sie! Noch niemals hatte sie etwas derart Lächerliches gehört. Wie konnte es so etwas überhaupt geben, außer in einem Theaterstück oder in einem Buch? Wut wallte in ihr auf, und sie hatte den Drang, laut und ausgiebig zu fluchen. Leider verfügte sie in dieser Hinsicht über einen außerordentlich schlecht elaborierten Wortschatz.

Wie typisch für Bentley, jemanden um Unterstützung zu bitten und der Person nichts über die Art der Hilfe zu sagen, bevor dann auch prompt *etwas Unvorhergesehenes* geschah.

Sie nahm mehrere tiefe Atemzüge und zählte mindestens bis sechzig, bevor sie sich selbst ausreichend unter Kontrolle hatte, um ruhig zu antworten: »Wie bei Cyrano de Bergerac.«

Rothwell zog die Schultern bis zu den Ohren hoch. »Ich bin keineswegs sicher, was er glaubte, dass ich tun könnte.«

Das war auch sie nicht. Wenn Bentley hier wäre, würde sie ihm eine Ohrfeige verpassen. »Was beabsichtigt Ihr zu tun?«

»Ich muss mich um mehrere geschäftliche Angelegenheiten kümmern, danach werde ich die Stadt verlassen. Ich sollte ohnehin bei meiner Familie in Rothwell Abbey sein.« Rothwell hatte stur geradeaus geblickt; nun wandte er sich ihr mit einem düsteren Blick aus seinen schönen grauen Augen zu. »Louisa, ich kann ihn nicht verletzen.«

Wie hatte er sie gerade angesprochen? Sie hatte ihm noch nicht angeboten, sie beim Vornamen zu nennen. Also musste er bereits als Louisa an sie denken. Und er sah so ernst und untröstlich aus. Plötzlich löste sich ihre Wut auf.

Natürlich konnte er nicht Bentleys Gefühle verletzen. Niemand würde das von ihm verlangen, erst recht nicht sie. Dennoch war es nötig, dass Rothwell ihren Standpunkt erfuhr. »Ich werde Lord Bentley niemals heiraten. Noch werde ich ihm gestatten, mir den Hof zu machen.«

Rothwells schwarze Augenbrauen wanderten zueinander, und ihm blieb der Mund offenstehen.

Sie hob die Hand. »Erlaubt mir, zu Ende zu sprechen. Ich weiß bereits seit Wochen, dass er und ich nicht zusammenpassen. Bevor Ihr und ich uns begegnet sind, habe ich bereits versucht, ihn von mir weg zu lenken. Dann habe ich sogar einen Plan entworfen. Tatsächlich habe ich diesen Plan bereits umgesetzt.«

»Aber Bentley ...« Der Ausdruck der Überraschung wich einem finsteren Blick. »Ihr versteht nicht.«

»*Ich* verstehe sehr wohl«, empörte sie sich und gab sich die größte Mühe, ihren wachsenden Zorn unter Kontrolle zu halten. »Aus irgendeinem vollends unverständlichen Grund scheint *Ihr* anzunehmen, dass Ihr das Feld räumen müsst, weil Euer Cousin denkt, er wäre in mich verliebt. Damit ich mich auch in ihn verliebe. Nun, das wird nicht funktionieren. Bentley ist ein liebenswürdiger Mensch, aber er würde mich in den Wahnsinn treiben und letztendlich selbst vollends unglücklich werden.«

»Wenn Ihr ihn für so liebenswürdig haltet«, Rothwell schluckte hörbar, »warum denkt Ihr dann, dass Ihr nicht zusammenpasst? Im Prinzip ist er geeigneter als ich. Er hat vielleicht noch nicht den Herzogsrang erreicht, und ich hoffe, das bleibt auch noch viele Jahre so. Ich schätze meinen Onkel sehr, aber ...«

»Er wankt«, schnitt Louisa Rothwell das Wort ab.

Er starrte sie an, als könnte er nicht glauben, was sie getan hatte. Nun, wahrscheinlich kam es nicht alle Tage vor, dass jemand einem Herzog das Wort abschnitt. »Was?«

Sie schloss einen Augenblick die Augen und antwortete ihm, jedes Wort deutlich aussprechend. »Er wankt ständig hin und her.« Rothwell blickte sie weiter unverwandt an. Wenn es nicht ihr Pferd erschrecken würde, würde Louisa die Arme in die Luft werfen. »Er kann sich nicht entscheiden. Seine Aufmerksamkeit wandert. Bei allem, was heilig ist, immer wenn wir tanzen, führe am Ende ich. Er wankt!«

Inzwischen war ihre Stimme so laut geworden, dass manch einer sie des Schreiens bezichtigen könnte.

Die starre, unlesbare Maske, zu der Rothwells Gesicht geworden war, bekam Risse, als einer seiner Mundwinkel nach oben zuckte. »Ja, ziemlich.« Die Maske wurde wieder starr. »Dennoch ist er mir sehr lieb, und wenn er wüsste, dass wir ...«, er umfasste seine Zügel so fest mit der Faust, dass sein Pferd zur Seite tänzelte, »wenn etwas geschähe ...«

»Ihr meint, wenn er dächte, dass Ihr mir Aufmerksamkeit schenkt.«

»Ja. Er würde sich betrogen fühlen.«

»Ich stimme Euch zu, aber es könnte geschehen, dass seine Aufmerksamkeiten sich einer anderen Dame zuwenden.« Hoffentlich schon in naher Zukunft.

Doch anstelle der Erleichterung, die sie bei Rothwell erwartete, zog er erneut die Stirn in Falten. »Und wer, denkt Ihr, sollte Euren Platz einnehmen?«, fragte er in leiser, fast gefährlicher Tonlage. »Es gibt in ganz London keine Lady, die so schön, intelligent oder einfach verdammt perfekt ist!« Sie sollte sich fühlen, als würde sie auf Wolken schweben. Er schlug mit der Hand auf seinen Sattel, sein Pferd machte einen Satz. In den wenigen Momenten, die er brauchte, um seinen Wallach zu beruhigen, erhob sich Louisas Herz in die Lüfte. Dann brüllte er: »Wer?«

»Miss Blackacre«, antwortete Louisa in ruhigem Ton, um ihn nicht noch mehr aufzuregen, als er es bereits war.

»Und wer zum Teu... ist Miss Blackacre?«

Louisa verdrehte die Augen zum Blätterdach über ihnen.

»Ihr habt sie gestern Abend kennengelernt.«

Sie redete langsam, wie zu einem aufsässigen Kind und nicht zu einem Herzog. Er konnte ihr daraus kaum einen Vorwurf machen. Er verhielt sich eher wie ein Kleinkind. Aber verflucht noch mal, diese Situation war unerträglich. Gideon bedeutete ihr mit der Hand, weiterzusprechen. »Sie hat schwarzes Haar und blaue Augen.«

Da erinnerte er sich. Die Dame war eher zierlich und lächelte gern. Sie hatte den größten Teil des Abends neben Bentley gestanden und auch mit ihm getanzt. Sie hatte immer ... gelassen gewirkt. »Wer ist ihre Familie?«

Louisas Lächeln wurde beinahe so breit wie ein Grinsen. »Eine ihre Großmütter ist die verwitwete Herzogin von Stillwell. Ich weiß nicht, wer die andere ist, aber Charlotte, die mit der Herzogin entfernt verwandt ist, sagte, auch ihre andere Großmutter ist eine Herzogin. Sie hat eine schöne Aussteuer und verwaltete bis vor Kurzem die Eigentümer ihres Vaters. Ihr Vater ist Gelehrter und neigt zur Geistesabwesenheit. Deshalb ist sie auch an jemanden gewöhnt, der ...«

»Wankt«, vollendete Gideon ihren Satz und ließ den Atem ausströmen, den er angehalten hatte.

Zum ersten Mal seit dem gestrigen Nachmittag stieg seine Stimmung. Gideon hatte Angst, auch nur darauf zu hoffen, dass Louisas Plan aufging. Auch so würde es sicherlich eine Weile dauern, bis sein Vetter seine Aufmerksamkeiten von Louisa auf Miss Blackacre verlagern würde. »Habt Ihr darüber nachgedacht, was in der Zwischenzeit geschehen soll?«

Sie durchbohrte ihn mit einem Blick, der eines Mannes würdig gewesen wäre. »Grace hat mir bereits geraten, nicht mehr mit Bentley zu tanzen.« Demnach war auch Lady Worthington der Ansicht, dass Bentley nicht der passende Mann für Louisa war. Dieser Entscheidung stimmte Gideon aus vollem Herzen zu, seine Gründe jedoch waren eigennützig. »Natürlich wäre es hilfreich, wenn ich nicht immer zugegen wäre.« Sie zog ihre Unterlippe zwischen die Zähne, und er wünschte, es wären seine Zähne, die diese verführerische Lippe berührten. »Ich glaube, meine Schwester und meine Brüder könnten mehr von meiner Aufmerksamkeit benötigen, als ich ursprünglich dachte.«

Sie hätte ein General sein sollen. »Womit Ihr das Feld für Miss Blackacre räumt.«

»So ist es.« Sie beugte sich herüber und legte ihre kleine Hand auf seine viel größere. »Ich möchte wirklich nicht, dass er auf irgendeine Weise verletzt wird. Er ist ein guter Mann und wird einer Dame ein wundervoller Ehemann sein. Nur nicht mir.«

»Habt Ihr Hinweise darauf, dass er für sie Gefühle entwickeln könnte?«

»Die habe ich tatsächlich. Er begleitet sie heute ins British Museum. Sie äußerte den Wunsch, die Elgin Marbles zu sehen, und er bot an, sie zu geleiten.«

Das klang überhaupt nicht nach Bentley. »Das tat er von sich aus?«

»Nun ja.« Louisa zog eine Schulter hoch. »Ich vermute, sie schubste ihn sanft in die richtige Richtung. Das ist ihre Art. Sie ist nicht die Art Dame, die ihm sagt, dass er sie ausführen soll.«

Im Gegensatz zu einer anderen Dame, die er kannte und noch viel näher kennenlernen wollte. Gideon grinste in sich hinein. »Die Frage wird sein, ob er es auch auf sich nimmt, sie im Museum herumzuführen.«

»Ich glaube, sie hat vor, einen Führer zu kaufen, falls nötig.«

Großer Gott. Die Ränke der Damen. Er hatte immer gewusst, dass kupplerische Mütter Ärger bedeuteten, aber es war ihm nie in den Sinn gekommen, dass Frauen schon mit der Fähigkeit, Komplotte zu schmieden, auf die Welt kamen. »Und wir werden uns aus der Öffentlichkeit zurückziehen?«

»Vorerst halte ich das für das Beste.«

Luisa köderte Gideon und führte ihn dann, doch obwohl er es durchaus bemerkte, konnte er es nur für gut befinden. Solange er in der Öffentlichkeit von ihr fernbliebe, konnte er seine wachsenden Gefühle für sie vor seinem Vetter verbergen. Wenn Bentley dann über Louisa hinweg wäre – er betete, dass sie mit ihrer Vermutung richtiglag – könnte er beginnen, ihr förmlich den Hof zu machen.

Wenn es ihm gelänge, das Geld des Schmucks und anderer Gegenstände, die die Geliebte seines Vaters erworben hatte, wiederzubeschaffen, hätte er genug, um davon leben zu können und die Immobilien wieder instand zu setzen.

Die Schwierigkeit lag nun darin, die Sache mit dieser Misses Petrie zu klären, bevor er Louisa den Hof machte. Und nach allem, was er an diesem Morgen über sie in Erfahrung gebracht hatte, würde sie, wenn sie auch nur eine Ahnung von seinen Schwierigkeiten hatte, sich sofort einmischen. Das durfte er nicht zulassen. Das Problem, das sein Vater erschaffen hatte, musste er selbst lösen ... Allein.

Hätte sein Leben viel vertrackter sein können?

Louisa beobachtete Rothwell, der alles, was sie gesagt hatte, bedachte. In ihren Augen verfolgten sie dieselben

Ziele. Sie beide wünschten, dass Bentley glücklich würde. Sie hoffte nur, dass ihr Plan für ihn aufginge. »Ich sollte umkehren. Bald wird das Frühstück serviert.«

Er runzelte die Stirn. »Wie lange sind wir schon unterwegs?«

»Nicht länger als eine Stunde, aber wir frühstücken zeitig.« Sie ließ ihr Pferd wenden. »Ihr müsst wissen, wir sind recht ungewöhnlich. Die Kinder bekommen Unterricht, und wie Ihr wisst, möchte Grace, dass wir gemeinsam essen. Außerdem möchte ich nach Theo sehen.«

Er schloss zu ihr auf. »Wie geht es ihr?«

»Viel besser, danke sehr.«

»Das freut mich zu hören. Richtet ihr meine besten Wünsche aus.«

Louisa dachte an die anderen Hofierungsphasen, die sie miterlebt hatte. Matt hatte sich sofort in Graces Leben mit eingefügt. Dotty hatte Merton ebenfalls zu einem Teil ihres Lebens gemacht. Würde es ihre knospende Romanze mit Rothwell fördern, wenn sie ihn nach Hause einlud? »Ihr könntet uns beim Frühstück Gesellschaft leisten.« Louisa warf ihm einen Seitenblick zu. »Es ist immer ein Plätzchen frei.«

Er presste nachdenklich die Lippen zusammen. »Seid Ihr sicher, dass ich nicht störe?«

»Aber kein bisschen.« Sie schüttelte den Kopf. Hingegen würde es ihn stärker in die Aufmerksamkeit ihrer Familie rücken. »So könnt Ihr Theo auch persönlich sehen.«

»Das würde mich freuen.« Er grinste, und sie dachte, dass sie ihn noch nie so unbeschwert gesehen hatte.

»Hervorragend.« Louisa beschleunigte, und er folgte ihr.

Bald würde sie herausfinden, was Rothwell außer Bentley noch so bedrückte, und ihm dabei helfen, diese

Schwierigkeit aus dem Weg zu räumen. Schließlich ging es in einer Partnerschaft doch genau darum. Und wenn sie heiraten sollten, so war sie fest entschlossen, dass sie Partner sein würden.

KAPITEL 14

Wenige Minuten darauf erreichten Louisa und Rothwell Stanwood House. Bevor Louisa von ihrem Pferd steigen konnte, hob Rothwell sie hoch und ließ sie langsam auf den Boden herunter.

Grundgütiger! Abermals bestürmten sie diese Gefühle. Dieses Mal lief das Kribbeln ihren ganzen Körper hinauf und hinab. Grace hatte recht, Louisa wollte nicht, dass diese Empfindung je wieder aufhörte.

Sie nahm seine Hand und führte ihn in die Halle. Bis hierher war der Lärm ihrer Familie zu hören, die sich zum Frühstück versammelte.

Der Butler nahm ihre Hüte und Handschuhe entgegen.

»Royston, bitte lassen Sie im Frühstücksraum einen weiteren Platz vorbereiten.«

»Gewiss, Mylady.«

»Hier entlang.« Sie lotste Rothwell den Flur hinunter und wünschte, sie könnte Hand in Hand mit ihm gehen. Doch das würde noch mehr Fragen auslösen, als seine reine Anwesenheit es vermutlich bereits täte. »Folgt einfach dem Lärm.«

Als sie den Raum betraten, rückte ein Lakai soeben einen Stuhl bereit, stellte Teller und Besteck auf den Tisch. Ihr Bruder zog die Brauen hoch. »Für wen ist das?«

»Lady Louisa hat einen Gast mitgebracht, Mylord.«

»Tatsächlich?« Womöglich zogen sich Matts Brauen noch etwas höher.

»Keine Kommentare bitte«, sagte Grace und sah alle am Tisch der Reihe nach an. Dann blickte sie auf. »Willkommen, Euer Gnaden.«

Matt stand auf und streckte die Hand aus, die Rothwell ergriff. »Willkommen. Ich bin froh, dass du uns Gesellschaft leisten kannst.«

Sein Stuhl war am Tischende neben den leeren von Theo gestellt worden. Louisa nahm ihre Teller und reichte Rothwell einen. »Tee oder Kaffee?«

»Tee bitte.«

Als Louisa und Gideon mit der Wahl ihres Essens von der Anrichte fertig waren, erschienen bereits eine frische Kanne Tee und ein Teller mit Toast. Sie lotste Rothwell zu dem Stuhl neben ihrem. »Nun denn«, sagte sie und warf den Kindern einen, wie sie hoffte, gelassenen Blick zu. »Ihr alle, außer Mary und Philip, habt bereits Seine Gnaden kennengelernt.« Sie sah zu ihrer jüngsten Schwester. »Lady Mary, darf ich dir Seine Gnaden, den Duke of Rothwell, vorstellen?«

»Ja, darfst du«, antwortete Mary prompt. »Es freut mich sehr. Warum nennst du ihn Seine Gnaden?«

»Er ist ein Herzog. Deshalb wird er anders angesprochen«, erklärte Louisa.

»Oh«, antwortete Mary und erweckte den Eindruck, diese Information gut zu verstauen, bis sie sie wieder brauchen würde. »Das ist gut zu wissen.«

Rothwell lächelte. »Es ist mir ebenfalls ein Vergnügen, Euch kennenzulernen, Lady Mary.«

Ihre Schwester lächelte und enthüllte dabei eine neue Zahnlücke. »Mary«, sagte Louisa. »Wann hast du denn deinen Zahn verloren?«

»Heute Morgen.« Sie grinste. »Heute Nacht lege ich ihn unter mein Kissen, und morgen habe ich *tand-fé*. Stimmts, Grace?«

»*Tand-fé?*« Louisa sah zu ihrem Bruder, doch er schüttelte den Kopf. »Davon habe ich noch nie etwas gehört. Unsere alte Kinderfrau ließ sie uns immer vergraben.«

»Vergraben!«, riefen alle Carpenters aus, als hätte sie Blasphemie begangen, und das Zimmer hallte wider, als alle gleichzeitig zu sprechen anfingen.

»Aber was ist es denn nun?« Louisa hob die Stimme, damit sie über all den Lärm gehört wurde.

Rothwell räusperte sich. »Es ist eine Bezahlung für einen Milchzahn. Eine alte Tradition unter Kindermädchen, wenn ich mich nicht täusche.«

»Ihr habt recht«, sagte Grace. »Es hat eine lange Tradition in meiner Familie.«

»In meiner ebenfalls«, antwortete Rothwell.

»Ich schätze, es ist dummes Pech, dass es in unserer Familie nicht so war«, grummelte Madeline. »Theo ist die Einzige, die noch nicht all ihre Milchzähne verloren hat.«

Rothwell gluckste, während Matt sich mit der Hand über das Gesicht rieb. »Ich werde folgendes tun: Sobald mir Grace eine Zusammenstellung gibt, auf wie viel Geld sich die Rechnung für Milchzähne beläuft, werde ich euch auszahlen. Ist das gerecht?« Die Vivers-Schwestern nickten. »Gut, da das geklärt ist – ich muss mich um Geschäftliches kümmern.« Er schob seinen Stuhl zurück und erhob sich. »Rothwell, einen guten Appetit!«

»Louisa«, meldete sich Philip, der kleinste Bruder, zu Wort. »Du hast mich vergessen.«

»Ich würde dich niemals vergessen. Wir mussten nur zuerst das Gespräch über Marys Zähne noch beenden.«

Sie sah Rothwell an. »Euer Gnaden, darf ich Euch meinen jüngsten Bruder vorstellen, Mister Philip Carpenter? Philip, der Duke of Rothwell.«

Philip ging um den Tisch herum und verbeugte sich. »Ich freue mich, Euch kennenzulernen, Euer Gnaden.«

»Gut gemacht«, flüsterte Louisa und wurde von Philip mit einem Lächeln belohnt.

»Ganz meinerseits, Mister Carpenter.« Rothwell bot ihm seine Hand, die ihr Bruder schüttelte.

»Grace«, sagte Philip. »Ich bin fertig mit dem Frühstück. Darf ich nach Theo schauen?«

»Darfst du. Und danach hoch ins Schulzimmer mit dir.«

Philip verließ den Raum so schnell, wie seine Füße ihn trugen, ohne ins Laufen zu verfallen.

Louisa rief ihm hinterher: »Sag ihr, dass wir in ein paar Minuten hochkommen.«

»Ich glaube, das mache ich nicht«, kam die Antwort undeutlich aus dem Flur. »Sie ist viel überraschter, wenn sie es nicht weiß.«

»Damit meint er«, kommentierte Augusta, »dass sie ihn nicht damit nerven wird, euch zu ihr zu bringen, wenn sie es nicht weiß.«

Rothwell stupste Louisa an. »Noch eine Dame mit starkem Willen, wie ich sehe.«

»Ich glaube, das liegt uns im Blut.« Sie fragte sich, wie seine Familie wohl war. Offenbar ganz anders als ihre. Andererseits – war es wirklich so wichtig? Matt und Grace hatten es geschafft, ihre Familien zusammenzubringen. Sicherlich könnten Louisa und Rothwell das ebenfalls. Wenn sie zu dem Schluss kämen, dass sie zusammenpassten.

Mehrere Stunden, nachdem er von Louisa und dem lebhaftesten Frühstück, das er je erlebt hatte, weggegangen war, las Gideon einen Bericht seines neuen Geschäftsbevollmächtigten.

Ein leises Pochen erklang an der Tür seines Studios. »Herein.«

Fredericks trat ein. Er trug eine Karte zwischen Daumen und Zeigefinger und hielt sie, als wäre Schmutz oder irgendwelcher Unrat daran. Das war ungewöhnlich. Normalerweise präsentierte der Butler alles, was er zu Gideon brachte, auf einem Silbertablett. Gideon lehnte sich auf seinem Stuhl zurück und wartete.

»Euer Gnaden, ein Mensch, der sich Mister Minchinhouse nennt, hat darum gebeten, zu Euch vorgelassen zu werden. Ich habe ihn in den kleinen Salon geführt.«

Mister Minchinhouse? Gideon hatte noch nie von dem Mann gehört. Eines war allerdings sicher: Nach dem Verhalten seines Butlers zu schließen, war Minchinhouse kein Gentleman. »Ich glaube nicht, dass ich je von dem Mann gehört habe. Kannte mein Vater ihn?«

Ein nicht enden wollendes Schaudern schien Fredericks zu überlaufen. Wobei dies kaum zu erkennen war, da seine Gestalt sich versteift hatte, als hätte er einen Stock im Rücken. »Ich wäre überaus überrascht, sollte der ehemalige Herzog etwas mit diesem Menschen zu schaffen gehabt haben.«

Nicht nur kein Gentleman, sondern sogar jemand von üblem Charakter. Andererseits hatte Fredericks diesbezüglich außerordentlich hohe Ansprüche. »Hat er gesagt, was er will?«

Der Butler betrachtete eine Stelle oberhalb von Gideons Schulter. »Etwas im Zusammenhang mit dem verstorbenen Vater Eurer Gnaden.«

Sicherlich irgendein Händler, der eine Schuld eintreiben wollte. Gideon hatte dafür gesorgt, dass alle Rechnungen von Läden beglichen oder auf andere Weise abgearbeitet wurden. War sein Vater auch noch mit Kleinhändlern Geschäfte eingegangen? »Wirkt er vertrauenerweckend?«

»Durchaus, Euer Gnaden«, sagte sein Butler konsterniert. »Andernfalls würde ich ihm wohl kaum erlauben, einen Fuß über die Türschwelle dieses Hauses zu setzen.«

Das führte zu nichts. Was zur Hölle hatte sein Vater dieses Mal angerichtet? »Führen Sie ihn herein, Fredericks. Ich werde herausfinden, was er will, und ihn dann wieder wegschicken.«

»Jawohl, Euer Gnaden. Soll ich Tee bringen?«

»Nach Ihrer Beschreibung bezweifle ich, dass er lange genug hier sein wird.« Bevor Fredericks die Tür schloss, sagte Gideon: »Schicken Sie Allerton zu mir.«

»Wie Ihr wünscht, Euer Gnaden.«

Gideons Sekretär trat durch die Tür herein, die von seinem Büro ins Studio führte, kurz bevor sein Butler den unerwarteten Gast hereingeleitete. Mister Minchinhouse, ein kurzgewachsener, untersetzter Mann, war konservativ in einen altmodischen, dunkelbraunen Gehrock und Hosen gekleidet. Nachdem er den Blick durch den Raum hatte wandern lassen, verbeugte er sich tief.

Gideon rang mit sich, ob er den Mann stehen lassen sollte, entschied sich dann jedoch, dass er mit dem Gebrauch von etwas Honig mehr Informationen erhalten würde. »Nehmen Sie Platz, Sir.« Er deutete auf einen der Lederstühle vor seinem Schreibtisch.

»Danke, Euer Gnaden.« Der Mann wählte den rechten Stuhl aus. »Sehr aufmerksam, wie meine Frau sagen würde.«

Gideon legte die Unterarme überkreuzt auf dem Schreibtisch ab. »Wie kann ich Ihnen helfen?«

»Wie freundlich Ihr seid, dabei kennt Ihr mich nicht einmal. Aber nein, nein, Euer Gnaden. *Ich* bin hier, um *Euch* zu helfen.«

Minchinhouse wischte sich mit einem Schnäuztuch über die Stirn, bevor er seine schmutzig-braunen Augen auf Gideon richtete. »In meiner Welt ist es kein Geheimnis, dass Euer Vater, seine Seele ruhe bei Gott, Euch durch sein Glücksspiel und andere Ausgaben eine ziemliche finanzielle Flaute hinterlassen hat.«

Wer oder was Mister Minchinhouse auch sein mochte, Gideon konnte sich nicht vorstellen, dass der Mann eine der Spielhöllen betrieb, die sein Vater wahrscheinlich besucht hatte. Außerstande, seine Irritation zu überspielen, fragte er: »Wollen Sie mir sagen, dass mein Vater Geld an Sie verloren hat?«

»Nein, nein.« Minchinhouse wirkte schockiert. »Ich selbst habe mit Glücksspiel nichts zu tun. Allerdings habe ich viele der handschriftlichen Schuldscheine Eures Vaters aufgekauft.«

»Ich fürchte, da haben Sie etwas falsch verstanden«, sagte Gideon mit fester Stimme und straffte die Schultern. »Ich habe klargestellt, dass ich für seine Spielschulden nicht aufkommen werde.«

Statt irritiert zu wirken, nickte Minchinhouse leutselig. »Ich bezweifle aber, dass Ihr das Haus und Vermögen verlieren wollt, das *The Roses* genannt wird.«

Rasch ging Gideon die Liegenschaften des Herzogtums im Kopf durch, konnte sich jedoch an kein Anwesen namens The Roses erinnern.

Ein leises Hüsteln erklang von seiner Seite, wo Allerton saß. Gideon blickte zu seinem Sekretär, der ihm ein Stück Papier reichte.

Der Witwensitz der Herzogin.

Er kämpfte um Haltung, um den Zorn und die Enttäuschung, die ihn durchfluteten, nicht zu zeigen, hatte jedoch das Gefühl, ihm weiche alle Farbe aus dem Gesicht.

»Wie ich sehe«, sagte Minchinhouse, »konntet Ihr es zuordnen.«

Gideon musste nachdenken, flugs, sein Verstand schien jedoch gleichsam in einem der Moore in East Anglia festzustecken. Zuerst einmal brauchte er etwas Zeit. Dann würde er sich mit seinem Anwalt beraten, um herauszufinden, ob sein Vater das Eigentum auf legalem Wege hatte überschreiben können. Diese Information war jetzt um jeden Preis zu beschaffen. »Haben Sie eine diesbezügliche Urkunde erhalten?«

»Nein, aber ich denke, das Papier ist ausreichend, um das Eigentum des Anwesens zu übertragen«, sagte Minchinhouse in überzeugtem Tonfall.

Unglücklicherweise wusste Gideon keineswegs, ob sein Gegenüber recht oder unrecht hatte. Er betrachtete den unerwünschten Gast eine spannungsgeladene Weile, bevor er fragte: »Was wollt Ihr von mir?«

»Wie ich bereits sagte, bin ich hier, um Euch zu *helfen*, Euer Gnaden. Ihr habt wahrscheinlich noch nie von mir gehört, es gibt auch keinen Grund, weshalb ihr das solltet, wenn man darüber nachdenkt, obwohl ich in der City wohlbekannt bin. Wenn Ihr Nachforschungen anstellt, werdet Ihr herausfinden, dass ich ein wohlhabender Mann bin. Ich habe auch eine Tochter, die von der Viscountess Bennington durch die Saison begleitet wird.« Gideon wusste, dass der Gatte dieser Dame im Ruf stand, permanent verschuldet zu sein. Wahrscheinlich hatte Minchinhouse Schuldverschreibungen aufgekauft und ihm angeboten, sie dadurch zu bezahlen, dass seine Frau Minchinhouses Tochter in die Gesellschaft einführte. Dachte dieser Mensch jetzt, er könne seiner Tochter einen Ehemann kaufen?

Gideon behielt seine Gedanken für sich und ließ Minchinhouse seinen Vorschlag unterbreiten. »Ich werde alle Schulden Eures Vaters begleichen, Euch die Papiere zum Haus übergeben sowie eine kleine Summe, um all Eure Liegenschaften wieder instand zu setzen, wenn Ihr meine Tochter Margaret heiratet.«

Obwohl Gideon sich um Haltung bemühte, musste sich seine Betroffenheit wohl in seinem Antlitz abgezeichnet haben, denn Minchinhouse fuhr hastig fort: »Ihr müsst noch nicht reagieren. Ich weiß, dass dies überaus unerwartet für Euch kommt, und ich brauche Eure Antwort nicht unverzüglich, Euer Gnaden. Lasst Euch ein paar Tage Zeit, um darüber nachzudenken.« Gideon öffnete den Mund, doch Minchinhouse hob eine Hand. »Ich versichere Euch, dass meine Maggie ein zauberhaftes Mädchen ist. Sie ist es gewohnt, meinen Häusern in der Stadt und auf dem Land vorzustehen. Sie würde eine gute Herzogin abgeben.«

Er legte die Hände auf die Armlehnen und wuchtete sich hoch. »Ich werde mich wieder melden, und wenn Ihr einverstanden seid, planen wir ein kleines Abendessen, bei dem Ihr und Maggie euch kennenlernen könnt. Ich finde selbst hinaus.«

Gideon, der zu keiner Antwort fähig war, wartete, bis die Tür sich mit einem Klackern hinter dem Mann schloss und er auch die Haustür ins Schloss fallen hörte. Erst dann wandte er sich seinem Sekretär zu. »Ich wünsche, dass Templeton innerhalb der nächsten Stunde herkommt.«

Templeton würde wissen, ob sein Vater den Witwenteil seiner Mutter hatte verspielen können. Das Anwesen, in dem seine Mutter sich zu gegebener Zeit niederlassen wollte. Zumindest hatte man ihm mehrere Tage gelassen, um herauszufinden, wo das Anwesen lag.

Und dennoch: Was, wenn The Roses tatsächlich Minchinhouse gehörte? Gideon hatte nicht die nötigen Mittel, es zurückzukaufen, wenn der Mann überhaupt zum Verkauf bereit war. Sollte das der Fall sein, wäre die einzige Möglichkeit, das Anwesen wieder in den eigenen Besitz zu bringen, eine Heirat mit Miss Minchinhouse. Dann wäre er nicht nur an eine Frau gebunden, die er nicht kannte, sondern würde auch Louisa für immer verlieren. Dennoch konnte er nicht zulassen, dass das Witwenvermögen seiner Mutter verlorenging. Wenn er keinen Weg aus diesem Schlamassel herausfand, wäre er wirklich und wahrhaftig an die falsche Frau gefesselt.

Er hätte diesen Morgen gar nicht aus dem Bett aufstehen sollen. Oder vielmehr hätte er gar nicht erst nach London kommen dürfen.

Um Viertel nach zwei pochte es an der Tür zum Salon, den Louisa sich mit Charlotte teilte. Louisa legte ihren Stift hin. »Herein.«

Graces Butler Royston trat ein und machte einen Schritt zur Seite. »Miss Blackacre macht ihre Aufwartung, Mylady.«

»Wunderbar!« Louisa erhob sich und durchmaß den Raum, um ihren Gast zu begrüßen. »Sagen Sie bitte Lady Charlotte, dass wir Gesellschaft haben, und bringen Sie etwas Gebäck, Tee und Limonade.« Louisa streckte Oriana die Hände entgegen und rief aus: »Was für eine angenehme Überraschung!«

»Ich hoffe, ich störe nicht.«

»Keineswegs«, versicherte sie ihrer Freundin. »Ich schreibe nur gerade eine Liste der Dinge, die ich tun muss. Einige davon kann ich anführen, um mich von vielen Abendveranstaltungen zu entschuldigen.«

Oriana sah sie überrascht an. »Warum solltest du das denn wollen?«

»Um Bentley aus dem Weg zu gehen.«

Oriana presste missbilligend die Lippen zusammen. »Verstehe. Nun«, sagte sie kühl und nahm Platz, »ich bin nicht sicher, ob ich dir zustimme, dass du das solltest, aber ich denke, meine Neuigkeiten werden dir gefallen. Lord Bentley und ich hatten einen ganz wunderbaren Besuch im British Museum.«

»Tatsächlich?« Louisa zuckte leicht zusammen, weil sie ihre Überraschung so deutlich zeigte. »Ich meine ...«

Oriana wedelte mit der Hand, um Louisa zum Schweigen zu bringen. »Ja. Hatten wir. Er war sehr sachkundig.« Oriana nickte zufrieden. »Er brachte sogar einen Führer mit und nannte außerdem noch andere Orte, die ich nicht verpassen sollte.«

»Wie hast du es angestellt, dass er dich eingeladen hat?« Das war ja noch besser, als sie gehofft hatte.

»Es war wirklich nicht schwierig. Wie du weißt, habe ich ihn gefragt, was ich unbedingt sehen sollte, solange ich in London weile. Das brachte ihn augenscheinlich dazu, auch über andere interessante Orte nachzudenken. Ein kleiner Schubs war alles, was nötig war, damit er mich einlud, ihn zu begleiten.«

Louisa ließ sich fast auf einen Stuhl fallen. »Ich hätte niemals gedacht, dass er zu solcher Vorausplanung fähig ist.«

»Ich weiß, dass du ihn etwas schwierig findest, aber ich halte ihn für reizend.« Oriana lächelte breit, sie schien auch ein bisschen stolz auf sich zu sein. »Er ging anschließend sogar mit mir auf ein Eis zu Gunters und bat mich für heute Abend um einen Walzer.«

»Und du magst ihn wirklich leiden?«, fragte Louisa in dem Bemühen, ihren Unglauben nicht heraushören zu lassen.

»Oh ja, wirklich. Herzlichen Dank, dass ihr uns miteinander bekanntgemacht habt. Er ...«, Oriana zog einen Schmollmund, »ich hoffe nur, dass er auch begonnen hat, mich leiden zu mögen.«

»Und genau das ist der Grund, weshalb ich vorhabe, mich von den meisten Bällen und ähnlichen Anlässen fernzuhalten.«

»Du solltest nichts dergleichen tun«, sagte Oriana fest. »Ich weiß, dass er derzeit glaubt, in dich verliebt zu sein, aber wenn er anfangen soll, *mich* zu lieben ...«

»Dann muss er das *trotz* meiner Anwesenheit tun.«

»Exakt. Dann kann er auch nicht denken, du könntest deine Meinung geändert haben.«

»Was für ein Wirrwarr.« Louisa tippte sich mit dem Finger an die Wange. Oriana hatte recht, aber Rothwell und sie müssten trotzdem Abstand halten. Zum Teil wollte sie die Veranstaltungen absagen, weil sie Bentleys Gefühle nicht verletzen wollte.

»Was ist los?«

»Haben wir etwas verpasst?« Charlotte betrat den Raum, gefolgt von einem Lakaien, der ein Tablett mit Gebäck, Tee und Limonade trug.

Nachdem sie sich auf das Sofa gesetzt hatte, antwortete Louisa: »Bentley hat Rothwell um Hilfe gebeten, dass ich mich in ihn verlieben sollte.«

»Meine Güte!« Oriana verzog das Gesicht.

»Das macht die Dinge tatsächlich kompliziert.« Charlotte schenkte für alle eine Tasse Tee ein. »Ich kann mir nicht vorstellen, dass Rothwell wissentlich seinem Vetter weh tun wird.«

»Nein.« Louisa nahm einen Schluck Tee. »Ich möchte ihn auch nicht verletzen. Außerdem würde ich, wenn unsere Rollen anders verteilt wären, auch niemals eine von euch verletzen.«

Oriana knabberte an einem Stück Ingwergebäck. Schließlich sagte sie: »Lasst uns vorerst nichts unternehmen. Es wird uns etwas einfallen oder sich einfach zum Besten entwickeln. Ich bin mir sicher.«

»Vielleicht hast du recht.« Louisa nickte. »Auch wenn es mir gegen den Strich geht, untätig zu sein.«

»Ein wahreres Wort hast du nie gesprochen.« Charlotte lachte. »Aber ich glaube, Oriana hat völlig recht. Bald wird etwas geschehen.«

Erneut erklang ein Klopfen an der Tür, und ein junger Lakai öffnete sie. »Entschuldigt, Mylady«, sagte er und sah sie an. »Eine Nachricht für Euch, und der Überbringer erwartet eine Antwort.«

Sie streckte die Hand aus, und der Diener überreichte Louisa einen versiegelten Brief. »Lassen Sie mir einen

Augenblick Zeit.« Der Bursche zog sich in den Flur zurück und schloss die Tür hinter sich. »Sie ist von Bentley. Er bittet um einen Satz Tänze für heute Abend.« Sie schrieb ihre Absage darauf und versiegelte die Nachricht, bevor sie sie dem Diener übergab. Als er gegangen war, stieß sie den Atem aus. »Wenn ihr mich bitte entschuldigt. Ich muss Grace fragen, ob sie jemanden kennt, der mir helfen kann, meine Tanzkarte zu füllen.«

Wenn Bentley doch nur begreifen würde, wie wenig sie zusammenpassten. Sie fürchtete sich vor dem, was das Schicksal noch bereithielt.

KAPITEL 15

Später an diesem Abend beobachtete Gideon, wie Lady Louisa am Arm eines anderen Gentlemans davonging. Augenscheinlich hatte sie doch nicht zu Hause bleiben können, wie sie es vorgehabt hatte. Es war unerträglich, nicht mit ihr tanzen, sie nicht in den Armen halten oder auch nur mit ihr sprechen zu können. Dennoch war es so am besten.

Er wusste nicht, wie er nach diesem höllischen Tag einen besseren Abend hatte erwarten können. Doch seine Lage schien sich auf absehbare Zeit auch nicht zu erholen.

Am Morgen war der Lakai, der zum Anwalt geschickt worden war, mit der Botschaft zurückgekommen, dass dieser nicht im Hause war. Immerhin war ihm jedoch eine Nachricht zurückgeschickt worden. Darin teilte der Anwalt mit, dass aufgrund der Informationen, die Gideon zum Schließfach hatte liefern können, nicht klar war, welcher Beamte diesbezüglich einzuschalten wäre. Mister Templeton selbst werde sich darum bemühen, das herauszufinden, und am folgenden Nachmittag in Rothwell House seine Aufwartung machen.

Gideon war selten im Leben so verlegen gewesen. Er war fast drauf und dran, zu dem Hurenhaus zu gehen und die Informationen, die er wollte, aus ihr herauszuschütteln. Wer konnte oder wollte es ihm verübeln? Und welchen Ersatzanspruch hätte sie schon? Er war schließlich ein Herzog, und ihm gehörte das Haus, in dem sie wohnte. Wenn er allerdings einen Skandal auslöste, würde seine Mutter es ihm ewig vorwerfen. Sie hatte genug eigene Schwierigkeiten, auch ohne, dass er noch weitere hinzufügte.

Da er nichts anderes erreichen konnte, hatte er alle Theater besucht, in denen die Logen seines Vaters auf ihn übergegangen waren. Dort hatte er die Anweisung hinterlassen, dass jegliche Erlaubnis für andere Personen, die Logen zu benutzen, für die unmittelbare Zukunft zurückgezogen wurde. Es sei denn, es handelte sich um zahlende Kundschaft. Denn es war Usus, dass Logenplätze für das Publikum verkauft werden durften, wenn der Inhaber nicht erschien.

Dann war er auf diesem vermaledeiten Ball angekommen und musste dabei zuschauen, wie sein Vetter mit dem Blick eines Hundewelpen hinter Louisa her starrte. Während sie ... sein Herz blieb stehen ... sie blickte ihn, Gideon, an, und er konnte nichts, wollte nichts anderes tun, als in ihrem Anblick zu versinken.

Sie sah immer zauberhaft aus, doch er war vollends unvorbereitet darauf gewesen, wie umwerfend schön sie heute Abend erschien. Ihr dunkles Haar war auf ihrem Oberkopf aufgesteckt, lose Locken umspielten ihr Antlitz. Ihre Lippen erinnerten ihn an reife Himbeeren, und er fragte sich, wie sie wohl schmeckten. Die Ansätze ihre prallen Brüste waren über dem nicht zu tiefen Dekolletee mit heller Spitze zu erahnen. Die Röcke des weißen, silbern gewirkten Ballkleids untermalten jede Wölbung ihres köstlichen Körpers.

Trotz ihres Plans und seiner früheren Hoffnungen wusste Gideon, dass sie nicht für ihn bestimmt war. Selbst wenn er die erforderlichen Mittel hätte, ihr den Hof zu machen, könnte er Bentley nicht verraten. Wenn sie das doch nur verstünde! Wenn er sich doch nur nicht so fühlte, als würde sein Leben enden.

Er wappnete sich innerlich, um sie zu begrüßen, dann verbeugte er sich und griff nach ihrer dargebotenen Hand. Nur so konnte er sich davon abhalten, ihr heiße

Küsse auf die Finger und ihren Arm hinauf zu geben, bis er den Rand ihres Handschuhs erreichte und seine Lippen ihre bloße Haut berührten. »Es ist mir eine Freude, Euch wiederzusehen, Mylady.«

»Ganz meinerseits, Euer Gnaden.« Sie fing ihn mit ihren lapislazuliblauen Augen ein, die schon bald zornige Funken sprühen würden, wenn er ihr von seiner Entscheidung erzählte.

Schließlich löste er den Blick von Louisa, erinnerte sich an seine gute Kinderstube und seine Loyalität gegenüber seinem Vetter und verbeugte sich vor Lady Charlotte, Miss Blackacre und ihrer Freundin Lady Elizabeth Tully.

Als die anderen weggingen, um mit dem Satz der Tänze zu beginnen, die jetzt an der Reihe waren, ergriff er Lady Louisas Arm. »Wir müssen miteinander reden.«

Sie sah zu ihm auf, einen neugierigen Ausdruck im Gesicht. »Ja, aber nicht jetzt.«

Ihr Tanzpartner kam, und erneut blieb Gideon zurück und stand da, ohne zu wissen, was er als nächstes tun sollte. Irgendwie musste er den Willen aufbringen, ihr zu sagen, dass er sie nicht wiedersehen durfte – ganz gleich, wie sehr er es genoss, in ihrer Gesellschaft zu sein, und wie sehr er sie sich in seinem Leben wünschte.

Nie wieder.

Oder zumindest nicht, bis Bentley mit einer anderen Frau verlobt wäre. Gideon konnte seinen Vetter nicht hintergehen. Noch dazu gab es jetzt die Komplikation mit dem Witwensitz seiner Mutter. Nein, die familiären Verpflichtungen mussten über den Irrungen seines Herzens stehen.

»Rothwell, du siehst aus, als hättest du deinen besten Freund verloren.« Worthington und seine Gattin gesellten sich zu Gideon.

Er versuchte, das Gefühl abzuschütteln, dass er nicht so sehr Herr über sein Leben war, wie er es sollte. Er war ein Herzog, verflucht noch mal. Doch wo lag der Nutzen, ein Herzog zu sein, wenn er sein Leben nicht so ordnen konnte, wie er es wollte? »Ich bin nur nicht mehr an die Veranstaltungen des Londoner *Tons* gewöhnt. Kanada war gänzlich anders.«

»Ich kann mir vorstellen, wie es gewesen sein muss«, sagte Lady Worthington und lächelte ihrem Gatten zu.

Kurz darauf stand eine Dame neben ihm, die er seit Jahren nicht mehr gesehen hatte. »Nun, Rothwell. Es war an der Zeit, Euch zur Rückkehr zu entschließen. Jemand hätte Euch früher schreiben müssen. Vielleicht hättet Ihr in Bezug auf Euren Vater etwas unternehmen können.«

Guter Gott! Er hatte recht gehabt. Alle Welt wusste über seine missliche Lage Bescheid. Dies wäre der passende Moment, sich wie ein Hund mit eingekniffenem Schwanz zu trollen. Stattdessen gab er sich innerlich einen Stoß und zwang sich zu einem Grinsen. »Lady Bellamny, es freut mich zu sehen, dass bestimmte Dinge sich niemals ändern. Ich wünschte, *Ihr* hättet mir geschrieben. Wie die Dinge nun mal liegen, muss ich die Trümmer beseitigen.«

»In seinem Alter mit dem Flittchen überall in der Stadt aufzutauchen. Er hätte es besser wissen müssen.« Nicht gerade sanft gab sie ihm mit dem zusammengelegten Fächer einen Klaps auf den Arm. Zumindest schien sie nichts von seinen finanziellen Sorgen zu wissen. »Heiratet die richtige Frau, und sie wird Euch helfen können. Allerdings keine Tochter dieser Emporkömmlinge. Sie wüssten nicht, wie man sich benimmt. Findet eine Dame von guter Herkunft.«

»Ja, Ma'am«, antwortete er unterwürfig. Wusste sie etwas von Minchinhouse? Wahrscheinlich nicht, andernfalls hätte sie ihn erwähnt. Man konnte nie wissen, wie hoch man gerade in der Gunst von Lady Bellamny stand. »Würdet Ihr mit mir tanzen?«

»Vielen Dank, mein Junge.« Sie zog nur einen winzigen Augenblick die Brauen zusammen. »Ach, ich nehme an, ich sollte Euch mit Euer Gnaden ansprechen«, sagte sie, als wäre es eine Entscheidung, die sie treffen müsse, und nicht die Anrede, die sein Rang mit sich brachte.

Worthingtons Lippen zuckten, während Gideon versuchte, ernsthaft zu bleiben. »Das wäre wohl das Beste. Man hat mir zu verstehen gegeben, ich müsse jetzt mehr auf meine Würde achten, da ich Herzog bin.«

Mit leicht nach rechts geneigtem Kopf betrachtete sie ihn eine ganze Weile. Schließlich sagte sie: »Das werdet Ihr, Euer Gnaden. Nehmt Euch selbst nicht zu wichtig, erlaubt es jedoch niemandem, übergriffig zu sein. Dann kommt Ihr famos durchs Leben.« Sie beugte sich näher zu ihnen. »Ich sehe jemanden, mit dem ich sprechen muss.«

Er sah ihr hinterher. »Kaum zu glauben, dass ich sie vergessen hatte.«

»Ich wünschte, ich könnte das manchmal.« Worthington sah aus, als ob er mit den Augen rollen wollte.

»Das ist nicht gerecht«, antwortete seine Gattin ernst. »Sie war uns eine große Hilfe.«

»Das letzte Mal, als sie uns eine Hilfe war«, erwiderte er finster, »hat Merton Dotty geheiratet.«

»Warte«, unterbracht Gideon. »Dein Vetter Merton?«

»Eben jener. Eine von Charlottes Freundinnen, Dorothea Stern, kam für die Saison zu uns zu Besuch, und ehe man es sich versah, war sie mit Merton verheiratet.« Worthingtons gerunzelte Stirn glättete sich wieder. »Auch wenn es ihm außerordentlich gut bekommen ist, war ich seinerzeit ganz und gar nicht erfreut.«

»Ich glaube, sie hatte auch bei der Hochzeit von Evesham und Lady Phoebe ihre helfenden Hände im Spiel.«

Worthington drehte sich zu Gideon um. »Du wirst ihn von der Schule her als Marcus Finley in Erinnerung haben. Der, der auf die Westindischen Inseln geschickt wurde.« Gideon nickte. »Er hat im Herbst Lady Phoebe Stanhoge geehelicht.«

»Ich glaube, ich erinnere mich, dass meine Mutter mir darüber geschrieben hat, und ich bin Marcus kürzlich begegnet. Hat Rutherford nicht auch geheiratet?«

»Ja, das hat er«, antwortete Lady Worthington. »Seine Angetraute ist Miss Anna Marsh.«

»Harry Marshs Schwester? Es tat mir leid zu hören, dass er gestorben ist.«

Matt stieß ein scharfes Lachen aus. »Er war lediglich eine Zeitlang verschollen. Er kreuzte kurz vor Rutherfords Hochzeit wieder auf und heiratete eine Lady aus Jamaika.«

Anscheinend war sein ursprünglicher Eindruck, dass alle Gentlemen seines Alters Ehefrauen fanden, richtig gewesen. »Anscheinend habe ich einiges verpasst.«

»Das ist eine Sichtweise«, antwortete Lady Worthington. »Anderseits müsst Ihr in Kanada wundervolle Erfahrungen gesammelt haben.«

»Das stimmt.« Dennoch wäre Gideon ohne die jetzigen Schwierigkeiten glücklicher. »Es ist ein überwältigendes, zerklüftetes und wunderschönes Land. Nach dem Ende der amerikanischen Revolution sind viele der indianischen Stämme von New York entlang dem Sankt-Lorenz-Strom nach Kanada gezogen. Es war eine außergewöhnliche Erfahrung, Zeit mit ihnen zu verbringen und ihre Sitten etwas kennenzulernen.«

»Ich würde sehr gern mehr darüber hören«, sagte Worthington.

»Genau wie ich.« Lady Louisa erschien neben ihrer Schwägerin. »Ich habe Berichte aus Kanada gelesen, und das alles klingt wundervoll.«

Bevor Gideon antworten konnte, erschien ein junger Mann im Alter seines Vetters mit einem Glas Limonade. »Lady Louisa.« Errötend reichte der junge Mann ihr das Glas.

»Danke sehr.« Sie lächelte höflich, zeigte glücklicherweise jedoch keine besondere Vorliebe für den Mann.

Nicht, dass er etwas dagegen hätte tun können, wenn sie es doch machen würde. Wahrscheinlich sollte er sich sogar wünschen, dass sie sich zu einem anderen Gentleman hingezogen fühlte. Doch Gideon hoffte nicht nur, dass sie keinem anderen Mann gegenüber eine Vorliebe zeigte, sondern er war drauf und dran, sie einfach von hier zu entführen und zu der Seinen zu machen.

Verfluchter Bentley.

Louisa hatte kaum ihr Getränk geleert, als auch schon der nächste Gentleman erschien und seinen Tanz einforderte. Sie nahm den angebotenen Arm und ging. Der Drang, ihr hinterherzueilen, war fast zu groß, um ihm zu widerstehen.

»Lady Louisa ist sehr beliebt.« Sein Blick folgte ihr zur Tanzfläche. »Hat sie sich für jemanden entschieden, der ihr den Hof machen darf?« Als hätte er nicht die vergangenen beiden Tage sozusagen in ihrer Tasche verbracht. Hatte Worthington einen Anwärter für sie im Sinn? So unerfreulich dieser Gedanke auch war, so hoffte Gideon doch beinahe darauf. Er griff nach einem Glas Champagner vom Tablett eines vorbeigehenden Lakaien und nahm einen Schluck.

»Nicht, dass ich wüsste.« Worthington betrachtete konzentriert die Tanzfläche, während sich die Tanzenden zu einem Walzer aufstellten. Er schien zu zählen.

»Sie weiß allerdings, wer sie über eine Freundschaft hinaus nicht interessiert«, bemerkte Lady Worthington trocken und warf Gideon einen Blick zu, der ihm verriet, dass er sie kein bisschen an der Nase herumführen konnte. »Was ich für genauso wichtig halte.«

»Oh ja, das ist richtig.«

Er erinnerte sich, was Louisa ihm vorher über ihre Schwägerin und ihren Rat erzählt hatte: Bentley zu entmutigen. Vielleicht würde ihr Verkupplungsplan aufgehen. Er betete, dass es so käme und er selbst nicht nur einem Traum hinterherjagte.

Louisa warf einen Blick auf ihre Tanzkarte. Nur für den nächsten Satz hatte sie noch keine Einträge. Das war nicht weiter schlimm. Sie müsste nur für die halbe Stunde verschwinden, die das Set andauerte. Bentley war wenigstens noch am anderen Ende des Saals, und sie konnte die Zeit nutzen und abtauchen. Zum Glück hatte Grace ihr versprochen, dass sie noch vor dem Satz vorm Supper gehen konnten.

Ganz gleich, Louisa hätte für diesen Tanz ohnehin niemand anderen als Rothwell akzeptiert. Es war eigenartig, wie sehr es ihr fehlte, dass er sie im Arm hielt, während sie durch den Ballsaal wirbelten. Ein solches Gefühl des Vermissens hatte sie noch nie erlebt. Jedenfalls nicht für einen Gentleman. Das Schlimmste daran war, ihn zu sehen und gar nicht mit ihm tanzen zu können, ihn berühren oder mit ihm sprechen zu können, außer in der Gegenwart von anderen.

Hoffentlich hatte Oriana recht, und es würde etwas geschehen, das diese missliche Lage beendete. Vorzugsweise schon in naher Zukunft. Denn Louisa fand gerade heraus, dass ihr das Vorspiegeln falscher Tatsachen nicht leichtfiel. Wenn es nach ihr ginge, würde sie Bentley schlicht zur Seite nehmen und ihm sagen, dass sie sich für ihn nur als Freund interessierte, und dass es von Anfang an nicht mehr gewesen war.

Sie schlich sich am Rand des Ballsaals entlang zu den Türen und hoffte, dass weder ihr Bruder noch Bentley es bemerkten.

Seitdem Dotty als Verlobte ihres Vetters, des Marquis of Merton, geendet hatte, nur weil sie ihm in den Garten gefolgt war, um ihn vor einem Komplott zu warnen, hatte Matt sowohl Charlotte als auch Louisa verboten, des Nachts einen anderen Garten als ihren eigenen zu betreten.

Allerdings war die Terrasse ja kein Garten. Sie würde in der Nähe der Türen bleiben, wo es sicher war. Solange nur Bentley sie nicht sehen und versuchen würde, ihr zu folgen, war alles gut. Sie schlüpfte aus der Tür hinaus und betrat den Steinboden der Terrasse. Leise Stimmen erklangen von den Wegen darunter herauf, und entlang den Pfaden hüpften Lampen wie Feenlichter.

Hinter ihr erklangen feste Schritte, und sie betete darum, dass es nicht Bentley war.

»Louisa.« Rothwells tiefe, weiche Stimme glitt wie eine Woge über sie hinweg.

Sie wirbelte herum. »Ich dachte, wir versuchten, einander fernzubleiben.«

»Ich kann nicht ... Ich muss ...« Er unterbrach sich. »Bitte, geht ein Stück mit mir.«

Er nahm ihren Arm und führte sie zum anderen Ende der Terrasse, wo niemand sie sehen konnte.

»Rothwell, was ist denn nur los?« Sie versuchte, seine Augen zu erkennen, doch die Dunkelheit machte es unmöglich.

»Gott weiß, ich habe es versucht.« Er stöhnte und legte eine leicht raue Hand an ihre Wange, während er die andere auf der Brüstung liegenließ. »Louisa.« Seine

Stimme war ein Flüstern, das im Wind verwehte. »So sehr habe ich versucht, mich fernzuhalten.«

Louisa. Er hatte sie Louisa genannt. Ein Beben durchlief sie, als dieser Gedanke in ihr Bewusstsein sank und er seine Lippen auf ihre legte. Warm und fest bewegten sie sich von ihrem Mundwinkel in die Mitte, und er knabberte sacht an ihren Lippen. Seufzend lehnte sie sich an ihn und erwiderte die Liebkosung. Es fühlte sich genau so an, wie sie sich einen Kuss immer ausgemalt hatte. Sie öffnete die Lippen, seine Bewegungen nachahmend, und seine Zunge glitt in ihren Mund, um sie zu erobern. Einen Augenblick darauf berührte sie mit ihrer Zunge die seine und stöhnte ob der Hitze.

Wohlige Schauer durchflossen sie, sie schob die Hände hoch und umschlang seinen Hals. Er zog sie an sich, hielt sie fest an seinem harten Körper und ließ eine Hand von ihrem Nacken zu ihrer Taille wandern. Bei der Berührung seiner Hände auf ihrer bloßen Haut entzündeten Funken ein Feuer in ihrem Inneren.

Es war, als könnten sie einander nicht nahe genug kommen, dabei passte nicht einmal eine dünne Lage Musselinstoff zwischen sie. Er neigte den Kopf zur Seite und vertiefte den Kuss.

Großer Gott! Das fühlte sich so viel besser an, als sie es in ihren Büchern gelesen hatte. Besser, als sie es sich je hätte erträumen können. Die Spitzen ihrer Brüste taten weh, und sie rieb sich an seiner Weste, um Erleichterung zu erlangen.

Rothwell stöhnte, als er sie mit den Fingern unterhalb ihrer Brüste streichelte.

Ja, ja, berühr mich dort.

Eine eigenartige Empfindung, beinahe einem Jucken ähnlich, setzte zwischen ihren Beinen ein, und sie versuchte, sich noch dichter an ihn zu drängen. Sie wollte ihn, sie wollte, dass er sie überall berührte. Als wüsste er, was sie dachte, schob Rothwell eine Hand auf ihr Gesäß und hielt sie fest an sich gepresst.

»Rothwell.« Louisa war überrascht über den rauen Klang ihrer Stimme.

Er unterbrach ihren Kuss. »Gideon. Ich will, dass du mich Gideon nennst.«

»Gideon.« Louisa drückte ihre Lippen auf seine und wünschte sich, dass dies niemals enden würde.

KAPITEL 16

Gideon hatte Louisa gebeten, ihn mit dem Vornamen anzusprechen. Niemand außer seiner alten Kinderfrau hatte ihn jemals Gideon genannt. Nicht einmal seine Mutter. Aber er musste seinen Namen aus ihrem Mund hören.

»Gideon.« Ihre sanfte, atemlose Stimme durchfloss ihn und hallte bis in seine Lenden.

Er rieb mit dem Daumen ein weiteres Mal über ihre Brustwarze, worauf sie in seinen Armen erzitterte. Er wollte mehr. Er wollte sie ganz. Wenn doch nur – irgendwo tief in seinem Bewusstsein hörte er, dass die Musik zu spielen aufhörte.

Was zur Hölle tue ich hier?

Er verführte sie praktisch, wo jederzeit jemand sie entdecken konnte. Worthington würde seinen Kopf fordern.

Wieso verführte er sie überhaupt? Er war herausgekommen, um ihr zu sagen, dass er sie nicht wiedersehen durfte. Dass sein Vetter verletzt würde, ganz gleich, was Gideon tat. Und dann hatte er das getan, wovon er seit ihrer ersten Begegnung jede Nacht geträumt hatte. Nun, nicht alles, aber zu viel, verdammt!

Es gab nur eines, was er tun konnte. Gleich morgen früh würde er zu seinem Landsitz zurückkehren. Das war die einzige sichere Möglichkeit. Er würde ihr eine Nachricht mit seinen Gründen schicken. Später dann, wenn Bentley sich in eine andere Dame verliebte, könnte Gideon wiederkommen. Vielleicht wäre Louisa dann noch ungebunden. Oder sie würde ihm nie vergeben, dass er weggegangen war.

Langsam, sanft, beendete er den Kuss. Er brauchte Louisa nicht einmal anzusehen, um zu wissen, dass ihre Lippen von seinen Zärtlichkeiten angeschwollen sein würden. »Die Musik hat aufgehört.«

»Ich schätze, das bedeutet, dass wir wieder hineingehen müssen.« Sie klang genauso unfroh, wie er sich selbst fühlte.

Er küsste sie sacht auf die Stirn und zog die Brauen zusammen. Könnten sie doch für immer hier stehen bleiben. Oder, noch besser, sich durch das Gartentor davonschleichen und nach Schottland reiten. Das hieß aber immer noch nicht, dass er es sich tatsächlich bereits leisten konnte, sie zu heiraten. Wahrscheinlich könnte er sich nicht mal die Reise nach Schottland leisten. »Ja, das müssen wir.«

Er zog ihre Hand in seine Armbeuge, sie schlenderte mit ihm zurück zu den Türen, blieb dann jedoch stehen. Er sah herunter, und sein Bauch zog sich zusammen. Ihre Augen strahlten und zeigten ihm all die Liebe, die sie beide noch nicht in Worte gefasst hatten, und die sie vielleicht niemals aussprechen würden. Er würde es ihr jetzt sagen. Versuchen, sein Verhalten zu erklären.

»Nun!« Eine Dame mit weizenfarbenem Haar stand vor ihnen. Ihr Ballkleid entsprach der neuesten Mode. Ihre braunen Augen blitzten triumphierend. Etwas an ihr kam ihm vertraut vor, doch er konnte sich beim besten Willen nicht erinnern, mit ihr bekanntgemacht worden zu sein. »Ihr werdet Euch nicht mehr so benehmen, wenn wir erst einmal verheiratet sind, Euer Gnaden. Ich werde erwarten, dass Ihr Eure ungeteilte Aufmerksamkeit nur mir zukommen lassen werdet.«

»Verheiratet?« Er sprach das Wort langsam aus, als hätte es noch nie jemand gesagt. Wer zur Hölle war diese Frau?

Louisas Blick und seiner trafen sich kurz, dann wandte sie sich der anderen Dame zu, den Kopf hoch erhoben. »Miss Minchinhouse«, sagte Louisa und lächelte freundlich. »Wie schön, Sie heute Abend hier anzutreffen. Allerdings glaube ich, dass Ihr einem leichten Irrtum aufgesessen seid. Rothwell und ich sind verlobt.«

Miss Minchinhouse? Verlobt? Zum ersten Mal im Leben konnte Gideon nichts sagen. Aus seinem Mund kam kein Wort, sondern nur ein Stöhnen. Augenscheinlich schien das Louisa jedoch gar nicht zu stören. Die Art und Weise, wie sie neben ihm stand, sogar noch näher als zuvor, der Winkel, in dem sie das Kinn hob – all das verriet ihm, dass sie Herrin der Lage war.

»So?« Ein eigenartiges Lächeln legte sich auf Miss Minchinhouses Lippen. Was zur Hölle geschah hier gerade? Sollte sie nicht ärgerlich oder zumindest erregt darüber sein, dass die Pläne ihres Vaters schiefgingen? »In dem Fall ist es mir ein Vergnügen, Euch Glück zu wünschen.« Sie spitzte kurz die Lippen. »Allerdings rate ich, dass Ihr diese Neuigkeit noch einen Tag oder zwei für Euch behaltet. Ja, das wäre das Beste.«

Mit dieser kryptischen Bemerkung ging sie davon.

»Was war denn das gerade?«, fragte Gideon, als er endlich seine Stimme wiederfand.

»Ich habe keine Vorstellung.« Louisa schüttelte den Kopf, offenbar ebenso verwirrt wie er selbst. »Sie war immer liebenswürdig zu mir, wie zu allen. Wenn man sie danach fragte, war sie allerdings fest entschlossen, *nicht* in den Adel einzuheiraten. Ich dachte immer, sie hätte bereits einen Mann gefunden, den sie heiraten wollte. Aber nein ...« Ihre Worte verloren sich.

Er sog die Luft ein. Offensichtlich hatte Minchinhouse seiner Tochter von seinem Besuch bei Gideon erzählt, und sie war nicht glücklich darüber.

Er dachte gerade darüber nach, was er zu Louisa sagen könnte, als Bentley sich einen Weg durch die kleine Gruppe von Gästen bahnte, die der Tür am nächsten standen. »Rothwell!« Bentleys Gesicht war rot gesprenkelt vor Wut. »Habe ich richtig gehört? Du hast Lady Louisa einen Antrag gemacht? Ich habe dir vertraut. Du – du – du Schuft!«

Als nächstes sah Gideon, wie sein Vetter mit der Faust ausholte, und er tat, was er konnte, damit keiner von beiden verletzt wurde.

»Um Gottes willen!« Louisa grummelte. »Genau das, was ich brauche. Bentley, hört auf. Ihr macht eine Szene.«

Einen Augenblick darauf flog eine Flüssigkeit durch die Luft und traf Bentley mitten im Gesicht, worauf er aufhörte.

»Du solltest doch ... du solltest ...« Er wischte sich mit einer Hand über das Gesicht und rieb die Flüssigkeit ab.

Louisa schnappte Bentley am Ohr und zog ihn zur Tür hinaus. Worthington und seine Freunde, Lord Huntley und Lord Wivenley, hinderten alle anderen Gäste daran, den beiden zu folgen.

Gideon drängelte sich durch die Männer hindurch und hörte gerade noch Louisas strenges Flüstern: »Mylord, Ihr habt den Verstand verloren, wenn Ihr glaubt, irgendjemand könnte mich je überzeugen, einen Mann zu lieben oder zu heiraten, den ich nicht liebe und niemals lieben werde. Ihr hattet kein Recht, das von Rothwell zu verlangen. Und *ich* bin kein Besitztum, das man hergeben, eintauschen oder manipulieren kann.«

»Aber ... aber«, stotterte Bentley zusammenhanglos.

»Versucht nicht einmal, Euer Verhalten zu entschuldigen. Und«, sie ließ sein Ohr los und stach mit dem Finger in Bentleys Brust, »Ihr könnt niemandem als Euch selbst einen Vorwurf machen. Wie die Dinge liegen, habt Ihr so lange gebraucht, Rothwell überhaupt zu erklären, worum es ging, dass er und ich uns längst begegnet waren. Nun.« Sie stemmte die Fäuste in die Seiten. »Habt Ihr etwas dazu zu sagen?«

Zuerst dachte Gideon, sein Vetter würde stracks zurück ins Haus gehen, doch zu seiner Überraschung streckte Bentley die Schultern durch. »Ja, das habe ich tatsächlich. Vielen Dank, Mylady, dass Ihr mir gezeigt habt, wie sehr ich mich nicht nur in Bezug auf Eure Zuneigung, sondern auch in Bezug auf die Vorlieben meines Vetters getäuscht habe.« Er führte einen knappen Diener aus. »Guten Abend.« Als Bentley an Gideon vorbeikam, blieb er kurz stehen. »Richte nie wieder das Wort an mich.«

»Könnte mir freundlicherweise«, sagte Worthington in gefährlichem Tonfall, »jemand erklären, was hier genau abläuft!«

»Rothwell und ich sind verlobt«, antwortete Louisa prompt und schüttelte ihre Röcke aus, als wäre nichts von Bedeutung geschehen.

»Verlobt?« Ihr Bruder blickte finster drein. »Natürlich bist du das. Du warst im Garten. Wann wäre je ein Familienmitglied aus dem Garten gekommen, ohne dass das Eheversprechen daran geknüpft gewesen wäre?«

»Wir waren nicht im Garten«, wandte Louisa ein. »Wir waren auf der Terrasse.«

Worthington starrte sie an, als wäre sie närrisch geworden, dann richtete er einen strengen Blick auf Gideon. »Ich erwarte dich morgen früh um Punkt neun Uhr in Worthington House.«

Gideon wollte schon dagegen aufbegehren, dass so entschieden über ihn bestimmt wurde, aber es war Worthingtons Schwester und Mündel, die Gideon beinahe ruiniert hätte. »Ich werde da sein.«

Worthington drehte sich auf dem Absatz um und stapfte zurück durch die Türen.

Als Louisa sich anschickte, ihm zu folgen, hielt Gideon sie auf. »Louisa«, sagte er mit einer Ruhe, die er nicht verspürte. »Warum hast du zu Miss Minchinhouse gesagt, wir wären verlobt?«

Ihre Augen wurden groß, und sie sah ihn auf eigenartige Weise an. »Wir haben uns geküsst«, sagte sie, als ob das alles erklärte. »Natürlich werden wir heiraten.«

Beinahe hätte er aufgestöhnt. Gewiss, so unschuldig wie sie war, musste sie das glauben. Welcher jungen Frau wurde nicht erzählt, dass Küssen in eine Ehe führte? Und wenn irgendjemand sie beobachtet hätte, wäre es auch eine ausgemachte Sache gewesen. Ganz zu schweigen davon, dass, wenn sie glaubte, es wäre nur ein einfacher Kuss gewesen, jemand sie beschützen musste.

Doch was zur Hölle sollte er jetzt mit dem Emporkömmling tun oder mit der Kurtisane seines Vaters oder mit seiner verfluchten finanziellen Misere? Was lief bei ihm falsch, dass er es nicht geschafft hatte, seine Lippen und Hände von ihr zu lassen?

Doch die Tatsache, dass er selbst dieses Durcheinander hervorgerufen hatte, blieb bestehen, und sie durfte nie von seinem Vorhaben erfahren, ihr zu sagen, dass er sie nicht mehr sehen durfte. Er hatte schon bei Bentley alles kaputtgemacht. Gideon würde nun nicht das Gleiche bei Louisa tun. »Aber ja.« Gideon verzog seine Lippen zu einem Lächeln. »Ich hatte nur gedacht, dass ich ...«

»Oh!« Louisas Augen weiteten sich und ihre Finger flogen zu ihren Lippen hoch. »Du wolltest mir einen Antrag machen.«

Er sah ihre besorgte und zerknirschte Miene und begriff, dass er diesen Ausdruck nicht oft sehen würde. Wenn es je eine Lady gab, der der Titel der Herzogin vorbestimmt war, dann war es Lady Louisa Vivers. Gideon hoffte nur, dass er seine finanzielle Lage lange genug vor ihr verheimlichen konnte, bis er zumindest einen Teil des Schadens wieder ausgeglichen hatte. Er betete, die Pläne, die er bereits in die Wege geleitet hatte, würden aufgehen. Dann würde sich alles in Wohlgefallen auflösen.

Er hob ihre Hand an seine Lippen und küsste sie. »Ja, so ist es.«

Louisa schenkte ihm ihr umwerfendes Lächeln. »Du kannst mir immer noch einen Antrag machen, wenn du es wünschst.«

»Ich glaube, ich nehme deinen zauberhaften Vorschlag an.« Gideon grinste, und sogleich fühlte Louisa sich besser, obwohl sie ihm den besonderen Moment gestohlen hatte.

Er legte ihre Hand auf seinen Arm, und sie betraten den Ballsaal. Die Neuigkeit über ihre Verlobung hatte sich wie ein Lauffeuer verbreitet, und sie wurden auf ihrem Weg immer wieder von Menschen angehalten, die sie beglückwünschten. Dennoch konnte sie einfach nicht vergessen, was Margaret Minchinhouse gesagt hatte.

Behaltet es für einen oder zwei Tage für Euch.

Aus welchem Grund? Was konnte Miss Minchinhouse gemeint haben, und warum hatte sie gedacht, *sie* würde Gideon heiraten? Louisa riss sich zusammen. Nun, die Katze war aus dem Sack. Trotzdem – wenn sie die Lady das nächste Mal sah, würde sie sie fragen.

Für den Augenblick könnte sie nicht glücklicher sein. Jeglicher Zweifel, den sie darüber gehabt hatte, ob ihre Gefühle für Gideon zu schnell wuchsen, war durch den Kuss beseitigt worden. Vielleicht hätte sie ihre Verlobung noch nicht verkünden sollen, aber er schien so vollends schockiert von Miss Minchinhouses unerwarteter und offen gesagt auch verwunderlicher Bemerkung, dass Louisa etwas hatte tun müssen, um die Lady von ihrer abwegigen Vorstellung abzubringen, irgendjemand anderes als sie selbst würde Gideon Rothwell heiraten.

Natürlich wusste sie, dass manche Gentlemen aus finanziellen Gründen heirateten. Jedoch gab es keinen Hinweis, dass Gideon es nötig hatte, des Geldes wegen zu heiraten. Und wenn doch, dann hätte er sie gewiss nicht so heftig geküsst, dass ihre Knie sich in Marmelade verwandelten.

Sie warf ihm einen verstohlenen Blick zu. Er war so attraktiv und gelassen. Dann rückte das ernste Antlitz ihres Bruders in ihr Blickfeld. Sie musste Matt erzählen, wie es zu ihrer Verlobung gekommen war, und zwar bald. Am besten noch heute Abend nach ihrer Rückkehr. Das würde ihm die Möglichkeit verschaffen, sich wieder zu beruhigen, bevor er am Morgen mit Gideon sprach.

»Matt sagte, du sollst zu uns in die Halle kommen«, sagte Charlotte, die neben Louisa erschien, leise. »Er hat bereits nach unserer Kutsche und auch nach der Seiner Gnaden schicken lassen.«

Natürlich hatte er das. Genau wie damals, als Dotty und Merton sich verlobt hatten. Wobei niemand außer Merton und vielleicht seiner Mutter über *die* Verlobung froh gewesen war. Es gab keinen nachvollziehbaren Grund, weshalb Matt über Louisa und Gideon unglücklich sein sollte. Immerhin war er ein Freund von Matt, hatte die richtigen politischen Ansichten und war ein überaus geeigneter Heiratskandidat. Er sollte also in jeder Hinsicht über diese Verlobung äußerst erfreut sein. Warum war er das nicht? Vielleicht hatte Gideon ihren Bruder vorher nicht um Erlaubnis gebeten. Das musste es sein. Einen anderen Grund für die Verärgerung ihres Bruders konnte es nicht geben.

Kaum vierzig Minuten später saßen Louisa, ihr Bruder und ihre Schwägerin im Salon von Stanwood

House. Tatsächlich saß nur Charlotte. Matt lief auf dem dicken Orientteppich hin und her wie der gefangene Löwe der *Royal Menagerie*. Louisa hätte sich gewünscht, dass Charlotte hätte bei ihr bleiben dürfen, doch man hatte sie ohne Federlesens aus dem Raum geschickt.

Als Louisa den Mund öffnete, um etwas zu sagen, schüttelte Grace den Kopf. »Gib ihm einen Augenblick Zeit.«

Endlich sah Matt Louisa an. Die Wut in seinen Augen hatte einer Ernsthaftigkeit Platz gemacht, die sie selten bei ihm gesehen hatte. »Wie hast du diese Verlobung herbeigeführt?«

»Was meinst du?« Schließlich hatte Gideon sie geküsst, nicht umgekehrt. Zumindest hatte er damit angefangen.

»Louisa«, er stieß einen Seufzer aus, »ich kenne Rothwell, seit wir Kinder waren. Er hätte dir *niemals* einen Antrag gemacht, ohne mich vorher um deine Hand zu bitten. Ich kenne auch dich seit deiner Geburt. Du, meine liebe Schwester, bist außerstande, untätig zu bleiben, wenn du der Meinung bist, dass etwas getan werden muss. Deshalb frage ich dich noch einmal: Was hast du getan?«

»Oh.« Sie kämpfte gegen die Hitze an, die ihren Hals und den Nacken hinaufsteigen wollte. »Nun, weißt du«, sie rang die Hände im Schoß und starrte darauf hinunter, während sie sprach, »wir waren auf der Terrasse, und als Miss Minchinhouse uns hereinkommen sah, sagte sie etwas höchst Eigenartiges über das, was geschähe, wenn Gid... Rothwell und sie heiraten würden. Aber ich wusste, dass er nicht den Wunsch haben konnte, sie zu heiraten, also sagte ich ihr, dass wir verlobt wären.«

»Und was genau ...«, fragte Matt in einem leisen, fast gefährlichen Tonfall, den er nie zuvor Louisa gegenüber benutzt hatte, »... ist geschehen, dass du so sicher warst, Rothwell wollte Miss Minchinhouse nicht heiraten?«

»Wir, ich, ähm ... nun, wir haben uns geküsst.« Louisa sprach so leise, wie sie konnte, um gerade noch gehört zu werden. Sie wich zurück und erwartete die Explosion, die unweigerlich kommen musste.

»Geküsst?«, brüllte Matt. »Der Schurke hat dich geküsst? Ich hätte ihm nie erlauben dürfen, dass er wegfährt. Ich hätte ...«

»Matt«, versetzte Grace und unterbrach damit seine Tirade. »Für mich klingt es so, als hätten Rothwell und Louisa tiefe Gefühle füreinander. Ich habe bemerkt, wie sich anschauen und welche Blicke sie tauschen. Ich glaube nicht, dass ihre Verlobung unter diesen Bedingungen unerwartet kommt.«

Mit angespanntem Kiefer nickte ihr Bruder, dann sagte er zu ihr: »Liebling, es gibt da eine Sache, von der du nichts weißt.« Matt sah Grace an. »Keine von euch beiden. Rothwell hat einige finanzielle Verluste erlitten.«

Louisa sackte das Herz ab wie ein Wackerstein. Warum hatte er ihr nicht vertraut? Wollte er sie wegen der Mitgift heiraten? Sie hätte von sich selbst nie als Erbin gedacht, aber andere taten das vielleicht.

Matt fuhr in sanfterem Tonfall fort: »Sein Vater hat ihm Schulden hinterlassen, und er sagte mir, er wäre nicht in der Position, zu heiraten.«

»Miss Minchinhouse?«, krächzte Louisa mit enger Kehle, kaum fähig, den Namen über ihre Lippen zu bringen.

Ihr Bruder nickte. »Jemand muss etwas zu ihr gesagt haben, wenn sie glaubte, sie würde ihn heiraten.«

»Oh Gott.« Louisa schlug die Hände vor den Mund. »Oh Gott. Was habe ich getan?«

»Unter den Umständen«, antwortete Grace trocken, »nur das, was du dachtest, dass er täte. Ich habe dich sagen hören, dass er dich geküsst hat, oder nicht?«

»Ja«, sagte Louisa, die sich inzwischen wünschte, der Kuss, so wunderschön er auch gewesen war, hätte nie stattgefunden. Dennoch, wenn sie ihn liebte und wollte, was für ihn das Beste wäre, gab es nur eines, das sie tun konnte. »Wenn er wegen eines Vermögens heiraten muss, werde ich ihn freigeben.«

Wenn Gideon es ihr erzählt hätte, hätte sie versucht, es zu verstehen. Immerhin hatte er seine Schwierigkeiten nicht selbst verursacht. »Ich möchte mich jetzt zurückziehen.« Sie wollte sich auf ihr Bett werfen und weinen, bis sie nicht mehr an ihn dachte. »Du wirst es ihm morgen Vormittag sagen, nicht wahr, Matt?«

Sein Gesicht war so grimmig, wie sie es nie zuvor gesehen hatte. »Ich werde es anbieten.«

»Danke.« Sie stand mit geradem Rücken auf, schritt rasch aus dem Zimmer und blieb nicht stehen, bevor sie ihre Kammer erreichte. Heute Nacht würde es nicht einmal helfen, mit Charlotte zu sprechen.

Louisas Mädchen Lucy wartete bereits. Während sie entkleidet wurde und Lucy ihr in ihr Nachtgewand half, biss Louisa auf ihrer Lippe herum, bis sie sich ganz rau anfühlte. Endlich schloss sich die Tür. An der Stelle, wo ihr Herz saß, wuchs eine Leere, doch die Tränen, auf die sie wartete, kamen nicht.

Gott im Himmel steh mir bei. Wird er mir je vergeben?

KAPITEL 17

Gideon kam nach Hause und schenkte sich einen Brandy ein, den er in einem einzigen Zug herunterkippte. Er sollte Schlafschwierigkeiten haben. Sobald Worthington herausfand – was sicherlich sehr bald geschehen würde – dass Gideon Louisa geküsst hatte, ohne zuvor zu fragen, ob er ihr den Hof machen dürfe, wäre Gideon ein toter Mann. Zumindest würde er dafür eine Kopfnuss einfangen. Dass er Herzog war, würde ihm nicht helfen. Wenn Worthington ihm keinen Haken verpasste, würde Gideon einen Satz rote Ohren wie in einem Tollhaus ernten, die noch einen Monat, wenn nicht gleich ein Jahr, nachglühen würden.

Bentley würde Gideon wahrscheinlich nie verzeihen, geschweige denn ein Wort mit ihm wechseln, und er hatte noch immer nichts von seinem Anwalt gehört bezüglich des Witwensitzes seiner Mutter. Bezüglich der Besitztümer, die sich diese Misses Petrie angeeignet hatte, war noch nichts geregelt. Sein Leben steckte voll und ganz im schönsten Chaos.

Andererseits waren er und Louisa verlobt. Selbst wenn er nicht offiziell gefragt hatte. Das war zumindest etwas zu seinen Gunsten. Und anstatt sich im Bett hin und her zu werfen, schlief er innerhalb von Minuten ein, nachdem er mit dem Kopf das Kissen berührt hatte. Er träumte von Louisa und all den Möglichkeiten, wie er ihr zu Gefallen sein konnte, wenn sie erst einmal verheiratet waren.

Am Morgen danach erwachte er in erregterem Zustand als jemals zuvor. »Gott, Louisa, was machst du mit mir?«

»Sagtet Ihr etwas, Euer Gnaden?«

Gideon erkannte die Stimme seines Leibdieners und schnaubte. »Nein, Rollins. Gar nichts.«

Je eher Gideon verheiratet war, desto eher könnte er mit ihr das Bett teilen, und das konnte gar nicht bald genug sein.

Während er sich ankleidete, bereitete er sich auf das vor, was er zu Worthington sagen wollte. Gideon würde seinem Freund versichern, dass nichts von Louisas Geld in die Reparaturen seiner Liegenschaften fließen würden, auf keinerlei Weise. Er würde dafür sorgen, dass sie den Lebensstil fortführen könnte, den sie gewohnt war. Sie brauchte nichts über die Zwänge zu erfahren, in die sein Vater ihn gebracht hatte. »Ich möchte, dass Mister Templeton am frühen Nachmittag hierher kommt.«

»Jawohl, Euer Gnaden.« Rollins stand vor ihm, mehrere Halstücher über den Arm drapiert. »Mister Fredericks hat mich gebeten, Euch darüber in Kenntnis zu setzen, dass eine *Frauensperson* gestern hier aufgetaucht ist, nachdem Ihr das Haus verlassen hattet.«

Eine Frauensperson? Keine der Damen, die er kannte, würde das Haus eines Junggesellen aufsuchen. »Hat diese Frauensperson einen Namen?«

»Eine Misses Petrie.« Sein Leibdiener schniefte. »Man hat mir versichert, Ihr hättet nicht gewünscht, dass sie vorgelassen würde.«

Verdammt. Er konnte nicht zulassen, dass diese Frau ins Haus kam, wenn Louisa hier war. »Unter keinen Umständen darf sie das Grundstück betreten.«

»Das sagte auch Mister Fredericks, Euer Gnaden.«

Gideon sah in den Spiegel. Sein Halstuch war ruiniert. Er riss das lange Stück aus Leinenstoff ab und nahm ein anderes von seinem Leibdiener. Er war nicht mehr so nervös vor einer Unterredung gewesen, seit er als viel jüngerer Mann seinem Vater zu einer Bestrafung hatte entgegentreten müssen. Langsam senkte er das Kinn, um die Falten im Halstuch in die richtige Lage zu bringen. Da. Perfekt. Er kleidete sich in Gilet und Jacke und sagte: »Erwarten Sie mich nicht vor dem Lunch.«

»Sehr wohl, Euer Gnaden.«

Er nahm Stock, Hut und Handschuhe, trat durch die Tür und ging die Stufen hinunter. Die Entfernung zwischen seinem Haus und Berkeley Square war nicht allzu groß, und er würde den Spaziergang genießen. Das würde ihm auch helfen, sich zu beruhigen, bevor er Worthington gegenübertrat.

Schneller als gedacht stieg Gideon die Stufen zu Worthington House hinauf.

Die Tür wurde geöffnet, und der Butler verbeugte sich. »Euer Gnaden, ich werde Euch zu Seiner Lordschaft führen.«

Gideons Hände schwitzten in den Handschuhen. »Danke sehr.«

Die Langsamkeit, mit der der Butler den Flur entlangging, ließ Gideon noch nervöser werden. Wenn das so weiterging, wäre er reif für Bedlam, noch bevor er den Mund öffnete. Oder geschlagen würde, was immer als Erstes geschähe. Das Einzige, was er sicher wusste, war, dass ihm Lady Louisa Vivers' Hand offiziell sicher wäre, wenn er dieses Haus verließe.

»Ich kann nicht hinsehen!« Louisa stöhnte, während Charlotte zum Fenster hinausblickte, das zum Platz und Worthington House wies.

»Im Moment ist das ganz egal. Er ist drinnen, und es *gibt* gar nichts zu sehen«, entgegnete Charlotte in einer barschen Tonlage, die sehr der von Grace glich, wenn sie aufgebracht war.

»Vielleicht sollten wir hingehen, uns unter Matts Studiofenster stellen und lauschen.«

Mit hochgezogenen Augenbrauen verschränkte Charlotte die Arme vor der Brust. »Wir würden innerhalb von Minuten erwischt.«

»Wie?«, wollte Louisa wissen.

»Sobald Matt etwas zu Rothwell sagen würde, das dir nicht gefällt, könntest du nicht mehr still bleiben.«

Charlotte hatte recht. Louisa war nie gut darin gewesen, ihre Ansichten für sich zu behalten. Das war etwas, das sie immer noch lernen musste. Es war ihr nur noch nicht gelungen. »Ich hätte darauf bestehen sollen, anwesend zu sein.«

»Du willst doch ganz sicher nicht anwesend sein, wenn dein Bruder und Vormund mit einem Gentleman über die Angemessenheit spricht, seine Schwester und sein Mündel zu küssen, bevor er die Erlaubnis erhalten hat, dieser Schwester den Hof zu machen.« Grace glitt durch den Raum zum Fenster und sah hinaus. »Wenn ich es richtig sehe, ist Rothwell schon da.«

»Ist er. Und er hat außerordentlich attraktiv ausgesehen«, antwortete Charlotte. »Er ist zu Fuß gegangen.«

»Nervös.« Grace nickte entschlossen.

»Was ... was, wenn er mir erlaubt, das Verlöbnis aufzulösen?« Diese Angst hatte Louisa die ganze Nacht hindurch gequält, und sie musste sie endlich aussprechen.

»Irgendwie«, sinnierte Grace laut, »glaube ich nicht, dass er das tun wird. Da der arme Mann nicht einmal von dir fernbleiben konnte, nachdem er sagte, er müsste bis nächstes Jahr warten, *und* nachdem Bentley ihn darum bat, ihn in seinem Werben um dich zu unterstützen, bezweifle ich, dass irgendetwas ihn dazu bringen könnte, dich aufzugeben.«

Louisa blieb der Mund offenstehen. »Woher wusstest du davon?«

»Matt hat gehört, was du zu Bentley sagtest, und was er zu Rothwell sagte. Es war nicht schwer, eins und eins zusammenzuzählen.« Grace zeigte eines ihrer seltenen selbstzufriedenen Lächeln. »Wie auch immer. Es dürfte dich erfreuen zu hören, dass Bentley, nachdem er dich verlassen hatte, stracks zu Oriana Blackacre ging.«

»Wenigstens etwas, das richtig läuft.« Sobald Bentley sich in Oriana verliebte, würde er Gideon verzeihen, da war Louisa sich sicher. Sie musste ihre Freundin vielleicht bitten, Bentley sacht in die richtige Richtung zu schubsen. Sie warf einen Blick auf die Uhr, nur um unwillig festzustellen, dass die Zeiger sich kaum bewegt hatten. »Ich glaube, der Kammerdiener hat die Uhr nicht aufgezogen.«

»Die Uhr wurde wie alle anderen auch gewartet.« Grace lachte. »Es wird dir nicht guttun, hier zu sitzen und auf die Tür zu starren. Lasst uns in den Garten gehen. Theo geht es endlich gut genug, um hinauszugehen, und ich werde Hal nach Eis schicken.«

»Das hört sich nach viel mehr Spaß an, als hier zu sitzen und zuzusehen, wie Louisa sich in Fetzen reißt.« Charlotte erhob sich von dem Stuhl, den sie neben das Fenster gestellt hatte, und berührte Louisas Schulter. »Draußen wird die Zeit schneller vergehen.«

»Ich vermute, du hast recht.« Die Zeit verging immer schneller, wenn sie beschäftigt war.

Wenige Minuten später saß sie auf einem der Stühle, die ihre Schwägerin auf die Terrasse gestellt hatte, damit sie das schöne Wetter genießen konnten. Theo, Mary und Philip spielten mit Duke und Daisy, während eines der Kindermädchen aus der Nähe auf sie aufpasste. Das Teetablett kam, und Grace schenkte ein.

»Wie lange ist es jetzt, was meinst du?« Louisa drehte ihre Tasse auf der Untertasse und wünschte, sie hätte ihre Ansteckuhr bei sich.

»Nicht so lange, wie es sich anfühlt«, antwortete Grace sanft.

Das würde noch ewig dauern. Louisa hätte einkaufen gehen oder etwas ähnlich Zerstreuendes machen sollen, aber es war unmöglich gewesen, sich vom Haus zu entfernen, als Gideon erwartet wurde. Wäre sie doch nur so vorausschauend gewesen, darauf zu bestehen, dass alles noch letzte Nacht geklärt werden müsse, wie Merton und Dotty es getan hatten, anstatt diesen Morgen abzuwarten.

Was *konnte* denn da so lange dauern?

»Louisa hat *was* gesagt?« Gideon war so entsetzt, dass er vergaß, ihren Titel zu nennen. Worthingtons Ausdruck ließ keinen Zweifel daran, dass er diesen Lapsus bemerkt hatte. Als Gideon Worthingtons Studio betreten und die verärgerte Haltung seines Freundes gesehen hatte, hatte er sich entschieden, als Freund und nicht als einer von Louisas Verehrern zu ihm zu sprechen. Gideon mochte ein Herzog sein, aber Worthington hatte seinen Titel schon viel länger inne und, was noch wichtiger war, er war Louisas Vormund. Wenn Gideon nicht vorhatte, mit Louisa nach Gretna Green durchzubrennen – vorausgesetzt natürlich, dass er sie von so etwas überzeugen könnte – schickte es sich für ihn, die Einstellung seines Freundes zu respektieren.

»Nachdem ich sie über deine Schwierigkeiten informiert habe, hat sie begriffen, wieso Miss Minchinhouse die Dinge äußerte, die sie gesagt hat.« Worthingtons Miene wurde sogar noch furchteinflößender als zuvor. »Sie ist gewillt, zurückzutreten, wenn du eine Geldhochzeit anstreben musst.«

Gideon fühlte sich einen Moment, als habe ihm jemand ein Messer in den Bauch gestoßen. Er kannte niemanden, der selbstloser war, als Louisa sich gerade erwies. »Nein. Besonders nach dem letzten Abend kann ich es nicht zulassen, dass sie ein solches ...« – Verflucht. Er hätte beinahe *Opfer* gesagt. Als wäre er der begehrteste Junggeselle in ganz England. – »Nein.« Er würde sie nicht aufgeben. Vielleicht hatte er ihr nicht den Hof machen wollen, solange er noch nicht alles geregelt hatte, aber jetzt, da sie die Seine war, musste sie es auch bleiben. »Nein. Ich habe nicht die Absicht, mich an Miss Minchinhouse oder irgendeine andere Lady zu binden, die mich nur wegen meines Titels ehelichen will.«

»Gibt es einen Grund, weshalb du ihr nichts über die Schwierigkeiten erzählt hast, in denen du steckst?« Die Frage wurde in einem geschäftigen Ton gestellt, aber Gideon hörte heraus, dass Worthington sich Sorgen machte, weil er Louisa gegenüber nicht aufrichtig gewesen war.

Er rieb sich mit der Hand über das Gesicht und wünschte sich, er hätte ein Glas Brandy anstelle einer Tasse Tee. »Ich hatte geplant, mein Werben um sie aufzuschieben, bis ich meine Angelegenheiten geregelt hätte. Gestern Abend wollte ich ihr mitteilen, dass ich zu meinem Landsitz zurückkehren wollte, bis Bentley sich in Miss Blackacre oder eine andere Dame verliebte.«

Mit einem Klappern setzte Worthington seine Tasse ab. »Miss Blackacre? Was hat sie denn damit zu tun?«

»Tatsächlich so einiges.« Gideon nahm einen Schluck Tee. »Louisa hat dafür gesorgt, dass die beiden einander vorgestellt wurden. Sie glaubt, dass Miss Blackacre für meinen Vetter die perfekte Gattin wäre.«

»Und was hält Miss Blackacre von dieser Sache?«

»Ich habe natürlich nicht mit ihr gesprochen, aber sie hat mit Bentley das Museum besucht«, sagte Gideon optimistisch. »Und er plant weitere Ausflüge.«

»Aber dann hast du Louisa *geküsst*?«

Natürlich kam das Gespräch darauf. »Ja, ich konnte nicht anders.« Er sah Worthington an und sah in den Augen seines Freundes etwas, wovon er hoffte, dass es Verständnis war. »Ich weiß, ich bin derzeit nicht die beste Partie in der Stadt, aber ich werde auf die Füße kommen. Ich habe bereits nachverfolgt, wohin der größte Teil des Geldes geflossen ist, und Schritte unternommen, um so viel wie möglich davon zurückzubekommen. Wie du weißt, weigere ich mich, Vaters handgeschriebene Schuldscheine zu bezahlen. Ich müsste wenigstens genug haben, um die Gebäude wieder instand zu setzen und einige kleinere Investitionen zu tätigen.« Er drehte die Teetasse auf der Untertasse. »Ich verspreche es dir. Louisa wird niemals zu leiden haben. Was auch immer ich dafür werde tun müssen, ich sorge für sie.«

»Warum nahm Miss Minchinhouse an, dass du sie heiraten würdest?«

Gideon unterdrückte ein Stöhnen. Er hatte schon geglaubt, Worthington hätte sie vergessen. »Ihr Vater hat mich aufgesucht. Er hatte einige der Spielschulden meines Vaters aufgekauft, darunter ist auch der Witwensitz meiner Mutter.« Worthingtons Lippen bildeten einen dünnen Strich.

»Soweit ich es weiß, war mein Vater aber nicht der Bevollmächtigte des Sitzes. Ich meine, er war nicht der Treuhänder der Anteile meiner Schwestern. Deshalb nehme ich nicht an, dass er zum Verwalter irgendwelcher Besitztümer erklärt worden sein könnte, die meine Mutter mit in die Ehe brachte. Wie ich kürzlich erst erfahren habe, hat er vor der Heirat mit meiner Mutter ein recht wildes Leben geführt.« Gideon leerte, was noch in der Teetasse verblieben war. »Jedenfalls hat Minchinhouse mir die Ehe mit seiner Tochter angetragen und mich gebeten, einige Tage darüber nachzudenken. Ich wartete noch auf die Information meines Anwalts, ob das Papier, das den Besitz überträgt, rechtsgültig ist. Aber das spielt keine Rolle mehr. Minchinhouse muss etwas zu seiner Tochter gesagt haben.« Gideon dachte an die Reaktion der jungen Dame gestern Abend zurück. »Eigenartig daran ist, dass ich nicht den Eindruck hatte, sie wolle mich überhaupt heiraten.«

Sein Freund, der sich zurückgelehnt hatte, setzte sich wieder aufrecht hin. »Aus welchem Grund sagst du das?«

»Sie schien fast zornig, als sie Louisa und mich zuerst sah. Dann, als Louisa sagte, dass wir verlobt wären, warf sie uns einen neugierigen Blick zu und sagte, wir sollten einen oder zwei Tage abwarten. Ich glaube nicht, dass das wirklich geschehen wird, aber ...« Er zuckte die Achseln.

»Minchinhouse ist sehr wohlhabend und verfügt über Macht in der Stadt, aber er verkehrt nicht in unseren Kreisen.« Worthington beugte sich vor, stützte die Ellbogen auf dem Schreibtisch ab und legte die Fingerspitzen aneinander. »Er müsste sich auf jemand anderen verlassen, um an seine Informationen zu gelangen.«

Das war interessant. »Wie zum Beispiel seine Tochter oder die Dame, die sie in der Saison unterstützt.«

»Richtig. Ich schlage vor, du nimmst ihren Rat an und wartest ein paar Tage, bevor du die Ankündigung an die Zeitung schickst.«

Gideon war von seinen Sorgen so abgelenkt, dass er beinahe überhört hätte, was Worthington gesagt hatte. Plötzlich fielen ihm mehrere Tonnen Steine und Felsen von der Seele. »Du meinst, Louisa und ich können heiraten?«

»Ich wüsste nicht, wie ich dich davon abhalten könnte.« Worthington zog eine Grimasse. »Ich habe einen gesunden Selbsterhaltungstrieb entwickelt. Da ich meine Schwester kenne, würde ich erst meinen Frieden haben, wenn ich zustimme. Mal ganz davon zu schweigen, dass sie jedes weibliche Familienmitglied rekrutieren würde, um sie zu unterstützen. Und das sind so einige.«

»Sie ist sehr beeindruckend.« Gideon grinste. Genau die Art Dame, die er als seine Frau und Herzogin brauchte.

»Noch ein guter Ratschlag«, sagte Worthington, der offenbar noch nicht zu Ende gesprochen hatte. »Louisa ist darin ausgebildet, einem Anwesen vorzustehen, und sie wird erwarten, dass sie in allem, was du tust, zu Rate gezogen wird. Und, falls du es noch nicht bemerkt hast, sie neigt auch dazu, sich zu nehmen, was in ihre Reichweite gelangt, wenn sie die Gelegenheit dazu bekommt.«

Gideon konnte nicht anders, er musste breit lächeln. Er war nur allzu bereit, einige der Pflichten des Herzogtums mit ihr zu teilen. Er würde natürlich die Kontrolle behalten und entscheiden, was sie tun und lassen konnte. Seine Mutter hatte sich für solcherlei Aufgaben nicht interessiert, aber seine Großmutter hatte es … Großmama. Sie und Louisa waren vom selben Schrot und Korn. Er sog die Luft ein.

Grundgütiger! Er musste nicht nur Misses Petrie loswerden, bevor Louisa etwas von ihrer Existenz erfuhr und beschloss, selbst die Angelegenheit in die Hand zu nehmen, sondern er musste auch klarstellen, was in ihren Verantwortungsbereich fiel und was nicht. Andernfalls würde sein Leben zu einem einzigen Durcheinander werden.

Das Eis kam, wurde vernascht, und die Kinder wurden zum Ruhen ins Krankenlager geschickt. Louisa konnte nicht länger stillsitzen. Sie stand auf und begann, hin und her zu gehen. »Wofür brauchen sie denn so lange?«

»Betrachte es mal so herum«, sagte Grace sanft. »Wenn Matt Rothwell davongeschickt hätte, wäre er bereits zurück.«

»Das würde er niemals.« Louisa würde es nicht zulassen. Sie würde ihren Bruder zwingen, ihr die Ehe mit Gideon zu erlauben. Wenn Gideon sich allerdings entschlossen hatte, eine andere zu heiraten ... dann wäre Matt bereits zurück. Es sei denn, er hätte beschlossen, gegen Gideon zu kämpfen. Louisa bedeckte ihr Gesicht mit den Händen und stöhnte.

»Liebes, Matt ist kein dummer Mann.« Grace sprach mit bedeutungsvoller Stimme. »Er wird allerdings sicherstellen, dass Rothwell dich unterstützen und gut behandeln kann.«

»Gewiss.« Könnte sie sich doch nur davon überzeugen, an das zu glauben, was Grace sagte. Aber es musste einfach wahr sein. Matt würde ihr oder einer ihrer Schwestern niemals erlauben, einen Gentleman zu heiraten, wenn er nicht sicher war, dass der es auch wert war. Und sei es ein Herzog.

Aber jetzt, wo sie wusste, was Gideons Vater getan hatte, war sie entschlossen, ihm bei dem Wiederaufbau seines Vermögens zu helfen und ihm die Last erträglicher zu machen. Vielleicht würde sie Lady Evesham um Rat fragen. Als Grace von der Schwelle zu Worthington House entführt worden war, hatte Lady Evesham kurz darauf Louisa, Charlotte und Augusta darin unterrichtet, sich selbst zu verteidigen, und zwar sowohl mit ihren Händen als auch mit Dolchen. Matt hatte sie wiederum nicht nur im Umgang mit verschiedenen Schusswaffen unterrichtet, sondern auch für jede von ihnen eine Waffe erworben, die für die Mädchen geeignet war. Solch eine patente Dame wusste vielleicht noch mehr Dinge, die sie zur Unterstützung ihres zukünftigen Mannes tun könnte.

Warum brauchten sie nur so lange, verflixt.

Der Klang von Schritten, die zur Rückseite des Hauses führten, erreichte Louisa. »Ich glaube, sie sind es.«

»Ich glaube, du hast recht.« Grace gab einem Lakaien, der etwas entfernt stand, ein Zeichen. »Lassen Sie bitte Tee, etwas Gebäck und Sandwiches bringen.«

»Und Wein«, sagte Matt, der, gefolgt von Gideon, durch die Terrassentür trat. »Es ist zwar noch früh, aber etwas Champagner wäre durchaus angebracht.«

Louisas Herz klopfte ihr bis in den Hals hinauf. »Champagner«, flüsterte sie zu sich selbst.

Gideon kam zu ihr und verbeugte sich, bevor er ihre Hand ergriff. »Mylady, mir ist bewusst geworden, dass tatsächlich keiner von uns einen Antrag gemacht hat. Deshalb möchte ich Euch unterwürfigst fragen, ob Ihr mir die große Ehre erweisen möchtet, meine Ehefrau zu werden.«

Ihr Hals wurde noch enger, und einen Augenblick konnte sie nicht sprechen.

»Louisa?«, fragte er und beschrieb mit dem Daumen Kreise auf der Innenseite ihres Handgelenks.

»Ja. Ich wäre glücklich, Eure Frau zu werden.« Sie hätte nie gedacht und nie für möglich gehalten, dass sie sich so rasch und leicht verlieben könnte, wie es nun mit Gideon geschehen war. Wenngleich es ihr leidtat, dass er derzeit so viele Schwierigkeiten zu meistern hatte, so freute sie sich trotzdem darauf, ihm zu helfen und mit ihm zusammenzuarbeiten, um all diese Probleme zu lösen.

»Dann müssen wir uns nur noch über das Hochzeitsdatum einigen.« Er blickte in ihre Augen, als wolle er sie mit seinem Willen dazu bringen, es auf einen nahen Tag zu legen.

Zu allen Hochzeiten, an denen sie in letzter Zeit teilgenommen hatte – zu den einzigen Hochzeiten, an denen sie teilgenommen hatte, vielmehr – waren nur die Familie und einige wenige Freunde eingeladen gewesen. Die Hochzeitsspeisen, die innerhalb von einem oder zwei Tagen organisiert worden waren, waren enorm gewesen. Louisa sah keinen Grund, weshalb sie das nicht auch können sollte. »Welches Datum würde Euch zusagen?«

»Übermorgen? Ich kann eine Sondergenehmigung besorgen.«

Sie sah in seine klaren grauen Augen auf und gluckste. »Zwei Wochen. Meine Mutter muss informiert werden und die Zeit haben, nach London zurückzukehren.«

»Wie Ihr wünscht, Mylady.« Lächelnd küsste er sie sacht auf die Lippen.

Oh, welches Glück! Louisa wollte tanzen. Noch nie war sie glücklicher gewesen. Ihr Leben würde perfekt werden.

KAPITEL 18

Edmond Marquis of Bentley, Erbe eines Herzogtums – zum Donnerwetter noch mal –, berührte behutsam sein linkes Ohr. Es tat immer noch weh, wo Lady Louisa es gestern Abend gekniffen hatte, als sie ihn auf die Terrasse zog. Beim letzten Mal, als jemand das getan hatte, war er fünf Jahre alt gewesen, und seine Kinderfrau hatte das Mädchen anschließend dafür bestraft.

Nun, Lady Louisa konnte er nicht gut bestrafen. Und das wollte er auch nicht. Er hatte ihre wahre Natur gesehen und war wundersamerweise von seiner Schwärmerei geheilt worden. Denn es konnte nicht mehr als eine vorübergehende Besessenheit gewesen sein. Er konnte doch niemals ernstlich eine Frau lieben, die ... nun ... hartherzig war. Nein, das war es nicht. Sie zeigte fast jedem gegenüber Mitgefühl, nur ihm nicht. Wie man diese Haltung auch benennen mochte, er wusste jetzt, dass sie nicht die Art von Dame war, die er ehelichen wollte.

Bedauerlicherweise hatte jedoch die Dame, die Bentley entschieden heiraten *wollte*, ihn zurückgewiesen. Nun, nicht ganz. Nach seiner gestrigen Auseinandersetzung mit seinem Vetter und Lady Louisa war er schnurstracks zu Miss Blackacre gegangen, um ihr einen Antrag zu machen. Sie hatte unter ihren dichten, dunklen Wimpern hervor nach oben geschaut, die blauen Augen weit geöffnet, und ihm sehr liebenswürdig gesagt, dass sie dies nicht für den richtigen Zeitpunkt halte, seinen bezaubernden Vorschlag anzunehmen. Jedoch, und das war sehr wichtig, wenn es ihm beliebte, ihr noch zwei Wochen lang den Hof zu machen, könnte ihre Antwort sich wandeln.

An Ort und Stelle war ihm klargeworden, dass er genau das tun wollte. Miss Blackacre den Hof machen. Zwei Wochen lang. Dann würde er ihr erneut einen Antrag machen.

Er würde ihr nicht nur Dutzende Blumensträuße schicken, mit ihr im Park ausreiten und Ausflüge in London machen, sondern er hatte auch bereits einen Brief an Mama geschrieben, in dem er darum bat, dass sie nach London käme, damit er sie der charmanten Miss Blackacre vorstellen und sowohl sie als auch Großmama zum gemeinsamen Abendessen einladen konnte.

Er würde sie jeden Abend um zwei Walzer bitten. Hm, vielleicht sollte er sich das aufschreiben, damit er nicht vergaß, sie um die Tanz-Sätze zu bitten. Andererseits schien er, wenn er mit Miss Blackacre zusammen war, in der Lage zu sein, an viel mehr Dinge zu denken, die er sich vorgenommen hatte. Na, er würde es trotzdem aufschreiben. Es wäre nicht gut, es zu vergessen.

»Turkel«, rief Bentley nach seinem Leibdiener und wies mit einer nur angedeuteten Kopfbewegung auf den Brief, der auf seinem Schreibtisch lag. »Bitte sorge dafür, dass dies sofort an meine Mutter geschickt wird.« Er band sein Halstuch fertig. »Und ich möchte Blumen für Miss Blackacre ins Stillwell House schicken lassen.«

»Sehr wohl, Mylord. Welche Sorte Blumen wünscht Ihr für die Lady?«

Welche Sorte? Woher sollte er denn wissen, welche Sorte? Er dachte an Miss Blackacres tiefrosa Lippen und ihre bezaubernden blauen Augen. Er sollte Blumen auswählen, die ihr gut zu Gesicht standen. »Rosa und blau.«

Turkel verbeugte sich. »Ich kümmere mich unverzüglich darum, Mylord.«

»Und heute Nachmittag um fünf Uhr mache ich mit Miss Blackacre eine Ausfahrt.«

»Ich werde Eure Kutsche um halb fünf vorfahren lassen.«

Der Leibdiener reichte Bentley seinen Uhrkettenanhänger und sein Augenglas.

»Wenn die Herzogin ankommt, werde ich diese Räumlichkeiten verlassen, denke ich.«

»Eine kluge Entscheidung, Mylord.«

Schließlich würde er höchstwahrscheinlich bald verheiratet sein. Erneut berührte er sein Ohr. Und zwar mit einer viel liebenswerteren Dame, als Lady Louisa sich erwiesen hatte. Zwei Wochen hatte Miss Blackacre gesagt. »Welches Datum haben wir in zwei Wochen?«

»Den zwanzigsten, Mylord.«

»Danke.« Er würde es sich aufschreiben. Es wäre nicht gut, wenn er vergessen würde, ihr dann wieder einen Antrag zu machen.

Sogleich, nachdem sie auf ihren Beschluss angestoßen hatten, wollte Louisa vorschlagen, dass die Kinder heruntergebracht würden, damit sie ihnen von der Verlobung erzählen konnten, da sagte Matt: »Ich glaube, es ist an der Zeit, die Ehevereinbarungen zu besprechen. Louisa, Rothwell, wenn ihr mit mir kommt, können wir sie rasch klären.«

»Grace?« Louisa sah ihre Schwägerin an. »Kommst du mit?«

Grace legte nachdenklich die Stirn in Falten. »Ich denke, ja. Die Kinder werden erst in einer Stunde zum Essen herunterkommen.«

»Wie du möchtest, meine Liebste.« Matt legte Graces Hand fest in seine Armbeuge.

Louisa nahm Gideons Arm, als sie die Terrasse verließen und durch den Morgenraum, den Flur entlang und
zur Eingangshalle gingen. Etwas früher hatte Charlotte
sich entschuldigt, um in das Musikzimmer zu gehen,
und die bewegende Melodie, die sie spielte, flutete
durchs Haus. Louisa riss sich zusammen. Nur weil ihre
Schwester ein trauriges Stück spielte, hieß das nicht,
dass etwas schiefgehen musste. Sehr wahrscheinlich
fühlte Charlotte sich lediglich etwas ausgeschlossen.
Schließlich hatten Dotty und jetzt auch Louisa die Liebe
gefunden, und Charlotte war der Liebe ihres Lebens
noch nicht begegnet. Das war alles. Dennoch verfolgte
die Melodie Louisa, als sie mit Gideon über den Platz
schlenderte, und sie wusste nicht, warum.

Kurz darauf saßen sie und Gideon auf dem großen
Sofa in Matts Studio. Grace saß neben ihm am Schreibtisch. Offenbar hatte er bereits viel Denkarbeit in Louisas Angelegenheiten gesteckt, denn er überreichte
Gideon schlicht einen Stapel Unterlagen.

»Sieh es dir an. Ich glaube, damit werden wir unser
beiderseitiges Ziel erreichen.«

Leicht indigniert, weil ihr Bruder ihr die Papiere nicht
zuerst gezeigt hatte, sagte sie: »Und welches Ziel ist
das?«

»Sicherzustellen, dass du das Recht auf deine eigenen
Mittel weiter behältst«, antwortete Matt abwesend.

Sie wollte diesem Ziel gerade zustimmen – schließlich
hatte sie Gruselgeschichten von Damen gehört, denen
fast nichts von ihrer Aussteuer geblieben war – als
Gideon fest sagte: »Ich möchte nicht, dass irgendetwas
von Eurem Geld für das Herzogtum verwandt wird.«

»Wie bitte?«, fragte Louisa verblüfft. Würde es denn
nicht auch ihr Heim sein? Hatte sie nicht das Recht, ja,
sogar die Pflicht, zu helfen, wo Hilfe gebraucht wurde?

In selbstgefälligem Ton sagte Gideon: »Ich werde
mich um die finanziellen Schwierigkeiten kümmern,

die das Herzogtum derzeit hat, ohne auf das Vermögen meiner Gattin zurückzugreifen.«

Ihr taten die Backenzähne weh, so fest biss sie sie zusammen. »Und wenn ich gern behilflich sein möchte?«

»Louisa, ich will nicht für einen Mitgiftjäger gehalten werden. Liebes«, er sprach in sanfterem Tonfall weiter, »lass uns darüber nicht streiten. Ich bin mir sicher, dass du viele Aufgaben finden wirst, um die du dich kümmern möchtest. Aber bevor du die Liegenschaften gesehen hast, kannst du ohnehin nicht wissen, was zu tun ist.«

Sie wollte zu einer Erwiderung ansetzen, als er mit den Lippen ihre Finger berührte und damit diese entzückenden Schauder auslöste, die warm ihren Arm hinaufliefen. Sie verstand seinen Wunsch, nicht als jemand wahrgenommen zu werden, der sie wegen ihrer Mitgift heiratete. Vielleicht war diese Unterhaltung derzeit nicht angezeigt. Er hatte recht. Sie wusste nicht, was vonnöten war. Allerdings würde sie trotz dem, was er zu denken schien, tun, was sie für angemessen hielt. Schließlich war es *ihr* Vermögen.

Als Matt einen Betrag vorschlug, den sie für ihre persönlichen Ausgaben erhalten sollte, nannte Gideon eine viel höhere Zahl.

»Bist du sicher?«, fragte Matt.

»Das ist nicht viel mehr, als meine Mutter bekam.« Gideons Kiefer bewegte sich kaum. »Louisa wird eine Herzogin sein, und ich lasse es nicht zu, dass die Händel meines Vaters Auswirkungen auf sie haben.«

An diesem Punkt begriff sie, dass sie gerade Zeugin einer Demonstration männlichen Stolzes wurde. *Herzoglichen*, falls es dieses Wort überhaupt gab, *herzoglichen männlichen Stolzes*. Das umschrieb es sogar noch besser. Darüber zu debattieren, würde nirgendwohin führen. Es wäre viel besser, ihm jetzt seinen Willen zu lassen und das Thema später wieder anzusprechen. Zu einem Zeitpunkt, zu dem seine Selbstachtung nicht so sehr auf dem Spiel stünde. Schließlich versuchte er wirklich, Fürsorge für sie zu übernehmen, und sie konnte seine Absichten nicht schlechtheißen, auch wenn sie mit seinen Methoden keineswegs einverstanden war.

Als nächstes sprachen sie darüber, wo sie leben würde, wenn sie Witwe würde – sei es mit einem erwachsenen Sohn oder dass Gideons Bruder dann der Herzog wurde. Danach ließ sie ihre Gedanken abschweifen, als sich das Gespräch der Frage zuwandte, wie die Vermögenswerte am besten treuhänderisch angelegt werden sollten.

»Würdest du Rothwell House morgen gern besichtigen?«, fragte Gideon und lenkte ihre Aufmerksamkeit wieder auf sich.

»Wann morgen? Ich glaube, ich bin am Nachmittag zu einem venezianischen Frühstück eingeladen.«

Gideon drückte ihre Hand. »Du könntest zeitig damit beginnen und es am folgenden Tag beenden.«

Sie wollte wirklich anfangen und herausfinden, wie sie mit den Bediensteten zurechtkäme. Die Haushälterin kennenzulernen und bereits vor der Heirat eine Beziehung zu ihr aufzubauen, wäre der beste Anfang. Grace hatte es so gemacht. »Ja, ich würde mich freuen.«

»Grace, Liebste«, sagte Matt und blickte Gideon an, »möchtest du Louisa nicht begleiten?«

Die Augen ihrer Schwägerin leuchteten in einem Lachen auf. »Nein. Ich glaube, ich wäre definitiv *de trop*. Louisa muss lernen, allein mit Rothwells Haushälterin zurechtzukommen.« Aus irgendeinem Grund brachte das Stirnrunzeln, mit dem Matt auf ihre Aussage reagierte, Grace zum Lachen. »Sie werden schon sehr bald verheiratet sein. Ich habe gehört, dass Louisa und Rothwell von zwei Wochen sprachen. Das ist gerade genug

Zeit, Patience und Richard zu informieren, damit sie nach London kommen können.«

»Nun gut. Wenn du nichts Falsches an diesem Plan finden kannst«, sagte Matt zweifelnd.

Großer Gott. Was dachte er denn, was während einer Hausbesichtigung geschehen könnte? Das Aufregendste, was Louisa tun würde, war, die Bettwäsche und solche Dinge zu zählen. Nun, zu sehen, wo sie und Gideon schlafen würden, könnte ein bisschen anregend werden.

»Aber gar nichts, mein Liebster.« Grace erhob sich und schüttelte ihre Röcke aus. »Rothwell, da du Mitglied unserer Familie sein wirst, lade ich dich ein, mit uns den Lunch einzunehmen. Das wird der beste Anlass sein, den Kindern die Neuigkeiten zu erzählen.«

Gideon lächelte Lady Worthington höflich zu. »Ich wäre erfreut, Mylady.«

Sie wäre nicht so enthusiastisch, wenn sie wüsste, was er mit Louisa vorhatte. Die Haushälterin kennenzulernen gehörte nicht dazu. Ihr zu zeigen, wo sie in Zukunft schlafen würde, allerdings schon. Die Stunden zwischen diesem Nachmittag und dem nächsten Morgen würden die längsten seines Lebens werden.

»Bitte, nennt mich Grace.«

»Danke sehr.«

Sie beugte den Kopf. »Ich gehe über den Platz hinüber und sorge dafür, dass ein zusätzlicher Teller gedeckt wird. Louisa, du kannst Rothwell mitbringen.«

Louisa lächelte zum ersten Mal an diesem Nachmittag. Die Besprechungen waren für sie sehr ernst gewesen, und eine Weile hatte Gideon gedacht, sie wolle mit ihm über seine Ankündigung, dass sie nicht ihre Mittel für das Haus oder das Anwesen ausgeben solle, streiten. Doch sie hatte es eingesehen und die Angelegenheit

nicht weiter verfolgt. Alles in allem war die Zusammen-
kunft tatsächlich sehr gut verlaufen.

Kurz, nachdem Grace hinausgegangen war, nahm
Louisa seinen Arm. »Ich hoffe, du magst Katzen leiden.«

»Stallkatzen?«, fragte Gideon leicht verwirrt. »Ich
habe als Kind immer mit ihnen gespielt.«

»Nein, Hauskatzen.« Louisa lächelte schelmisch.

»Ich glaube nicht, dass wir je eine Katze im Haus hatten. Na«, – jetzt, da er darüber nachdachte –, »vielleicht
habe ich doch mal eine in der Küche gesehen.«

»Meine liebt es, die Küche zu besuchen. Unser Koch
schätzt sie sehr, denn sie ist eine gute Mäusejägerin
und liebt fast alles, was er kocht.«

Das glaubte er ihr nicht. Fleisch und Käsestückchen
vielleicht, aber alles? »Wie etwa?«

»Knoblauch, Melonen, Croissants.« Sie wischte mit
der Hand durch die Luft. »Ich muss zugeben, dass sie
keine Zwiebeln mag.«

Sie hatten den Platz überquert und stiegen die Stufen
zu Stanwood House hinauf. »Ich habe noch nie von einer Katze gehört, die gern Knoblauch isst.«

»Nun, sie ist Französin. Jaques, unser Koch, vergöttert
sie.«

Gideon glaubte nachgerade, Louisa erlaube sich einen
Aprilscherz mit ihm. »Ich freue mich darauf, dieses
Musterexemplar einer Katze kennenzulernen. Wie
habt ihr sie genannt?«

»Chloe.«

»Das ist ein gewichtiger Name.«

»Sie gehört einer besonderen Rasse an.« Sie führte ihn
zur Haupttreppe. »Ich stelle dich vor.«

Er folgte ihr die Treppe hinauf und in einen sonnigen
Salon.

»Chloe, *venez ma petite.*«

Zwei Kätzchen lugten unter dem Sofa hervor, eines
mit einem rosafarbenen, eines mit einem roten Hals-

band. »Ah, da seid ihr ja.« Louisa beugte sich hinunter und erlaubte ihm einen wundervollen Blick auf ihren unteren Rücken. »*Venez*, my Chloe.«

Das Kätzchen mit dem roten Band flitzte zu Louisa. Sie setzte sich und blickte mit großen, gelben Augen hoch, dann hob sie das Pfötchen und stupste Louisas Rock an. »So ein braves Mädchen.« Sie lächelte breit. »Die mit dem rosafarbenen Band gehört Charlotte. Ihr Name ist Collette.«

Louisa hob das Tier hoch und drückte es an ihre Brust. Die Katze hatte noch immer keinen Laut von sich gegeben. Er hatte noch nie eine Katze erlebt, die nicht miaute. »Stimmt etwas nicht mit ihr?«

Sie zog die Brauen zusammen. »Was meinst du?«

»Die meisten Katzen geben Töne von sich.« Sicher musste er keine Katze nachmachen.

»Ach!« Sie kicherte. »Die Chartreux ist eine stille Katze. Sogar, wenn sie sich melden, ist es nicht das Miauen anderer Katzen. Es ist mehr wie ein Zwitschern.«

Er streckte die Hand aus, um das weiche Fell zu berühren, doch das Kätzchen drückte sich dichter an Louisa. Das war ungewöhnlich. Die meisten Katzen mochten ihn. »Sie ist nicht sehr freundlich.«

»Sie schätzen keine Fremden. Ich glaube, das wurde dieser Rasse im Mittelalter angezüchtet, als sie gejagt wurden. Gib ihr etwas Zeit, dann wird sie dir erlauben, sie zu streicheln.«

»Wie bist du denn an sie gekommen?«

»Meine Freundin Dotty, die Marchioness of Merton, hat sie gerettet. Ihre Schwiegermutter, die verwitwete Marchioness, kannte die Rasse und hat uns davon erzählt. Wie findest du sie?« Louisas Blick aus strahlend blauen Augen begegnete dem seinen.

Er bezweifelte, dass sie ihn gerade um Erlaubnis bat, die Katze nach ihrer Heirat mitzubringen. Sie würde es ganz selbstverständlich tun. »Ich finde sie«, – wie beschrieb man denn eine Katze? –, »hübsch.«

Mehr als Louisas Lächeln hätte er sich nicht erträumen können. »Ich bin froh, dass du sie leiden magst.«

Ein lautes Rumpel schallte durch das Haus, beinahe wie von einer Elefantenhorde.

»Da kommen die Kinder«, sagte sie und setzte die Katze auf den Boden. »Wir sollten zum Essen gehen.«

Alle – er zählte sie heimlich ab – acht Kinder. Lady Charlotte konnte er nicht mehr zu der Herde zählen, die die Treppe heruntertrampelte. Er hatte heute Morgen seine Unterredung mit Worthington überlebt, ohne verletzt zu werden, und er war allen Geschwistern von Louisa schon vorgestellt worden. Warum war er dennoch nervös bei dem Gedanken, ihnen zu erzählen, dass er ihre Schwester heiraten würde?

Louisa nahm seine Hand und führte ihn in denselben Raum, in dem sie schon einmal diniert hatten. Dieses Mal hatte man für ihn bereits einen Platz an Graces rechter Seite vorgesehen. Louisa setzte sich auf den Stuhl an seiner anderen Seite. Die Kinder warfen ihm rasche Seitenblicke zu, als sie ihre Plätze um den Tisch herum einnahmen.

»Wir haben euch etwas anzukündigen«, sagte Louisa und lächelte die Kinder an. »Rothwell und ich haben beschlossen zu heiraten.«

Stille herrschte im Zimmer, als er Louisas Hand an seine Lippen hob, dann brach ein Tohuwabohu aus.

»Wollt Ihr sie nicht richtig küssen?«, fragte eins der Zwillingsmädchen.

Offenbar sah er verwirrt drein, denn das zweite fügte hinzu: »Auf den Mund. Wie Matt und Grace sich küssen.«

»Wahrscheinlich hat er Angst, Matt könnte ihm eine Kopfnuss verpassen«, trug Walter weise bei.

»Nicht, wenn sie heiraten!«, fiel eine von Louisas Schwestern, Madeline, ein. »Stimmt es, Matt?«

Anstatt zu antworten, lehnte Matt sich mit einem Grinsen im Gesicht zurück. Gideon nahm Louisas Kinn zwischen Daumen und Zeigefinger und tupfte einen sanften Kuss auf ihre Lippen.

»Ih!«, rief der kleinste Junge aus.

»Wenn ihr jetzt alle fertig seid ...«, setzte Louisa an.

»Ich hab noch gar nichts sagen können«, sagte das kleinste, dunkelhaarige Mädchen schmollend.

»Ich auch nicht«, kommentierte die mit den fehlenden Schneidezähnen – Mary, so hieß sie.

Louisa lächelte den beiden kleinsten Mädchen zu. »Theo, du zuerst, dann Mary.«

»Willkommen in unserer Familie«, sagte Theo. »Mehr Brüder können wir immer brauchen.«

»Ich will euch wünschen, dass ihr glücklich seid.« Mary sah zu Grace. »Habe ich das richtig gesagt?«

»Das hast du gut gemacht, mein Schatz.«

Gideon hoffte auch, dass sie glücklich würden. Es erstaunte ihn, dass er Louisa erst seit einer Woche kannte. Hätte ihm jemand vorausgesagt, er würde in so kurzer Zeit tiefe Liebe zu einer Frau entwickeln, hätte er ihn für närrisch erklärt. Und doch war es so. Und obgleich er wusste, dass er Louisa sehr viel bedeutete, war er sich doch nicht sicher, ob sie ihn auch liebte. Es war eine verflixte Situation, in der er sich als Mann befand. Er wagte nicht, sie zu fragen, und er wollte sich nicht die Blöße geben, der Erste zu sein, der seinen Gefühlen Ausdruck gab. Was zum Teufel sollte er tun?

Kapitel 19

Später am Tag saßen Matt und Grace in ihrem Studio und genossen eine kurze Atempause, während die Kinder entweder bei ihren Lehrern waren oder, im Falle von Charlotte und Louisa, die Schneiderin und mehrere andere Läden aufsuchten.

»Ich bin in dieser Sache nicht sicher«, sagte er und zog Grace näher an sich. Er schnupperte an ihrem Haar, genoss das Gefühl ihres weichen Körpers an seinem und atmete ihren leichten, würzigen Duft ein.

Grace hob das Gesicht von seiner Schulter hoch. »In welcher Sache nicht sicher?«

»Louisa und Rothwell. Ich glaube, sie haben es zu eilig.«

»Das aus dem Mund des Mannes, der mir schon nach nur einem Tag einen Heiratsantrag machen wollte.« Grace schnaubte belustigt. »Mylord, da schimpft ein Esel den anderen Langohr.«

Er bettete ihren Kopf wieder an seiner Schulter. »Wie auch immer. Du warst älter, und wir waren uns in fast allem einig.«

»Würde es dir helfen zu hören, dass Louisa mit ihrer Sorge zu mir gekommen ist, ihre Gefühle könnten zu schnell zu stark werden?«

»Ist sie das?« Das überraschte Matt. Seine Schwester wirkte immer so selbstsicher.

»Ich sagte ihr, sie solle sich selbst trauen. Sie ist immer sehr besonnen.«

»Ja, aber heute Morgen hatte ich den Eindruck, dass Rothwell über sie bestimmen will.«

»Und sie wird versuchen, ihn und alles um sich herum zu regeln.« Grace lachte leicht. »Wusstest du, dass sie Bentley und Miss Blackacre verkuppelt hat?«

»Davon hatte ich keine Ahnung. Es wäre allerdings ein passendes Pärchen.«

»Und das werden auch Rothwell und Louisa sein. Sie sind beide stolz und starrköpfig und werden sich zweifellos aneinander stoßen, gleichwohl glaube ich, dass sie ihre Differenzen werden ausräumen können.«

»Und wenn sie das nicht können?« Matt wollte seine Schwester nicht in eine Lage manövrieren, in der sie zutiefst unglücklich oder nicht gut behandelt wurde.

»Wenn er etwas tut, das wir als nicht passend empfinden, wird sie bei uns immer ein Heim haben.« Grace legte einen Finger an seine Wange und drehte seinen Kopf zu sich. »Du kennst ihn seit einiger Zeit. Glaubst du, dass er Louisa schlecht behandeln wird?«

Er sog den Atem ein und ließ ihn wieder entweichen. »Nein. Ich glaube, dass mögliche Schwierigkeiten aus seinem Stolz und seiner Unfähigkeit, seine Last mit ihr zu teilen, resultieren werden. Ich bin mir sicher, dass er ihr bestimmte Details über seine Lage nicht erzählt hat.«

Grace zuckte mit den Achseln. »So wie du versucht hast, die Tatsache vor mir zu verheimlichen, dass die Männer, die mich entführt haben, mich an ein Bordell verschachern wollten?«

»Ich fragte mich schon, ob du das herausgefunden hast«, sagte er reuevoll. »Du hast nie etwas gesagt.«

»Ich erinnerte mich an den Namen Miss Betsy's. Als Dotty und Merton Hilfe brauchten, hat alles einen Sinn ergeben.«

»Rothwell hat ein Problem mit der ehemaligen Geliebten seines Vaters.«

»Ich sehe schon, wohin das führt.« Sie kuschelte sich wieder an ihn. »Ich hoffe nur, dass er ehrlich zu Louisa ist, wenn sie herausfindet, was da geschieht.«

»Der Narr sollte es ihr jetzt gleich sagen.« Dabei hatte er es Grace doch auch nicht gesagt. Vielleicht war es ein Fehler der Männer, der daher kam, die Frauen, die sie liebten, beschützen zu wollen.

Sie schwieg eine Weile, dann sagte sie: »Haben sie Miss Betsy jemals gefunden?«

»Nein.« Wenn die Frau klug wäre, hätte sie England inzwischen verlassen. Laute Schritte polterten die Treppe herunter, die Türen flogen auf, und der Lärm von Kindern, die in den Garten strömten, erreichte ihn. »Bald ist es Zeit, mit den Kindern in den Park zu gehen.«

»Arme Daisy«, sagte Grace sanft. »Ich weiß, wie sehr sie ihre Spaziergänge vermisst.«

»Möglich, aber ich vermisse es kein bisschen, dass die Hälfte der Londoner Hunde ihr hinterherrennen«, antwortete Matt trocken.

Daisy war zwei Tage zuvor läufig geworden. Laut Grace war es das zweite Mal. Er hatte es in Betracht gezogen, sie von Duke decken zu lassen, aber der Gedanke, dass ein Haufen Welpen geworfen wurde, während sie in London waren, ließ ihn anders entscheiden. Vielleicht im Herbst, aber nicht jetzt.

»Einschließlich Duke«, parierte Grace im selben Tonfall, den ihr Gatte angeschlagen hatte.

»Leider.« Sie hatten für Daisy einen Spezialzwinger bauen müssen. Matt würde schwören, dass die beiden Doggen die wenigen Male, die er Duke mit zu Stanwood House genommen hatte, einen Weg gesucht hatten, Daisy aus ihrem Gefängnis zu befreien. Das war bereits eine Woche her. In zwei Wochen würden sie klar sehen.

Plötzlich erscholl Geschrei und Heulen vom Garten her. »Was zum Teufel?«

Matt sprang auf und rannte, dicht gefolgt von Grace, zum Fenster, als Mary und Theo gerade die Terrassentür zu Graces Studio erreichten.

»Grace, Matt«, schrie Theo. »Duke steigt auf Daisy.«

»Oh Gott«, stöhnte Grace und bedeckte mit einer Hand ihre Augen. »Das fehlt uns gerade noch.«

Matt blickte aus dem Fenster und sah die beiden zusammensteckenden Hunde. Duke wackelte mit dem Hinterteil, während Daisy zu lächeln schien.

»Was machen die da?«, fragte Mary.

»Nun denn.« Grace nahm Theo und Mary bei der Hand. »Ich werde mit den Mädchen sprechen, und du kannst mit den Buben reden.«

»Aber Grace«, wandte Mary ein. »Du hast meine Frage nicht beantwortet.«

»Sie machen Hundekinder. Oder sie versuchen es.« Grace wedelte mit der Hand in seine Richtung und suchte die anderen Mädchen zusammen.

»Welpen!« Mary und Theo sprangen vor Freude auf und ab und stellten Grace so schnell ihre Fragen, dass sie nicht mit Antworten hinterherkam. »Wenn ihr alle zusammen seid, erkläre ich es euch.«

Zur Hölle! Seine Stiefmutter würde ihm den Garaus machen. Sie war immer so sorgsam darauf bedacht gewesen, dass keine seiner Schwestern in der Nähe war, wenn die Tiere sich paarten. »Philip, Walter, kommt her.«

Zumindest wäre es einfacher, den Jungs zu erklären, was da geschah, als den Mädchen. Aber er würde verdammt noch mal sicherstellen, dass die Hunde wieder auf dem Land waren, bevor Daisy warf. Zehn bis zwölf Welpen, die in einem Stadthaus herumliefen, wären eine Katastrophe.

Der Gedanke erinnerte ihn daran, dass Louisa morgen früh Rothwells House besichtigen würde, und Matt stöhnte. Als Grace sein Haus besichtigt hatte, hatte er nur einen Gedanken im Kopf gehabt – wie er sie in sein Bett bekam.

Sicherlich würde Rothwell doch nicht ... »Grace«, bellte Matt. »Wir müssen über Louisas Besuch in Rothwells Hous noch mal nachdenken.«

»Ihr seid ganz sicher, dass Ihr die langen Hosen zu tragen wünscht, Euer Gnaden?« Rollins Tonfall entsprach seiner langen Miene angesichts der Tatsache, dass er in der Wahl, was Gideon diesen Tag tragen würde, überstimmt wurde.

»Ganz sicher.« Er hatte Pläne mit Louisa, und Stiefel ausziehen zu müssen, würde ihn nur behindern. »Nach dem Lunch werde ich mich vielleicht umziehen, aber heute Morgen werde ich lange Hosen tragen.«

»Wie Ihr wünscht, Euer Gnaden.« Sein Leibdiener seufzte.

Wäre nicht besondere Pflege der meisten seiner Kleidungsstücke vonnöten, würde er sich selbst darum kümmern. Schließlich war er in Kanada auch ohne Leibdiener ausgekommen. Aber dort hatten Frauen sich um die Wäsche gekümmert, wenn es nötig war, und seine Garderobe war bei Weitem nicht so edel gewesen. »Danke sehr.« Er band seine Krawatte fertig und war bereits auf dem Weg zur Tür hinaus, da stieß er beinahe gegen seinen Butler. »Was gibt es, Fredericks?«

»Dieser Mister Minchinhouse besteht darauf, Euch sogleich zu sehen, Euer Gnaden.«

Wahrscheinlich wollte der Mensch eine Entscheidung zur Frage einer Heirat zwischen Gideon und seiner Tochter. »Schicken Sie Mister Allerton zu mir.« Gideon hatte gestern gar nicht nach der Post gesehen. Nach dem Lunch hatte er Louisa und ihre Schwester in die Bond Street und die Burton Street begleitet und war gerade noch rechtzeitig nach Hause gekommen, um sich für das Dinner umzukleiden und Louisa zu einem Treffen zu geleiten.

Er hoffte, dass Templeton inzwischen die Informationen bezüglich des Witwensitzes seiner Mutter geschickt hatte. Wenn nicht, wusste Gideon nicht, was er tun sollte. Die Tochter dieses Menschen zu heiraten, stand außerhalb jeder Diskussion, wofür er außerordentlich dankbar war. Aber er musste das Eigentum seiner Mutter retten. »Lassen Sie mir ein paar Minuten Zeit, dann führen Sie den Besucher in mein Studio.«

»Sehr wohl, Euer Gnaden.«

Allerdings würde dies kein angenehmes Gespräch werden. Es wäre leichter, den Mann aus dem vorderen Salon aus dem Haus zu komplimentieren. »Oder nein, lassen Sie ihn dort, wo er ist. Ich werde ihn im Salon empfangen.«

Er ging die Treppe hinunter und betrat das Büro seines Sekretärs, wo Allerton sehr beschäftigt war. »Ist kürzlich Post von Templeton angekommen?«

»Jawohl, Euer Gnaden.« Allerton nahm einen Brief von einem Stapel auf seinem Schreibtisch und übergab ihn Gideon.

Rasch erbrach er das Siegel und las die Zeilen.

Mylord Duke,
wie es scheint, besitze ich keine vollständige Version der Altersvorsorgevereinbarungen Eurer Mutter. Ich habe die andere Anwaltskanzlei angeschrieben und eine vollständige Abschrift der Treuhandunterlagen angefordert. Dies bringt mich jedoch zu dem Schluss, dass Euer Vater nicht der Vermögensbevollmächtigte war und dementsprechend auch nicht die Befugnis hatte, das Eigentum zu veräußern oder zu überschreiben. Tatsächlich hätte er als Vermögensbevollmächtigter einen Treuhänder haben müssen ... Ich schreibe

Euch, sobald ich die weiteren Unterlagen erhalten habe.

Was andere Fragen betrifft, so habe ich mich mit den meisten Einrichtungen, die mit Eurem verstorbenen Vater und Mrs. Petrie Geschäfte gemacht haben, in Verbindung gesetzt. Ich habe ihnen auch eine Kopie der Strafanzeige vorgelegt, die bei Gericht eingebracht werden wird. Ich freue mich, Euch mitteilen zu können, dass Ihr für die Schulden, die aufgrund des gefälschten Bevollmächtigungsschreibens für Mrs. Petrie entstanden sind, nicht belangt werden könnt. Wenn Ihr mir eine Liste der Rechnungen zukommen lassen könntet, die beglichen wurden, werde ich dafür sorgen, dass diese Gelder zurückerstattet werden.

Stets zu Diensten,

J. Templeton

Gideon stieß einen erleichterten Seufzer aus. »Haben Sie für Gegenstände gezahlt, die Misses Petrie mit der Vollmacht erworben hat?«

»Unglücklicherweise war ich dazu gezwungen«, antwortete Allerton.

»Schicken Sie die Liste mit den Gegenständen und Beträgen an Templeton.«

»Ich werde sogleich dafür sorgen.«

»Ach, und Allerton?« Gideon lächelte, als der Mann aufblickte. »Sie dürfen mir als Erster Glück wünschen. Ich bin mit Lady Louisa Vivers verlobt. Die Ankündigung muss heute zur *Morning Post* geschickt werden, damit sie morgen veröffentlicht wird.«

Der grimmige Ausdruck auf dem Antlitz seines Sekretärs löste sich und machte einem breiten Grinsen Platz. »Herzlichen Glückwunsch, Euer Gnaden. Ich kenne die Familie. Sie ist allgemein sehr angesehen.«

»Danke sehr.« Er verließ den Raum in deutlich besserer Stimmung, als er für eine lange Weile gewesen war. »Und jetzt zu Minchinhouse.«

Der Mann stand am Fenster, durch das er auf die Straße geblickt hatte. Seine Stirn war in Furchen gelegt. Hatte er von Gideons Verlobung erfahren?

»Euer Gnaden.« Minchinhouse verbeugte sich vorsichtig. »Es tut mir so leid. Ich weiß nicht, was sich das Mädchen gedacht hat.«

Sprach er von Louisa? Gideon blieb die Sprache weg, doch das schien nicht weiter schlimm zu sein, denn Minchinhouse fuhr fort: »Normalerweise ist sie so besonnen. Genau wie ihre Mutter, möge ihre Seele in Gott ruhen. Ich dachte, ja, ich glaubte, dass sie sich das Gleiche wünschte, was ich für sie wollte.«

Ach, er sprach von seiner Tochter. Miss Minchinhouses Worte kamen Gideon wieder in den Sinn.

»Ich rate, Ihr behaltet es noch einen oder zwei Tage für Euch.«

Der Mann drückte den Rücken durch. »Na, es bringt nichts, um den heißen Brei herumzureden. Sie ist auf und davon und hat geheiratet. Sagte, ich hätte ihr nicht zugehört.«

»In Gretna Green?«, fragte Gideon und gab sich Mühe, seine Überraschung nicht zu zeigen.

»Oh, nein, Euer Gnaden«, sagte Minchinhouse genauso entsetzt. »So etwas würde sie niemals tun. Vorgestern wurde sie volljährig, und am Morgen desselben Tages hat sie geheiratet. Sie erzählten es dem Vater ihres Gatten und mir, nachdem die Tat vollbracht war.« Minchinhouse zog ein Schnäuztuch heraus und wischte sich über die Stirn. »Es ist nicht das, was ich mir für sie gewünscht hätte, aber es ist eine gute Partie. Auch wenn er kein Herzog ist.« Minchinhouse sah Gideon mit flehendem Blick an. »Ich hoffe, Ihr könnt mir vergeben, dass ich Eure Hoffnungen geweckt habe.«

Gideon sandte ein Stoßgebet. Er dankte Gott dafür, dass Miss Minchinhouse entschlossen genug gewesen war, den Mann zu heiraten, den sie wollte, und ihm so eine weitere unangenehme Unterredung erspart hatte. Am liebsten hätte er einen Freudentanz aufgeführt, wahrte jedoch die Contenance. »Ich verstehe. Für Ihre Tochter ist es viel besser, einen Mann zu heiraten, der ihre Zuneigung gewinnen konnte.«

»Ja, ja, das sagte sie auch.« Er lief eine Weile im Raum auf und ab. »Allerdings habe ich immer noch die Schuldverschreibungen Eures Vaters und die Überschreibung des Witwensitzes. Nicht, dass ich Euch Unbilligkeiten verursachen möchte, Euer Gnaden, aber sie nützen mir nichts mehr, jetzt, da ...«

Gideon hatte den Eindruck, sein Gegenüber wusste nicht, was er damit anfangen sollte oder was er Gideon über seine Pläne damit sagen sollte. Er räusperte sich. »Was die besagten Schriftstücke angeht ...«

»Oder wollt Ihr sie vielleicht zurückkaufen?« Seit Gideon den Salon betreten hatte, hatte Minchinhouse ihn nicht so hoffnungsvoll angeblickt.

»Ich erkenne kein einziges davon an«, sagte Gideon, bevor sein Gegenüber fortfahren konnte.

Minchinhouse fiel die Kinnlade herunter. »Aber es sind Ehrenschulden. Ich kann Euch gar nicht sagen, wie oft ich schon gehört habe, dass diese Schulden als Erstes beglichen werden müssen.«

»Im Großen und Ganzen haben Sie recht. Allerdings spielt kein Gentleman mit Minderjährigen noch mit durch Krankheit unzurechnungsfähigen Menschen.« Er fragte sich, wann es ihm endlich leichter fallen würde, anderen von der Krankheit seines Vaters zu berichten. »Mein Vater litt an Demenz und war deshalb nicht im Besitz seiner geistigen Kräfte, als er die Schulden aufhäufte. Außerdem war er nicht Eigentümer des Anwesens, das er verspielt hat.«

»Nicht der Eigentümer?« Minchinhouse blieb der Mund offenstehen.

»Es ist der Witwenanteil meiner Mutter, und er hatte gar nichts damit zu tun.« Da sein Vater sich zur fraglichen Zeit nicht einmal an seine Mutter erinnern konnte, nahm Gideon an, dass er eine Notiz über den Besitz gesehen hatte und dachte, er wäre Teil seiner Liegenschaften.

Minchinhouse bedachte Gideon mit einem intensiven Blick, bevor er fragte: »Wissen viele Menschen, dass Ihr Euch weigert, seine Spielschulden zu begleichen?«

»Jeder, der mich angegangen und aufgefordert hat, die Schuldscheine zu begleichen, weiß es. Wer sonst noch die Begleitumstände kennen könnte – das entzieht sich meiner Kenntnis.« Obgleich es inzwischen der gesamte *Ton* wusste.

»Ich verstehe. Und das Anwesen?«

»Ich glaube nicht, dass außer den Anwälten jemand davon wüsste. Woher auch?«

»Danke sehr, Euer Gnaden.« Minchinhouse verbeugte sich. »Ich habe eine teure, aber wertvolle Lektion gelernt. Da die Schriftstücke nun wertlos sind, werde ich Euch die handschriftlichen Schuldscheine und die Überschreibung zusenden, sobald ich wieder in meinem Büro bin.«

»Vielen Dank.« Gideon fragte sich kurz, wer die Schuldscheine Minchinhouse verkauft hatte, aber im Grunde war es unwichtig. Wenigstens wusste er jetzt, weshalb Miss Minchinhouse gewollt hatte, dass Gideon und Louisa mit der Bekanntgabe ihrer Verlobung noch warten sollten. Und er war erleichtert, weil er nicht versuchen musste, den Witwensitz seiner Mutter zurückzukaufen. Er lächelte vor sich hin. Auch Louisa würde sich freuen, von dieser Wendung zu hören. Sie könnten der Dame sogar ein Hochzeitsgeschenk schicken.

»Fredericks, Sie können sich und der Dienerschaft zur Feier meiner Verlobung mit Lady Louisa den restlichen Vormittag freigeben. Bitten Sie den Koch nur, etwas für den Lunch vorzubereiten.«

Sollte Gideon erwartet haben, dass sein Butler Überraschung erkennen ließe, so wurde er enttäuscht. Glücklicherweise wusste Gideon es allerdings besser, als, wie Worthington, immerzu auf ein versehentliches Lächeln seines Butlers zu hoffen.

»Darf ich Euch im Namen der gesamten Dienerschaft beglückwünschen, Euer Lordschaft? Wenn Ihr mir sagt, wann Ihre Ladyschaft Misses Boyle kennenzulernen wünscht, werde ich es ihr mitteilen.«

Gideon beglückwünschte sich selbst ob seiner klugen Voraussicht und antwortete: »Morgen Vormittag wird es recht sein.«

»Sehr wohl, Euer Gnaden. Ich werde Misses Boyle über den Termin und den Koch über Eure Wünsche für heute in Kenntnis setzen.«

»Ich brauche einen der Burschen. Er muss einen Brief zu Ihren Gnaden bringen.«

Fredericks verbeugte sich, und Gideon ging den Flur entlang zu seinem Studio. Es war höchste Zeit, seiner Mutter zu schreiben – nicht nur über seine bevorstehende Vermählung, sondern auch über die Fortschritte, die er gemacht hatte, was das Wiedereintreiben zumindest eines Teils ihrer Geldmittel betraf.

Danach würde er frühstücken, Louisa abholen und in ihr neues Zuhause einführen. Oder zumindest in einen bestimmten Teil davon.

KAPITEL 20

Louisa hatte, seit sie anlässlich ihres Debüts nach London gekommen war, viele Stadthäuser kennengelernt. Die meisten von ihnen waren elegant, manche pompös, aber Rothwell House war das schönste Haus, das sie sich je hätte vorstellen können. Die Eingangshalle war mit rosafarbenem Marmor gefliest, genau wie die drei Nischen. In zweien davon standen Statuen, in der dritten eine Büste.

Als sie sie betrachteten, berührte Gideon, der hinter ihr stand, ihr Ohr mit den Lippen, sodass ihr ein wohliger Schauder vom Nacken aus den Rücken hinunterlief. »Dieser Gentleman ist mit William dem Eroberer hergekommen.«

»Wie interessant.« Viel interessanter war die federzarte Berührung von Gideons Zunge, mit der er von ihrem Ohrläppchen aus ihre Haut entlangfuhr, um unmittelbar über ihrem Kinn innezuhalten. Er drängte seinen großen Körper gegen ihren, und sie widerstand dem Drang, sich zurückzulehnen. Sie würden niemals mit der Besichtigung aller Räume fertig werden, wenn er hiermit fortfuhr. »Du sagtest, ich müsste das Haus besichtigen. Erwartet deine Haushälterin mich?«

»Zu guter Letzt, ja.« Ein schelmischer Zug erschien in seinen Augen.

Seine Hände lagen auf ihrer Taille, verbrannten sie durch den dünnen Musselin ihres Kleids und ließen in ihrem Bauch Flammen aufflackern. Außer dem einsamen Diener, der die Tür geöffnet hatte, hatte sie keine Bediensteten zu Gesicht bekommen, seit sie in das Haus gegangen waren. War seine Lage so verzweifelt, dass er fast all seine Bediensteten hatte entlassen müssen? »Gideon, wenn du keine Haushälterin hast …«

»So schlimm sind meine Umstände auch wieder nicht. Sie ist im Moment einfach nicht vonnöten. Ich dachte, ich führe dich herum, solange wir ungestört sind, und zeige dir das wichtigste Zimmer als Erstes.«

Sie fragte sich, was Gideon vorhatte. »Und das wäre?«

»Komm mit.« Er ergriff ihre Hand und führte sie die gewundene Treppe hinauf. Dicker Teppich dämpfte ihre Schritte. »Dieser Teppich wurde in der Türkei eigens für diese Treppenstufen hergestellt.«

»Wie war das möglich, wenn die Treppe doch hier war?«

»War es nicht. Sie wurde in Italien gebaut und nach England verschifft.«

»Wunderschön.«

»Ich zeige dir etwas noch Schöneres.« Seine Stimme, so weich und warm wie Samt, umhüllte sie wie ein Mantel.

Sie stiegen die nächsten Stufen hinauf und gingen dann rechts einen Flur entlang. Als sie an eine mächtige, doppelflügelige Eichentür kamen, stieß er sie auf. »Dies hier wollte ich dir zeigen.«

Sie trat in ein großes Schlafgemach. Durch die Fenster an zwei Wänden floss das Licht herein, und an der dritten Wand stand ein enormes Bett. Eine Tür, die wahrscheinlich zu einem Ankleidezimmer führte, war zwischen Bücherregalen in die vierte Wand gebaut.

»Du musst gern lesen«, sagte sie und versuchte, ihre Nerven zu beruhigen, die sie plötzlich laut warnten. Sie war noch niemals auf diese Weise mit einem Mann allein gewesen. Trotzdem wusste sie nicht, weshalb sie so ängstlich war. Schließlich würde Gideon schon bald ihr Ehemann werden, und ihre Familie wusste, dass sie hier war – wenn auch nicht, dass sie allein mit ihm war.

»Das liegt in der Familie«, sagte er leise, verführerisch murmelnd.

Er ließ ihre Hand los und trat zurück, um die Tür zu schließen. Es klackerte, als er sie absperrte. Ihr wurde der Brustkorb eng und sie konnte kaum einen tiefen Atemzug nehmen. »Ich lese auch gern.«

»Ich habe einige Bücher, die wir zusammen lesen können.« Er näherte sich ihr auf eine Art, wie ein Löwe sich seiner Beute nähern mochte.

Innerhalb eines Wimpernschlags hatte er sie gegen die Wand gedrängt. »Gideon«, ihr Herz pochte so laut, dass sie sich selbst kaum hören konnte, »was tust du?«

»Du weißt es nicht.« Seine Lippen bogen sich nach oben und verliehen ihm einen schurkischen Zug. Seine grauen Augen bekamen die Farbe von Sturmwolken, als er mit dem Finger von ihrem Ohr ihren Hals entlang bis zu der Stelle zwischen ihren Brüsten fuhr. »Oder?«

Atemlos antwortete Louisa: »Mich küssen?«

»Dich nehmen«, knurrte er und näherte seine Lippen ihrem Mund. »Wie ich es im ersten Moment wollte, in dem ich dich sah.«

Er fing ihre Unterlippe mit den Zähnen und zog sacht daran.

»Aber die Dienerschaft.«

»Sie werden erst in zwei Stunden zurück sein.«

Sie war sich sicher, dass ihr Bruder dies nicht billigen würde, und wollte etwas in dieser Richtung sagen, als Gideon ihren Mund eroberte und es ihr nicht mehr wichtig war. Seine Zunge glitt zwischen ihre Lippen und liebkoste ihre. Sie gab sich Mühe, seine Bewegungen zu erwidern. Sei schlang die Arme um seinen Hals und stellte sich auf die Zehenspitzen.

Ihr Mieder verrutschte. »Gideon?«

»Ich will dich sehen, Louisa.« Er küsste ihren Hals, hielt an der Schlagader inne. Dann tauchte er mit der

Zunge an der Stelle zwischen ihren Brüsten ein, wo sein Finger zuvor gelegen hatte. »Bitte.«

Ihr Körper stand in Flammen, ihre Brustwarzen waren aufgerichtet. Seine Handflächen bedeckten ihre Brüste, er rieb sie sacht. Das war genau das, was sie brauchte. Sie würden heiraten. Was war schon dabei, wenn sie ihm erlaubte ... »Ja.«

Mehr brauchte Gideon nicht zu hören. Er hatte schon viele Frauen gehabt, doch keine hatte ihn so sehr erregt wie Louisa. Ihre cremige Haut war gerötet, und sie drängte ihre Brüste seinen Händen entgegen. Sie wollte ihn ebenso sehr wie er sie. Rasch schob er ihr Mieder hinunter, befreite ihre Arme, dann die Petticoats, und schließlich konnte er ihr Korsett aufschnüren. Gott sei Dank war es klein. Er öffnete ihre Chemise und lockerte das feine Leinen, bis es hinunterfiel. Ihre Brüste lagen frei, und er erstarrte beinahe. Wie hatte ein bisschen Stoff solche Schätze verstecken können? Er umfasste die vollen Brüste und hob sie an. Ihre dunkelrosafarbenen Nippel hatten sich zu festen Knospen verhärtet, die darum bettelten, von ihm gekostet zu werden. Louisa stöhnte, als er die Zunge über eine der Knospen wandern ließ und sie dann in den Mund nahm.

Louisa ließ ihre Finger von seinem Nacken zum Halstuch wandern. Nur wenige Augenblicke später hing das gestärkte Leinen locker herab. Er schob ihr Kleid und ihre Unterröcke über ihre Hüften und ließ sich Zeit, ihren Hintern dabei zu liebkosen. Sie schob ihren Unterleib vor, und sein Geschlecht wurde noch härter.

Gleich wäre sie nackt.

Ins Bett. Jetzt.

Er warf die Schuhe von den Füßen und schob sie rückwärts zum Bett.

»Gideon, diese Jacke muss weg.« Ihre Stimme klang so frustriert, dass er beinahe lachen musste.

»Wird sie. Ich verspreche es.« Er schüttelte das ungewollte Kleidungsstück von den Schultern, und sie knöpfte seine Weste auf.

Sein Hemd als nächstes, sie schnappte nach Luft, und einige Augenblicke fürchtete er, sie würde zurückscheuen.

Louisas zauberhafte, dunkelblaue Augen waren geweitet, als sie seine Brust betrachtete. »Du bist schön.« Sie legte die Hand auf die Stelle, an der sein Herz war, und fragte: »Darf ich?«

Ja, ja. Er wusste nicht im Geringsten, was sie tun wollte, aber es war vollends gleich, solange sie ihre Hände auf seiner Haut ließ. »Tu, was immer dir gefällt.«

Ihre Zunge kam hervor, und sie leckte zuerst an der einen, dann an der zweiten Brustwarze. »Sie werden hart, wie meine.«

Er stöhnte, als ihre Finger über seine Brust strichen und mit dem Haar spielten. »Liebste.«

»Ja?«

»Ins Bett.« Ohne ihre Antwort abzuwarten, hob er sie hoch, trug sie ein paar Schritte und legte sie sanft in der Mitte des weichen Federbetts ab. »Großer Gott, du bist berückend.«

Sie verzog die Lippen zu einem leichten Lächeln. »Nicht mehr als du. Aber ich glaube, ich möchte den Rest von dir sehen ... jetzt.«

Gideon hatte vorgehabt, seine Hosen noch etwas länger anzubehalten, aber wenn sie vor seinem Gemächt erschrecken würde, konnten sie das auch gleich erledigen. Er lächelte maliziös und öffnete einen Knopf, dann den nächsten, und er sah, wie sich ihre Augen weiteten und ihr Atem sich beschleunigte. Er hätte nie gedacht, dass eine Jungfrau so ... fasziniert oder unerschrocken reagieren würde. Aber schließlich war sie Louisa Vivers.

Er öffnete den letzten Knopf, schob seine Hosen hinunter und kletterte auf das Bett. »Nun?«

»Herrlich!« Louisa fuhr mit dem Finger von seiner Brust über seinen Bauch bis zum Ansatz der braunen Locken, die seinen Freund umgaben.

Ihr Körper hatte sich wieder etwas abgekühlt, als Gideon sie auf das Bett legte, doch jetzt ... bei seinem reinen Anblick begannen ihre Brüste wieder zu ziehen. Dann küsste er sie, streichelte sie und rieb seinen heißen Körper an ihrem. In ihrem Hügel zwischen ihren Lenden begann ein Feuer zu lodern. Dann waren seine Finger dort und liebkosten die Stelle, die wehtat. Nein, sie tat nicht weh, sondern es geschah etwas, wofür sie keinen Namen hatte. Sie bog sich und spreizte die Zehen.

»Lass es zu, Liebste.«

Gideon schob einen Finger in sie, und Wellen des Entzückens durchfluteten sie. Aber das war noch nicht alles. Er rieb seinen Schaft an ihr, stupste ihren Hügel an. Sie wand sich im Verlangen nach etwas, wofür sie keine Worte hatte. »Ich will alles von dir.«

»Du wirst mich bekommen, Süße, aber diesen Teil müssen wir langsamer angehen.« Sein Gesicht war in tiefe Falten gelegt, als litte er große Schmerzen.

Er glitt vorsichtig in sie, dehnte sie sacht, damit sie ihn umfassen konnte. Gerade, als sie ihm sagen wollte, dass er schneller machen solle, drang er tiefer ein.

Louisa biss sich auf die Lippen, um den scharfen Schmerz zu dämpfen.

»Geht es?« Seine Stimme klang besorgt.

»Es brennt noch.«

Er fuhr mit den Lippen über ihre und runzelte die Stirn. »Ich wollte dir nicht wehtun.«

»Ich glaube, du hattest keine andere Wahl.« Louisa lächelte und schwelgte in der heißen, schweren Empfindung von ihm in ihr. »Jetzt ist es fast weg.«

Er zog sich zurück und drang wieder tiefer ein. Oh … Gott … ja. Genau das hatte sie, ihr Körper, gewollt. Die Spannung erhöhte sich, als sie ihren gemeinsamen Rhythmus gefunden hatten. Sie schlang die Beine um seine Mitte, und schon bald spülten die Wellen des Entzückens über sie hinweg. »Oh, Gideon!«

»Louisa, Liebste. Gott.« Er zitterte, als er ihren Namen ausrief, dann sackte er zusammen.

Einige Augenblicke lagen sie noch zusammen, Herz an pochendem Herzen. Dann rollte er sich hinunter und zog sie an sich, tupfte Küsse auf ihre Schultern und ihren Hals. »Ich will nicht mehr mit Heiraten warten.«

Sie wollte auch nicht mehr warten, besonders nicht, nachdem sie gerade erfahren hatte, wie wundervoll es sein konnte, mit ihm zusammen zu sein.

Er schnupperte an ihrem Haar. Louisa hatte sich noch nie jemandem so nahe gefühlt. Und doch fehlte noch etwas. Er hatte ihr noch immer nicht gesagt, dass er sie liebte, und sie konnte sich nicht überwinden, es als Erste zu sagen.

Grace hatte gesagt, dass sie einander vertrauen mussten. Bedeutete Louisas Unfähigkeit, Gideon ihre Gefühle, ihre Liebe zu gestehen, dass sie dem Mann, der ihr Gatte werden würde, nicht vertraute? Dem Mann, der mehr Kontrolle über sie haben würde, als ihr Bruder je ausgeübt hatte?

»Geht es dir gut?«, fragte er.

»Es ging mir nie besser«, log sie.

Unter Gideons Händen spannte Louisas Körper sich an. Er wusste, dass sie ihm nicht die Wahrheit sagte. Es war seine eigene Schuld. Er hatte sie bedrängt. Sie war Jungfrau gewesen, und er hatte sie zu sehr gewollt, um zu warten, bis sie verheiratet waren. In Wahrheit hatte er sogar sicherstellen wollen, dass sie sich nicht mehr umentscheiden konnte. Wenn er nur wüsste, ob sie ihn genau so sehr liebte, wie er sie. Aber was, wenn er ihr gestand, wie er im Herzen fühlte, und sie ihm aus irgendwelchen Gründen die drei Worte nicht auch sagen konnte? Was, wenn sie Wollust mit Liebe verwechselte? Schließlich hatte sie doch keine Erfahrung, um den Unterschied zwischen den beiden Gefühlen kennen zu können.

Gott! Ich bin der größte aller Narren! Ich kann es ihr auch einfach sagen. Louisa und ich werden heiraten, und sie verdient zu wissen, was ich für sie empfinde.

»Louisa, ich lie...«

Von unten erklang ein Krachen.

»Ich sage doch, Seine Gnaden ist nicht zugegen«, rief der junge Bursche.

»Was zum Teuf... Donnerwetter geht hier vor?« Gideon sprang aus dem Bett.

»Du gibst ihm diese Karte und sagst ihm, dass keiner King Sullivan übers Ohr haut.«

Die Tür wurde zugeschlagen. »Ich muss herausfinden, wer das war.«

Louisa kroch aus dem Bett. »Du musst mir zuerst beim Ankleiden helfen.«

Sie griff nach ihrer Chemise, aber er nahm sie ihr aus der Hand und schwelgte im Anblick ihrer weichen, sachten Rundungen und des hüftlangen Haars, das in Locken um ihre Brüste und ihren Bauch herunterfiel. »Lass mich«, er schluckte, sein Mund war plötzlich trocken, und er vergaß die Unannehmlichkeiten von unten, »dich nur ansehen.«

Röte stieg von ihren Brüsten auf und färbte ihre Wangen. Dann wurde ihr Blick auf eine Stelle unterhalb seines Bauchs gelenkt, und ihre Röte vertiefte sich noch. »Gideon, ich – ich sollte etwas anziehen.«

Er strich mit den Händen durch ihre kastanienfarbenen Locken und senkte seine Lippen auf ihren Mund. »Ja. Aber ... nicht ... sogleich.« Jedes Wort unterstrich er mit einem Kuss. »Gott, Louisa, ich liebe dich!«

Ein Lächeln legte sich auf ihre Lippen, und ihre Augen strahlten, als ob die Sonne, der Mond und alle Sterne darin aufgegangen wären. »Ich liebe dich auch.«

»Gideon?« Vom Flur her erklang eine Stimme.

Er stöhnte. Sein Brief mit der Information konnte keinesfalls so schnell in Rothwell angekommen sein. »Mama?«

»Ja, mein Lieber. Ich konnte dich nicht länger mit diesem Schlamassel allein lassen. Bist du angezogen?«

Louisa ächzte in seinen Armen.

Er musste sie loswerden. »Lass mir ein paar Minuten Zeit, und wir können im Morgenraum sprechen.«

»Wo sind denn alle Bediensteten, Lieber?« Mamas Stimme klang besorgt. »Hast du sie entlassen?«

»Ähm, nein. Ich habe ihnen nur einen halben Tag frei gegeben.« Hätte er gewusst, dass seine Mutter käme, hätte er natürlich dafür gesorgt, dass sein Butler zugegen wäre.

»Nun gut, wir sehen uns gleich.«

Gott sei Dank. Und jetzt zu Louisa.

Louisa entzog sich seinen Armen und zog ihm das Unterkleid aus den Händen. »Ich muss gehen.«

»Nein. Du musst sie irgendwann kennenlernen.«

»Bist du des Wahnsinns?« Sie sah ihn an, als gehöre er tatsächlich nach Bedlam. »Ich werde mein Haar niemals richtig hochgesteckt bekommen, und ... und sie wird genau wissen, was wir getan haben!«

Es war gut, dass Louisa nicht in den Spiegel geschaut und ihre geschwollenen Lippen gesehen hatte. Er half ihr, die Chemise überzuziehen, und genoss es, dabei mit den Händen ihren Körper entlang zu streifen. »Ich kann dich durch die Hintertür schmuggeln, da das Morgenzimmer auf den Garten hinausweist. Was dein Haar betrifft, so bekommen wir einen schlichten Knoten sicherlich hin. Ich muss nur deine Haarnadeln finden.« Er suchte mit dem Blick den Boden ab und hoffte darauf, genug von ihnen zu entdecken. »Sobald wir richtig angekleidet sind, werde ich dich hinunterführen, damit du meine Mutter kennenlernst.«

Louisa stemmte die Hände in die Hüften, wodurch sie den feinen Stoff ihrer Chemise über der Brust straffzog. »Und was genau willst du ihr sagen, dass wir in deinem Schlafzimmer hinter verschlossener Tür getan haben?« Sie starrte ihn an. »Du sagtest ihr, dass du nicht angezogen bist.«

Er fuhr sich mit den Fingern durchs Haar und versuchte, einen Gedanken zu fassen. »Nein. Ich habe ihr vielleicht diesen Eindruck vermittelt.« Nach einem Blick auf das Antlitz seiner Liebsten hätte er ebenso gut sagen können, dass er nackt war. »Aber ich erinnere mich genau, dass ich zu ihr gesagt habe, wir sprechen unten.«

Sie schnaubte erneut.

»Mein Schatz.« Er zog sie in die Arme. »Sie wird nicht schlecht von dir denken. Ich wurde weniger als neun Monate nach der Hochzeit meiner Eltern geboren.«

»Eine Frühgeburt.«

»In der Tat.« Er schmunzelte.

»Oh.« Sie hatte schon gehört, dass man sagte, viele Erstgeborene kämen zu früh zur Welt, die späteren Geschwister jedoch nicht. »Verstehe.«

Er half ihr, die Arme durch ihr Korsett zu schieben, und assistierte ihr beim Schnüren. Einige Minuten darauf waren sie beide bekleidet.

Einen Augenblick dachte sie darüber nach, ihre Haube aufzusetzen, aber das würde den Eindruck erwecken, dass sie allein zu Gideon ins Haus gekommen wäre, da der einzige anwesende Bedienstete der junge Hausbursche war. Das war nicht sinnvoll. Sie würde einfach das Kinn recken und beten. »Ich schätze, wir können dann hinuntergehen.«

Gideon lächelte breit. »Du begibst dich nicht in die Höhle eines Löwen.« Er küsste sie wieder. »Alles wird gut. Du wirst dich mit meiner Mutter überaus gut verstehen. Und wenn es hilft: Du wirst bald den höheren Rang bekleiden.«

Nur ein Mann konnte diesen Punkt für wichtig halten.

Wie auch immer, als sie das Morgenzimmer betraten, war die Herzogin nicht anwesend, aber mehrere abgedeckte Teller standen auf dem Tisch. »Was ist das?«

»Unser Lunch. Ich hatte angeordnet, dass für uns ein Essen bereitgestellt wird.« Ein schelmischer Zug lag um seine Augen. »Ich dachte, wir würden vielleicht hungrig werden.«

»Du hattest recht.« Sie war am Verhungern. »Sollen wir auf deine Mutter warten?«

»Nein. Ich glaube, wir sollten essen, bevor sie es sieht.«

Ein Bursche klopfte an die Tür. »Euer Gnaden. Ihre Gnaden lässt ausrichten, dass sie sehr erschöpft ist und mit Euch sprechen wird, wenn sie sich von ihrer Reise erholt hat.«

»Danke sehr, Jacobs.« Gideon hob die Deckel von den Gerichten ab. Er blickte grinsend zu Louisa. »Du bist noch mal davongekommen.«

Louisa hatte den Eindruck, die Herzogin hätte herausgefunden, dass sie hier war, und beschlossen, niemanden zu beschämen. Eine gute Tat verdiente eine weitere. »Meinst du, deine Mutter würde sich freuen, zu meiner Familie zum Abendessen zu kommen?«

»Ich wüsste nicht, warum nicht, solange ich ebenfalls eingeladen bin.« Er stellte einen Teller mit kaltem Hühnchen, Salat, Brot und Obst vor sie.

»Natürlich bist du eingeladen«, sage Louisa empört. Er grinste jungenhaft, und sie begriff, dass er sie neckte. Keiner ihrer anderen Verehrer hatte gern gescherzt, und sie freute sich über Gideons Humor. »Erzähl mir von deinem Zuhause.«

»Es ist wunderschön. Du weißt vermutlich schon, dass es auf dem Gelände eines ehemaligen Klosters erbaut wurde, daher auch der Name Rothwell Abbey. Mein Vetter und ich haben in den Ruinen gespielt.«

Auf Worthington gab es Überreste des ursprünglichen Schlosses, aber niemand von ihnen hatte je in deren Nähe gedurft. Die Ruine war zu instabil. »Das klingt gefährlich.«

»Nein. Es ist gut erhalten.« Ein Schatten glitt über seine Augen. »Ich muss herausfinden, wie der Zustand jetzt ist.«

»Wie viel Arbeit muss hineingesteckt werden?«, wollte sie wissen und nahm einen Hähnchenschenkel.

»Louisa, meine Liebe.« Er legte seine Hände auf ihre. »Es ist meine alleinige Verantwortung, meinen Besitz wieder in den Zustand zu versetzen, in dem er sein sollte.«

Sie unterdrückte ein Seufzen. »Wenn du darauf bestehst.«

»Das tue ich.«

Sie würde schon noch einen Weg finden, ihm beim Renovieren ihres Heims zu helfen. Was auch immer er dachte, er brauchte sich all diesen Schwierigkeiten nun nicht mehr allein entgegenzustellen. Er musste lediglich beginnen, wie sie zu denken.

Kapitel 21

Rosie trug ihr schmeichelhaftestes Reisekleid, als sie sich Rothwell House näherte. Sie wäre lieber mit der Kutsche vorgefahren, wie es ihre Gewohnheit war, doch den Phaeton, der verkauft worden war, hatte sie noch nicht ersetzen können, und ihr neuer hochsitziger Phaeton war noch nicht fertig. Zumindest hatte ihr der Kutschenbauer das geschrieben.

Gerade, als sie die Straße überqueren wollte, hielt vor dem Haus eine große Reisekutsche an. Einer der Lakaien auf dem hinteren Kutschbock stieg ab, lief zur Tür und betätigte den Messingklopfer. Kurz darauf wurde der Tritt der Kutsche herausgeklappt und einer eleganten, in Grau gekleideten Dame aus der Kutsche geholfen.

Höllendonnerwetter noch mal! Das musste die Herzogin sein. Was tat sie denn hier?

So viel zu dem Thema, heute den Herzog aufzusuchen. Rosie musste einen anderen Weg finden, Rothwell zu treffen und davon zu überzeugen, ihr neuer Beschützer zu werden. Die Frage war: wie? Sie starrte das Haus an und dachte über ihre Möglichkeiten nach. Ein junger Mann wie er musste sich irgendwohin begeben, um Zerstreuung zu suchen, aber wohin? Sie würde diesen Nachmittag zum Empfang im Salon ihrer Freundin Aimée gehen. Alle jungen Kerle gingen zu Aimées gesellschaftlichen Zusammenkünften. Irgendeiner dort würde sicher wissen, wo Rothwell sich so herumtrieb. Wenn der Sohn auch nur ein bisschen wie sein Vater war, würde er nicht allzu schwer herumzukriegen sein.

Einige Stunden später küsste Aimée Rosies Wangen. Sie trug ein Gewand, das wie mehrere Lagen transparenter Seide aussah, die in griechischem Stil drapiert waren. »Ich habe dich schon so lange nicht mehr gesehen.« Obgleich Aimée vor vielen Jahren aus Frankreich geflohen war, hatte sie noch immer einen starken Akzent, den sie benutzte, um ihre Galane zu verzaubern. »Es tut mir leid zu hören, dass dein Herzog von uns gegangen ist. Ich habe dir eine Nachricht geschickt. Hast du sie erhalten?«

»Das habe ich.« Rosie zog ihre Handschuhe aus und übergab sie einem jungen, hübschen Burschen. »Danke sehr.«

»Du suchst nach einem neuen Gönner, *oui?*« Aimée geleitete Rosie in einen großen Raum auf der anderen Seite des Hauses.

Der Salon füllte sich bereits mit Gentlemen jeden Alters und weiteren Kurtisanen, aber auch Künstlern, Autoren und Dichtern. Sie lächelte knapp und provokativ. »So ist es. Ich habe auch einen bestimmten Mann im Sinn.«

Sie hatten sich einer kleinen Gruppe Männer genähert, die Aimée anschmachteten. Zweifellos fragten sie sich, ob die goldenen Spangen auf ihren Schultern ihr Gewand hielten, und wie bald sie sie überzeugen könnten, einem von ihnen den Preis zu zeigen.

»Ist er hier?«, fragte Aimée und ließ den Blick durch den Raum wandern.

Wenn Rothwell doch nur anwesend wäre, doch das war nicht der Fall. »Nein.«

»Wer ist denn der Mann, der dich so bezaubert? Kenne ich ihn?«

»Der neue Duke of Rothwell«, sagte sie selbstbewusst. Schließlich hatte sie noch nie einen Mann kennengelernt, der ihr hätte widerstehen können.

»Du meinst, der Sohn wird genauso gut zu dir sein wie
der Vater? Ist er denn in der Stadt? Warum bin ich ihm
noch nicht begegnet?« Aimée stellte ihre Fragen in den
Raum, als müsse ihr jemand die Antwort liefern.

Einer der Gentlemen spuckte plötzlich den Wein zurück in sein Glas. »Rothwell sagten Sie?«

»*Mais oui.*« Aimée wandte ihren Blick aus goldenen
Augen einem untersetzten Mann unbestimmten Alters
zu. »Kennen Sie ihn? Warum kommt er nicht zu meinem Empfang?«

»Weil er sich gerade verlobt hat«, antwortete ein at-
traktiver Mann mit dunklem Gesicht und einem strengen Mund mit harter Stimme und betrachtete Rosie
durch sein Augenglas. »Und ich weiß zufällig, dass,
sollte er seine Verlobte betrügen, ihr Bruder ihm die
Eier abschneiden wird.«

Verlobt? Ein scharfer Schmerz bildete sich in Rosies
Brust und breitete sich aus. Ihr war nicht bewusst gewesen, wie sehr sie sich auf Rothwell versteift hatte.
Dabei war sie kein dummes Ding, das einen Gentleman
anschmachtete. Es musste an dem liegen, wofür er
stand. Der Respekt, den man ihr entgegenbrächte,
wenn sie weiterhin Rothwells Geliebte gewesen wäre,
und der Wohlstand. Vor allem der Wohlstand.

»Ich würde ihn an Ihrer Stelle aufgeben. Auch bevor
er zu den Kolonien ging, war er nicht so hinter den Wei-
berröcken her«, fuhr der Gentleman mit dem Weinglas
fort. »Ich habe gehört, es ist eine Liebesheirat.«

Also war er seinem Vater nicht sehr ähnlich. Hätte sie
das doch nur gewusst, bevor sie herkam.

»Ist sie eine junge Dame?«, fragte Aimée und schlang
den Arm um einen attraktiven, dunkelhaarigen Gentleman.

»Sie hatte gerade ihr Debüt.« Der Mann streichelte abwesend Aimées Rücken. »Nicht nach meinem Geschmack, wie du weißt.«

»*Oui, mon ami.*« Sie verzog die Lippen zu einem hinterhältigen Lächeln. »Ich weiß sehr gut, was du willst, und das kann dir eine Jungfrau nicht geben.« Sie wandte sich wieder Rosie zu. »*Mais*, meine liebe Rosemund«, sagte Aimée mitfühlend. »Ich fürchte, mit Rothwell wird das nichts. Die jungen Damen sind schrecklich *vulgaire*, wenn ihre Liebsten auf Abwege geraten. Nicht wahr, Kenilworth?«

»Unbedingt, vulgär«, stimmte der Marquis zu. »Außerdem indiskret, wenn ihr vermeintlicher Schatz auf Abwege gerät.«

»*Non.*« Aimée schüttelte den Kopf. »Vorerst musst du dir einen anderen Gentleman suchen.«

Rosie blickte sich ausgiebig im Saal um. Sie war bei Weitem die älteste der anwesenden Frauen. War sie zu alt? Vielleicht wäre es besser, ihre Besitztümer zu verkaufen und irgendwohin zu ziehen, wo es warm war. Immerhin hatte sie noch den Schmuck und das Haus. Andererseits wäre es ein richtiger Coup, wenn es ihr gelänge, Rothwell seiner jungen Braut abspenstig zu machen.

»Wir werden sehen. Ich habe es nicht eilig.« Zumindest wollte sie, dass die Gentlemen dies annahmen. Es war Zeit, mehr von ihrem Schmuck zu versetzen.

Nachdem Gideon einen Ausritt mit Louisa im Hyde Park verabredet sowie seinen Anwalt aufgesucht hatte, um ihm zu sagen, dass alle Unternehmungen bezüglich Misses Petrie bis nach der Hochzeit aufgeschoben werden mussten, und seinen neuen Generalbevollmächtigten konsultiert hatte, war er endlich soweit, seine Mutter aufzusuchen.

Nachdem er einen Schluck des feinen Assam-Tees genommen hatte, den seine Mutter bevorzugte, sagte sie: »Wie ich hörte, hast du dich verlobt. Ich hoffe, das war die junge Frau, die heute Morgen mit dir in deinem Schlafzimmer war?«

Er zog rasch sein Taschentuch hervor, um sich den Mund damit zu bedecken, damit er den Tee nicht über sich, den Tisch und womöglich auch noch seine Mutter spuckte.

»Mutter«, sagte er in unterdrücktem Tonfall. »Bist du deswegen nach London gekommen?«

Sie machte große Augen und lächelte. Tatsächlich war es eher ein Grinsen. »Aber ganz gewiss nicht, mein Lieber. Ich hätte es doch nicht geschafft, heute Morgen von Bedfordshire nach London zu reisen.«

Er rieb sich die Wange und dachte über eine Antwort nach. »Wann hast du von der Verlobung gehört?«

»Deine neue Angewohnheit, eine Frage mit einer Gegenfrage zu beantworten, ist befremdlich.« Sie stellte ihre Tasse ab und glättete ihre Röcke. »Mir ist vielleicht ein Gerücht zu Ohren gekommen, dass du Interesse an einer jungen Dame haben könntest. Aber erst, als ich bereits auf dem Weg hierher war, begegnete ich unserer Nachbarin, Misses Potter, die mir sagte, sie habe einen Brief ihrer Base Lady Danfourth erhalten, in dem diese ihr schrieb, du hättest dich auf einem Ball verlobt.«

Die verfluchten Weiber mussten Brieftauben benutzen. »Ich habe dir geschrieben, aber der Brief kann dich nicht vor deiner Abreise erreicht haben.«

»Nun?«

»Nun was?«

»Also wirklich, Rothwell!« Seine Mutter sah aus, als wäre sie zum Mord bereit. »Antworte auf meine Frage.«

»Tja, das hast du auf deine Frage, wer in meinem Schlafzimmer war, verdient«, antwortete er blasiert. »Das geht dich nichts an. Ich habe mich gestern offiziell mit Lady Louisa Vivers verlobt.«

»Und?«, hakte seine Mutter nach.

»Und du wirst sie heute Abend kennenlernen.« Er grinste. »Wir werden mit ihrer Familie dinieren.«

»Das ist ja alles gut und schön.« Mama verdrehte die Augen zur Decke. Ein klares Zeichen dafür, dass sie frustriert war. »Ich will wissen, ob du sie liebst.«

Es bereitete ihm so viel Spaß, sie an der Nase herumzuführen, dass er daran dachte, dieses Spiel fortzusetzen, doch dann entschloss er sich zur Nachsicht. »Ja, ich liebe sie. So sehr, dass ich mich nicht einmal Bentley zuliebe von ihr fernhalten konnte.«

»Oh Gott.« Sie klatschte zweimal in die Hände. »Ich hatte solche Angst, dass du dich zu einer Geldheirat entschließen würdest.« Sie hob ihre Tasse hoch und trank einen Schluck. »Nun musst du mir die ganze Geschichte erzählen.«

Wenn das alles war, was sie von ihm verlangte, gehorchte Gideon gern. »Du weißt, dass Bentley mir geschrieben und mich um Hilfe gebeten hat, aber nicht sagte, worum es eigentlich ging?«

Gideon hätte schwören können, dass seine Mutter die Augen verdrehte. »Na, dem armen Burschen muss jemand helfen. Er hat das Spatzenhirn seiner Mutter.« Sie nahm einen weiteren Schluck Tee. »Aber freundlichere Menschen wirst du nirgends finden. Ich wünschte mir nur, sie hätten mehr Verstand.«

Er dachte an den Tag zurück, als seine Verlobte herausfand, was Bentley von Gideon wollte. »Louisa sagt dazu, er wankt.«

»Ich glaube, das umschreibt ihn sehr gut.« Mama nickte. »Ich hätte gern ein Glas Wein.« Sie zog am Glockenstrang. Glücklicherweise war Gideons Butler zurückgekehrt. Er versprach, unverzüglich einen Krug zu bringen.

»Als Bentley mir endlich sagte, dass er meine Unterstützung wollte, damit Louisa sich in ihn verlieben sollte, hatte ich mich bereits selbst in sie verliebt.

Obgleich ich das Gefühl hatte, ihr wegen unserer finanziellen Lage nicht den Hof machen zu können.«

»Lächerlich. Wir sind noch nicht im Armenhaus, und keine Dame, die etwas wert ist, würde dem Mann, den sie liebt, aufgrund unserer Situation eine Abfuhr erteilen. Ganz davon zu schweigen, dass du ein Herzog bist.« Mama runzelte die Stirn. »Sie liebt dich hoffentlich?«

»Ja, und mein Rang könnte ihr nicht gleichgültiger sein.« Gideon hatte nicht vor, seiner Mutter von Louisas Entschlossenheit zu berichten, ihre eigenen Mittel zur Unterstützung des Herzogtums einzusetzen. Mama würde ihn wahrscheinlich für verrückt halten, weil er Louisa verbot, ihm zu helfen. »Außerdem hatte sie schon entschieden, dass Bentley nicht der Richtige für sie wäre, und eine junge Dame für ihn ausgewählt, die sie für passend hielt.«

»Ich fange an, deine junge Dame zu bewundern.« Seine Mutter nahm einen Schluck Wein. »Fahr fort.«

Und das tat er. Mama runzelte die Brauen, als er ihr von Minchinhouse erzählte. Als er berichtete, wie Louisa seine und ihre Verlobung verkündet hatte, lachte sie. Auch über ihre Konfrontation mit Bentley sowie darüber, wie sie Miss Blackacre ausgewählt hatte, amüsierte sie sich.

»Grundgütiger. Ich glaube, niemand hat jemals so deutliche Worte zum armen Bentley gesprochen.« Die Augen seiner Mutter begannen zu strahlen. »Ist er gleich zu seiner Miss Blackacre gelaufen?«

Gideon zuckte die Achseln. »Ich weiß es nicht. Warum?«

»Ich habe eine Nachricht von seiner Mutter bekommen. Sie bereitete sich darauf vor, in die Stadt zu reisen, und fragte, ob sie Besorgungen für mich machen könne.«

Das konnte nicht länger als zwei Tage her sein. »Ich möchte wissen, wie es möglich ist, dass Nachrichten sich auf dem Land so rasch verbreiten.«

»Mein lieber Sohn, dafür gibt es schließlich die Kuriere. Sie müssen sich ihren Lohn auch verdienen, weißt du.«

»Ich bezweifle, dass Misses Potter über das ganze Land verstreut Pferde einstehen hat. Das kann sie sich doch nicht leisten.«

»Nein.« Ihre Mutter tippte sich mit dem Finger gegen die Wange. »Ich glaube, sie benutzen Tauben.«

Gideon schloss die Augen. »Tauben?«

»Ja, erinnerst du dich nicht mehr an Mister Potters Faszination für die persische Methode, Nachrichten mit Hilfe von Vögeln zu versenden?«

»Nein.« Diese verfluchte Person hatte tatsächlich Brieftauben eingesetzt.

»Vielleicht warst du noch zu klein, um dich an das Gespräch, das er mit deinem Vater hatte, noch zu erinnern. Das war wirklich interessant«, sinnierte sie. »Nichtsdestoweniger: Wenn Lady Louisa Bentley nicht zu Tode erschreckt hat, hat sie ihm vermutlich einen übermenschlich großen Gefallen getan.«

»In der Tat. Zum ersten Mal im Leben wurde er richtig wütend.« Auch wenn Gideon einen seiner besten Freunde verloren hatte. »Derzeit redet er nicht mehr mit mir.«

Ihre Mutter wedelte mit der Hand durch die Luft. »Er wird drüber hinwegkommen, wenn er erkennt, dass Miss Blackacre die viel bessere Wahl ist.« Seiner Mutter musste gerade ein Gedanke gekommen sein, denn sie lächelte breit. »Deine Lady Louisa hätte meiner Schwägerin Angst gemacht.«

Gideon dachte an seine sprunghafte Tante Camilla und nickte. »Daran hatte ich noch gar nicht gedacht.«

»Wenn sie auf Lady Louisa zu sprechen kommt, muss ich daran denken, darauf hinzuweisen.« Mama warf einen Blick auf die Uhr. »Meine Güte. Es ist es fast fünf Uhr. Wohin ist der Tag verschwunden? Sag mir, worauf ich mich heute Abend einstellen muss, und dann musst du gehen.«

»Wir werden ein informelles Abendessen haben.« Er erhob sich, schlenderte zur Tür und ließ dann die Katze aus dem Sack. »Mit acht Kindern unter achtzehn Jahren. Und das Essen beginnt in einer Stunde.«

»Wie bitte?«, rief seine Mutter, als er aus dem Zimmer stolzierte. »Gideon Rothwell, du kommst sofort zurück.«

»Ich sorge dafür, dass die Kutsche für dich bereitsteht, Mama.«

»Halunke«, rief ihm seine Mutter zum Abschied hinterher.

Leise lachend eilte er durch den Flur und erreichte die Eingangstür, als sein Zweispänner gerade vorgefahren wurde.

Louisa war die Seine, und sein Los hatte sich gerade zu drehen begonnen. Gideon hatte sich seit Monaten nicht mehr so leichtherzig gefühlt. Endlich war das Schicksal auf seiner Seite.

Ein Anflug schlechten Gewissens bestürmte ihn, als er auf den Zweispänner stieg. Er hätte noch warten sollen, bis seine Mutter fertig für die Abfahrt war, aber eine kleine Stimme flüsterte ihm zu, dass er Louisa zur Seite stehen sollte, wenn seine Mutter ankam.

KAPITEL 22

Obwohl Gideon Louisa versichert hatte, dass seine Mutter keineswegs hochnäsig sei und außerdem über einen wunderbaren Sinn für Humor verfüge, flatterte sie bei den Vorbereitungen für das Abendessen nervös umher.

Da Gideon seiner Mutter nur eine Stunde Zeit zum Ankleiden gelassen hatte, was Charlotte, Grace und Louisa dazu veranlasste, ihn heftig zu beschimpfen, wurde das Abendessen verschoben. Denn welche Dame konnte schon in weniger als einer Stunde zum Essen bereit sein? Vor allem, wenn sie gerade erst in der Stadt angekommen war.

Louisas kleine Schwestern freuten sich darauf, Gideons Mutter kennenzulernen, während ihre Brüder sich nicht dafür zu interessieren schienen. Für sie war es viel aufregender, einen weiteren Gentleman zum Reden zu haben. Vor allem, da Matt angekündigt hatte, dass Louisas Brüder und Gideon noch eine Weile im Speisesaal bleiben würden, nachdem die Damen gegangen wären. Das war nur fair. In diesem Haus waren die Frauen den Männern zahlenmäßig weit überlegen. Sie verdienten etwas Zeit für sich.

»Louisa«, sagte Grace. »Geh und kleide dich für das Abendessen an. Das Personal ist durchaus in der Lage, sich um den Rest zu kümmern.«

Louisa warf einen letzten Blick auf die Blumengestecke auf dem Tisch und nickte. »Ich weiß, dass sie das können. Ich bin nur ein bisschen nervös.«

»Das verstehe ich.« Grace umarmte sie. »Aber es gibt keinen Grund zur Sorge. Alles wird gut werden.«

Als Louisa ihr Schlafgemach erreichte, hatte Lucy ihr neues, coelinblaues Kleid über die Schranktür gehängt, und ein Zuber stand neben dem Kamin.

»Dann wollen wir Euch mal frisch machen, Mylady. Ihr habt mir nicht viel Zeit gelassen, Euer Haar zu frisieren.«

Vielleicht hätte sich Louisa besser darum gekümmert, sich anzukleiden, als sich so viele Gedanken über die Tischdekoration zu machen. Es war wichtig, dass sie einen guten Eindruck auf Gideons Mutter machte. Zumal die Dame wahrscheinlich wusste, wer heute Morgen in seinem Schlafgemach gewesen war. Allein die Erinnerung daran, wie sie die Herzogin auf dem Korridor gehört hatte, ließ ihre Wangen heiß werden.

Als Gideon sie nach Hause gebracht und Grace sich nach seinem Haus erkundigt hatte, war Louisa sicher, dass ihre Schwägerin wusste, was sie getan hatte.

Als sie sich in die Kupferwanne sinken ließ, verspürte sie Schmerz in Muskeln, von deren Existenz sie zuvor gar nichts gewusst hatte. Wenn Lucy nicht im Zimmer gewesen wäre, hätte Louisa die Stellen berührt, an denen Gideon sie berührt hatte. Es war, als könne sie seine leicht rauen Hände noch immer auf ihren Brüsten spüren. Das Badewasser plätscherte sanft über ihre Brustwarzen, und sie stöhnte.

»Habt Ihr etwas gesagt, Mylady?«

»Nein. Das Wasser ist wunderbar.« Wenn sie doch nur mit Gideon in der Badewanne sein könnte.

Zwischen ihren Schenkeln setzte ein sanfter Schmerz ein. Jetzt, da sie wusste, wovon diese Empfindung ausgelöst wurde, und wodurch sie gelindert wurde, war das Pochen schwerer zu ignorieren. Doch was noch schlimmer war: Da seine Mutter in der Stadt weilte, würde es keine Wiederholung dieses Morgens geben. Nicht vor ihrer Hochzeitsnacht.

»Mylady.« Lucy wedelte mit einem eingeseiften Stück Stoff vor Louisa herum. »Es ist nicht viel Zeit.«

»Ich spute mich.« Ihr Mädchen brummelte missbilligend, als sie in Windeseile mit dem Tuch ihren ganzen Körper abrieb. »So, wir können alles abspülen.«

Eine halbe Stunde darauf hielt sich Louisa mit Gideon im kleinen Salon auf, als seine Mutter angekündigt wurde. Bis zum heutigen Tage hatte Louisa mindestens drei Herzoginnen kennengelernt. Doch keine von ihnen war wie die Duchess of Rothwell.

Sie trat ein und lächelte Louisa an, ihre blauen Augen sprühten vor Vergnügen. »Ihr müsst Lady Louisa sein. Ich sehe es an der Art, wie Rothwell Euch ansieht.«

»Mutter«, sagte Gideon mit unterdrückter Stimme.

»Beachtet ihn gar nicht.« Als Louisa in einen tiefen Knicks sank, bedeutete die Herzogin ihr, sich wieder aufzurichten. »Er hat Angst, dass ich ihn beschämen könnte, was auch geschehen wird, wenn er sich nicht benimmt. Besonders nach der Art und Weise, wie er sich davongestohlen und es mir selbst überlassen hat, wie ich herkomme.«

Es war unmöglich, bei dieser Bemerkung nicht zu lachen. »Ich bin sehr erfreut, Euch kennenzulernen, Euer Gnaden.«

»Ganz meinerseits, meine Liebe. Rothwell erzählte mir, wie ihr euch kennengelernt habt. Und von dem Zerwürfnis mit Bentley.« Verwirrt öffnete Louisa den Mund, doch ihr fiel nichts ein, was sie sagen könnte. Die Herzogin hielt ihre Hand in die Höhe. »Tut alles, aber entschuldigt Euch nicht. Bentley hat jemanden gebraucht, der ihm einen Stoß gab, und ich glaube, Ihr könntet genau das geschafft haben.«

»Das hoffe ich sehr, Euer Gnaden. Ich weiß, dass er begonnen hat, Miss Blackacre den Hof zu machen.« Sie drehte sich zu Matt und Grace um. »Darf ich Euch meine Familie vorstellen.«

Nachdem Louisa Matt und Grace vorgestellt hatte
und die Herzogin ein Glas Sherry erhalten hatte, begrüßte sie der Reihe nach alle Kinder und fragte jedes
nach seinem Namen und dem Alter. Als Mary lächelte,
fragte die Herzogin: »Hast du für diese Zähne *tand-fé*
bekommen?«

Mary nickte fröhlich. »Einen ganzen Schilling.«

»Einen Schilling!«, rief Gideon aus. »Ich habe nur ein
Sixpence-Stück bekommen.«

»Offenbar ist sogar der Preis für Zähne gestiegen«,
sagte die Herzogin kopfschüttelnd. »Ich bin sehr glücklich, dass Rothwell in eine so bezaubernde Familie ein-
heiratet.«

Während des Essens war die Unterhaltung sehr leb-
haft, da die Herzogin genauso bereitwillig quer über
den Tisch hinweg redete wie die Kinder.

»Bei dieser Lautstärke werde ich ihnen nie richtige
Tischmanieren beibringen können«, sagte Grace bestürzt. Da sie es allerdings mit einer Stimme sagte, die
auch am anderen Ende des Tisches noch verstanden
wurde, lachten alle.

»Ich denke, sie machen es sehr gut. Das Feilen kann
später noch kommen. Zumindest benutzen sie alle das
richtige Besteck«, rief die Herzogin vom anderen Ende
des Tisches.

Nie im Leben hätte Louisa von einer Herzogin solch
unprätentiöses Verhalten erwartet. Sie schätzte es sehr,
dass ihre zukünftige Schwiegermutter unbeschwert
und humorvoll war.

Obgleich sie wusste, dass sie bald Herzogin würde,
hatte sie darüber nicht viel nachgedacht. Schließlich
war es Gideon, den sie liebte, und nicht seinen gesellschaftlichen Rang. Ihr Blick wanderte zu ihm. Er war
der Einzige, der noch kein Wort gesagt hatte. Würde er
von ihr erwarten, dass sie in der Öffentlichkeit vorgab,
jemand zu sein, der sie nicht war? Sie war sich nicht

sicher, ob sie das könnte, ohne sich als Blenderin zu fühlen.

Theo, die neben Louisa saß, tippte ihr auf den Arm. »Amüsierst du dich nicht?«

Es ergab keinen Sinn, sich selbst oder Gideon Ärger zu machen. »Oh doch. Ich dachte nur gerade über etwas nach.«

»Du machst Listen.« Theo nickte.

»Ja, ich mache Listen.« Von allen Schwierigkeiten, vor die sie vielleicht gestellt wurde, wenn sie heiratete. Oder suchte sie nach Schwierigkeiten, die nicht da waren? Sie sah über den Tisch zu ihm.

Gideon ertappte sich dabei, dass er finster dreinblickte, während alle anderen am Tisch über die Retourkutsche seiner Mutter lachten. Er war glücklich, dass Mama endlich die Traurigkeit abgeschüttelt hatte, die sie seit dem Tod seines Vaters wie einen Umhang getragen hatte – und wahrscheinlich auch lange vorher schon. Dennoch konnte er aus rein eigennützigen Gründen den Wunsch nicht ganz unterdrücken, dass sie ihm ihr Kommen angekündigt hätte oder, noch besser, gar nicht gekommen wäre. Der Gedanke, dass er Louisa nicht in den Armen und nicht in seinem Bett haben konnte, machte ihn wahnsinnig. Und als er zugestimmt hatte, zwei Wochen bis zur Hochzeit zu warten, war er davon ausgegangen, dass er diese Zeit damit verbringen könnte, seine Geliebte in die fleischlicheren Gelüste der Ehe einweihen zu können.

Existierte irgendwo ein heimliches Gesetz, laut dem für einen Mann einfach nicht alles gleichzeitig gut laufen konnte?

Er blickte zu Louisa und bemerkte, dass sie ihn ansah. Wahrscheinlich fragte sie sich, warum er nicht, wie die anderen, in einer heiteren, gelösten Stimmung war. Da er sie kannte, wusste er, dass sie ihn danach fragen würde. Er hatte nach den Gesprächen mit Grace und den Kindern neben ihm am Tisch etwas Zeit gebraucht, aber schließlich war er zu der Erkenntnis gelangt, dass Louisa nicht die typische regelnde Frau war, an die er gewöhnt war. Sie war die Art Mensch, der für alle Schwierigkeiten Lösungen finden wollte, egal, ob sie selbst davorstand oder andere. Ob die andere Person ihre Hilfe wollte oder nicht.

Das schuf ein Problem, über das Gideon gar nicht nachdenken wollte. Es störte ihn ja schon, dass er seine Aktivitäten in Bezug auf das Beenden der Geschichte mit der ehemaligen Geliebten seines Vaters aufschieben musste, bis er und Louisa getraut waren. Aber wenn Louisa in seinem Haus ein und aus ginge, was sie sicherlich tun würde, jetzt da seine Mutter im Haus residierte, durfte er einfach nicht riskieren, dass sie herausfände, was er tat, und ihm helfen wollte. Nein, es wäre viel besser, sie zu heiraten und nach Hause aufs Land zu bringen, um dann allein für einige Tage nach London zurückzukehren und die rechtlichen Schritte gegen Misses Petrie zu Ende zu führen. Zudem hatte er von Jacobs, dem Burschen, der diesen Morgen die Tür gehütet hatte, erfahren, dass Misses Petrie auf der Straße in der Nähe von Rothwell House gewesen war, als seine Mutter ankam. Als Fredericks wiedergekommen war, hatte Gideon die Anweisung ausgegeben, dass sie sogleich weggeschickt werden solle, wenn sie auch nur versuchte, sich der Haustür zu nähern.

Es war also kein Wunder, dass er finster dreinblickte. Trotzdem musste er zwei gute Gründe für seine Stimmung nennen können, einen für Louisa und einen für seine Mutter.

»Hast du Schwierigkeiten?« Die helle, kindliche Stimme von Lady Mary Carpenter unterbrach seine Gedankengänge.

Er lächelte. »Nein, warum fragst du?«

»Du ziehst ein finsteres Gesicht.«

Gideon blickte in die unschuldigen blauen Augen des Mädchens. Drei Gründe also. Denn er zweifelte keine Sekunde, dass dieses weibliche Wesen auf seine Weise genauso gefährlich war wie seine ältere Schwester. »Ich, ähm ...«, er musste sich rasch etwas überlegen, »frage mich nur gerade, ob ich meine Geschwister für die Hochzeit nach London holen sollte.«

Mary verzog das Gesicht und wiegte den Kopf hin und her, als dächte sie darüber nach, ob sie ehrlich sein sollte. Dann antwortete sie: »Ich denke, du sollst. Uns hat die Hochzeit von Grace und Matt gefallen. Und die von Jane, das ist unsere Base, aber sie hat bei uns gelebt. Und die Hochzeit von Louisas Mutter. Und ich bin mir sicher, dass wir auf eurer Hochzeit auch viel Spaß haben. Das solltest du deinen Geschwistern unbedingt erlauben.«

Tja, damit war das auch festgelegt. »Ich werde mit meiner Mutter darüber sprechen. Wir müssten meinen Bruder aus der Schule holen.«

»Wenn er in Eaton ist, kann er mit meinem Bruder Charlie zusammen herkommen«, erklärte sie gut gelaunt. »Dann können sie sich gegenseitig Gesellschaft leisten.«

»Wie alt sagtest du nochmal, bist du?« Sicher sprach er mit einer Kleiwüchsigen, nicht mit einem Kind.

»Ich bin fast sechs«, sagte sie fest.

Er hatte recht gehabt. Lady Mary wäre bei ihrem Debüt ein Schrecken für jeden Mann, getarnt mit goldblondem Haar und sommerblauen Augen. Er nahm einen ordentlichen Schluck Wein und dankte Gott dafür, dass er nicht dafür verantwortlich sein würde, dieses Mädchen auf den Heiratsmarkt zu bringen. Allerdings musste er sicherstellen, dass er dann dabei war. Denn er wollte sich die Freude nicht nehmen lassen, zu beobachten, wie sie prüfend jeden Gentleman umrundete, der ihr den Hof machen wollte.

»Ladies.« Grace erhob sich, und alle taten es ihr nach. »Es ist Zeit, dass wir die Herren ihrem Portwein und Brandy überlassen.« Sie blickte zu Worthington. »Lass es nicht zu spät werden. Die kleineren Kinder müssen bald schlafen gehen.«

Sobald sich die Tür hinter den Damen schloss, versammelten sich die Männer – Gideon benutzte das Wort großzügig, da einer von ihnen vierzehn und einer acht Jahre alt war – an Worthingtons Tischende. Für die Jungen wurde Limonade gebracht. Worthington schenkte sich ein Glas Brandy ein, und Gideon nahm dankend einen Kelch Port entgegen. Die sich entwickelnde Konversation drehte sich um den Boxkampf und um Pferde.

»Ich würde gerne mal mit zu Gentleman Jackson's Salon gehen«, sagte Walter sehnsüchtig.

»Ich auch«, fügte Philip hinzu.

»Vielleicht nächstes Jahr.« Worthington nippte an seinem Brandy. »Gebt Grace etwas Zeit, um sich an die Veränderungen zu gewöhnen. Wir sollten unseren Besuch planen, wenn Charly uns begleiten kann.«

»Ich glaube, das ist fair.« Walter beobachtete seinen Schwager und übernahm dessen Art, sein Glas zu halten, sowie andere Manierismen.

Gideon fragte sich, ob sein Sohn einst ihn nachahmen würde.

»Gehst du im Herbst nach Eaton?«, fragte Gideon den Älteren der beiden Jungs.

»Ja. Ich hätte eigentlich dieses Jahr hingehen sollen, aber es ist Charlies erstes Jahr dort, deshalb musste ich noch warten.«

»Vertrau mir: Einen älteren Bruder im Internat zu haben, verschafft dir eine gute Ausgangsposition.« Gideon hatte sich immer einen großen Bruder gewünscht, der ihm vieles hätte zeigen können.

»Das und Boxstunden.« Walter nickte feierlich. »Matt unterrichtet mich.«

»Richtig.« Gideon erinnerte sich daran, wie sein Vater ihn das Kämpfen gelehrt hatte. Aus irgendeinem Grund schien man als Erbe eines Herzogtums Unruhestifter anzuziehen. »Du solltest dir auch ein paar enge Freunde suchen.«

»So wie du und Matt?«, fragte Philip.

»Richtig.« Obgleich Gideons Beziehung diese Freundschaft einstweilen auf die Probe stellen könnte.

Worthington sah zur Uhr. »Es ist Zeit, dass Rothwell und ich uns zu den Damen gesellen, und ihr beide geht ins Bett.«

Überraschenderweise erhoben Walter und Philip sich ohne Widerworte. »Gute Nacht«, sagten sie einstimmig, bevor sie zur Tür hinausgingen.

»Sie scheinen gute Jungen zu sein«, sagte Gideon, als er Worthington hinaus folgte.

»Ich habe glücklicherweise ein gutes Händchen in der Erziehung. Philip wird nächstes Jahr der einzige Junge im Haus sein. Mit all den Mädchen, die hier wohnen, freue ich mich nicht darauf. Er wird viel mehr Aufmerksamkeit einfordern.«

»Acht ist alt genug, um mit der Schule anzufangen. Warum schickt ihr ihn nicht ins Internat?« Gideon war mit neun Jahren weggeschickt worden.

»Grace möchte davon nichts hören, und die Sache ist nicht wichtig genug, um darüber zu streiten. Außerdem ...«, er grinste, »habe ich ihm noch sehr viel beizubringen. Hast du Louisa über Misses Petrie informiert?«

»Nein, und ich habe auch nicht die Absicht, ihre Ohren mit der Geschichte einer Prostituierten zu beschmutzen.«

Worthington zog eine Braue hoch. »Meiner Ansicht nach machst du einen Fehler, aber es ist deine Entscheidung. Ich mische mich da nicht ein, wenn ich nicht muss.«

»Bis Louisa etwas von Misses Petrie zu Ohren kommt, wenn überhaupt, dann wird die Frau weit weg von England sein.«

»Um deinetwillen hoffe ich, du behältst recht«, sagte Worthington, und sein Zweifel war ihm deutlich anzuhören.

Gideon hoffte ebenfalls, dass er recht behielte. Er hatte nicht den leisesten Schimmer, wie er einer unschuldigen, oder fast unschuldigen Dame erklären sollte, was geschehen war.

Als er den Salon betrat, saß Louisa mit Lady Charlotte am Fenster.

»Ich glaube, Grace macht mir Zeichen.« Charlotte sprang vom Stuhl herunter und ließ ihn und Louisa allein.

»Ist sie immer so zuvorkommend?«, fragte Gideon und setzte sich neben seine Liebste. Er durfte sie vielleicht nicht in seine Arme ziehen, aber zumindest berührten sich ihre Körper.

»Sie hat das schönste Wesen.« Louisa lehnte sich sacht an ihn und erhöhte damit die Hitze, die durch seinen Körper floss. »Worüber hast du dir beim Abendessen Gedanken gemacht?«

»Ich hatte vorgehabt, in den kommenden beiden Wochen viel mehr Zeit mit dir allein zu verbringen.«

»Ah«, hauchte sie mit weicher, leidenschaftlicher Stimme. »Ich schätze deine Mutter sehr.«

»Ich auch.« Er nahm ihre viel kleinere Hand in seine. »Meistens. Ich wünschte nur, sie würde ihre Besuche vorher ankündigen.«

»Nun, darin stimme ich dir zu.« Louisas Wangen röteten sich leicht. »Ich bin froh, dass sie diesen Morgen nicht erwähnt hat.«

»Sie würde dich niemals absichtlich in Verlegenheit bringen. Das ist nicht ihre Art.«

»Ich bin glücklich, das zu hören.«

»Liebste, du musst bedenken: Sie möchte, dass ich heirate.« Auch wenn die Anwesenheit seiner Mutter seine amourösen Pläne mit Louisa effektiv zunichtemachte.

KAPITEL 23

»*Sie möchte, dass ich heirate*«, hatte Gideon gesagt. Louisa konnte über diesen Umstand nur glücklich sein, wie auch darüber, dass sie sich mit der Herzogin so gut verstand.

»Gideon?« Nach ihren gemeinsamen Morgenstunden hatte auch Louisa gehofft, mehr Zeit mit ihm allein verbringen zu können. Aber mit seiner Mutter als Gast in Rothwell House und einem vollen Haus hier würde das schwierig werden. »Würdest du gerne ein bisschen im Garten spazieren gehen?«

»Zur Laube?« Seine Mundwinkel zuckten.

»Ja, wenn du das nicht für zu forsch von mir hältst.« Sie benutzte einen neckenden Tonfall, um zu überspielen, dass sie nicht darauf gewartet hatte, bis *er* einen Spaziergang zum hinteren Teil des Gartens vorschlug.

Er hob ihre Hand an seine Lippen. Sie erschauderte, sobald sein Atem über ihre Finger strich. Feuerzungen schienen an ihrer Haut zu lecken, als er sie küsste.

»Überaus gern, und ich halte das auch nicht für zu forsch, überhaupt nicht. Du wirst bald meine Frau sein und musst dich daran gewöhnen, mir zu sagen, was du willst.« In seinem Tonfall steckten so viele Bedeutungen, die sie gerade erst zu lernen im Begriff stand.

Sie glitten aus der Tür hinaus auf die Terrasse. Louisa führte ihn über einen geschwungenen Pfad zur Laube. Endlich erreichten sie den rosenüberwachsenen Bau. »Gideon.«

»Meine Liebe.« Er streichelte mit den Fingern über ihre Wangen und berührte mit den Lippen die ihren, dann küsste er sie intensiver.

Sie öffnete ihm ihre Lippen, suchte seine Zunge mit ihrer und liebkoste sie. Oh Gott, hatten sie erst heute Morgen nackt beieinander gelegen? »Ich will dich.«

»Und ich dich. Die kommenden beiden Wochen werde die Hölle sein.«

Sein Freund wurde hart, und ihr Körper reagierte mit einem dumpfen Pochen zwischen den Beinen darauf. Sie drängte sich ihm entgegen und rieb sich an ihm. »Es muss eine Möglichkeit geben.«

Er befreite eine Brust aus dem Mieder und leckte an der aufgerichteten Warze. »Ich liebe die Töne, die du von dir gibst, wenn ich dir Vergnügen bereite. Es ist, als hättest du nur für mich ein ganzes Konzert geschrieben und würdest es dann aufführen.«

Eine Symphonie aus ihrem Stöhnen, Seufzen und den Schreien, die er mit seinen Küssen erstickt hatte. Und sie liebte ihrerseits die Art, wie er knurrte, und wie er sie so fest und besitzergreifend in seinen Armen hielt. Als würde er sie nie mehr loslassen. »Wie können wir zusammenkommen?« Ihre Wangen wurden heiß. Sie verwandelte sich ja in eine Dirne. »Ich meine, du hast doch Erfahrung.«

»Was du sagst.« Gideon gluckste leise. »Hm, der Kniff liegt darin, dass wir dich nicht zu sehr zerzausen dürfen. Küssen wird toleriert werden. In Bezug auf alles andere bin ich allerdings nicht so hoffnungsvoll. Wenn irgendjemand uns erwischen würde, würde ich vermutlich aus deiner Gesellschaft verbannt werden.«

Louisa hob ein Bein etwas an, um seine Wade zu liebkosen. »Ich glaube, was auch immer du im Sinn hast – wir sollten es rasch tun. Jemand könnte nach uns suchen kommen.«

»Das stimmt. Wir können nicht wagen, zu lange weg zu sein.« Erst recht nicht, da ihr Bruder und der Rest ihrer Familie ganz in der Nähe weilte.

Wenn sie unterbrochen würden, dann nicht von den Kindern. Allerdings könnten sie höchstens das Hochzeitsdatum vorverlegen. Damit wäre sie mehr als glücklich. Ein kühler Windhauch glitt ihr Bein entlang, als seine Finger die geheimste Stelle zwischen ihren Schenkeln fanden. Als er sie sacht rieb, durchflutete sie heißes Begehren. »Ja, oh ja.«

Sie knöpfte den Latz seiner Hosen auf. Sein Pfahl sprang heraus, hart und bereit, sie streichelte ihn. Hätte sie doch nur ihre Handschuhe ausgezogen, so wie Gideon.

»Liebste, das fühlt sich so gut an.« Er stöhnte, zog ihre Röcke hoch und hob Louisa an. »Schling deine Beine um mich und lass mich den Rest machen.«

Er küsste sie erneut. Sie wünschte, sie könnte sich um ihn herum wickeln und nie mehr loslassen.

»Louisa?« Charlottes Stimme erklang von außerhalb der Laube.

»Was zur Hölle?« Gideons Stimme klang rau.

Verflixt, verflixt, verflixt!»Das ist Charlotte. Du musst mich runterlassen.«

»Obwohl es so aussieht, ist das *kein* guter Platz für ein Stelldichein«, beklagte er sich, und Louisa konnte ihm nicht widersprechen.

»Nein.« Louisa spürte den Grund unter ihren Füßen und rief: »Wir sind hier.«

»Das dachte ich mir schon.« Ihre Schwester kicherte leise. »Ihr kommt besser wieder herein, bevor Matt bemerkt, wie lange ihr schon weg seid. Bis jetzt haben Grace und deine Mutter ihn abgelenkt.«

Louisa richtete ihr Mieder, und Gideon strich ihr Haar glatt. »Wir gehen mit dir zurück.«

Bevor sie ihren Zufluchtsort verließen, zog er sie zu einem leidenschaftlichen Kuss an sich. »Hätten wir doch nur mehr Zeit.«

Sie hielt ihn einen Augenblick fest und wünschte, sie
könnten länger zusammen sein. »Bald.«

Charlotte sagte: »Ich kann natürlich den Anstands-
wauwau für euch spielen. Soll ich schwören, dass du
und Rothwell unschuldig auf der Bank gesessen und
Händchen gehalten habt?«

Louisa nahm Gideons Arm, und sie gingen um die Ro-
senbüsche herum. »Meinst du, Matt würde dir glauben?«

Der Mond war voll, und im Garten leuchteten aufge-
hängte Laternen. Charlotte zog die Brauen hoch und
betrachtete Louisa und Gideon. »Oh nein«, scherzte sie.
»Ich glaube, ich sollte es gar nicht erst mit einer so of-
fensichtlichen Lüge versuchen. Du siehst ganz so aus
wie Grace damals, wenn Matt uns besuchte. Ziemlich
aufgelöst.«

Louisa wünschte, sie hätte das damals miterlebt. »Ich
nehme an, diese Tatsache willst du nicht eigens erwähnen?«

Ihre Schwester tippte sich mit dem Finger an die
Wange und schien über die Bitte nachzudenken. »In
deinem Fall gilt wohl: Wenn zwei das Gleiche tun, ist es
noch lange nicht dasselbe.« Charlotte begann, Louisas
Mieder zu glätten und ihr Haar zu bändigen. »So ist es
besser. Du solltest Rothwell mit der Krawatte und seinem Haar zur Hand gehen.«

Zum ersten Mal, seit sie ins Licht getreten waren, betrachtete sie ihn gründlicher. Sein Halstuch war ver-
knittert, ganz wie das ihres Bruders bei jedem Mal,
wenn er das Studio seiner Frau verließ. Sein Haar war
ebenfalls zerwühlt, da sie mit den Fingern hindurchge-
fahren war. »Tatsächlich. So kannst du nicht wieder
hineingehen.« Sie hob die Hände und richtete sein Halstuch auf eine Weise, die sie irgendwo gesehen hatte,
und strich sein Haar glatt. »Lass uns gehen.«

Er zog sie dicht an sich, als sie zur Terrasse schlenderten. Seine Mutter blickte auf, als sie sie betraten. Glücklicherweise schien Matt, der neben Grace auf dem kleinen Sofa saß, nichts zu bemerken. Oder hatte er entschieden, dass es akzeptabel war, wenn sie Zeit mit Gideon verbrachte, egal, wie viel, weil sie ja verlobt waren?

»Rothwell, mein Lieber.« Ihre Gnaden erhob sich. »Ich denke, wir sollten jetzt gehen. Wir alle haben in den beiden Wochen, die vor uns liegen, sehr viel zu tun.«

Man schickte nach seiner Kutsche, die viel zu früh da war. Louisa schlenderte mit Gideon zur Haustür. Mehr als alles andere wollte sie mit ihm gehen. »Bist du morgen zu Hause, wenn ich komme?«

»Ich will keine Gelegenheit verpassen, dich zu sehen.« Sein warmer Atem streichelte ihr Ohr. »Wir ersinnen etwas, meine Liebste.«

Gideon hatte recht. Zwei Wochen würden sich ewiglich hinziehen.

Später am Abend sah Grace, die sich im Bett an Matt kuschelte, in sein Gesicht. »Ich war sehr stolz auf dich, dass du nichts gesagt hast, als Louisa und Rothwell aus dem Garten zurückkamen.«

»Ich bin auch stolz auf mich«, murmelte Matt an Graces Haar. »Ich glaube, es hängt damit zusammen, dass Rothwell ganz augenscheinlich in sie verliebt ist, und sie in ihn. Und so ein großer Heuchler bin ich ja gar nicht. Ich würde mir größere Sorgen machen, wenn sie nicht versuchen würden, sich wegzustehlen.«

Sie hob den Oberkörper an, stützte sich auf einen Ellbogen und sah ihn finster an. »Du bist ja beinahe skandalös aufgeschlossen.«

»Schatz, die Vivers sind immer schon ein wollüstiger Haufen gewesen.« Er überwand die kurze Distanz zwischen ihnen und brachte sie einen Augenblick zum

Schweigen, indem er ihren Mund mit seinen Lippen verschloss. »Das müsstest du inzwischen doch wissen.« Er warf ihr einen lasziven Blick zu, der ihr Blut in Wallung versetzte. »Ich würde mal annehmen, dass die Carpenters auch nicht ausgesprochen prüde sind.«

Wenn man ihre Großeltern, ihre Eltern und sie selbst betrachtete, so waren sie auch ein lustvolles Volk. Dennoch musste sie dieses Gespräch auf das Thema zurücklenken, zu dem sie ihren Standpunkt klarstellen wollte. »Was, meinst du, würde Patience dazu sagen?«

»Nichts Gutes.« Er küsste Grace abermals. »Es ist ein überaus glücklicher Zufall, dass sie noch nicht zugegen ist. Sie würde es nicht verstehen.«

»Sie war auch einmal jung, und sie liebt Richard«, gab Grace zu Bedenken. »Sie könnte ...«

»Nicht, wenn es um ihre Tochter geht.« Matt rollte sich über sie. »Ich muss mich darauf verlassen, dass Rothwell genug Erfahrung hat, sich nicht mit Louisa erwischen zu lassen.«

»Mattheus Worthington! Gerade du sagst so etwas.« Grace lachte.

»Ich werde mit ihm sprechen. Schließlich weiß ich, was es heißt, warten zu müssen.«

»Du musstest nie warten.« Sie wollte es mit fester Stimme sagen, doch sie hauchte es eher.

»Doch, bis ich dich jeden Abend in mein Bett holen konnte. Ich bin so glücklich, dass ich dich gefunden habe.«

»Ich auch.« Grace seufzte, als er ihre Brüste streichelte. »Ich hoffe, Patience macht sich nicht zu viel daraus, dass Louisa die Liebe gefunden hat, während sie mit Richard außerhalb Londons war.«

»Du kannst dich darauf verlassen, dass sie alles über Rothwells Vater weiß«, sagte Matt in grimmigem Tonfall. »Sie ist immer auf dem neuesten Stand, was Klatsch und Tratsch betrifft.«

»Na, das wäre nicht hilfreich.« Grace erinnerte sich an die Einwände, die ihre Stief-Schwiegermutter gegen sie und Matts rasche Heirat vorgebracht hatte, und beschloss, zu tun, was sie konnte, um Louisa zur Seite zu stehen, wenn ihre Mutter versuchen sollte, sich einzumischen.

Gideon hatte seinen Zweispänner nach Hause schicken lassen und es sich in seiner Stadtkutsche auf der nach hinten weisenden Sitzbank gemütlich gemacht, während seine Mutter auf der Bank in Fahrtrichtung saß. Üblicherweise legte er keinen Wert darauf, die Welt aus dieser Perspektive zu betrachten, doch zum ersten Mal machte es ihm nichts aus. So konnte er viel länger Louisa anschauen, die ihm beim Wegfahren hinterher blickte. Wäre sie jetzt bei ihm, wäre alles perfekt.

Den ganzen Abend hatte er nach einem Weg gesucht, sie schneller zu heiraten, aber ihre Mutter war noch nicht in London angekommen. Sicherlich musste sie doch inzwischen die Nachricht bekommen haben. Worthington hatte den Boten losgeschickt, sobald Gideon bestätigt hatte, dass er Louisa ehelichen wollte. Kent war nicht so weit weg, es sei denn, sie wäre am Meer. In dem Fall würde der Weg länger als einen Tag dauern.

Vielleicht konnten er und Louisa die Zeremonie am Tag nach der Ankunft ihrer Mutter abhalten. Es sei denn, die Lady wollte einen Ball veranstalten. Glücklicherweise war Mama noch in Trauer und durfte deshalb an keinen großen Veranstaltungen teilnehmen. Louisa verschwand aus seinem Blickfeld ins Haus, und sogleich vermisste er sie. Er wünschte, er wüsste mehr über die ehemalige Lady Worthington.

»Rothwell«, sagte seine Mutter. »Du musst sorgsamer mit Louisas Ruf umgehen.«

Er starrte seine Mutter an, doch ihr Antlitz war von den Kutschlampen nur halb beleuchtet, und er war sich nicht sicher, was sie sagen wollte. »Was meinst du?«

»Du magst Lord und Lady Worthington an der Nase herumgeführt haben. Wobei ich das bezweifle«, murmelte sie. »Wie auch immer, mich hast du nicht getäuscht. Ich weiß, was ihr beide im Garten gemacht habt.«

»Küssen«, wagte er sich vor. Das war ja auch wahr. Allerdings wäre ohne Charlotte noch viel mehr passiert.

»Hmpf.« Seine Mutter hob das Kinn. »Denk daran, ich weiß, wer heute Morgen in deinem Schlafzimmer war.« Er zog eine Grimasse. Wie hatte er das vergessen können? »Wenn du auf irgendeiner der gesellschaftlichen Veranstaltungen auch nur dabei erwischt wirst, sie zu küssen, könnte ihr Ruf beschädigt werden.«

»Ich bin ihr Verlobter«, entgegnete er in seinem überheblichsten Ton. »Ich fordere jeden heraus, der es wagt, schlecht über Louisa zu reden.«

»Du«, seine Mutter zeigte mit dem Finger auf ihn, »bist ein junger Mann, der nur eine Sache im Kopf hat.« Er öffnete den Mund und machte ihn wieder zu. Ihm war klar, dass sie noch nicht geendet hatte. »Ich empfehle, dass du ihr, nachdem sie die Haushälterin kennengelernt hat, die Haushaltsbücher zeigst. Sie wird sich ohnehin damit vertraut machen müssen. Du kannst mein altes Studio benutzen, da ich es nicht mehr länger beanspruche.«

Die Haushaltsbücher? Dafür wäre doch Zeit im Überfluss, wenn sie erst einmal verheiratet wären. Warum zum Teufel sollte er wollen, dass ... Ach. Im Studio ihrer Mutter stand ein Bett für den Tag. »Und wo wir nicht gestört werden.«

Dennoch fand er es außerordentlich eigenartig, dass seine Mutter ihm dabei helfen sollte, seine Verlobte ins

Bett zu bekommen. Andererseits würde er keine Fragen stellen.

»Korrekt.« Mama faltete die Hände im Schoß. »Ich habe die Absicht, meine Zeit damit zu verbringen, Freunde und Verwandte zu besuchen, die ich lange nicht gesehen habe.«

»Einschließlich Tante Camilla?« Auch wenn er seine Verlobung keinen Augenblick bereute, fragte er sich doch, wie es seinem Vetter wohl gehen mochte. Dieser Bruch musste noch repariert werden.

»Die Kinder waren liebenswert und wohlerzogen«, sagte seine Mutter. »Ich baue darauf, dass ich bald einen Enkelsohn haben werde.«

Gideon blinzelte. Er musste etwas überhört haben. Enkelkinder? »Die Kinder?«

»Ja, mein Lieber. Du solltest wirklich etwas aufmerksamer sein. Louisas Geschwister. Sie sind alle wohlerzogen.«

»Das sind sie«, sagte er langsam. »Aber ich könnte schwören, dass du etwas von Enkeln sagtest.«

»Gewiss habe ich das. Das gibt doch dem Leben einer Frau in meinem Alter Sinn. Wozu sollte man Kinder haben, wenn sie einem im Gegenzug nicht Enkel schenken würden? Ich wünsche mir eines, sobald du es bewerkstelligen kannst.«

Er war sprachlos vor Überraschung. Zum zweiten Mal in dieser Woche suchte er nach einer passenden Antwort. Eines war sicher: Er würde die Kinderfrage nicht mit seiner Mutter besprechen. »Du hast doch noch meine kleinen Geschwister bei dir zu Hause.«

»Nicht exakt zu Hause, Lieber. Lucinda wird nächstes Jahr debütieren, und Anthony steht kurz davor, zur Universität zu wechseln. Du hast recht, dass Matilda noch ein oder zwei Jahre bis zu ihrem Debüt hat, aber ich bin sehr sicher, dass sie entzückt wäre, Tante zu werden. Alle Mädchen wären das.«

Teufel noch mal. Waren sie schon so alt? Wohin war die Zeit gegangen? Gideon hatte sie noch so in der Erinnerung gehabt, wie sie gewesen waren, als er nach Kanada aufgebrochen war. Er atmete tief ein und aus.

»Es wäre viel besser«, fuhr Mama fort, als wäre dies eine völlig übliche Unterhaltung, »wenn Louisa es schaffen würde, früh niederzukommen, um nächsten Frühling an der Saison teilzunehmen. Es ist wichtig, dass du daran teilnimmst. Du teilst dir die Vormundschaft mit mir.«

Gideon konnte nicht glauben, dass seine Mutter diese Themen jetzt mit ihm besprach. Noch bevor finanziell alles geregelt war und bevor er und Louisa geheiratet hatten. »Mutter, im Moment weiß ich nicht einmal, ob ich mir nächstes Jahr eine Saison für Lucinda leisten kann.«

»Darüber brauchst du dir keine Sorgen zu machen, mein Lieber.« Mama wedelte lässig mit der Hand. »Das habe ich alles fest in der Hand. Der Vermögensverwalter deines Vaters ist nicht der Einzige, der ein Auge darauf hat, das Familienvermögen zusammenzuhalten. Und nicht nur das«, – er konnte zwar ihre Augen nicht sehen, dennoch spürte er die Intensität ihres Blicks in der Kutsche –, »sondern Lucindas Debüt wurde bereits durch das Verhalten ihres Vaters einmal verschoben. Sie war vielleicht noch sehr jung, aber sie hat sich im vergangenen Frühling schon so darauf gefreut, nach London zu fahren.«

Gideon unterdrückte ein Schnauben. Ihm war vorher nie aufgefallen, wie entschlossen seine Mutter war. Wie würde Louisa diese Neuigkeit aufnehmen, dass seine Mutter versuchte, ihre mögliche Schwangerschaft zu eigenen Zwecken zu koordinieren? Andererseits würde eine Schwangerschaft eintreten, wenn es nun mal geschah. Niemand konnte hervorsagen, wann. Und es gab keinen Grund, weshalb er den Vorschlag seiner Mutter, Louisa die Haushaltsbücher zu geben, ablehnen sollte. Sie wollte ja in die Vermögensverwaltung eingebunden werden, und es würde ihnen ungestörte Zeit allein verschaffen. Solange seine Mutter Louisa gegenüber ihre empörenden Vorstellungen nicht erwähnte, würde alles gut gehen.

Andererseits wollte er nicht herausfinden, was mit den beiden geschähe, wenn sie im selben Haus wären. Er musste seinem Verwalter schreiben und sicherstellen lassen, dass der Witwensitz sogleich bewohnbar gemacht wurde. Sonst würde er keinen Frieden haben. Er müsste einfach verhindern, dass die beiden zuvor ein Privatgespräch führten.

KAPITEL 24

Am nächsten Morgen band Louisa gerade die Schleife ihrer Haube, als ein Lakai an die Tür pochte. »Mylady, der Duke of Rothwell erwartet Euch.«

»Danke, Hall.«

Als sie oben auf die Treppe trat, lächelte Gideon ihr zu. »Guten Morgen, Liebste.«

Ihr Herz flatterte, und in ihrem Bauch machten sich Schmetterlinge breit. Er sah umwerfend attraktiv aus. »Guten Morgen. Ich hatte gehofft, dass du uns zum Frühstück Gesellschaft leistest.«

Sie erreichte die unterste Stufe, und er nahm ihre Hand, um seine Lippen auf ihre Finger zu senken. »Das hätte ich sehr gerne, aber meine Mutter hat meine Aufmerksamkeit beansprucht.«

»Dann vielleicht zum Abendessen vor dem heutigen Ball?« Das war nicht perfekt, denn sie wären nicht allein. Aber immerhin wären sie zusammen.

»Nichts würde ich lieber tun.« Er nahm ihre Hand, legte sie auf seinen Arm, geleitete sie hinaus und half ihr in seinen Zweispänner.

Kurz darauf wendeten sie und fuhren in die falsche Richtung, zum Carlos Place. »Ich dachte, heute sollte ich die Haushälterin kennenlernen?«

»Ich habe entschieden, dass deine Pflichten nur allzu bald beginnen werden und dass wir zuvor einen Tag für uns verdient haben. Ich entführe dich nach Richmond zu einem Picknick.«

»Wie wunderbar!« Sie klatschte in die Hände. »Matt wollte mit uns dort ein Picknick machen, aber wir haben es noch nicht geschafft.«

»Dann bin ich froh, der Erste zu sein.« Gideon lächelte schelmisch. »Richmond ist in dieser Jahreszeit wunderschön. Du wirst begeistert sein.«

Sie würde begeistert sein, dass sie mit ihm allein wäre. »Ganz sicher werde ich das.«

Etwa eine halbe Stunde später erreichten sie den Park und fuhren durch das Tor. Louisa wurde von der sanft hügeligen Landschaft willkommen geheißen. Wiesen wechselten sich mit Baumgruppen ab, und etwas entfernt lag ein Wald. »Kaum zu glauben, dass so ein zauberhafter Ort so nah bei London liegt.«

»Möchtest du die Themse sehen? Sie ist hier ganz anders als in der Stadt.«

Sie hatte sich schon lange gewünscht, den berühmten Fluss zu sehen, doch Matt hatte ihnen schlicht verweigert, sie zu den Docks gehen zu lassen. »Sehr gern.«

»Dann sollst du sie sehen.« Gideon hob sie von dem Zweispänner herunter. Er hielt sie so, dass ihr Körper an seinem entlangglitt, als er sie mit den Füßen auf die Erde stellte. Vorfreudige Schauer durchliefen sie und sie hielt den Atem an. Auf seinem Antlitz breitete sich ein Lächeln aus. »Bereit, Mylady?«

Dieser Schurke. Er wusste genau, welche Wirkung er auf sie hatte. Sie hoffte nur, dass er genauso empfand. Man sollte nicht allein leiden.

»Vollends.« Sie erwiderte sein Lächeln. Dieses Spiel konnten zwei spielen. Sie mochte nicht die Erfahrenere sein, aber sie lernte schnell. Sie ließ die Hände seine Schultern entlang über seine Brust und seinen Bauch gleiten und verbarg ihr Entzücken darüber, dass sein Körper sich unter ihren Fingern anspannte. »Führt mich, Euer Gnaden.«

Er berührte ihre Lippen mit seinen. »Kokette.«

Nachdem er die Pferde losgemacht hatte und mit Fußfesseln unter einer Baumgruppe grasen ließ, schlenderten er und Louisa durch den Wald zu einem

Pfad, der den Fluss entlang verlief. Sie sahen einen Mann, der in einem Boot stand und einen langen Stock anstelle von Paddeln benutzte. »Sieh mal.« Sie zeigte auf das Flachboot. »Was tut er da?«

»Er fährt einen Stechkahn. Er bewegt das Boot mit der Stake vorwärts, mit der er sich im Wasser vom Boden abstößt. Das Boot ist flacher, damit es im seichten Wasser nicht auf dem Grund aufsetzt.«

»Ich habe noch nie einen Stechkahn gesehen. In Worthington haben wir einen See, aber er wird nur zum Rudern und Schwimmen benutzt.«

»Schau mal dort, die Schiffe.« Er lenkte ihre Aufmerksamkeit auf mehrere große Segelschiffe weiter draußen auf dem Strom. »Sie sind ostindisch.«

»Ich habe gehört, es dauert ein halbes Jahr, nach Indien zu reisen.« Sie fragte sich, ob sie je über das Meer reisen können würde. Vielleicht nicht ganz bis nach Indien, aber nach Frankreich oder Italien wäre schon schön.

»Ja, und das auch nur, wenn es unterwegs keine Schwierigkeiten gibt. Eines Tages werden Dampfschiffe die Reisezeit halbieren.«

»Dampfschiffe?« Sie schüttelte den Kopf. »Ich habe nie von Schiffen gehört, die mit Dampf angetrieben werden.«

Gideon führte sie auf dem Pfad zurück. »In den Maschinen wird Kohle verbrannt. Irland und Amerika benutzen sie bereits. Ich habe einen Mann kennengelernt, der auf der Suche nach Investoren für ein Schiff war, das den Ozean überqueren kann. Man erwartet, dass es in den nächsten paar Jahren gebaut werden wird.«

Er schien von dem Gedanken begeistert zu sein. Sie musste mehr darüber erfahren. »Hast du investiert?«

»Ja. Nur so viel, wie ich mir leisten könnte zu verlieren.« Sein Blick wanderte wieder zum Fluss, und sein

Gesicht bekam einen sehnsüchtigen Ausdruck. »Es wäre schön, wenn es Gewinn einbrächte.«

»Ich bin mir sicher, es wird erfolgreich sein.« Louisa hatte seine finanziellen Schwierigkeiten beinahe vergessen. In der kurzen Zeit, die sie in Rothwell House gewesen war, hatte sie gesehen, dass die Ecken erste Anzeichen von Abnutzungen zeigten. Als Grace die neuen Stoffe für Worthington House gekauft hatte, hatte sie Charlotte und Louisa erklärt, wie rasch man solchen Materialien ihr Alter ansehen konnte. Grace hatte ihnen auch gesagt, wie man es anstellte, dass Vorhänge und Bettvorhänge länger hielten.

Damals war Louisa etwas irritiert gewesen, wie rasch ihre Schwägerin in Worthington House das Ruder übernommen hatte, aber Mama erklärte, das wäre der Gang der Dinge. Wenn ein Adliger heiratete, wurde seine Frau die Herrin über seine Besitztümer. Louisa hoffte, dass Gideons Mutter diesem Gedanken gegenüber genauso aufgeschlossen war wie einst ihre Mutter.

»Eines Tages werden wir zum Festland reisen, wenn du möchtest«, sagte Gideon.

»Ich würde mich freuen, alle Länder und Städte zu besuchen, über die ich nur gelesen habe.« So vieles änderte sich in ihrem Leben. Es war, als wäre ihr Leben eine Knospe gewesen, die jetzt ihre Blütenblätter öffnete und ihr eine neue Welt zeigte.

»Das würde ich auch gern. Mein Vater hat immer viel von seiner Grand Tour erzählt.«

Gideon blickte auf Louisa hinab und sie zu ihm auf. Er beugte sich herunter und berührte kaum ihre Lippen mit seinen, da rannte ein kleiner Junge an ihnen vorbei, der mit einem Stock einen Ball antrieb.

Eine ältliche Frau, die ihn an seine alte Kinderfrau erinnerte, hastete dem Kind hinterher. »Master William. Wir müssen sofort umkehren.«

Das Kind lief lachend weiter.

»Warte hier«, sagte Gideon zu Louisa. »Ich glaube, der junge Mann hat eine Lektion zu lernen.«

»Ich werde seinem Kindermädchen helfen.« Sie ließ seinen Arm los und ging stracks zu der älteren Frau.

Wenig später hatte Gideon das Kind eingeholt. »Du bleibst genau hier stehen, mein Freund.«

Der Junge drehte sich zu ihm um und sah ihn an, dann blickte er sich nervös zu seinem Kindermädchen um. »Wer bist du?«

»Jemand, der dir nichts Böses will. Das ist dein Glück.« Er griff nach der Hand des Jungen. »Ich bringe dich jetzt zu deiner Kinderfrau zurück.« Sie waren bei der älteren Frau angelangt, der Louisa Luft zufächelte. »Du solltest hoffen, dass sie das nicht deinem Vater verrät.«

Das Kind, das noch einen Augenblick zuvor eingeschüchtert gewirkt hatte, zuckte die Achseln. »Er ist nie zu Hause, um sich um mich zu kümmern.«

Plötzlich blitzte eine tiefe Traurigkeit in Louisas Augen auf, doch einen Augenblick darauf schien es, als habe sie eine Maske über ihr sonst so ausdrucksstarkes Antlitz gezogen.

»Master William«, sagte die Frau in strengem Tonfall. »Sie wissen sehr wohl, dass der Captain auf See ist und bald zurückkehren wird.« Die Dienerin warf Louisa und dann Gideon einen Blick zu. »Es war schwierig für den Jungen, aber das ist seine letzte Seefahrt. Captain Harrow hat entschieden, dass seine Familie wichtiger ist. Wenn Ihr mich fragt, ist das eine feine Sache.« Sie nickte bekräftigend. »Es ist nicht so, dass er hätte gehen *müssen.* Aber er hat seinen Vater angefleht, bis Seine Lordschaft ihm seinen Willen tat.«

Während der Erklärung des Kindermädchens verschwand die Maske wieder von Louisas Antlitz. »Waren Sie auch die Kinderfrau von Williams Vater?«

»Oh ja.« Sie sah liebevoll auf den Jungen hinab und senkte die Stimme. »Ich fürchte allerdings, dass er mein letztes Pflegekind sein wird. Sobald der Captain zurück ist, wird meine Nichte meinen Platz einnehmen, und ich ziehe mich zurück. Ich werde zu alt, um kleinen Jungen hinterherzujagen.« Die Bedienstete bedeutete William, zu einem Pfad durch den Wald zu gehen, dann knickste sie ungelenk. »Vielen Dank für Eure Hilfe, Mylady, Euer Gnaden. Ich muss den Burschen hier jetzt nach Hause bringen.«

Das Paar schlenderte davon, der Junge ging dieses Mal viel langsamer als zuvor. Gideon sah Louisa an. Er musste herausfinden, warum sie auf das, was die Kinderfrau gesagt hatte, so stark reagiert hatte. »Louisa, du sprichst nie von deinen Eltern.«

»Oh!« Einen Augenblick wirkte sie erschrocken, dann sah sie rasch zur Seite. »Da gibt es nicht viel zu erzählen. Mein Vater ist vor einigen Jahren verstorben, kurz nach Theos Geburt. Meine Mutter hat kürzlich wieder geheiratet und«, sie unterbrach sich einen Augenblick, als müsse sie ihre Worte abwägen, »sie ist sehr glücklich. Du wirst sie vor der Hochzeit kennenlernen.«

Das bedeutete, dass Louisa beim Tod ihres Vaters etwa zehn Jahre alt gewesen war. Alt genug, um ihn kennenglernt zu haben. Dennoch war ihr Tonfall abweisend, und ganz offenkundig war sie nicht bereit, ihm zu erzählen, was daran nicht gut gewesen war. »Ich freue mich darauf.«

Sie spazierten in einvernehmlichem Schweigen zurück zum Zentrum des Parks. Vorher, als sie im Park eingetroffen waren, waren nur wenige Menschen unterwegs gewesen, doch als sie jetzt zur Kutsche kamen, hatte der Park begonnen, sich zu füllen, und die Sonne war höher gestiegen. Er zog seine Taschenuhr hervor. »Ich glaube, es muss gegen Mittag sein.«

»Ich denke, du hast recht.« Sie legte den Kopf schräg und betrachtete ihn spöttisch. »Wenn du es wirklich wissen willst, könntest du einen Blick auf deine Uhr werfen.«

»Das könnte ich«, sagte er langsam und fragte sich, ob sie ihn ob dessen, was er sagen wollte, für dumm halten würde. »Aber ich mag es, wenn ich die Uhrzeit weiß, ohne auf die Uhr schauen zu müssen. Das ist etwas, das ich in Kanada gelernt habe.«

»Wie schön.« Sie wandte sich um und zog an seinem Arm. »Wie auch immer, im Augenblick interessiert mich mein Magen mehr als die Uhrzeit.«

Er blieb stehen und ließ sich nicht von ihr wegziehen. »Und doch möchte ich jetzt wissen, ob ich recht habe.«

Sie zog die Augen zusammen und schnaubte verärgert. »In diesem Fall schau auf die Uhr.«

»Was, wenn ich unrecht habe?«

»Dann hast du unrecht.« Sie deutete eine Schulterzucken an. »Ich sterbe vor Hunger.«

Als er sich noch immer nicht rührte, schloss sie einen Augenblick die Augen, und ihre Lippen bewegten sich. Zählte sie etwa? Gideon musste beinahe lachen. Sein Vetter hätte überhaupt nicht zu ihr gepasst.

»Ich habe nicht gern unrecht«, neckte er und fragte sich, was sie als nächstes täte.

Sie griff zu einer eleganten Brosche an ihrer Pelisse und öffnete sie. »Ich bin hocherfreut, Euch mitteilen zu können, dass es fünf nach zwölf ist, Euer Gnaden. Ihr hattet recht. Können wir jetzt etwas essen?«

Trotz der Menschen, die sie umströmten, zog er sie in die Arme. »Ich wollte nur wissen, wie lange es dauern würde, bis du die Führung übernimmst.«

Es überraschte ihn nicht, dass sie sich keineswegs angegriffen zeigte. »Wenn ich hungrig bin, keine Sekunde.«

Er zog ihre Hand in seine Armbeuge. »Wenn du die Decke nimmst, werde ich den Korb tragen. Ich glaube, mein Koch hat genug vorbereitet, dass eine kleine Armee davon satt würde.«

Sie fanden ein Plätzchen unter einem Baum in der Nähe. Es beeindruckte ihn, wie rasch sie das Geschirr auf dem Tuch verteilte. Und auf diese Art würde sie jede Aufgabe erledigen, was ihm sehr gefiel. Kurz darauf füllte sie ihre Teller mit kaltem Grillhähnchen, Butterbroten, gefüllten Eiern, Käse und Obst. Er schenkte den gekühlten Weißwein ein.

»Das ist hervorragend. Mein Kompliment an deinen Koch.«

»Er ist Franzose, wie deiner, und sehr stolz auf seine Kreationen.«

»Kommt er mit uns auf deinen Landsitz, oder bleibt er in London?«

Das war eine sehr gute Frage. Ihr eigentlicher Koch war immer mit ihnen gezogen, doch als sein Vater krank geworden und dauerhaft in die Stadt umgesiedelt war, hatte der Koch beschlossen, bei Mama zu bleiben. »Ich weiß es nicht. Ich habe ehrlich gesagt noch nicht darüber nachgedacht.« Einen Augenblick runzelte er die Stirn, dann kam ihm ein Gedanke. »Ich denke, das wird deine Entscheidung sein, meine Liebe.«

Sie warf ihm einen entnervten Blick zu. »Sehr schön. Ich werde mich mit deiner Mutter besprechen und eine Entscheidung treffen.«

Er lehnte sich auf die Ellbogen zurück. »Ich wusste, dass du eine großartige Herzogin abgeben würdest.«

»Ist das der Grund, weshalb du mich geküsst hast?«, fragte sie mit schiefgelegtem Kopf.

»Das – und dass ich deinen Lippen nicht widerstehen konnte.« Gideon genoss es, wie ihre Wangen sich rosarot verfärbten. Könnte er sie doch nur gleich hier in seine Arme ziehen! Aber es waren zu viele Menschen da, und irgendjemand würde sie ganz sicher sehen. »Würdest du gern ins Theater gehen?«

»Das würde ich in der Tat.« Louisas Freude war ansteckend, und Gideon erwischte sich dabei, breit zu grinsen. Das war etwas, das er viel öfter als früher tat, seit er sie kannte.

»Ich werde alles in die Wege leiten. Möchtest du lieber eine Komödie oder eine Tragödie sehen?«

»Du entscheidest. Ich habe beides noch nicht gesehen.« Sie packten alles wieder in den Korb und stellten ihn in den Zweispänner, dann half er Louisa beim Einsteigen.

»Sehr schön. Ich finde heraus, was gespielt wird, und sage dir heute Abend beim Essen Bescheid.«

Er war glücklich, dass er den Theatermanagern gesagt hatte, dass Misses Petrie keine seiner Logen benutzen durfte. Es wäre nicht angemessen, sie in der Nähe zu wissen, wenn er mit Louisa dort wäre. Es wäre tatsächlich das Beste, Louisa gleich nach der Hochzeit nach Rothwell Abbey zu bringen. Dann konnte er nach London zurückkehren, um die Angelegenheiten mit dieser Frauensperson ein für alle Mal zu einem Ende zu bringen.

»Du wirst eine kleine Gesellschaft zusammenstellen müssen«, sagte Louisa und betrachtete die Landschaft. Es überraschte sie immer wieder aufs Neue, wie anders Bäume, Häuser und Felder aussahen, wenn man aus einer anderen Richtung kam. Es war, als wäre man noch nie daran vorbei gefahren. »Gideon, hörst du?«

»Ja. Ich frage mich nur, warum ich eine Gesellschaft zusammenstellen sollte.«

Sie blickte ihn an. Obgleich sie ihn nur im Profil sah, wirkte er perplex. »Fürs Theater. Ich bin fast sicher, dass es uns nicht gestattet sein wird, allein zur Vorstellung zu gehen, auch wenn wir verlobt sind.«

»Hm.« Er schien über ihre Bemerkung nachzudenken. »Ich glaube, du hast recht. Wen würdest du denn gerne dabei haben?«

»Matt und Grace, Charlotte – sie wird das in vollen Zügen genießen – und deine Mutter. Was meinst du?«

»Das sind jedenfalls genug Anstandswauwaus.«

Louisa gluckste. »Mehr als genug. Wir können allein hingehen, wenn wir verheiratet sind.«

»Ich hatte darüber nachgedacht«, begann Gideon, »dass wir gleich nach unserer Hochzeit nach Rothwell Abbey reisen könnten. Ich möchte dir gern dein neues Heim zeigen. Wenn es dir nichts ausmacht, heißt das.«

Das kam unerwartet. »Ich dachte, du sagtest, dass du deinen Sitz im House of Lords wahrnehmen wolltest.«

Er warf ihr einen raschen Blick zu. »Ja, aber ich bezweifle, dass dazu länger als ein Tag nötig sein wird. Ich kann einen Sprung nach London machen und fast sogleich wieder zurückkehren.«

Sie hatte die Bälle und die anderen Veranstaltungen sehr genossen, aber auf seinem Landsitz zu sein, würde ihr Gelegenheit bieten, eine Liste zu erstellen, was auf Rothwell Abbey alles getan werden musste. Und sie könnte mit den Veränderungen beginnen, ohne dass sie mit ihm über die Verwendung ihrer Mittel würde diskutieren müssen. Manchmal war es leichter, Verzeihen zu erlangen als Erlaubnis. »Ich würde mich freuen, Abbey zu sehen und die Dienerschaft sowie die Pächter kennenzulernen.«

Er schien erleichtert zu seufzen. Sie hoffte, dass er nicht annahm, sie sei dem Landleben abgeneigt. Falls doch, würde sie reichlich Zeit haben, mögliche Fehler in seiner Wahrnehmung zurechtzurücken.

»Die Marktstadt gehört auch zu meinen Liegenschaften. Ich glaube, sie wird dir gefallen. Mir gefällt es dort. Ich genieße die Hauptstadt immer eine Zeitlang, aber dann bin ich glücklich, wenn ich wieder zu Hause bin.«

»Genauso empfinde ich es auch.« Außerdem war sie
für ihr neues Leben bereit. Nach der Heirat von Matt
und Grace sowie der ihrer Mutter war es nicht so, als
hätte sie ein altes Leben, in das sie zurückkehren
müsste. Louisa würde Charlotte und die Kinder vermissen, aber irgendetwas sagte Louisa, dass auch ihre
Schwestern bald heiraten würden. »Wird deine Mutter
mit uns aufs Land zurückkehren?«

Ein konsternierter Ausdruck erschien auf Gideons
Antlitz. »Ich habe nicht daran gedacht, sie zu fragen.«

»Wenn du möchtest, werde ich sie fragen, wenn wir
über den Koch sprechen.«

»Hervorragend.« Sein Mundwinkel hob sich.

Bevor sie darauf antworten konnte, frischte der Wind
auf, und sie legte rasch eine Hand auf ihre Haube. Sie
hoffte, dass sie nicht gleich nass werden würden, doch
mit einem raschen Blick zum Himmel vergewisserte sie
sich, dass das Wetter halten würde, zumindest vorerst.
»Wie weit ist es noch zur Stadt?«

»Der Stadtrand kommt gleich in Sicht.« Lächelnd
warf er ihr einen weiteren Seitenblick zu. »Möchtest du
in dein aktuelles Zuhause oder in dein zukünftiges?«

»In mein zukünftiges Zuhause. Wir haben zwar keine
Zeit, um mehr zu tun, als deine Haushälterin kennenzulernen, aber nach meinem Empfinden sind wir ihr
das schuldig.«

»Ich bin mir sicher, dass Misses Boyle und der ge-
samte Haushalt wissen, dass ich dich heute zu einem
Picknick ausgeführt habe. Dennoch stimme ich dir zu.
Du solltest sie heute kennenlernen.«

Rothwell House zu besuchen – Louisa hatte noch
Schwierigkeiten damit, daran als *Zuhause* zu denken –
würde ihr außerdem die Gelegenheit geben, mit der
Herzogin zu sprechen. Zwischen seinen Eltern war
ganz offensichtlich etwas vorgefallen, und auch wenn
sie nicht neugierig sein wollte, so sollte sie doch

herausfinden, was es war. Es könnte Auswirkungen auf sie und Gideon haben. Falls ja, sollte sie vorbereitet sein, um mit allen möglichen Schwierigkeiten umgehen zu können, die aufkommen mochten. Schließlich war ihr Verlobter in Bezug auf seine finanziellen Kalamitäten oder seine Pläne, sie zu lösen, nicht sehr mitteilsam gewesen.

KAPITEL 25

Gideon sah zu Louisa. Einen Augenblick dachte er, sie runzle die Stirn, doch ihre Haut glättete sich so rasch, dass es auch ein Schatten hätte sein können. Dennoch: Sie hatte so einen regen Verstand. Er musste dafür sorgen, dass sie bis zur Hochzeit, nach der er sie nach Hause bringen wollte, gut beschäftigt war. Auf dem Lande war die Wahrscheinlichkeit, dass sie das Ausmaß des von seinem Vater verursachten Schadens entdeckte, viel geringer als in der Stadt. Außerdem würde er sicherstellen, dass er bei ihrem Gespräch mit seiner Mutter anwesend wäre.

Als er vor Rothwell House vorfuhr, hatte er bereits eine ganze Liste von Dingen ersonnen, die seine Geliebte beschäftigen würden. Begonnen bei den Besprechungen mit dem französischen Koch bis zu den Haushaltsbüchern, die in den letzten beiden Jahren nicht gut geführt worden waren. Die Hochzeitsvorbereitungen noch hinzugenommen, sollte ihr nicht viel Zeit verbleiben, um ihre entzückende Nase in Dinge zu stecken, in denen er sie nicht haben wollte.

Als er den Fuß auf die erste Stufe setzte, öffnete sein Butler die Tür.

»Guten Tag, Fredericks. Ist Ihre Gnaden zugegen?«

»Ja, Euer Gnaden. Sie ist im kleinen Salon und erwartet Eure Rückkehr.« Er wandte sich Louisa zu und verbeugte sich. »Willkommen, Mylady. Wir freuen uns, Euch hier zu sehen.«

»Ganz meinerseits, Fredericks.«

»Hat sie Gäste?«, fragte Gideon. Das war der einzige Grund, den er sich vorstellen konnte, weshalb ihre

Mutter nicht in ihrem Empfangszimmer oder im Morgenzimmer war.

»Ein paar Ladies waren zu Besuch, Euer Gnaden. Sie sind jedoch vor Kurzem gegangen.«

»Wir leisten ihr Gesellschaft.« Sein Butler warf ihm einen eigenartigen Blick zu, als wäre etwas geschehen, aber er wolle vor Louisa nicht darüber sprechen. »Komm, meine Liebe. Lass uns sehen, was Mutter wünscht.«

Er geleitete Louisa zum kleinen Salon, entschuldigte sich, um mit Fredericks zu sprechen, und betete, dass seine Mutter in seiner Abwesenheit nichts von Enkelkindern sagte. Er ging durch den Korridor zur Halle zurück, wo sein Butler ihn erwartete. »Ich hatte den Eindruck, Sie wollten mir noch etwas sagen.«

»Euer Gnaden, ein wüst aussehender Bursche hat dies für Sie abgegeben.« Er überreichte Gideon eine gefaltete Nachricht.

Die Nachricht war kurz und prägnant. Ihm wurde mitgeteilt, er solle am Abend endlich fünfzigtausend Guineen zum Golden Palace bringen. Andernfalls würden andere Mittel angewandt, um das Geld von ihm einzutreiben. Unterzeichnet war mit *King Sullivan*.

King Sullivan? Der Mann hielt offenkundig große Stücke auf sich.

Gideon konnte nur annehmen, dass der Golden Palace eine Spielhalle war, Sullivan der Eigentümer, und dass Gideons Vater der Urheber der Schulden sowie dieser Nachricht war. »Er erwähnt eine andere Nachricht.«

»Ja, Euer Gnaden. An dem Tag, an dem Ihr der Dienerschaft einen halben Tag freigegeben habt, erhielt der Lakai, der im Dienst war, eine mündliche Nachricht vom selben Sender. Mit der Ankunft Ihrer Gnaden vergaß er jedoch, mich zu informieren. Ich habe das Versäumnis heute festgestellt.«

Ah ja. Gideon ging den Flur entlang und zerknüllte den Zettel in der Hand. Er sollte verdammt sein, wenn er einem Spielhallenbesitzer antwortete. Am liebsten würde er die Nachricht in den Kamin werfen, aber vielleicht wäre es klüger, seinen Sekretär zu fragen, wie diese Angelegenheit zu handhaben wäre. Fünfzigtausend Guineen, zur Hölle nochmal. Hatte sein Vater überhaupt noch einen Rest Verstand besessen?

Er marschierte in Allertons Büro und wünschte, er könnte gleich anschließend zu Jackson gehen.

»Sehen Sie sich das an«, sagte Gideon und warf das Schreiben auf den Schreibtisch seines Sekretärs.

Ungeduldig lief er hin und her, während Allerton das Blatt Papier glattstrich und las. »Nun?«

Der Sekretär nahm seine Brille ab und wischte die Gläser mit einem Taschentuch ab. »Natürlich können die Schulden nicht eingetrieben werden. Dennoch glaube ich nicht, dass wir dies auf sich beruhen lassen können. Menschen von diesem Schlag können gefährlich werden.«

Gideon konnte sich nicht vorstellen, dass der Kerl einen Herzog angreifen würde. Andererseits gab es diesen Brief. Er musste auch Louisas Sicherheit und die seiner Mutter berücksichtigen. »Was schlagen Sie vor?«

»Mit Eurer Erlaubnis schicke ich das sogleich Mister Templeton. Ich bin sicher, er wird wissen, wie mit diesem Menschenschlag umzugehen ist.«

»Einverstanden. Bitte erledigen Sie das sofort.«

Kaum eine halbe Stunde später betrat er den kleinen Salon, wo er Louisa und seine Mutter lachen hörte. Der Klang tat seinem Herzen wohl. »Darf ich erfahren, welcher Scherz so lustig ist?«

»Kein Scherz«, sagte Louisa und wischte sich über die Augen. »Deine Mutter hat heute Morgen Bentleys

Mutter einen Besuch abgestattet, aber ich lasse sie die Geschichte erzählen.«

Gideon setzte sich neben Louisa, die ihm eine Tasse Tee einschenkte.

»Je länger ich über Bentleys verletzte Gefühle nachdachte«, begann seine Mutter, »desto klarer wurde mir, dass ich als Einzige den Schaden wieder beheben konnte. So schlecht die beiden auch zusammengepasst hätten, war er selbst doch vollends überzeugt davon, dass er sich in Louisa verliebt hätte. Also habe ich heute Morgen deine Tante Camilla aufgesucht.«

»Deine Mutter ist unfassbar brillant«, warf Louisa ein.

Mama strahlte, und Gideon hatte das Gefühl, dass sie seit Langem nicht so viel Freude erlebt hatte.

»Wie ich schon sagte, ist Camilla auf Bentleys Geheiß nach London gekommen, denn er hat beschlossen, Miss Blackacre den Hof zu machen, was er auf die richtige Weise bewerkstelligen will. Obwohl ich beim besten Willen nicht weiß, warum man für ein ordentliches Werben die Anwesenheit seiner Mutter braucht. Nichtsdestotrotz war Camilla recht sauer auf dich, mein lieber Rothwell, weil du ihm die ihrer Meinung nach viel bessere Partie für ihren Sohn vor der Nase weggeschnappt hast. Vor allem, weil er dich gebeten hatte, ihm mit Louisa zu helfen.«

Mama nahm einen Schluck Tee, dann fuhr sie fort: »Wie du weißt, ist es in ihrer Familie üblich, dass alle zusammen wohnen.« Sie schüttelte missbilligend den Kopf. »Ich glaube, das ruft mehr Schwierigkeiten hervor, als dass es sie löst. So sehr ich deine Großmutter auch liebte, hätte ich nie mit ihr in einem Haus wohnen können. Wie dem auch sei, ich habe verlauten lassen, dass Louisa bereits damit begonnen hat, Veränderungen im Hinblick auf die Hochzeit vorzunehmen. Und dass ich hocherfreut wäre, nicht mehr für alles verantwortlich zu sein, denn sie habe alles gut im Griff, da sie eine junge Dame mit einem starken Willen ist.«

Als Gideon sich die Reaktion seiner Tante vorstellte, wenn eine andere Dame versuchte, die Kontrolle zu übernehmen, grinste er.

»Dann beglückwünschte ich sie zu Bentleys Wahl einer Dame, die nicht nur väterlicher- und mütterlicherseits die Enkelin von Herzögen ist, sondern darüber hinaus eine beträchtliche Mitgift besitzt. Noch dazu genösse sie den Ruf, eine sehr unkomplizierte junge Frau zu sein. Als ich aufstand, um mich zu verabschieden, umarmte mich deine Tante und bat mich, dir dafür zu danken, dass du sie vor Lady Louisa bewahrt hast.«

Auf Louisas Antlitz lag ein breites Lächeln. »Das Beste daran ist, dass deine Tante jetzt alles tun wird, um Miss Blackacre zu fördern und Bentley zu zeigen, wie knapp er dran war. Sie werden morgen Abend zum Essen hier sein, und deine Mutter wird beiläufig erwähnen, dass ich die Porträts deiner Vorfahren neu arrangiert habe.«

Auch Gideon konnte sich ein Lachen nicht verkneifen. »Ich freue mich schon auf ihren Gesichtsausdruck, der sicherlich ihr Entsetzen zeigen wird. Ich glaube, die Ahnengalerie der Covingtons wurde seit über zweihundert Jahren nicht verändert.«

»Das ist richtig«, versicherte ihm Mama trocken. »Die neueren Gemälde werden einfach unter oder über die ursprünglichen gehängt. Es ist ein solcher Mischmasch! Ich hoffe, dass Miss Blackacre, wenn sie Herzogin wird, die Dinge in die Hand nehmen wird.«

»Ich glaube, ich kann mit Fug und Recht sagen, dass Sie darauf zählen können«, sagte Louisa. Sie nahm ihre Tasse hoch und trank einen Schluck. »Misses Boyle müsste jetzt für mich bereit sein.«

Seine Mutter warf einen Blick auf die vergoldete Uhr auf dem Kaminsims. »Das sollte sie in der Tat. Wenn es Ihnen nichts ausmacht, werde ich Sie damit allein lassen. Schließlich wird dies in naher Zukunft Ihr Haus sein. Ich habe meinem Dienstmädchen bereits gesagt, wie sehr ich mich freue, dass Sie meine Schwiegertochter werden. Das bedeutet, dass die leitenden Angestellten sehr wohl wissen, was ich empfinde.«

»Das enthebt dich der Notwendigkeit, zusammen mit Louisa jeden Raum des Hauses zu besichtigen«, entgegnete Gideon. Das war wirklich brillant. »Wirst du nach unserer Hochzeit in Rothwell Abbey bleiben?«

»Nein, mein Lieber. Was ich vorhin gesagt habe, meinte ich tatsächlich. Ein Haus kann nicht zwei Herrinnen haben. Das Personal darf nie glauben, dass man Louisas Anordnungen in Frage stellen kann. Nach dem Tod deines Vaters habe ich das Haus auf Vordermann gebracht. Nicht, dass es viel zu tun gegeben hätte. Ich habe auch vor, The Roses zu besuchen. Wie ich hörte, wurde es vermietet, und ich möchte sehen, ob es in gutem Zustand ist.«

Ein leises Pochen klang von der Tür her, und die Hausverwalterin trat ein. »Euer Gnaden.« Sie verbeugte sich. »Mylady, seid Ihr bereit, mich zu empfangen?«

Louisa lächelte und nickte. »Ja, das bin ich, Misses Boyle.«

Die Haushälterin war eine schlanke Frau von Mitte fünfzig. Sie holte ihr Notizbuch heraus, als sie und Louisa den Flur betraten. »Ich dachte, wir könnten mit dem Schulzimmer beginnen und uns dann nach unten durcharbeiten.«

Louisa erinnerte sich daran, dass Grace gesagt hatte, eine neue Herrin solle alle Bereiche eines Hauses inspizieren. Sie sagte: »Ich möchte auch die Räume der Bediensteten sehen.«

»Wie Ihr wünscht, Mylady.«

Es wurde rasch deutlich, dass außer der Reinigung der Räumlichkeiten, die perfekt war, seit einiger Zeit nichts mehr gemacht worden war. »Es wundert mich, dass die Herzogin nicht eine Erneuerung der meisten Vorhänge und Gardinen angeordnet hat.«

»Sie weilte auf dem Lande, Mylady«, antwortete die Haushälterin und wandte den Blick ab.

Dahinter steckte etwas, das man nicht auf den ersten Blick sehen konnte. Die Herzogin hatte ihr gesagt, dass sie London liebte. »Wann war Ihre Gnaden das letzte Mal in der Stadt?«

»Das muss etwa drei Jahre her sein.«

So lange vor dem Tod ihres Mannes? »Warum das?«

Sie hatten das Schulzimmer erreicht, und die Haushälterin

lächelte. »Ich war gerade Haushälterin geworden, als Seine Gnaden geboren wurde. So ein schöner Säugling ...«

Sie verbrachte die nächsten drei Stunden mit Misses Boyle, die Louisa viel über die Familie und Gideon als Kind erzählte. Doch immer, wenn sie eine Frage über den früheren Herzog wagte, wechselte die Dienerin das Thema.

Als sie und die Haushälterin fertig waren, wurde sie in das Morgenzimmer geleitet, wo die Herzogin und Gideon warteten.

»Ich hoffe, es war eine angenehme Zeit für dich.« Gideon erhob sich, um sie zu begrüßen.

»In der Tat. Misses Boyle ist äußerst kenntnisreich.« Louisa beschloss, den Stier bei den Hörnern zu packen. »Wusstest du, dass die meisten Möbel bald ersetzt werden müssen?«

Gideon blickte seine Mutter an.

»Ich weiß, Sie müssen denken, ich sei eine nachlässige Hausherrin.« Die Herzogin winkte mit der Hand. »Aber Sie können sich nicht vorstellen, wie viel Arbeit die Saison mit sich bringt. Zurück auf dem Lande stellt man dann fest, dass man vergessen hat zu tun, was getan werden muss.«

Warum versuchte die Herzogin, Louisa glauben zu machen, sie sei in der Stadt gewesen, während die Haushälterin sagte, die Herzogin sei auf dem Lande geblieben? »Ich kann verstehen, wie das passieren konnte«, sagte Louisa langsam. Das würde weitere Nachforschungen erfordern. Sie warf einen Blick auf die Uhr auf dem Kaminsims. »Gideon, ich muss zurück nach Hause.«

»Natürlich, ich lasse nach der Kutsche rufen.«

Als sich die Tür hinter ihm schloss, sah sie ihre zukünftige Schwiegermutter an. »Gibt es etwas, das Sie mir nicht sagen?«

Die Herzogin presste die Lippen zusammen. Dann seufzte sie. »Es hat nichts mit Ihnen zu tun, meine Liebe, oder mit Rothwell. Dennoch ist es ein Thema, das mir großen Schmerz bereitet, und ich möchte nicht darüber sprechen.«

Nun, das verwies Louisa in ihre Schranken. »Ich verstehe. Verzeihen Sie mir.«

»Es gibt nichts zu verzeihen. Sie konnten es nicht wissen.« Ihre Gnaden lächelte. »Wie ich höre, wird Ihre Mutter bald in der Stadt sein. Ich freue mich darauf, sie wiederzusehen.«

»Sie heißt jetzt Lady Wolverton. Sie und ihr Gatte werden von Kent herreisen. Ich weiß nicht genau, wann sie ankommen wird. Ich hoffe, bald.« Für den Moment spielte Louisa mit, aber am Ende würde sie herausfinden, was geschehen war, dass man so ungern über Gideons Vater sprach.

Am nächsten Tag machte sich Louisa auf Gideons Vorschlag hin an die Haushaltsbuchführung. Auch diese war vernachlässigt worden. Sie hoffte, das Datum herauszufinden, an dem die Herzogin die Arbeit an den Büchern eingestellt hatte.

Als sie die Quittungen durchging, war sie wieder einmal dankbar, dass ihre Schwägerin sie dazu gebracht hatte, die Konten von Worthington House in Ordnung zu bringen. Louisas Mutter hatte ein viel größeres Durcheinander als das von Rothwell hinterlassen, einfach weil Mama nie in der Lage gewesen war, die Bücher richtig zu führen, und sich auch nicht dazu durchringen konnte, es Matt zu sagen.

Als Louisa die Rechnungen sortierte, ordnete sie sie nach dem Datum und begann dann, sie ordentlich in Kategorien einzutragen, so wie es ihr beigebracht worden war. Es würde mehr als nur ein paar Tage dauern, bis sie das alles aufgeholt hatte, aber eine geordnete Buchführung zu haben, gab ihr ein Gefühl der Zufriedenheit. Ein Muster begann sich in den Ausgaben abzuzeichnen. Die Beträge für Lebensmittel und andere Haushaltswaren gingen zurück, während die Ausgaben für Wein und Spirituosen drastisch anstiegen. Es schien fast so, als würden nur noch die Bediensteten essen.

Zwischen zwei Rechnungen für Branntwein befand sich eine Rechnung für ein Paar Diamantohrringe. Sie datierte jedoch nicht ein Jahr zurück, wie die anderen Belege, sondern nur drei Monate. War Gideon da gerade aus Kanada zurück gewesen?

Wenn Gideon Geldprobleme hatte, warum gab er dann ein kleines Vermögen für Ohrringe aus? Vielleicht würde Mister Allerton es wissen. Er hatte ihr angeboten, ihr auf jede erdenkliche Weise zu helfen.

Sie stand auf und ging mit der besagten Rechnung zur Tür, die das Sekretariat mit ihrem Arbeitszimmer verband. Sie klopfte an und trat ein. »Ich habe eine Rechnung von Rundell and Bridge's gefunden.«

»Rundell and Bridge's?«, fragte der Sekretär, die Farbe wich aus seinen Wangen. »Bitte, gebt sie mir.« Er streckte die Hand aus. »Sie sollte nicht bei den Haushaltsbüchern liegen. Ich muss sie übersehen haben.«

»Für wen waren sie?«, fragte Louisa und ließ die Rechnung los.

»Es steht mir nicht frei, das zu sagen, Mylady.« Er schluckte nervös. »Ich wäre Euch dankbar, wenn Ihr die Angelegenheit nicht mehr erwähnen würdet.«

Noch etwas, von dem sie nichts wissen sollte.

Es gab eindeutig irgendein Geheimnis. Doch welches? Nicht, dass es etwas sein könnte, das womöglich die Hochzeit verhindern würde. Nachdem sie mit Gideon zusammengelegen hatte, durfte das auf keinen Fall geschehen. Trotzdem schätzte sie es nicht, im Dunkeln gelassen zu werden. Auf die eine oder andere Weise würde sie herausfinden, worum es sich handelte, und selbst entscheiden, ob es sich lohnte, sich darüber Gedanken zu machen.

KAPITEL 26

Gideon hatte Louisa nach Hause gebracht und war soeben zurück, da stieß auch schon seine Mutter auf ihn herab wie ein Raubvogel.

»Rothwell, du musst Louisa gegenüber ehrlich sein.« Mama durchschritt den Raum in einem Grad an Erregung, den man bei ihr selten sah. »Sie wird außer sich sein, wenn sie herausfindet, dass du nicht ganz und gar aufrichtig zu ihr warst. Das wäre jede Frau. Schließlich ist es nicht so, als wäre *dein* Verhalten skandalträchtig gewesen.«

»Das ist nichts, was ich mit einer Dame von guter Herkunft und Erziehung zu besprechen gedenke.« Seit gestern, als er Mama von Sullivans Drohungen berichtet hatte, lag sie ihm in den Ohren, dass er Louisa alles erzählen solle, was sein Vater getan hatte.

»Unsinn.« Sie blieb vor ihm stehen. »Sie wird es herausfinden, und wenn es so weit ist, kommst du in Erklärungsnot.«

»Mama«, sagte er sanft und nahm ihre Hände. »Bitte versteh mich doch. Wenn ich dächte, dass ich ihr alles erzählen könnte und sie mir dann das Regeln dieser Angelegenheiten überlassen würde, dann würde ich es tun. Ich mache mir jedoch Sorgen, dass sie mir dabei helfen will. Sie ist nicht ängstlich und würde nicht zögern, sich diesem Kerl entgegen zu stellen.« Oder, im Fall von Misses Petrie, dieser Weibsperson.

»So wie ich das verstehe«, schnappte seine Mutter, »behandelst du sie wie ein dummes kleines Mädchen, und sie ist alles andere als das. Sie ist eine erwachsene

Frau, die bald deine Herzogin wird. Sie hat das Recht, es zu erfahren.«

Diese Unterhaltung hatte er bereits mit Worthington geführt. Er brauchte die gleichen Worte nun nicht von seiner Mutter zu hören. Auf seiner Wange zuckte ein Muskel. »Das ist mein Problem. Ich werde mich darum kümmern, und zwar auf meine Weise und ohne Hilfe.«

»Lass mich dir etwas sagen«, seine Mutter grummelte geradezu. »Sowohl dein Leben als auch die Verwaltung deines Herzogtums werden dir viel leichter fallen, wenn du damit aufhörst, alles allein zu tun. Aber da du nicht auf die Stimme der Vernunft hören willst, muss ich mich nun entschuldigen.«

Gideon sah seiner Mutter hinterher, die aus dem Zimmer rauschte. Er hatte sie noch nie in einem solchen Zustand gesehen. Er war sich sicher, dass sein Weg der richtige wäre, und doch nagte etwas an ihm. Was, wenn sie recht behielt? Was würde Louisa tun, wenn sie herausfand, dass er das Verhalten seines Vaters vor ihr geheim hielt?

Allerton pochte an die offenstehende Tür. »Euer Gnaden, ich habe Neuigkeiten von Mister Templeton zur Angelegenheit Sullivan.«

»Berichten Sie.«

»Da die Schuld nicht vor Gericht einklagbar ist, stimmt Mister Templeton zu, dass Sullivan eine Gefahr für Euch darstellt. Der Anwalt bittet respektvoll darum, dass Ihr das Anheuern zusätzlicher Männer zu Eurem Schutz erwägt.«

Leibwächter? Sullivan wäre ein Narr, Gideon anzugreifen, wenn dieser einen Beweis für seine Drohung in Form eines Schriftstücks hatte. »Ich werde so weitermachen wie bisher.«

»Sehr wohl, Euer Gnaden.«

Ein besorgter Ausdruck legte sich auf das Gesicht seines Sekretärs. »Es gibt noch etwas. Als Lady Louisa die

Haushaltsbücher durchsah, stieß sie auf eine Rechnung für Diamantohrringe. Ich muss sie beim Sortieren der Belege übersehen haben.«

»Teufel noch mal.« Gideon raufte sich die Haare. »Welches Datum stand auf der Rechnung?«

»Sie ist drei Monate alt. Es ist offensichtlich eines der Stücke, die diese Person sich anhand der gefälschten Vollmacht besorgt hat.«

Daran konnte er jetzt nichts ändern. »Schick die Rechnung an Mister Templeton. Er muss den Tand auf die Liste setzen.«

»Sofort, Euer Gnaden.« Allerton verließ eilig den Raum.

Es war vermutlich Gideons eigene Schuld, dass Louisa diese Rechnung gefunden hatte. Wäre er seinen Instinkten gefolgt, hätte er sie geliebt, anstatt sich um Besitzangelegenheiten zu kümmern. Dann hätte sie die Rechnung niemals gefunden. Der Gedanke daran, wie sie in seinem Bett gelegen hatte, das seidige, dunkle Haar in wilden Locken auf dem schneeweißen Kissen, ließ ihn stöhnen. Warum hatte er nicht mit ihr zusammengelegen? Ach ja. Allerton. Da er im angrenzenden Zimmer arbeitete, hatte Gideon nicht riskieren wollen, in einer peinlichen Lage angetroffen zu werden.

Wem versuchte er etwas vorzumachen? Sie hätte die Rechnung schließlich irgendwann zwischen all den anderen Belegen finden müssen. Was jedoch noch wichtiger war: Wenn sie eine Rechnung gefunden hatte, würde sie vielleicht noch auf weitere stoßen, die sein Sekretär übersehen hatte. Zur Hölle mit allem. Er würde eine andere Möglichkeit finden müssen, sie abzulenken, aber nächstes Mal, wenn er und Louisa in London wären, würde er alle Schlüssel gefunden haben und sie in den Türen stecken lassen, damit er sie jederzeit abschließen konnte.

Zur Hölle! Vielleicht sollte er die Schwierigkeiten mit der Weibsperson Petrie vor der Heirat aus der Welt schaffen, aber dann bestand eine höhere Wahrscheinlichkeit, dass Louisa herausfinden könnte, was sein Vater getan hatte. Nein. Es war am besten, beim eingeschlagenen Kurs zu bleiben. Er musste sie nur bis zur Hochzeit beschäftigen.

Er warf einen Blick auf die verschnörkelte Kaminuhr, die sein Urgroßvater aus der Schweiz mitgebracht hatte. Das Gold allein musste ein Vermögen wert sein. Wenn es ihm nicht gelang, genug von Misses Petrie zurückzuverlangen, wäre die Uhr eines der ersten Stücke, die er verkaufen würde. Vielleicht sollte er Allerton bitten, sich mit einem Gutachter in Verbindung zu setzen. Gideon würde vor der Heirat mit seinem neuen Vermögensverwalter sprechen müssen.

Könnte er doch diesen Abend mit ihr zusammen sein! Sie würden sich zwar nicht lieben können, aber zumindest könnte er sie in den Armen halten. Diesen Abend würden jedoch Bentley und seine Mutter mit Gideon und Mama dinieren. Er hoffte, dass es dazu beitrug, die Kluft zwischen ihm und seinem Vetter wieder zu überbrücken.

Er würde eine Nachricht und Blumen schicken. Vielleicht würde sie darüber die Ohrringe vergessen.

Drei Stunden später hielt Gideon sich im kleinen Salon auf, als Bentley und seine Mutter ankamen. Während seine Mutter sich in einer Umarmung wiederfand, die aus irgendwelchen Gründen wie eine Wolke unzähliger gefärbter Federn um sie herum wirkte, ging Gideon zu seiner Anrichte, auf der eine Sammlung gläserner Krüge und Kristallkaraffen standen, die vom Brandy bis zur Limonade alles enthielten. Er wusste, dass sein Vetter wahrscheinlich ein Glas Claret zu schätzen wüsste.

Als er sich in der Hoffnung umdrehte, dass seine Mutter die Federattacke überlebt hatte, um zu fragen, was seine Tante dieser Tage so trank, stand Bentley direkt vor ihm.

»Rothwell.« Er räusperte sich. »Ich muss dich um Vergebung bitten.« Sein Kehlkopf bewegte sich mehrmals auf und ab. »Es war ein Fehler, dir oder Louisa Vorwürfe zu machen. Ich habe inzwischen begriffen, dass man seinem Herzen keine Vorschriften machen kann.«

Gideon war überrascht. In all den Jahren, seit er Bentley kannte, war dieser niemals so ... artikuliert gewesen. »Es gibt nichts zu vergeben. Lady Louisa und ich haben alles versucht, dich nicht zu verletzen, aber wie du schon sagtest, man kann seinem Herzen keine Vorschriften machen.« Oder seinen Küssen, so schien es. »Wir hatten nichts davon geplant. Es geschah einfach.«

»Ich begreife es jetzt. Miss Blackacre hat mich darauf aufmerksam gemacht, dass du und Lady Louisa kaum die Augen voneinander lassen konntet. Ich nehme an, ich hätte es auch erkennen müssen, aber Oria... Miss Blackacre sagte, dass Männer es gewöhnlich nicht bemerken und dass ich mir keine Vorwürfe machen müsse.«

Louisa hatte recht gehabt. Miss Blackacre schien perfekt für Bentley zu sein. Gideon freute sich auch darüber, dass Bentley und die Dame sich beim Vornamen nannten. Wenn das der Fall war, mussten sich die Dinge gut entwickeln. »Ich bin zu der Überzeugung gelangt, dass Miss Blackacre eine außergewöhnlich einsichtsreiche Dame ist.«

Bentleys Lächeln hätte den Raum ausleuchten können. »Ja, das ist sie. Ich hoffe, sie«, – er verzog nachdenklich das ganze Gesicht, wie er es als Kind schon getan hatte –, »erneut um ihre Hand bitten zu dürfen. Aber sie verlangt, dass ich mindestens zwei Wochen damit warte.« Seine Stirn glättete sich. »Deshalb habe ich Mama gebeten, nach London zu kommen.«

Endlich würde Gideon herausfinden, warum sein Vetter – oder irgendein anderer Mann – nach der Mutter schickte, wenn er einer Dame den Hof machte. »Was soll sie denn für dich machen?«

»Mir helfen, Miss Blackacre und ihre Großmutter bei Laune zu halten. Ich kann das nicht sehr gut ohne weibliche Unterstützung. Ich habe sie eingeladen, mit uns zu dinieren, und dann können wir ja noch zum Theater gehen, und zu Vauxhall. Wusstest du, dass Miss Blackacre noch nie ein Feuerwerk gesehen hat?«

»Nein, das wusste ich nicht«, antwortete Gideon und fragte sich, ob Louisa je eines gesehen hatte. Das könnte besser sein als Blumen.

Louisa hatte sich zeitig für das Dinner angekleidet und saß im Salon der jungen Damen, wo sie in einer Liste all ihre Sorgen bezüglich Gideons niederschrieb. Wenn sie ihm vertrauen sollte, musste dies auf Gegenseitigkeit beruhen. Doch das war offensichtlich nicht der Fall.

»Du runzelst wieder die Stirn.« Charlotte setzte sich anmutig auf den Holzstuhl neben dem Schreibtisch. »Daran muss Rothwell schuld sein.«

»Er verschweigt mir etwas, und ich versuche, herauszufinden, was es sein könnte. Das ist eine Liste der Dinge, die keinen Sinn ergeben.«

»Nun gut.« Charlotte drehte das Blatt um, auf dem Louisa geschrieben hatte, und las es durch. Sie ließ den Mund offenstehen. »Du hast eine Rechnung für Diamantohrringe gefunden?«

»Ja. Das Eigenartige daran ist, dass die Rechnung erst drei Monate alt ist.« Dieser Punkt verwirrte sie mehr als alles andere. Matt hatte gesagt, das Herzogtum stecke in finanziellen Schwierigkeiten. Warum also kaufte

Gideon Diamantohrringe, und für wen? Es sei denn, seine Mutter hatte sie gekauft, doch auch das ergab keinen Sinn.

»Lassen wie diesen Punkt mal beiseite«, sagte Charlotte, »und schauen wir, was wir wissen. Zuerst einmal: Der verstorbene Herzog hat die Schwierigkeiten verursacht, während Gideon in Kanada war.«

»Zweitens: Gideon will meine Hilfe beim Beheben des Schadens nicht annehmen.« Louisa zog ein Gesicht. Dass er ihre Hilfe nicht wollte, nagte jedes Mal an ihr, wenn sie daran dachte.

»Daraus spricht wahrscheinlich schlicht der männliche Stolz«, sagte Charlotte fest. »Ich glaube ehrlich, dass der Grund dafür, dass Grace so viele Schwierigkeiten mit meinen Onkeln hatte, in deren Stolz lag.«

Louisa gingen die Ohrringe einfach nicht aus dem Sinn. »Und doch – was, wenn etwas anderes dahintersteckt? Rothwell war vor drei Monaten nicht einmal hier in London. Er war gerade erst aus den Kolonien zurück.«

Charlotte trommelte mit den Fingern auf den Schreibtisch und dachte nach. »Und seine Mutter war auf dem Lande, da sie in Trauer war. Wer hat also den Schmuck gekauft?«

»Ich wünschte, ich wüsste es. Ich glaube, wenn ich die Antwort auf diese Frage finde, kann ich das Geheimnis lösen.« Louisa war sicher, dass sie auf der richtigen Spur war. Die Frage lautete jetzt bloß, wie sie weiter verfahren sollte.

»Ich stimme dir zu. Allerdings muss ich sagen, dass Schmuckhändler ihre Kundschaft sehr schützen. Ich bezweifle, dass du von ihnen Informationen erhalten könntest.«

Louisa dachte über die Worte ihrer Schwester nach. »Ich schätze, du hast recht. Vielleicht warte ich am besten ab und sehe, was ich sonst noch herausfinden kann.«

»Das ist allerdings nicht das, was du willst.« Charlotte zog eine Grimasse. »Aber deine Hochzeit ist in weniger als zwei Wochen, und du musst dich nun wirklich ein wenig darum kümmern.«

»In der Tat.« Louisa versuchte, ihre Beklemmung abzuschütteln. »Danke für deine Hilfe.«

»Ich weiß nicht, ob ich eine große Hilfe war, aber ich hoffe inständig, dass du dich besser fühlst.« Charlotte erhob sich und schüttelte ihre Röcke aus. »Wir sollten in den kleinen Salon gehen, oder wir werden als Letzte herunterkommen.«

»Ich fühle mich, als wäre ich tagelang nicht hier gewesen. Hast du etwas Neues von Harrington gehört?«

»Matt hat einen Brief von ihm bekommen, in dem er ihn fragt, ob er auf seine Rückkehr warten könne.« Charlotte hörte sich mit ihren Problemen auch nicht glücklicher als Louisa an.

»Und?«

»Ich weiß nicht.« Ihre Schwester zuckte mit den Schultern. »Ich habe keinen anderen kennengelernt, der mich interessiert, aber ich lege mich nicht fest. Auch wenn du und Dotty eure Ehemänner in der aktuellen Saison gefunden habt, glaube ich nicht, dass es bei mir auch so sein wird. Und wie Grace mich immer wieder erinnert, gibt es keinen Grund zur Eile.«

»Es ist wichtiger, den richtigen Gentleman zu heiraten, als irgendeinen.«

»Genau das denke ich auch. Ich weiß nur nicht, ob Harrington der Richtige ist. Ich habe es im Gefühl, dass jemand anderes auftauchen könnte.«

Sie öffneten die Tür, als ein Lakai just die Hand erhob, um anzuklopfen. »Miladies, Miss Blackacre ist hier, um Euch zu sehen.«

Louisa sah zu ihrer Schwester und lächelte breit. Sobald sie herausgefunden hatte, dass Gideon diesen Abend mit seinem Vetter dinieren würde, hatte sie Grace gebeten, eine Nachricht zu senden und Oriana und ihre Großmutter zum Dinner in Stanwood House einzuladen. »Ich bin so glücklich, dich zu sehen.« Sie umarmte Oriana und wartete, bis auch Charlotte ihren Gast umarmt hatte. »Wie ich höre, hat Bentley seine Mutter nach London gerufen, damit er dir richtig den Hof machen kann.«

Oriana verdrehte die Augen und blickte zur Decke, doch in ihrem Mundwinkel lag ein Lächeln. »Ja, und er überschlägt sich beinahe.«

»Oh, ich möchte alles darüber hören«, sagte Charlotte und zog die Freundin in den Salon. »Da niemand weit und breit mir den Hof macht, lebe ich mit dir und Louisa mit.«

»Wenn dir niemand seine Aufmerksamkeit schenkt, liegt es daran, dass du kein Interesse zeigst«, erwiderte Louisa.

»Oder alle Gentlemen denken, Harrington hätte sie bereits ausgestochen«, sagte Charlotte und ließ sich auf dem Sofa nieder. Sie zog Oriana neben sich. »Von Anfang an, bitte. Wir Damen, die keine Geschichten zu erzählen haben, müssen unterhalten werden.«

»Ich war nicht im mindesten überrascht, als plötzlich Bentleys Mutter auftauchte«, sagte Oriana. »Er hatte mir schon gesagt, dass er sie gebeten hatte, in die Stadt zu kommen. Aber«, zarte Falten kräuselten ihre glatte Stirn, »ich war von ihrer kühlen Begrüßung irritiert, als ich sie traf. Auch wenn ich sagen muss«, sie lächelte Charlotte und Louisa breit an, »dass ihre Haltung ihn nur noch mehr überzeugte, ihre Sympathie mir gegenüber zu wecken. Anscheinend hat es funktioniert, denn als Großmama und ich sie heute besuchten, hätte die Herzogin nicht freundlicher oder zuvorkommender sein können. Das war ein ziemliches Glück, denn Großmama hatte sich bereits darauf eingestellt, Bentleys Mutter eine heftige Rüge zu erteilen.«

Nach allem, was Gideon Louisa von seiner Tante erzählt hatte, bezweifelte sie nicht, dass die umtriebige Witwe die Frau in Aufruhr versetzt hätte. »Du darfst Rothwells Mutter für ihren raschen Gesinnungswandel danken. Sie hat ihre Schwägerin heute früh besucht und mich in den glühendsten, aber auch erschreckendsten Worten gepriesen. So, dass sie sich mehr als glücklich schätzen würde, dass er sich nicht mit mir verlobt hat. Außerdem hat sie dich, deine Verbindungen und deine Mitgift gelobt.«

Oriana stieß die Luft aus. »Ich bin froh zu hören, dass es nicht nur eine Laune vonseiten der Herzogin war. Ich habe sie erst dreimal gesehen, aber sie scheint mir ein bisschen zerstreut zu sein, und du weißt ja, wie wechselhaft solche Menschen sind. Sollte ich in Zukunft irgendwelche Zweifel haben, werde ich mich an dich wenden.«

»Tu das.« Louisa lachte. »Ich habe den Eindruck, dass Rothwells Mutter ihre Schwägerin nur zu gern auf dem richtigen Pfad hält, was Bentleys Werben um dich angeht. Tatsächlich essen sie heute Abend zusammen.«

»Wirklich?« Orianas Augen weiteten sich. »Da würde ich zu gern Mäuschen spielen. Du kennst nicht zufällig irgendwelche Geheimgänge in Rothwell House?«

»Leider nein.« Louisa schüttelte den Kopf. »Allerdings bin ich mir sicher, dass ich morgen früh, wenn Rothwell und ich ausreiten, alles darüber hören werde.«

»Oriana«, sagte Charlotte. »Liebst du Bentley?«

Oriana war eine Weile sehr still, dann antwortete sie: »Ich fange an, ihn zu lieben, weil ich glaube, dass er gerade beginnt, mich zu lieben. Bevor ich seinen nächsten Antrag annehmen werde, muss ich mir über beides sicher sein, aber ...«, sie lächelte sanft, »er ist immer aufmerksam, und ich glaube nicht, dass das mit der Zeit verschwindet. Außerdem ist er der zuvorkommendste Gentleman, den ich kenne.« Sie warf Louisa einen Blick zu. »Er vermisst Rothwells Freundschaft sehr. Ich hoffe wirklich, dass sie sich wieder versöhnen.«

»Das tue ich auch«, stimmte Louisa zu. »Sie waren sich sehr nah.« Und das würden sie auch wieder sein.

Trotz ihrer Sorgen um Rothwell wusste Louisa, dass sie Gideon liebte, und würde keinen anderen Mann zum Ehemann haben wollen. Die einzige Frage lautete: Wie konnte sie ihn überzeugen, dass er ihr ebenso sehr vertraute wie sie ihm?

***

Golden Palace in Covent Garden, London

»Scheiße noch mal! Er hält mich wohl für einen Idioten?« Patrick »King« Sullivan zerknüllte den Brief, den ihm sein Verwalter, Rechtsberater, Langzeitfreund und Partner Michael Hammond kurz zuvor gegeben hatte. »Will die Schulden seines Pas nicht zahlen, weil der alte Mann verrückt war. Auf mich hat der nie verrückt gewirkt. Wer zum Geier denkt der, dass er ist?«

»Ich glaube, er denkt, dass er ein Herzog ist«, antwortete Michael trocken. »Und ich sagte dir doch, dass er sich weigert, Spielschulden seines Vaters zu begleichen. Der alte Mann war tatsächlich verrückt.«

»Was soll das denn für ein verfluchter Gentleman sein?« So etwas war Patrick noch nie untergekommen. Oh, schon so mancher hatte versucht, seine Verluste einfach auf sich beruhen zu lassen, aber keiner hatte frech weg gesagt, er würde nicht zahlen. »Scheiß-Herzog oder nicht. Keiner legt sich mit King Sullivan an.«

Die Tür zu seinem Büro wurde aufgestoßen. »Was'n los?«, fragte sein anderer Partner, Robert. »Ich hör dich bis unten hin rumpoltern.«

»Nichts. Musst du nicht woanders sein?«

»Richtig.« Robert lachte und zog die Tür zu.

»Ich meine mich zu erinnern, dass ich dir geraten habe, diesen Brief nicht zu schreiben.« Hammonds ruhiger Tonfall irritierte Patrick noch mehr. Michael war der Einzige von ihnen, der mehr als nur ein paar Jahre die Schule besucht hatte. Er sprach auch gern wie ein vornehmer Pinkel. »Sollte Rothwell irgendetwas zustoßen, wissen die Behörden exakt, wo sie suchen müssen.«

»Ich krieg meinen Zaster noch«, grummelte Patrick.

»Und wie willst du das bewerkstelligen?«, fragte Michael geduldig.

»Ich schicke ihm Sean und Liam.« Das waren Patricks beiden übelsten Schläger. »Wenn die erst mal mit ihm fertig sind, Herzog hin oder her, dann wird er zahlen.«

Eine von Michaels roten Brauen zuckte nach oben. »Du willst die beiden nach Mayfair schicken?«

»Ich bin doch nicht doof. Ich krieg ihn, wenn er sich hier blicken lässt.«

»In dem Fall kannst du lange warten. Ich habe Nachforschungen angestellt. Er lässt sich hier nicht blicken. Weder spielt er, noch pflegt er regen Umgang mit geneigter Weiblichkeit.«

»Geneigter Weiblichkeit?«

»Huren. Er geht nicht in Bordelle.«

Patrick wusste nicht, woher sein Freund so viel über die reichen Pinkel wusste, aber seine Informationen stimmten immer. »Irgendein Laster muss er haben. Vielleicht 'ne Geliebte?«

»Nein.« Michael schüttelte den Kopf. »Er hat sich gerade mit einer jungen Dame verlobt.«

»Die können wir uns schnappen. Er wird blechen, um sie wiederzukriegen.« Oder er konnte sie an einen verkaufen, der bereit war, zu blechen.

Michael blickte Patrick mit zusammengekniffenen Augen an. »Ich weiß, was dieser Blick zu bedeuten hat.

Denk nicht einmal daran, sie zu bedrohen. Ihr Bruder ist der Kerl, der Miss Betsy's hat hochgehen lassen, und diese Leute wissen, wie sie es anpacken müssen. Dann wären zwei Adlige hinter dir her.« Er schnaubte. »Du bist nicht mehr in St. Giles, Patrick. Lass diesen in Ruhe, sonst könnten wir alles verlieren.«

Patrick grunzte. Miss Betsy und dieser Kerl, der für sie arbeitete, waren einfach strohdumm gewesen. Zu denken, sie könnten sich einfach diese vornehmen Dinger schnappen, solange ihr alter Herr auf See war, und damit davonkommen.

Es gab jedoch einen Haken: Wenn er Geld, das ihm jemand schuldete, nicht eintreiben ließ, würde es sich herumsprechen. Dann hätte er noch mehr Schwierigkeiten. Seine Schläger nach Mayfair zu schicken war nun nicht unbedingt das, was er wollte. Die verfluchten Wachmänner waren überall. Er beäugte seinen Freund. Er musste seinen Männern einfach einbläuen, dass sie geschickt vorgehen mussten, und Michael nicht in seine Pläne einweihen.

KAPITEL 27

Gideon traf um sieben Uhr am Morgen ein, um mit Louisa auszureiten, doch zum ersten Mal ließ man ihn warten. Der Butler wollte ihn in einen Salon führen, doch er weigerte sich. Er kannte Louisa nur sehr pünktlich, weshalb er wollte, dass sie ihn, wenn sie die Treppe herunterkäme, sogleich sehen konnte.

Sein Bauchgefühl, wie seine kanadischen Freunde es benennen würden, bestätigte sich, als sie auf dem Treppenabsatz erschien. Sobald sie ihn sah, lockerte sie die Schultern, die sie bis zu den Ohren hochgezogen hatte, und lächelte.

Sie begegneten sich auf halber Treppe, da er ihr entgegenging. »Verzeih mir, dass ich dich habe warten lassen. Wir haben heute Morgen eine Nachricht von meiner Mutter erhalten. Sie ist im Pulteney und kommt zum Frühstück zu uns. Ich hätte beinahe absagen müssen, aber wenn wir sogleich aufbrechen, können wir einen schönen Galopp hinlegen.«

Gideon versuchte, bei dem Gedanken nicht zu stöhnen, dass Louisa ständig von Ladies umgeben war, wo sie auch ging und stand. Er hob sie auf ihr Pferd und fragte sich unablässig, ob er einfach mit ihr fliehen sollte. Doch das würde noch mehr Schwierigkeiten nach sich ziehen. »Werde ich dich vor der Hochzeit überhaupt noch zu Gesicht bekommen?«

Sie legte ihm die Handfläche an die Wange. »Gewiss. Mutter wird wegen unserer Hochzeit in Aufruhr sein und wahrscheinlich ausgiebig mit mir einkaufen wollen. Aber ich werde ihr sagen, dass ich die Haushaltsbücher noch in Ordnung bringen muss.« Sie grinste ihn an. »Und ich muss mich auch noch um andere Pflichten kümmern. Sobald ihr neuer Ehemann ankommt, wird sie nicht mehr an mich denken.«

»Ich bin froh, dass du der Meinung bist, sie wird uns kaum stören.«

»In der Tat«, sagte Louisa mit lieblicher Stimme. »Er wird sie schon auf andere Gedanken bringen. Im Gegensatz zu deiner Mama, die noch nie gestört hat.«

Verflixt. Touché. »Vielleicht sollte ich für meine Mutter einen Galan finden.«

»Sie ist noch in Trauer«, stellte Louisa fest und nahm die Zügel in die Hände. »Wollen wir?«

Als sie den Park erreichten, ließen sie den Pferden die Zügel locker. Der Morgen war frisch und klar. Doch ihr Ausritt währte zu kurz. Andererseits war die Zeit, die er mit Louisa verbringen konnte, immer zu kurz. Er wollte sie bei sich haben. In seinem Zuhause, in seinem Bett. Tag und Nacht wollte er sie bei sich haben. Andererseits war es vielleicht nur zum Besten, dass ihre Mutter herkam. Dann wäre Louisa zu beschäftigt, um das herauszufinden, was sie nicht wissen sollte.

Er wurde zum Frühstück mit ihrer Familie eingeladen. Es gab keine Gelegenheit, seine Kleidung zu wechseln, doch das schien niemanden zu stören, wenn das Frühstück mit zwölf weiteren Menschen eingenommen wurde, von denen die meisten unter fünfzehn Jahren alt waren. Er musste immer noch blinzeln, um sich zu vergewissern, dass er nicht doppelt sah. Wobei dieser Eindruck bei den Zwillingen natürlich doch bestehen blieb.

Er und Louisa betraten den Frühstücksraum. Sie ging sogleich auf eine kleine, zierliche Frau mit blondem Haar und hellblauen Augen zu, die er noch nie gesehen hatte, und er folgte ihr.

»Mama«, sagte Louisa. »Wann bist du angekommen?«

Lady Wolverton umarmte Louisa. »Just vor wenigen Minuten. Ich bin diese Nacht in Pulteney geblieben. Bei allem, was gerade geschieht, wollte ich Grace nicht zusätzlich belasten. Mein Gepäck wird heute Morgen hergeschickt, und Richard stößt später auch noch zu uns.«

Louisa erwiderte die Umarmung ihrer Mutter. »Ich bin froh, dass du hier bist.« Sie nahm Gideons Hand. »Mama, ich würde dir gern den Herzog von Rothwell vorstellen. Rothwell, meine Mutter, Lady Wolverton.«

»Mylady, ich bin sehr erfreut, endlich Louisas Mutter kennenzulernen.« Er verbeugte sich und erwartete, dass sie die Hand ausstreckte, was sie jedoch nicht tat. Tatsächlich sah sie nicht sehr glücklich aus, ihn zu sehen.

»Euer Gnaden.« Sie knickste höflich. »Sehr erfreut.« Ihre Stimme war jedoch so eisig, dass sie Champagner hätte kühlen können.

Seine Liebste führte ihn auf die dem Platz ihrer Mutter gegenüberliegende Tischseite. Er zog den Stuhl für Louisa und dann einen Stuhl für Theo zurück. Wenigstens saßen ihm zu beiden Seiten Damen, die ihn tatsächlich leiden mochten.

Was um Himmels willen hatte er getan, um auf die schwarze Liste der Lady Wolverton geraten zu sein? Er war der Dame nie zuvor begegnet.

Zu guter Letzt saß er ihr am Tisch genau gegenüber und war ihrem durchdringenden Blick ausgeliefert. Wie erwartet, betrachtete die Lady ihn keineswegs mit Stolz im Blick, weil ihre Tochter einen Herzog eingefangen hatte – wie die meisten Menschen es wohl vermutet hätten –, sondern eher mit Argusaugen, um zu überprüfen, ob er der angemessene Ehemann für ihre Tochter wäre.

Obgleich sie keine Frage an ihn richtete, war er sich doch ihres scharfen Blickes allzu bewusst, der ihn wortwörtlich zu durchbohren schien, als sie seine

Tauglichkeit einschätzte. In seinem ganzen Leben hatte er sich nie unbehaglicher gefühlt als jetzt. Es war, als könne sie sein wollüstiges Begehren für ihre Tochter erkennen. Als ob sie wüsste, dass Louisa, sobald er und sie wieder allein wären, in seinen Armen landen würde. Nicht einmal Indianer waren derart angsteinflößend wie die Viscountess sich in diesen Momenten erwies. Doch nicht nur das, sondern er spürte auch, dass er die Schultern hochzog, als müsse er einen Angriff abwehren.

In dem Bemühen, sich wieder zu entspannen, hielt Gideon sich an dem Wissen fest, dass ihm niemand seine Liebe wegnehmen konnte. Er versuchte, Louisas Mutter zu ignorieren, und unterhielt sich mit Louisa und Theo. Er brachte die beiden mit einer Anekdote aus seiner Zeit in Kanada zum Lachen.

»Ich wünschte, wir könnten auf der Themse Schlittenrennen veranstalten«, sagte Theo mit sehnsüchtigem Blick in den großen, tiefblauen Augen.

»Eines Tages wird man das können«, gab Walter, der zu Theos Linken saß, seine Meinung zum Besten. »Ich habe gehört, dass die Themse vor einigen Jahren zugefroren ist.«

Als die Lakaien die Speisen hereinbrachten und auf den Tisch stellten, hörte Lady Wolverton endlich auf, Gideon anzustarren, und wandte sich einem der Zwillingsmädchen zu, die neben ihr saßen.

»Ich glaube, deine Mutter schätzt mich nicht sehr«, flüsterte er Louisa zu.

»Zweifellos wünscht sie sich lediglich, sie wäre hier gewesen, als wir uns kennengelernt haben.« Sie strich Aprikosenmarmelade auf ihren Toast und nahm einen Bissen, kaute und schluckte dann. »Ich bin mir sicher, dass sie überrascht war, als sie erfuhr, dass wir uns verlobt haben. Sie hätte beinahe wegen meiner Geschwister und mir nicht geheiratet, aber wir haben sie überzeugt, ihrem Herzen zu folgen.«

»Ich verstehe.« Nicht, dass er das tatsächlich tat. Manchmal waren Frauen für ihn ein einziges Mysterium. Aber es schien die richtige Antwort zu sein.

Theo zog ihn am Ärmel. »Wenn sie dich näher kennt, wird sie zufrieden sein. Ich sag' ihr, dass du mir Geschichten vorgelesen hast, als ich krank war.«

»Ich glaube, Theo hat recht. Ich kann mir keinen Grund vorstellen, weshalb sie dich nicht leiden mögen sollte.« Louisa schenkte Gideon ein Lächeln, bevor sie die Gabel in ihr Rührei tauchte.

Gideon war nicht als Einziger überrascht von Mamas kühler Begrüßung und ihrer Haltung ihm gegenüber, und Louisa war nicht gerade erfreut. Mama, die sich so gern ihrer außerordentlich guten Manieren rühmte, war dem Mann gegenüber, der ihr erster Schwiegersohn werden sollte, nicht gerade höflich gewesen. Und das, obgleich er ein Herzog war. Die meisten Eltern würden alles dafür tun, dass ihre Tochter in einen so hohen Stand einheiratete, selbst wenn es einige finanzielle Schwierigkeiten gab.

Louisa unterdrückte ein Seufzen. Zweifellos würde sie nach dem Frühstück herausfinden, was ihre Mutter umtrieb. Wenn Mama das Thema nicht selbst anspräche, würde Louisa es tun.

Fast eine Stunde später geleitete Louisa Gideon zur Haustür. Er hob ihre Finger an die Lippen, und die Wärme, die seine Berührung auslöste, verstärkte sich scheinbar noch. »Wenn du meinst, dass du später noch zu Rothwell House kommen kannst, lasse ich dir die Stadtkutsche schicken.«

Sie drehte ihre Hände um, seine Handfläche nach oben, und küsste sie. »Ich bezweifle, dass ich heute zu Besuch kommen kann. Mama wird Zeit mit mir verbringen wollen, und Charlotte hat mich daran erinnert, dass ich bei den Hochzeitsplanungen anwesend sein muss.«

»Wahrscheinlich hätte ich das im Grunde erwarten müssen.« Er hielt ihren Blick fest. »Liebste, jeden Augenblick, den wir getrennt voneinander verbringen, vermisse ich dich. Noch eine Woche zu warten, ist Folter.«

Sie sog seinen Duft ein, wünschte, sie könne mit ihm verschmelzen und seine starken Hände auf ihrem Körper spüren, wenn er sie in Höhen brachte, die sie nie zuvor erlebt hatte. »Ich vermisse dich auch. Ich vermisse es, mit dir zusammen zu sein.«

Er warf einen raschen Blick in der Halle um sich, dann zog er sie in die Arme. »Küss mich.«

Louisa schlang ihm die Arme um die Schultern und hätte ihr Leben gegeben, als seine festen, warmen Lippen ihre berührten und sanft mit ihr spielten, bevor er Besitz von ihr ergriff. Sie legte den Kopf schräg und öffnete den Mund, lud seine Zunge zu einem Tanz mit ihrer ein. Er schob die Hände aus ihrer Taille hoch und bedeckte ihre Brüste. Sie stöhnte. Sie verlor jegliche Vorstellung davon, wie lange sie dastanden. Es hätten Stunden, Tage sein können, und wäre doch nie genug.

Ein lautes Klopfen erklang vom Dienstboteneingang, und sie stoben auseinander.

Gideon stützte das Kinn auf ihren Kopf. »Ich muss wohl dankbar dafür sein, dass wir diese wenigen Momente hatten.«

Die verdankten sie vermutlich entweder Matt oder Grace. »Ich auch. Könnte ich doch jetzt mit dir kommen.«

Er richtete sich auf, sah sie an und lächelte. »Mylady, wenn ich Euch jetzt mit mir nähme, würde ich Euch nicht wieder zurückbringen.«

»Nicht einmal für Eure Hochzeit?«, neckte sie.

»Die Zeremonie würde keine Sekunde später als morgen in aller Früh abgehalten werden.« Er spielte mit der Zunge an ihrem Ohr. »Wobei es mir außerordentlich schwerfallen würde, Euch aus meinem Bett zu lassen.«

»Ich wusste nicht, dass Ihr solch ein Unhold seid, Euer Gnaden.« Wären nicht schwere Schritte auf den Stufen zum unteren Stockwerk erklungen, hätte sie ihn erneut in einen Kuss gezogen.

»Nur für Euch.«

Die mit grünem Tuch bespannte Tür öffnete sich, und Royston betrat die Halle. »Mylady, Ihr werdet in Eurer Kammer erwartet.« Er öffnete die Haustür. »Euer Gnaden, ich soll Euch sagen, dass Ihr morgen Abend zum Dinner eingeladen seid. Lady Worthington schickt eine Einladung.«

Nun, dachte Louisa, *dies war geschickt und effizient.* »Wir sehen uns morgen Abend, wenn nicht früher.«

»Vielleicht können wir in der Frühe ausreiten«, sagte er leise murmelnd.

»Ich versuche, wegzukommen.« Sie stieg die Treppe hinauf, dann huschte sie in den Salon, der zur Straße lag, und sah zu, wie Gideon sein Pferd bestieg. Ja, sie würde alles dafür tun, den nächsten Morgen mit ihm zu verbringen.

Jetzt wollte sie mit Mama über ihr unmögliches Verhalten sprechen, doch zuvor musste sie ein Bad nehmen.

»Ich bin keineswegs glücklich über diese Verlobung meiner Tochter.« Patience Wolverton ging im Studio ihrer Schwiegertochter auf und ab und stieß einen tiefen Seufzer aus. Worthington sollte besser sehr bald herkommen. Er hatte ihr vieles zu erklären. Zum Beispiel, wie Louisa Rothwell überhaupt kennengelernt hatte.

Als wüsste Worthington, dass Patience mit ihm zu sprechen wünschte, betrat er den Raum. »Was gibt es denn?«, fragte er in ganz und gar nicht begütigendem Tonfall. »Ich hätte doch angenommen, du bist glücklich darüber, dass Louisa einen Mann ehelichen wird, den sie liebt, und der ihre Liebe erwidert. Doch du hast ihn begrüßt, als sei er irgendwo dahergelaufen.«

Patience blieb stehen und wandte sich um. All ihre Ängste, dass ihre Tochter ebenso würde leiden zu müssen wie sie selbst in ihrer ersten Ehe, übermannten sie. »Woher weiß ich, dass er sie gut behandeln wird?«, wollte sie wissen. »Sein Vater hat seine letzten Lebensjahre damit verbracht, sich zum Gespött der Leute zu machen. Wolverton hat gehört, dass sein Herzogtum in schlechtem Zustand ist. Was, wenn Rothwell Louisa nur wegen ihrer Mitgift heiratet? Wie könnten wir es wissen? Jeder Mann kann über einige Wochen hinweg charmant sein. Ich meine, die Heirat sollte auf später im Sommer verschoben werden. Das gäbe ihr die Zeit, seine Fehler herauszufinden.«

Sie hätte das vor ihrer Hochzeit mit dem alten Lord Worthington tun sollen. Sie war etwas jünger als Louisa gewesen, und er war so charmant. Doch sobald sie verheiratet waren, hatte er sie nach Worthington Place gebracht, sichergestellt, dass sie Nachwuchs hervorbrachte, und war dann nach London gezogen oder nach Bath oder woandershin aufs Land, um zu jagen. Matt war seinen Schwestern mehr Vater gewesen als sein Vater es jemals gewesen war.

»An der Art und Weise, wie er sie ansieht, erkenne ich, dass er sie liebt«, sagte Matt. »Und ich weiß, dass er nicht hinter ihrem Geld her ist, weil er darauf bestand, dass alles in ein Treuhandvermögen für sie investiert wird. Er hat sogar versucht, Louisa zu verbieten, dass sie ihr Geld in seine Liegenschaften steckt. Wobei ich es gern sähe, wenn er auf dieser Marotte noch etwas nachdrücklicher bestünde.«

Das war sogar noch übler, als Patience es sich ausgemalt hatte. Louisa verdiente es nicht, in Armut zu leben. Ach, warum hatte sie sich nicht in jemanden verlieben können, der besser passte? Lord Bentley etwa. »Und wie wollen sie leben, wenn er bankrott ist? Er wird nicht einmal seinen Sitz im House of Lords wahrnehmen dürfen.«

»Patience«, sagte Matt sanft. »Er ist nicht bankrott. Er hat nicht viele flüssige Gelder, unternimmt jedoch bereits die nötigen Schritte, dies zu ändern. Ich sage voraus, dass er den Engpass sogar schneller überwinden wird, als er selbst annimmt.« Sie wollte bereits einen weiteren Einwand vorbringen, als Matt die Hand hob. »Du lässt es zu, dass dein Urteil über Rothwell zu harsch ausfällt, weil du an deine eigene Ehe mit meinem Vater denkst. Dabei kannst gerade du doch nicht den Sohn für die Sünden seines Vaters verantwortlich machen.«

Auch wenn es ihr nicht gefiel, so hatte er doch recht. Indigniert, weil niemand ihrer Meinung war, warf sie die Hände in die Luft. »Warum konnte sie niemand Passenderen heiraten?«

Ihr Stiefsohn zog die Brauen hoch. »Wie zum Beispiel?«

»Lord Bentley. Er ist in sie verliebt, sein Vater würde dafür sorgen, dass sie genug Lebensunterhalt hätten, und ...«

Grace hustete.

Matt stieß einen Lacher aus. »Ebenso gut könnten wir dem armen Bentley einen Nasenring verpassen, wie wir es mit den Bullen machen, damit Louisa ihn leichter herumführen könnte.«

Irgendwie schien die Vorstellung von Lord Bentley mit einem Nasenring nicht gar so abwegig. Leider musste Patience lachen. »Das ist ungerecht. Ich bin mir vollends sicher, meine Tochter wäre ihm eine hervorragende Ehefrau.«

»Die einzige deiner Töchter, bei denen Bentley tatsächlich überlebensfähig wäre, ist Augusta, und sie hatte nicht einmal ihr Debüt.« Matt raufte sich die Haare. »Gott sei Dank.«

Patience fühlte sich wie ein Segel in einer Flaute. Bezüglich Augustas war sie unsicher. Vielleicht wirkte sie nur wegen Louisa weniger willensstark. Wer wusste, was geschähe, wenn sie erst heiratete.

Matt hatte recht. Keine ihrer Töchter war nachgiebig. »Nun«, sagte Patience im Versuch, das Gesicht zu wahren. »Ich bin willens, mich davon überzeugen zu lassen, dass er der passende Gentleman für Louisa ist.«

»Morgen Abend wirst du die Gelegenheit dazu bekommen«, sagte Grace und erhob sich. »Ich habe ihn und seine Mutter zum Abendessen zu uns eingeladen.« Sie öffnete die Tür. »Wenn diese Sache damit geklärt ist, habe ich nun Arbeiten zu erledigen, bevor wir alle wegen eines Kleides zu Louisas Hochzeit zur Schneiderin gehen.«

»Patience.« Matt zog ihre Hand in seine Armbeuge, als sie in den Flur gingen. »Hat das alles damit zu tun, dass du abwesend warst?«

»Ich weiß es nicht.« So sehr Patience ihren Ehemann Richard auch liebte, war sie doch nicht vollends damit im Reinen, dass sie zur ersten Saison ihrer Tochter nicht in London gewesen war. »Möglich.«

»Gib Rothwell eine Chance. Ich glaube, die beiden passen perfekt zusammen. Sie wird auf Augenhöhe mit ihm sein, und ich glaube, dass er genau das braucht. Außerdem wird sie nie die Sorge haben müssen, eine Beschäftigung für sich zu finden. Du musst zugeben, dass sie mehr als fähig ist, sein Anwesen zu leiten und jegliche politischen Ambitionen, die er haben könnte, zu unterstützen.«

»Sie ist nur noch so jung.« Patience war jämmerlich zu Mute.

Matt gluckste. »Darf ich dich daran erinnern, dass du darauf bestanden hast, sie müsse dieses Jahr debütieren? Ich hätte gerne noch gewartet.« Er sah auf und tippte sich mit dem Zeigefinger ans Kinn. »Wenn ich mich recht erinnere, sagtest du etwas wie ›Sie weiß besser als ich in ihrem Alter, was sie will‹.«

»Als ich in ihrem Alter war, war sie bereits ein Jahr alt«, erwiderte Patience.

Seine Miene wurde ernst. »Obwohl du es niemals eingestanden hast, wusste ich doch, dass du keine glückliche Ehe mit meinem Vater geführt hast.«

»Das stimmt.« In den Jahren ihrer Ehe und nach dem Tod ihres Mannes hatte sie sich selbst immer gesagt, dass sie eine gute Ehe geführt hätte. Jetzt, in der Ehe mit Richard, konnte sie sich eingestehen, dass sie sich selbst belogen hatte. Sie blinzelte die Tränen weg und straffte die Schultern. »Dennoch hat er mir vier zauberhafte Töchter und einen wundervollen Stiefsohn geschenkt.« Sie streckte sich, um ihm ein Küsschen auf die Wange zu geben. »Darüber bin ich glücklich.«

»Mit Rothwell wird es dir ebenso ergehen.«

»Das hoffe ich.« Da ihre anfänglichen Sorgen nun beruhigt waren, glaubte sie, dass sie ihm eine Gelegenheit geben konnte, sich zu beweisen. Das sollte sie Louisa wohl auch mitteilen. Ihre Tochter war sicherlich zornig über ihr Verhalten beim Frühstück. »Weißt du, wo Louisa sich aufhalten könnte?«

Matts Augen blitzten schalkhaft auf. »Auf der Suche nach dir, nehme ich an.«

KAPITEL 28

Da Louisa mit ihrer Mutter und seine eigene Mutter mit Freundinnen beschäftigt war, hatte Gideon geplant, mit einem Freund zu dinieren. Er schlenderte die Straße entlang und dann über den Platz zu dem Haus, das Marcus Evesham benutzte, wenn er sich mit seiner Frau in London aufhielt.

Es wimmelte nur so von Menschen auf den Straßen – überwiegend Bedienstete, Laufburschen, die mit Nachrichten herumgeschickt wurden, und Händler – während sich die Mitglieder des *Tons* auf eine der ungezählten abendlichen Veranstaltungen vorbereiteten, welche es auch sein mochte. Auch ein paar Kindermädchen machten einen letzten Spaziergang mit ihren Schützlingen, bevor es dunkel wurde. Ein junger Bursche stand an das Eisengitter gelehnt, das den Platz umgab. Vermutlich hoffte er auf etwas Geld für irgendeinen Dienst an einem der vielen Besucher der Gegend. Die Gaslichter wurden entzündet. Mayfair war eines der wenigen Londoner Viertel, die über einen solchen Luxus verfügten. In dem Haus, an dem er gerade vorbeiging, hielt ein Kammerdiener eine kleine Fackel an ein Bündel Kerzen.

Alles schien vollends normal, bis auf das eigenartige Kribbeln in seinem Nacken. Seit seiner Zeit in den Kolonien hatte er dieses Warnzeichen nicht mehr verspürt. Er gab vor, in seiner Westentasche nach etwas zu suchen, und blickte sich um. Niemand schien ihm mehr Aufmerksamkeit als allen anderen zu schenken. Er suchte mit den Augen den Platz ab und hielt inne.

Der Junge starrte ihn an. Jemand ließ ihn beschatten, aber wer?

Gideon setzte seinen Weg zu Dunwood House in der Mitte der Straße fort. Als er ankam, klopfte ein junger Bursche an die Tür, diese schwang auf. Marcus kam die Stufen herunter.

»Wir müssen an St. Eths Haus Halt machen, bevor wir zu Brooks's gehen.«

»Kommt er mit uns?«

»Nein. Er hat Yorkshire heute Morgen mit seiner Frau verlassen. Eine von Phoebes Schwestern steht kurz vor der Niederkunft, und Lady St. Eth leistet ihren Nichten im Wochenbett immer Beistand. Da jedoch eine wichtige Abstimmung bevorsteht, überträgt er seine Stimme auf meinen Vater.«

Einige Minuten später waren Gideon und Marcus fast am Piccadilly angekommen und gingen durch eine Gasse, als das Gefühl, beobachtet zu werden, stärker wurde. Gideon lauschte angestrengt, so wie es ihm einer der kanadischen Fährtensucher beigebracht hatte, und er hörte, dass mindestens zwei Männer ihnen folgten.

»Bist du bewaffnet?«, fragte er Markus mit gedämpfter Stimme.

Markus lächelte. »Immer. Eine Gewohnheit, die ich mir auf den Westindischen Inseln angeeignet und nie mehr abgelegt habe. Die zwei hinter uns?«

Gideon gab sich nicht die Mühe, zu fragen, woher sein Freund das wusste. »Ja. Und vorhin hat mich ein Junge beobachtet.«

»Ich gehe davon aus, dass du auch bewaffnet bist.« Das war keine Frage, sondern eine Feststellung.

»In meinem Stock ist ein Dolch verborgen.« Es war ein Geschenk seines Vaters, nachdem er Oxford absolviert hatte.

»Hervorragend. In diesem Fall schlage ich vor, dass wir uns vorstellen. Ich bin ein großer Befürworter der Offensive.«

»Wollen wir?«

Gleichzeitig drehten sie sich um und sahen den Schurken ins Gesicht.

Die Männer waren leidlich wie Kaufleute gekleidet – wahrscheinlich, um keine große Aufmerksamkeit zu erregen. Ihre Gesichter waren allerdings von Narben gezeichnet. Die beiden hatten wohl so manchen Kampf ausgefochten, entweder beim Militär oder auf den Straßen von St. Giles. Einer von beiden hatte eine breite, gewölbte Brust. Sein Kinn war kampflustig vorgeschoben, so als sei er nicht nur auf einen Kampf vorbereitet, sondern als wolle er um jeden Preis einen. Der andere Kerl war größer und wäre gutaussehend, wenn nicht eine hässliche Narbe sich von der Stirn über die dünne Nase und die Wange entlang durch sein Gesicht zöge.

Wer zur Hölle waren diese beiden Männer? Nun, es gab nur eine Möglichkeit, das herauszufinden. Gideon zog eine Braue hoch. »Wollt ihr etwas von uns?«

»Du kriegst 'ne Lektion, Dukel«, sagte der Kleinere.

»Ich schätze, ich habe in meinem Leben noch viele Lektionen zu lernen«, sagte er gedehnt in abschätzigem Ton. »Allerdings glaube ich kaum, dass ich von euch was lernen kann.«

»Genug gequatscht«, sagte der Größere. »Wir werden dafür sorgen, dass du dem King sein Geld zahlst.«

Sullivan. Gideon hätte ehrlich nicht angenommen, dass der Kerl versuchen würde, ihm physisch zu drohen. Marcus neben ihm spannte sich an und verlagerte das Gewicht auf die Fußballen. »Ich habe keine Schulden zu zahlen. Ich schlage vor, ihr überbringt *Mister* Sullivan diese Botschaft.«

»Dein Pa, deine Schulden.« Der kleinere Mann griff an, doch Marcus war schneller und bohrte ihm seine Klinge in die Seite.

Gideon zog seinen Dolch hervor, als der Größere sich auf ihn stürzte und mit der Faust nach Gideons Kopf hieb. Gideon riss seine Waffe hoch und schlitzte ihm den Arm auf, der Ärmel seines Wollmantels wurde sauber durchtrennt. Der Schrei des Ganoven durchschnitt die Nacht, und jemand rief nach den Wachmännern.

»Lass sie nicht entkommen!«, rief er Marcus zu.

Marcus schnappte nach dem Arm des Fassförmigen, drehte ihn und drückte ihn in seinem Rücken nach oben. »Der geht nirgendwohin.«

Gideon drängte den größeren Mann gegen ein Gebäude und hielt die Spitze seiner Waffe an seinen Hals.

Absätze klapperten auf dem Pflaster. »Was ist hier los?«

Gideon beugte den Kopf und sagte: »Ich bin der Duke of Rothwell. Diese beiden Männer haben Lord Evesham und mich angegriffen. Ich glaube, ihr Auftraggeber ist ein Mann namens Sullivan.«

»Euro Gnaden.« Der Wachmann verbeugte sich. »Wenn Ihr mir ein paar Minuten gebt, rufe ich eine Kutsche, um sie zum Untersuchungsrichter zu bringen.«

»Wir haben es nicht eilig«, sagte Marcus und verzog mit einem Blick auf seine blutbefleckte Jacke das Gesicht. »Auch wenn wir eine nette Sensation böten, wenn wir so zum Dinner gingen, schlage ich vor, dass wir unsere Kleidung wechseln.«

Gideon war allerdings nicht zum Scherzen aufgelegt. Sein Blut kochte. Nur der überwältigende Wunsch, Sullivan vor der Justiz stehen zu sehen, hielt seinen Zorn in Schach. Was, wenn der Lump ihn angegriffen hätte, wenn er mit Louisa oder seiner Mutter unterwegs war?

Der Mann musste gestoppt werden. »Ich will, dass Sullivan eingesperrt wird.«

Der Wächter betrachtete Gideon. »Schätze, darüber müsst Ihr mit der Bow Street verhandeln, Euer Gnaden.«

Marcus schüttelte den Kopf. »Es wird mich immer erstaunen, dass auf den Westindischen Inseln Polizeikräfte geschaffen wurden, in London aber nicht.«

Der Verbrecher, den Gideon in Schach hielt, begann, an der Wand entlang nach unten zu rutschen. »Er verliert zu viel Blut. Ich muss seine Wunde verbinden.«

»Fass mich nich an«, knurrte der Kerl. »Wär zwecklos, mich für Jack Ketch zu retten.«

»Jack Ketch?«, formte Gideon lautlos mit den Lippen zu Marcus.

»Der Scharfrichter«, antwortete Marcus.

»Sean hat recht«, sagte der Mann mit der Trommelbrust. »Wenn er nicht hängt, wird Sullivan ihn killen. Mich auch.«

»Heilige Hölle!«, fluchte Marcus. »Ich dachte nicht, dass ich so tief zugestochen hätte, aber er ist ja in mich reingerannt.«

Gideon blickte sich um, unsicher, wonach er eigentlich suchte, bis er es nicht fand. »Wo ist der Junge?«

Seans Lachen klang schwach, es war das eines sterbenden Mannes. »Zurück, um zu berichten. Ihr werdet den King nie zu fassen kriegen.«

»Verflucht. Wo ist der Wachmann?«

»Hier bin ich, Euer Gnaden.« Ein Wagen hielt neben ihnen an. »Ich bringe diesen Abschaum zum Untersuchungsrichter.«

»Ich bezweifle, dass sie lebend dort ankommen«, bemerkte Gideon.

»Das erspart uns einen Prozess.« Der Wachmann ließ sie fesseln und in den Wagen schaffen.

Gideon winkte eine Mietdroschke heran. »Ich fahre zur Bond Street.«

»Ich komme mit.« Marcus stieg in die verblasste schwarze Kutsche. »Mit etwas Glück können wir sie davon überzeugen, diesen Sullivan heute noch festzunehmen.« Marcus zog ein Gesicht. »Ich hatte ja keine Vorstellung, dass du so viele kriminelle Elemente kennst.«

»Nicht ich.« Gideon setzte eine finstere Miene auf. »Mein Vater.« Er war dankbar, dass die Straße während des Angriffs verhältnismäßig leer gewesen war. Er wollte weder Louisa noch seine Mutter etwas über den Angriff wissen lassen. Er musste sicherstellen, dass die Dienerschaft ihm gehorchte, wenn er anordnete, dass niemand die Blutflecke auf seinen Kleidern erwähnen durfte.

***

»*Hast du deinen verfluchten Verstand verloren?*« Michael ballte unwillkürlich die Hände zu Fäusten. Am liebsten würde er sie um Patricks Hals krallen.

Nur wenige Minuten zuvor war Jack, der Junge für alles, ins Büro geplatzt. Michael hatte ihn zunächst einmal dazu bringen müssen, sich hinzusetzen und wieder zu Luft zu kommen, bevor er dem, was Jack zu sagen versuchte, einen Sinn entnehmen konnte. Liam und Sean waren von der Polizei festgenommen worden und lagen nun wahrscheinlich im Sterben. Das war schon schlimm genug, doch hatten beide laut dem Laufburschen auch noch Patricks Namen erwähnt, während sie mit dem Duke of Rothwell, einem anderen Lord und dem Wachmann gesprochen hatten. Diese Narren!

Michael schickte Jack in die Küche und begab sich zu Patrick. »Ich habe dir doch gesagt, dass du die Sache auf sich beruhen lassen solltest, aber das konntest du einfach nicht, wie?«

»Woher hätte ich denn wissen sollen, dass die Nobs wissen, wie man kämpft?« Patrick war seit Jacks Wiederaufkreuzen in einer mordlustigen Laune. »Ich schlitz den Herzog auf, so wie er es mit Sean und Liam gemacht hat.«

Michaels Kiefer pochte, so fest biss er die Zähne zusammen. Warum in Muttergottes’ Namen konnte sein alter Freund nicht seinen Verstand einschalten? »Damit lockst du dir die Bow Street Runner auf die Spur, das ist aber auch das Einzige.«

Patrick zuckte die Achseln. »Die schmiere ich.«

»Du verstehst es einfach nicht, oder? Das war ein Duke! Du warst hinter einem Herzog her. Hast du die geringste Vorstellung, wie erfreut der Chef der Bow Street sein wird, wenn er dich hängen sieht?«

Michael rieb sich mit der Hand über das Gesicht. Als sie zu dritt dieses Unternehmen begonnen hatten, hatten sie Patrick als das Gesicht ausgewählt, weil er eine einschüchternde und großtuerische Figur abgab. Zuvorkommend und jovial, kümmerte Robert sich um ihre Gäste, und Michael leitete die Geschäfte. Jetzt hatte Patrick alles ruiniert. Es wäre ein Wunder, wenn sie nicht alle ins Gefängnis wanderten und der Palace geschlossen würde.

Doch die größte Schwierigkeit war: Was sollte mit Patrick geschehen? Irgendwie musste er verschwinden. Der Palace konnte diesen Skandal nicht überleben. Es bestand sogar die Möglichkeit, dass die Miliz eingesetzt würde.

Zudem traute Michael den Engländern nicht. Sie hassten die Iren, und umgekehrt. Eine Erinnerung bestürmte ihn – das letzte Bild seiner Mutter: Ein sonniger Tag in Dublin, der sich in seine persönliche Hölle wandelte, als englische Soldaten seine schöne Mutter auf die Straße hinaus zerrten und prügelten. Sie waren auf der Suche nach Rebellen. Selbst sein Vater, ein irischer

Peer mit einem Sitz im House of Lords, konnte ihr nicht helfen. Sie hatte Michael angeschrien, er solle sich verstecken, und das hatte er getan. Später fand sein Vater ihn im Wandschrank eines Nachbarn. Er schickte ihn nach England zur Schule. Natürlich nicht nach Eton oder Rugby, denn er war nicht von der richtigen Herkunft, aber in eine gute, ordentliche Schule. Danach hatte er die Universität in Edinburgh besucht.

Patrick und Robert hatten sich ebenfalls nach England durchgeschlagen. Doch anstatt zur Schule zu gehen, hatten sie gelernt, auf der Straße zu überleben. Nachdem er erfahren hatte, dass die beiden hier waren, hatte Michael Monate gebraucht, um sie ausfindig zu machen. Dann hatte er für sie das Leben aufgebaut, das sie jetzt führten.

Er schritt aus der Tür hinaus in sein eigenes Büro, damit er Patrick nicht wirklich und wahrhaftig noch umbringen würde. Er schenkte sich einen guten irischen Whisky aus seinem Vorrat ein, kippte ihn hinunter, schenkte sich gleich noch ein Glas ein und setzte sich auf seinen großen Lederstuhl. Was zur Hölle sollten sie jetzt tun?

Die Tür ging auf, und Robert trat mit finsterer Miene ein. Sein Haar stand auf einer Seite vom Kopf ab, als hätte er es sich gerauft. »Ist es wahr?«

»Was?«

»Hat dieser Narr tatsächlich versucht, einen Herzog umbringen zu lassen?«

»Er hat seine Jungs auf ihn angesetzt.«

»Verfluchter Mist.« Er ließ sich auf einen Stuhl fallen und sah mit freudlosem Blick zu Michael hoch. »Ich muss an Rebecca und die Jungs denken.«

Und Michael hatte auf seinen Vater Rücksicht zu nehmen. Sollte jemand die Verbindung zwischen ihnen entdecken, was nun wirklich nicht mehr sehr schwierig war, würde das einen weiteren Skandal auslösen. »Er muss verschwinden, und wir müssen die Behörden überzeugen, dass er eigenmächtig und ohne unsere Zustimmung gehandelt hat.«

»Wie willst du ihn loswerden?«

Das war die Schwierigkeit. Keiner von ihnen war ein Mörder. »Ich weiß es nicht. Lass mir etwas Zeit zum Nachdenken. Vielleicht können wir ihn auf ein Schiff setzen oder sogar selbst den Runners ausliefern ...«

Er hatte den Gedanken noch nicht zu Ende gebracht, da schwang die Tür auf und Patrick platzte in den Raum. Er hantierte mit einer lange Flinte herum. Seine Augen hatten den wilden Blick eines tollwütigen Hundes. »Wenn ich untergehe, gehen wir alle unter.«

Diesen Blick hatte Michael zum letzten Mal vor acht Jahren gesehen, als die Mutter seines Freundes ermordet worden war. Langsam erhob er sich und zog dabei die rechte Schreibtischschublade auf. Er schloss die Finger um den knöchernen Griff der geladenen Pistole und zog sie heraus.

Robert stand unbeweglich da und starrte Patrick an, seine Hände hingen lose herab, und in seinem Gesicht zeigte sich ein schiefes Lächeln. »Willst du uns jetzt alle killen, Patrick? Wie du es bei dem Herzog versucht hast?«

»Ich hatte ein Recht, mein Geld von ihm zurückzufordern«, knurrte Patrick und schwang mit der Waffe herum, die nun auf Robert zeigte.

»Nein, hattest du nicht. Und das weißt du.« Robert bewegte sich in Michaels Richtung. »Du hattest Anweisung, die Schläger nicht loszuschicken. Wir sind nicht mehr in St. Giles. Sich mit den vornehmen Pinkeln anzulegen, bringt nur Ärger. Du hattest kein Recht, uns alle in Gefahr zu bringen.«

Es wurde ruhig im Raum. Dann durchbrach ein Klicken die Stille, als Patrick das Gewehr entsicherte.

Michael drehte sich der Magen um. *Großer Gott! Er ist wahnsinnig geworden.*

»Robert, runter!«

Robert fiel zu Boden, als Michael feuerte. Er hatte auf Patricks Hand gezielt, doch im letzten Moment hatte dieser sich umgedreht, und die Kugel traf ihn in der Seite.

Patricks Mund blieb wie im Schock offenstehen. Blut sickerte an seiner Jacke und den Hosen entlang. Einen Augenblick sah es so aus, als bliebe er aufrecht stehen, doch dann stürzte er. Er sackte in die Knie und fiel dann auf den Boden.

»Du hast auf mich geschossen«, japste er.

»Du hast mir keine Wahl gelassen«, sagte Michael und legte seine Waffe auf den Schreibtisch zurück. Er versuchte, sein Herz gegenüber seinem Kindheitsfreund zu verschließen, doch die Kehle wurde ihm von Tränen eng. All diese gemeinsamen Jahre. Wie hatte es so weit kommen können? Das würde er wohl nie herausfinden.

Robert, der auf dem Boden lag, schien fassungs- und regungslos zu sein.

Der Lärm stampfender Stiefel auf der Holztreppe und im Flur löste Michaels Lähmung. Es sollte niemand hier sein, der Klub war noch nicht geöffnet. Bevor er darüber nachdenken konnte, wer sich im Gebäude aufhalten könnte, eilten zwei Männer in den Raum, die er noch nie gesehen hatte. Beide hielten eine Waffe im Anschlag. Ihnen folgten zwei Gentlemen in blutbefleckten Kleidern.

»Sullivan?«, fragte einer der Gentlemen und blickte auf Patricks Leiche hinab.

»Ja.« Michael nickte. Es verlangte ihn verzweifelt nach einem weiteren Glas Whisky. »Er wollte meinen Partner töten. Ich habe zuerst geschossen.«

Der Adlige, der gesprochen hatte, ging zu seinem Schreibtisch, nahm das volle Whiskyglas und drückte es Michael in die Hand. »Mein Name ist Rothwell.«

»Michael Hammond.« Er nahm die Hand, die Rothwell ihm entgegenstreckte. »Das hätte nie passieren dürfen. Wir haben ihm gesagt, dass er Euch unbehelligt lassen soll.«

Gideon blickte auf den Mann hinunter, der ihn hatte besiegen wollen. »War er der Eigentümer dieses Lokals?«

»Wir drei ...«, Hammond deutete auf den Mann, der sich vom Boden erhoben hatte, »hatten eine Partnerschaft und haben Entscheidungen einstimmig getroffen. In dieser Angelegenheit hat Mister Sullivan auf eigene Faust gehandelt, obwohl wir ihm befohlen hatten, Euch nicht zu behelligen.«

Etwas an Hammonds Haltung brachte Gideon dazu, ihm Glauben schenken. Oder vielleicht wollte er auch nur, dass diese Geschichte zu Ende ging. »Ich bin froh, dass es vorbei ist.«

»Euer Gnaden«, sagte einer der Männer, die Bow Street Runners sein mussten. »Wir sollten diese beiden Männer zum Untersuchungsrichter bringen lassen.«

»Das wird nicht vonnöten sein. Ich glaube Mister Hammond, wenn er sagt, dass er nichts mit dem Angriff gegen mich zu tun hatte.« Die Polizisten wirkten jedoch nicht überzeugt. »Sehen Sie sich die Sachlage an. Sullivan wollte einen seiner eigenen Partner erschießen.« Gideon sah zu Hammond. »Was wollen Sie mit der Leiche machen?«

Gideon wartete, bis Hammond seine Gedanken gesammelt hatte. »Ich weiß, es mag eigenartig erscheinen«, sagte er. »Aber ich werde mich darum kümmern. Wir waren viele Jahre lang Freunde. Ich wünschte nur, ich wüsste, was in letzter Zeit in ihn gefahren ist. Er war immer schon aufbrausend, geriet früher jedoch nie so außer Kontrolle.«

Gideon betrachtete den Leichnam auf dem Boden und die Tränen in den Augen des Mannes, der beinahe von seinem Partner erschossen worden wäre, und nickte. »Ich verstehe.«

Hätte er dieses Abschlachten verhindern können, wenn er die Schulden seines Vaters gezahlt hätte? Andererseits, selbst wenn er diese Menge Geldes hätte zusammenkratzen können, hätten Hunderte seiner Pächter darunter zu leiden gehabt. Dennoch erwachte ein Schuldgefühl in ihm. Könnte er doch nur bei Louisa sein und sie in seinen Armen halten! Das würde vielleicht helfen.

Er warf den Polizisten einen scharfen Blick zu. »Diese Sache wird nicht weiterverbreitet. Der Tratsch würde niemandem nutzen.«

»Danke«, sagte Mister Hammond ruhig.

»Gern geschehen. Es ist das Mindeste, was ich tun kann.« Für alle Beteiligten.

Gideon ging zur Tür hinaus in den Flur und zur Treppe.

Als er den Seiteneingang erreichte, durch den sie in das Gebäude gekommen waren, spürte Gideon, wie sich Marcus' Hand auf seine Schulter legte. »Gib dir nicht die Schuld.«

»Woher weißt du ...«

»Es steht dir ins Gesicht geschrieben.« Marcus öffnete die Tür und trat zur Seite. »Du kannst nicht wissen, was in Sullivans Kopf vor sich gegangen ist. Offenbar hat er ja gegen seine Partner gekämpft und war sogar bereit, sie zu töten.«

»Da hast du recht.« Und wenigstens war es jetzt vorbei, und der Mann würde Gideon oder seine Familie nie wieder bedrohen.

»Es ist noch früh. Wenn wir umgekleidet sind, treffen wir uns zum Dinner.«

Gideon hatte jegliches Zeitgefühl verloren. Das geschah fast nie. Er zog seine Taschenuhr hervor und ließ den Deckel aufschnappen. Guter Gott, es war erst kurz nach acht Uhr. Wenn er nicht mit Louisa zusammen sein konnte ... Ihre Mutter wollte den Abend mit ihr verbringen. Wahrscheinlich versuchte die Frau, Louisa auszureden, dass sie sich an einen verarmten Herzog verschleuderte. »Das klingt nach einer hervorragenden Idee. Kannst du deine Kleidung wechseln, ohne dass deine Gattin es mitbekommt?«

»Sie ist in Kent auf dem Anwesen meines Vaters. Ich fahre morgen zu ihnen.« Marcus grinste. »Abgesehen davon würde sie sich allerdings wohl wünschen, hier zu sein. Wobei ich mir aber sicher bin, dass ihre weit vorangeschrittene Schwangerschaft ihre Bewegungen etwas verlangsamt hätte.«

Gideon erinnerte sich an die Worte seiner Verlobten. »Sie hat Worthingtons Schwestern gelehrt, mit Schuss- und Stichwaffen umzugehen, richtig?«

»In der Tat. Natürlich nicht all seine Schwestern. Nur die drei Ältesten. Und seine Frau.«

»Ich baue darauf, dass sie diese Fähigkeiten nie brauchen werden.« Trotz allem, was ihm gerade erzählt worden war, glaubte Gideon nicht wirklich daran, dass englische Ladies diese Dinge ernstnehmen würden. Und Louisa würde nie in die Lage kommen, sich verteidigen zu müssen. Sie zu beschützen war seine Aufgabe und sein Vergnügen, ebenso wie für sie zu sorgen. Ganz gleich, wie viel Wohlstand sie in die Ehe mitbringen würde, er würde sie versorgen. Dazu hatte sie Gott sei Dank endlich ihre Zustimmung gegeben.

Kapitel 29

Am nächsten Morgen kleidete Louisa sich an, dann setzte sie sich auf den Fensterplatz im Salon der jungen Damen. Bald wäre nur noch eine junge Dame übrig. So glücklich sie auch darüber war, dass sie Gideon heiraten würde, fragte sie sich doch, wie Charlotte allein zurechtkäme. Es würde einsam für sie werden. Zumindest hatte Louisa es so empfunden, als Matt und Grace geheiratet hatten. Allerdings war es höchstwahrscheinlich eine Belastung, bei der Louisa ihr nicht beistehen konnte.

Chloe stieß mit der Pfote an Louisas Rock, und sie hob das Kätzchen hoch. »Bald werden wir ein neues Zuhause haben. Ich weiß, dass du deine Schwester ebenso vermissen wirst, wie ich die meinen. Aber wir werden eine neue Familie haben. Was hältst du davon?«

Das Kätzchen schnurrte, als Louisa ihr weiches Fell streichelte.

Ihre Unterredung mit ihrer Mutter war kurz und zielführend gewesen. Nachdem Louisa Mama gefunden und nachdrücklich alle guten Eigenschaften Gideons aufgezählt hatte. Schließlich hatte Mama zugesichert, ihn nicht mehr mit Blicken zu erdolchen. Stattdessen wollte sie ihm die Gelegenheit geben, sich als guter Ehemann für Louisa zu erweisen. Louisas Hochzeit wäre schon in einer Woche, und sie konnte es nicht erwarten, ihr neues Leben als Gattin, hilfreiche Hand und Herzogin an Gideons Seite zu beginnen.

Louisa warf einen Blick auf die Kaminuhr, dann erhob sie sich. Er würde gleich ankommen, und sie hasste es, wenn sie zu spät dran war.

Nach reiflicher Überlegung hatte sie beschlossen, ihn nach den Ohrringen zu fragen. Immerhin bestand die Möglichkeit, dass ihm die Rechnung aus Versehen zugesandt worden war. Am Zustand der Hausbücher war klar zu erkennen, dass sein Sekretär sie nicht weitergeführt hatte. Anscheinend hatte niemand das getan, nachdem Gideons Mutter sich aufs Land zurückgezogen hatte. Es war kein Wunder, dass seine Finanzen in einem so ungeregelten Zustand waren. Alle möglichen Rechnungen hätten dem alten Herzog zugesandt werden können, ohne dass es überhaupt jemand bemerkte. Wie es dazu jedoch hatte kommen können, war ihr vollends schleierhaft. Solange sie für die Buchhaltung zuständig wäre, würde so etwas nicht wieder geschehen. Sie wünschte, sie könnte weiter die Buchführung in Ordnung bringen, doch sie hatte an diesem Morgen und später, am Nachmittag, andere Verabredungen einzuhalten.

Louisa kam gerade in die Halle, als der Lakai die Tür öffnete und Gideon hereintrat.

»Guten Morgen«, sagte sie und streifte ihre Handschuhe über.

»Guten Morgen.« Er nahm ihre Hände, wie gewöhnlich, und Louisa wünschte, sie hätte nicht so vorschnell ihre Handschuhe angezogen. »Das ist ein ungewöhnlicher Hut.« Er wippte mit dem Kopf von einer Seite zur anderen, als müsste er das tun, um ihre Kopfbedeckung richtig sehen zu können. »Es ist doch ein Hut?«

»Es ist eine Haube.« Wobei auch das eine sehr weitgefasste Bezeichnung für die kleine, samtbezogene Scheibe mit einer seitlichen Feder, die an ihrer Wange herunterhing, war. »Gefällt sie dir?«

»Sehr sogar. Ich habe so etwas noch nie gesehen.«

Lächelnd schüttelte sie den Kopf. »Wir sollten gehen. Ich habe heute noch sehr viel zu erledigen.«

Sie legte die Hand in seine Armbeuge, als sie die Stufen vor dem Haus hinuntergingen. Dort warteten die Pferde, die Stallburschen standen an ihren Köpfen.

Gideon legte die Hände in ihre Taille, und als er sie hochhob, streichelte er mit den Daumen die Unterseite ihrer Brüste. Eine wilde und durchdringende Hitze durchflutete sie. Oh Gott, sie vermisste seine Berührung. Als sie auf ihrer Stute saß, war sie nahezu atemlos.

»Ich habe eine Idee«, murmelte er.

Louisa leckte sich über die plötzlich trockenen Lippen, dann antwortete sie: »Welche?«

»Lass uns zu meinem Haus reiten.«

»Aber deine Mutter ...«

»Wird erst in Stunden aufstehen. Wir gehen durch die Stallungen ins Haus.« Seine Stimme klang weich, verführerisch und unwiderstehlich. »Mein Studio hat eine Tür, die in den Garten führt. Niemand wird uns sehen.« Oh, was er da vorschlug, war fast schon verrucht. Nun ... es *war* verrucht. Aber wenn sie damit durchkamen, wollte sie ihm – oder sich selbst – die Freude, zusammen zu sein, nicht versagen. Bevor sie antworten konnte, ließ er seine Hand unter ihren Rock gleiten und streichelte ihr Bein. »Louisa, ich brauche dich.«

Sie wichen Karren und anderen Fahrzeugen mit Waren aus und beeilten sich, zu den Stallungen hinter Gideons Haus zu gelangen.

Er stieg ab, warf seine Zügel einem alten Mann zu, half ihr herunter und übergab die Zügel ihres Pferdes ebenfalls dem alten Mann. »Barnes, sieh zu, dass sie sich bewegen, ich brauche sie in einer Stunde wieder.«

»Jawohl, Euer Gnaden.«

Gideon nahm ihre Hand, doch anstatt sich mit ihr wegzustehlen, sagte er: »Meine Liebste, dies ist mein Stallmeister Barnes. Er ist schon bei meiner Familie, solange ich mich erinnern kann. Barnes, beug das Knie vor meiner Verlobten, Lady Louisa Vivers.«

Der Diener verbeugte sich und lächelte breit. »Ich freue mich, Euch endlich kennenzulernen, Mylady, und darf ich Ihnen viel Glück wünschen?«

»Vielen Dank, Barnes. Es ist mir ein Vergnügen, Ihre Bekanntschaft zu machen.«

Immer noch feixend zwinkerte der alte Diener, als Gideon das Tor öffnete. Louisas Wangen wurden heiß.

»Es ist wirklich klug von dir, an die Bewegung der Pferde zu denken«, sagte sie zu Gideon. »So hat der Stallmeister meiner Familie keine Ahnung, dass ich nicht ausgeritten bin.«

»Gelegentlich habe ich Geistesblitze.« Sie schlenderten durch den Garten zu einer Wand mit vielen Fenstern auf der rechten Seite des Hauses. »Ich habe die Tür unverschlossen gelassen, als ich gegangen bin. Den ganzen Weg zu deinem Haus habe ich gebetet, dass du mit mir herkommen würdest.«

Wie hätte sie diesen Mann nicht lieben können? Er war genau der, den sie sich erträumt hatte. Intelligent, stark, attraktiv, leidenschaftlich ... Was könnte eine Dame sich sonst noch von ihrem Ehemann wünschen? »Ich bin froh, dass du es so gemacht hast.«

Sie traten ein, und Gideon wirbelte Louisa herum und zog sie in die Arme. Endlich war er mit ihr allein. »Und nun«, er betrachtete das Hütchen, »wie bekomme ich dieses Ding von deinem Kopf herunter, ohne größeren Schaden anzurichten?«

Louisa streckte die Hand nach oben und zog eine lange, fies aussehende Nadel aus ihrer Haube. Die Art, wie ihre Brüste sich in ihrem engen Gewand gegen das Mieder drückten, ließen Gideon hart werden. Je schneller er sie aus ihren Kleidern befreite, desto besser. Eine Stunde wäre nicht annähernd lang genug, aber mehr hatten sie nicht.

Er hob das samtene Teil von ihrem Kopf herunter und legte es auf seinem Schreibtisch ab. Nacheinander löste er die goldenen Schlingenverschlüsse, die ihre Jacke zusammenhielten, mit seinen suchenden Fingern.

Sie löste das seidene Tuch, das er sich heute in Erwartung ihres Besuchs umgelegt hatte. Es bot deutlich weniger Widerstand, als es eine richtige Krawatte getan hätte. Nachdem er sich aus seiner Jacke befreit hatte, zog er die Ärmel ihres Jacketts herunter, bis das Kleidungsstück zu Boden fiel. Seine Weste folgte.

Er umfasste ihr Antlitz und küsste ihre Lippen, befahl ihr, ihn zu schmecken, wie er sie schmeckte. Sie schob die Zunge in seinen Mund und forderte ihn damit auf, ihre Liebkosungen zu erwidern.

»Gideon«, hauchte Louisa wollüstig seinen Namen. »Die Fenster.«

Blitzschnell zog er die Vorhänge zu, worauf sie fast im Dunkeln standen. »Ich zünde die Kerzen an.«

Damit verloren sie noch mehr Zeit. Er zog sie erneut in einen heißen Kuss und schob sie rückwärts zum Tagesbett. Die einzigen Kleidungsstücke, die noch abgestreift werden mussten, waren ihr Korsett, die Chemise und die Strümpfe.

Hm, die Strümpfe konnte sie anbehalten.

Endlich waren ihre üppigen Brüste mit den rosigen Spitzen frei. Er strich mit den Fingern darüber und genoss es, wie sie sich unter seiner Berührung zu festen Knospen aufrichteten. Bevor er sich darüber beugen konnte, um sie zu kosten, leckte Louisa an seinen Brustwarzen. Er sog scharf die Luft ein.

»Gefällt dir das?« Sie grinste.

Er stöhnte. »Mehr als du dir vorstellen kannst, Liebste.«

»Ich kann mir ziemlich viel vorstellen, denke ich.« Sie ließ die Hände über seine Brust und den Bauch hinab zu seiner Erektion wandern. »Zeig mir, wie ich dich hier berühren soll.«

Er ließ seine Finger ihren Körper entlangwandern, wie sie es bei ihm getan hatte, und liebkoste ihre seidige Haut, die wie die Oberfläche einer Perle schimmerte. Ihre dunkel-kastanienfarbenen Locken ergossen sich über die bestickten Kissen, die er unter ihrem Kopf ausgebreitet hatte. Louisas Augenlider flatterten, und das Begehren in ihren lapislazulifarbigen Tiefen ließ ihm den Atem stocken. Er glitt mit den Handflächen ihre Seiten hinab, von ihren elfenbeinfarbenen Brüsten zu ihrer schmalen Taille und den Wölbungen ihrer Hüften, bis er endlich den kleinen Hügel erreichte, der unter ihren dunklen Locken verborgen war.

Ekstatisch bemerkte er, dass sie ebenso bereit war wie er selbst. »Wie ich dich berühre?«

Sie erschauerte und presste sich seinen Fingern entgegen. »Ja. Ich will, dass du das Gleiche spürst wie ich.« Sie umschlang mit den Armen seinen Hals.

Doch dies war nicht die richtige Zeit, ihr zu zeigen, wie leicht man auf unterschiedliche Arten und Weisen Liebe machen konnte. Das käme später, wenn sie verheiratet waren. Es verging nicht ein einziger Augenblick, in dem er sie nicht begehrte. Wäre er nicht um ihren und seinen eigenen Ruf so besorgt, würde er für den nächsten Ball ein Stelldichein planen. »Wundervolle Idee.« Er stützte sich auf dem Arm auf, froh, dass das Tagesbett breit genug für sie beide war. »Sag mir, was du möchtest, mein Schatz.«

»Wenn wir nur mehr Zeit hätten.« Sie wandte sich ihm zu und sah ihn an. »Ich will, dass du mich das Gleiche spüren lässt, das du beim letzten Mal gespürt hast.«

Beim letzten Mal hatten sie stundenlang Zeit gehabt, aber sie verdiente alles Vergnügen, das er ihr bereiten konnte. »Ich werde mein Bestes tun, so leidlich ich es kann.« Sie seufzte, als er zarte Küsschen auf ihrer Brust und ihrem Bauch verteilte. »Vertraust du mir?«

»Immer.«

Er glitt hinunter, schob den Kopf zwischen ihre Beine und begann zu lecken. Ihr Stöhnen und Seufzen flossen in seine Ohren, als er ihre Hüften seinem Mund entgegen hob. Zarte Wellen zitterten durch ihren Körper, als er sich wenig später in ihre schmelzende Hitze senkte. Ihre Beine lagen an seiner Taille, dann umschlang sie ihn. Die Seide der Strümpfe, die an seiner Haut rieb, war eine neue Empfindung für ihn. Er würde den Rest seines Lebens damit verbringen, immer wieder diese erfüllende Empfindung zu spüren, wie sie sich in kleinen Zuckungen um ihn herum anspannte. Er würde sie den Rest seines Lebens lieben.

Louisa wölbte sich auf, als sie ihn mit ihrer Liebe tief in sich einschloss. Diese Mal spürte sie keinen Schmerz, sondern nur das Feuer, das sie mit ihren Körpern entfachten. Sie erreichte den Höhepunkt viel rascher als beim letzten Mal. Kurz nachdem sie gekommen war, spürte sie die Wärme seines Samens. Er sackte neben ihr zusammen, hielt sie fest an sich gedrückt und küsste ihr Haar, wie er es schon früher getan hatte.

Noch niemals hatte sie sich einem anderen Menschen so nah gefühlt. Könnten sie doch für immer hier bleiben!

»Du bist so still«, sagte Gideon.

»Ich denke darüber nach, wie sehr ich es mag, so mit dir zusammen zu sein.« Und die Kinder, die sie haben würden. Möglicherweise trug sie bereits sein Kind.

Er küsste sie zärtlich, strich mit den Lippen über ihren Mund. Er gluckste leise, als ihre Lippen seiner Bewegung folgten und sie mehr wollte, ihn schon wieder wollte. »Schatz, wir müssen uns ankleiden. Deine

Mutter wird uns die Bow Street Runner auf den Hals hetzen, wenn wir noch länger weg bleiben.«

»Wahrscheinlich hast du recht.« Ihr kam ein Gedanke, und sie musste ihn einfach fragen. »Geht es jedem Paar so, das heiraten möchte?«

Er schien ihre Frage eine Weile zu bedenken, dann schüttelte er den Kopf. »Das bezweifle ich.« Sie wälzte sich herum, um ihm in die Augen zu blicken. Seine Augen hatten die Farbe von Sturmwolken. »Zu viele Menschen heiraten, ohne sich zu lieben. Oder vielleicht empfindet nur einer von beiden Liebe, der andere nicht.«

Sie dachte an ihre Mutter und ihren Vater. Sie hatten dieses Vergnügen, das sie gerade verspürte, vermutlich nicht erfahren. Allerdings schienen Mama und Richard sich zu lieben. Befürchtete sie, dass Louisa in einer Ehe enden würde, in der einer von beiden mehr liebte als der andere? Vielleicht sollte sie mit ihrer Mutter darüber sprechen. Doch wenn sie das tat, würde Mama wissen, was sie und Gideon getan hatten, und das würde ein viel größeres Problem verursachen. Es war sicherlich besser, ihre Mutter einfach ihren Verlobten näher kennenlernen zu lassen.

Doch die Frage der Ohrringe stand auch noch im Raum. »Liebster.« Sie mochte es, wie ihr dieses Wort von den Lippen kam.

»Hm?«

»Hat Mister Allerton dir mitgeteilt, dass ich eine drei Monate alte Rechnung für Diamantohrringe gefunden habe?«

Einen Augenblick schien Gideon sich anzuspannen. »Ich glaube, er hat so etwas erwähnt. Keiner von uns war zu der Zeit in London.«

Sie nickte in dem Wissen, dass ihre Vermutung richtig gewesen war. »Ich glaube, du wirst herausfinden, dass diese Rechnung versehentlich an dich geschickt wurde.«

Er kräuselte die Stirn. »Ich glaube, du könntest recht haben.«

»Wenn ich Zeit hätte, würde ich alle Rechnungen durchgehen und mit den Gegenständen abgleichen. Schließlich könnte das nicht der erste Fehler gewesen sein.«

»Das ist eine gute Idee.« Er zog sie in die Arme und küsste sie. »Ich werde ihm den Auftrag geben, das zu tun.«

Louisa kuschelte sich an seine Schulter. »Er war ziemlich außer sich, als ich die Rechnung fand. Ich bin mir sicher, dass er sicherstellen will, dass es keine weiteren gibt.«

»Zweifellos hast du recht.«

Sie kuschelte sich noch dichter an ihn. Es blieben ihnen nur wenige Minuten. Stille hing im Raum, bis die Uhr die Stunde schlug. »Wir müssen uns ankleiden.«

Ohne zu antworten, half Gideon ihr aus dem Tagesbett, und wenige Minuten darauf waren sie angekleidet. Ihre gemeinsame Zeit war zu schnell vergangen. Es war kein Wunder, dass alle, die sie kannte, und die kürzlich geheiratet hatten, nicht lange gewartet hatten. Könnten Gideon und sie doch nur früher heiraten! Aber dann hätten ihre kleinen Schwestern keine festlichen Kleider, und sie waren so aufgeregt, weil sie neue Kleider bekommen sollten, besonders Madeline und die Zwillinge.

Eine Woche war nun auch nicht mehr so lang, bis sie Gideons Ehefrau wurde und sie beide sich jederzeit lieben konnten, wenn sie es wünschten. »Willst du mit mir frühstücken?«

Er schüttelte den Kopf. »Ich glaube nicht. Vermutlich möchtest du auch noch ein Bad nehmen, sobald du nach Hause kommst.«

Sie sog tief die Luft ein. Der Geruch ihrer Liebe war stärker, als sie gedacht hätte. »Ja. Zum Glück pflege ich mich nach einem Ausritt zu waschen.«

Und niemand würde wissen, was sie getan hatte oder wo sie gewesen war. Himmel, wie sie es verabscheute, sich umherzuschleichen! Die Liebe, die sie mit Gideon teilte, sollte öffentlich sein.

Sie schloss die letzte Schlaufe an ihrem Jackett, und er zog sie ein letztes Mal in die Arme. »Ich liebe dich von ganzem Herzen.«

»Ich liebe dich mit Leib, Geist und Seele. Nichts wird uns jemals trennen.«

KAPITEL 30

Zwanzig Minuten darauf verabschiedete Gideon sich von Louisa und hauchte Küsschen in ihre Handfläche, dann schloss er ihre Finger um dieses Pfand. »Wir sehen uns heute Abend wieder.«

»Ja. Zuerst Dinner und danach Theater.« Sie lächelte breit. »Ich brauche nicht einmal vorzutäuschen, dass es einfach umwerfend ist, mein erstes Theaterstück zu sehen!«

Sie war die einzige Dame, die er je getroffen hatte, die sich nie die Mühe machte, sich hinter einer Maske der Langeweile zu verstecken. Es würde ihm mehr Freude bereiten, sie dabei zu beobachten, wenn sie ihr erstes Theaterstück ansah, als das Stück selbst es täte. »Das ist eines der vielen Dinge, die ich an dir liebe. Möchtest du gern wissen, welches Stück wir sehen werden?«

»Ja, gewiss.« Gespannt wartete sie auf seine Antwort.

»Romeo und Julia. Ich habe gehört, der Hauptdarsteller sei sehr gut.«

»Ist das Mister Kean?«

Gideon nickte und freute sich über ihre Begeisterung. »Lady Evesham sagt, er sei der beste Schauspieler unseres Alters.«

»Ich kann es kaum abwarten bis heute Abend.« Louisa stieg die Stufen hinauf und blieb kurz stehen, um ihm eine Kusshand zuzuwerfen, bevor sie das Haus betrat.

Ihm weitete sich das Herz. Hätte er sich ihr doch nur anders nähern können – mit einem Besitz, der völlig im Reinen war, und ohne Geheimnisse vor ihr. Als sie die Ohrringe erwähnte, wäre er beinahe zusammengezuckt. Als sie sagte, dass nichts sie trennen könne, hatte er ein Dankgebet an Gott gesandt. Louisa war von Grund auf ehrlich. Was würde sie tun, wenn sie je herausfand, was er vor ihr verbarg?

Als er auf sein Pferd stieg, fiel ihm ein, dass er noch nicht mit seiner Mutter über einen Verlobungsring gesprochen hatte. Nicht, dass dies ein allgemeiner Brauch wäre, aber seine Familie hatte drei oder vier Ringe, die für diesen Zweck verwendet wurden. Er müsste nachsehen, ob einer davon in Rothwell House war. Falls nicht, könnte er einen Abstecher nach Rothwell Abbey machen. Er wünschte sich sehr, seinen Ring an Louisas Finger zu sehen.

Eine Stunde später machte er sich gerade über einen Teller mit rohem Rindfleisch, geräuchertem Schinken, Bückling, Eiern und Toast her, als seine Mutter den Frühstücksraum betrat. »Meine Güte, Gideon, willst du das wirklich alles aufessen?«

Er blickte auf seinen Teller. Diesen Morgen war er tatsächlich noch hungriger als sonst. Wahrscheinlich, weil er Louisa geliebt hatte.

»Dein Vater hatte auch dieses zufriedene Aussehen, wenn er ein besonders großes Frühstück vertilgte«, sagte sie leichthin, als würde nichts fehlen und hätte auch nie gefehlt.

»Mutter.« Er wollte sie davor warnen, dieses Gesprächsthema weiter zu verfolgen, doch seine Stimme klang viel zu hell. »Ich möchte wirklich nicht über Vater sprechen.«

Sie setzte sich auf einen Stuhl zu seiner Linken und orderte frischen Tee. »Lieber, dein Vater und ich waren weit über dreißig Jahre verheiratet, und den größten Teil dieser Zeit haben wir uns sehr geliebt.« Sie hielt einen Augenblick inne und blinzelte mehrmals. »Ich bin ärgerlich darüber, dass sein Wahnsinn uns die letzten gemeinsamen Jahre gestohlen hat. Ich wünschte, er hätte sich nicht mit einer Person zusammengetan, die zu unserer jetzigen, grässlichen finanziellen Lage beigetragen hat.« Eine einzelne Träne rann ihre immer noch zarte Wange hinunter. »Es tut mir leid, dass du nun die Trümmer einsammeln musst. Dennoch werde ich ihn immer lieben. Ich will nicht zulassen, dass du vorgibst, es hätte ihn nie gegeben, nur weil er in seinen letzten paar Lebensjahren nicht mehr bei Verstand war. Hätte er die Wahl gehabt, so bin ich sicher, hätte er sich niemals für eine Demenz entschieden.« Fredericks kam mit ihrem Tee, und sie hörte auf zu sprechen, um sich einzuschenken und Zucker und Milch hineinzugeben. »Ich bete, dass du nie krank wirst. Ich habe einige Nachforschungen angestellt und herausgefunden, dass die Krankheit höchstwahrscheinlich von der Familie deiner Großmutter Rothwell her kommt. Ich habe entschieden, dir das zu sagen, weil du ihr kein bisschen ähnlich bist.«

»Danke, dass du es mir gesagt hast.« Bevor seine Mutter die Krankheit erwähnte, hatte Gideon nicht viel darüber nachgedacht. Keiner seiner Großeltern hatte darunter gelitten. Vielleicht sollte er Vorkehrungen für den Fall treffen, dass er irgendwann Symptome entwickeln sollte. Glücklicherweise wäre das noch in der fernen Zukunft.

Wenig später erhob sich seine Mutter, nachdem sie ihren Tee ausgetrunken hatte. »Ich meine mich zu erinnern, dass du Louisa keinen der Rothwell-Ringe gegeben hast. Ich habe sie mitgebracht.« Sie warf erneut einen Blick auf seinen Teller. »Du kannst nach deinem Frühstück zu mir kommen.« Sie ging langsam zur Tür, drehte sich noch einmal um und sah ihn an. »Ich bete immer noch um ein Enkelkind.«

Diese Füchsin! Diese Unterhaltung hatte er völlig vergessen. Gott sei Dank bediente beim Frühstück Frederick immer allein. Aber selbst ihn in Mamas Gegenwart in der Nähe zu haben, war jedoch schon peinlich.

Gideon bekam das Gefühl, er hätte seine Eltern nie wirklich gekannt. Vielleicht sollten Kinder bestimmte Dinge über ihre Eltern erst erfahren, wenn sie selbst erwachsen waren. Er würde seine Kinder nie so in Verlegenheit bringen. »Vielen Dank, Mutter.«

»Ach je. Jetzt bist du ärgerlich über mich.« Sie winkte ihm zu. »Nichts für ungut. Komm zu mir, wenn du fertig bist.«

Mit einem Glucksen huschte sie hinaus.

Gideon ließ sich beim Essen Zeit und orderte sogar eine frische Kanne Tee. Mama konnte ruhig ein bisschen warten, nachdem sie ihn so an der Nase herumgeführt hatte. Den Ring würde er Louisa heute Abend geben, bevor sie zum Theater gingen.

Etwa zwanzig Minuten später begab Gideon sich zu den neuen Gemächern seiner Mutter. Er klopfte an und wartete, bis ihre Kammerzofe öffnete, um ihn einzulassen. Mama hatte bereits fünf Ringe auf einem cremefarbenen Samttuch bereitgelegt.

Sie reichten von einem antiken Goldring mit einem Smaragd von der Größe eines Wachteleis bis zu einem viel moderner gestalteten Modell, auf dessen Fassung viele kleine Steine angeordnet waren.

Ein kunstvoll gearbeiteter Ring aus Gold, der mit einem tiefblauen, fast undurchsichtigen Stein besetzt war, stach hervor. Er erinnerte ihn stark an die Farbe von Louisas Augen. Helle Linien strahlten von der Mitte aus. So etwas hatte er noch nie gesehen. »Was ist das für ein Stein?«

»Es ist ein Sternsaphir«, antwortete seine Mutter. »Wenn du genau hinsiehst, wirst du sehen, dass die Linien einem Stern ähneln. Der fünfte Duke of Rothwell hat ihn aus Indien mitgebracht und seiner Verlobten geschenkt.«

»Hatten sie eine gute Ehe?« Aus irgendeinem Grund war ihm das wichtig. Er wollte Louisa keinen Ring schenken, der aus einer schlechten Ehe stammte.

»Ja. Die Ehe wurde arrangiert, aber sie kannten sich schon seit vielen Jahren und liebten einander sehr.«

»Diesen Ring werde ich Louisa schenken.«

Seine Mutter lächelte. »Ich denke, er ist ideal für sie.« Gideon stimmte zu. Wenn er jetzt das Zimmer seiner Mutter verlassen könnte, ohne an Enkelkinder erinnert zu werden, wäre sein Tag perfekt.

Nicht, dass er kein Kind gewollt hätte. Er sehnte sich danach, einen Säugling nach Louisas Abbild in den Armen zu halten. Darüber wollte er allerdings nicht mit seiner Mutter sprechen.

Jedoch hatten er und Louisa bereits ... zweimal beieinander gelegen. Es war durchaus möglich, dass sie sein Kind trug. Noch ein Grund mehr für ihn, sie so schnell wie möglich nach Abbey zu bringen.

***

Louisa wusste, dass sie Gideon keine Kusshand hätte zuwerfen sollen. Sie wusste, es galt als vulgär, aber um diese frühe Morgenstunde waren nur wenige der Nachbarn auf, und sie hatte einfach Lust darauf gehabt. Wenigstens hatte sie nicht das getan, was sie noch viel inniger gewollt hätte: ihn in die Arme ziehen und auf die Lippen küssen, ganz gleich, wie viele Menschen sie umgaben. Das hätte jemand gesehen!

Als sie die Treppe hinaufgestiegen war, hatte sie sich leichter als jemals zuvor gefühlt, als berührten ihre Füße Luft oder bauschige weiße Wolken statt Stein. Sie konnte sich nicht bremsen, ihre Liebe zu ihm und die Freude über das gemeinsame Leben, das vor ihnen lag, zu teilen.

Und heute Abend würden sie zusammen ins Theater gehen, zu ihrem allerersten Stück. Sie hielt inne und lauschte nach Geräuschen ihrer Familie aus dem Frühstücksraum, doch sie hörte nichts.

Leichtfüßig lief sie die Treppe hinauf. Als sie ihre Schlafkammer betrat, legte Lucy gerade ein Tageskleid für sie bereit.

»Ich muss ein Bad nehmen.«

Louisa nahm gerade ihre Haube ab, da schnupperte Lucy und kräuselte die sommersprossige Nase. »Der Zuber wird sogleich bereit sein, Mylady.«

Sicherlich konnte sie nicht so schlimm riechen! Dann schickte sie ein Stoßgebet, um Gott zu danken, dass Lucy den Geruch von Louisas und Gideons Liebesspiel nicht erkennen konnte. Glücklicherweise hatte sie diesen Morgen ihr Haar selbst aufgesteckt. So konnte niemand den Unterschied sehen. »Gut. Ich möchte nicht zu spät zum Frühstück kommen.«

Nicht, dass ihr Bruder, ihre Schwägerin oder die Kinder sich daran stören würden, doch da Mama auch im Hause war, musste Louisa vorsichtiger sein.

Ihr Mädchen half ihr aus den Kleidern, gab ihr ein Tuch und ging in ihre Ankleidekammer. »Euer Bad ist bereit.«

»Danke.«

Als sie sich in das warme Wasser gleiten ließ, wurde ihr bewusst, dass Matt sich nicht mehr über die Zeit gesorgt hatte, die sie mit Gideon verbrachte, seit dieser seinen Wunsch, sie zu heiraten, verkündet hatte, und Grace hatte sich jeden Kommentar gespart.

Tatsächlich hatten sie Louisa viel mehr Freiheiten zugestanden als vorher. Sie fragte sich, was ihre Mutter wohl von ihrer neuen Unabhängigkeit halten würde, und kam zu dem Schluss, dass sie darüber nicht erfreut wäre.

»Mylady?«, fragte Lucy, als sie Louisa ein Tuch und wohlduftende Seife reichte.

»Ja?«

»Ist Rothwell House so groß wie dieses?«

Zunächst verblüffte Lucys Frage Louisa, aber natürlich würde sie sie nach ihrer Heirat begleiten. »Etwas größer. Über Rothwell Abbey weiß ich nicht viel, aber in der Bibliothek gibt es einen Führer, in dem du es nachschlagen kannst.«

»Es wird eine ganz schöne Veränderung für mich sein, wenn ich die Kammerzofe einer Herzogin bin«, sagte Lucy und schrubbte Louisas Rücken. »Ich sollte wahrscheinlich mit der Zofe Eurer Mutter und der von Lady Worthington sprechen, wie ich mich verhalten soll, wenn ich dorthin komme.«

»Das ist eine hervorragende Idee.« Lucy war seit einem Jahr bei Louisa, aber sie hatten keine Reisen außerhalb Londons unternommen, und Lucy hatte sich immer an Mamas Zofe orientiert, die ihre Zeit nicht nur in London, sondern auch bei großen Hausgesellschaften verbracht hatte.

Louisa erhob sich, um sich die Seife abspülen zu lassen, und eine halbe Stunde später betrat sie das Frühstückszimmer. Da wurden auch schon die Stimmen ihrer kleineren Geschwister im Treppenhaus laut. Grace und Matt unterhielten sich leise am einen Ende des Tisches, während Charlotte am anderen Ende saß – höchstwahrscheinlich, um ihnen etwas Privatsphäre zu lassen.

Sie klopfte auf den Stuhl neben sich und lächelte. »Wie war dein Ausritt?«

»Sehr schön«, sagte Louisa und versuchte, die Hitze zu überspielen, die ihren Nacken hinaufstieg, als sie an Gideons breite Schultern dachte und daran, wie er schmeckte. Oh je, sie musste lernen, diese körperliche Reaktion unter Kontrolle zu bringen. »Nicht so ausgiebig, wie ich es mir gewünscht hätte.« Großer Gott. Alles, was sie sagte, schien doppeldeutig zu sein. Sie schenkte sich einen Tee ein und versuchte, ihr Antlitz zu verstecken, als sie einen Schluck nahm. Igitt!

Charlotte lachte leise und murmelte: »Du hast Milch und Zucker vergessen.«

Unglücklicherweise war Louisas Gesicht gerade flammend rot, als ihre Mutter und Richard den Raum betraten.

»Huste«, flüsterte Charlotte scharf, schob ein Stück Toast, von dem sie abgebissen hatte, auf Louisas Teller und klopfte ihr auf den Rücken. »So, viel besser.«

Die Kinder strömten in den Raum und füllten die übrigen Stühle am Tisch auf. Gleichzeitig begannen die Diener damit, Teller mit Essen herumzutragen.

»Danke sehr«, murmelte Louisa dankbar.

»Sehr gern geschehen.« Charlotte seufzte. »Irgendwann werde auch ich wissen, was solches Erröten auslöst.«

»Ich würde es dir ja sagen, aber es lässt sich nur schwer erklären.«

Charlottes Augen weiteten sich. »Ist es so gut?«

»Oh ja«, antwortete Louisa und kämpfte gegen ein erneutes Erröten an. »Kommst du heute mit uns zum Einkaufen?«

»Das werde ich, aber ich muss dich warnen. Deine Mutter besteht darauf, dass wir anschließend noch Antrittsbesuche machen.«

»Es scheint eine Ewigkeit her zu sein, dass wir welche gemacht haben. Seit die Kinder krank geworden sind.«

»Nun ja«, Charlotte wandte den Blick zur Decke, »unsere Abstinenz ist beendet. Nicht, dass ich sie größtenteils nicht schätzen würde. Aber irgendjemand ist immer darunter, der hässliche Gerüchte verbreitet.« Sie zog die Mundwinkel hoch. »Wenn du die neue Duchess of Rothwell bist, erwarte ich von dir, dass du solches Benehmen unterbindest.«

Louisa ließ die Bemerkung ihrer Schwester sacken. Es gab viele Dinge, die sie als Herzogin tun konnte, um anderen zu helfen. Aber war sie auch nur einen Deut besser auf diese neue Rolle vorbereitet als Lucy auf ihre neuen Aufgaben? Ein Schauder lief ihr den Rücken hinunter. »Es ist viel Verantwortung.«

Charlotte stellte ihre Tasse ab und durchbohrte Louisa mit ihrem Blick. »Eine, auf die du gut vorbereitet bist. Gute Manieren und das richtige Benehmen sind uns beiden eingetrichtert worden. Du weißt, wie man einem Gut, Anwesen und der Dienerschaft vorsteht. Du bist schon sehr belesen und hast eine eigene Meinung. Was aber am wichtigsten ist: Du kannst gut von schlecht unterscheiden. Du wirst eine hervorragende Herzogin sein.«

»Ja.« Das alles stimmte.

Ihre Schwester nahm noch einen Schluck Tee. »Was hat die Selbstzweifel in dir ausgelöst?«

»Meine Zofe sagte, sie wolle Graces und Mamas Zofe fragen, was sie noch lernen müsse. Deshalb denke ich über meine neue Rolle nach.«

»Na, sie wird wahrscheinlich feststellen, dass sie das meiste von dem, was sie wissen muss, schon durch die reine Beobachtung gelernt hat. Ich weiß es, weil meine May darüber gesprochen hat, ihr Wissen über ihre Pflichten in einem großen Haus zu erweitern.« Charlotte warf Louisa einen reuigen Blick zu. »Wobei ich jetzt, wenn ich darüber nachdenke, glaube, dass Graces Mädchen Dawson etwas damit zu tun haben könnte. Wir haben in dieser Saison allesamt sehr viel gelernt.«

»Danke.« Das war eine treffende Feststellung. »Ich werde dich vermissen.«

Ihre Schwester tätschelte Louisa die Hand. »Ich werde dich auch vermissen. Vielleicht werden wir ja nah beieinander leben, wenn ich endlich heirate.«

***

Rosie Petries Hand zitterte vor Wut, als sie den Brief ihrer Schneiderin in Händen hielt, der sie unumwunden über bestimmte Dinge in Kenntnis setzte. Wenn sie die Kleider, die sie geordert hatte, behalten wollte, müsste sie selbst dafür zahlen, da der Duke of Rothwell die Rechnungen nicht bezahlte, die sie ihm geschickt hatte. »Dieser durchtriebene, abscheuliche Lump! Wie kann er mir so etwas antun? Nach allem, was ich getan habe, um die letzten Tage des alten Herzogs glücklicher zu machen.«

Nicht genug, dass er ihre Pferde und die Kutschen an sich genommen hatte. Sie hätte dem alten Herzog nicht erlauben dürfen, sich an ihrer Stelle um sie zu kümmern, aber er hatte gesagt, dass sie sich nicht um die Pflege seiner Geschenke sorgen müsste. Jetzt war der Teufel sogar hinter ihrer Kleidung her.

»Ich hab' vom Pfandhaus auch keine besseren Nachrichten.« Ihr Mädchen stand mit der Tasche Schmuck da, die sie hatte verkaufen sollen. Die Tasche sah leer aus.

Rosie kniff die Augen zusammen. »Hat er versucht, dich beim Preis übers Ohr zu hauen?« Im Gegensatz zu ein, zwei anderen Kaufleuten hatte Mister Sutton nie versucht, sie hereinzulegen.

Das Mädchen schüttelte den Kopf. »Er sagte, dass er gehört hätte, das ganze Zeug wär geklaut, und hat es behalten.«

»Geklaut!«, rief sie aus. »Das warn – waren alles Geschenke von Seinen Gnaden!« Die meisten zumindest. Sie ging im Geiste die Liste nochmals durch und stellte fest, dass manche der Schmuckstücke mit Hilfe des gefälschten Briefs gekauft waren. Aber die anderen hatte der Herzog ihr in seinen letzten Tagen geschenkt. Was zum Teufel sollte sie denn jetzt tun?

Rosie stieß einen Seufzer aus. Sie musste zu jemandem gehen, der ihr weniger zahlen würde. Wenn es zum Schlimmsten käme, könnte sie das antike Schmuckset, das der Herzog ihr geschenkt hatte, auseinander nehmen und die Steine einzeln verkaufen lassen.

Als sie aufblickte, sah sie, dass ihr Mädchen wie Espenlaub zitterte. »Es ist nicht deine Schuld«, sagte sie sanft. »Woher hättest du wissen können, dass er sich uns gegenüber so umdreht? Wenn du mich angezogen hast, nimm dir etwas Zeit und versuche, einen anderen Höker für mich ausfindig zu machen.«

»Danke sehr, Ma'am.« Das Mädchen nickte, bevor es die Treppe hinauf eilte.

Rosie zog ihren Seidenschal enger um sich. Ganz gleich was geschah, ins Schuldnergefängnis würde sie nicht gehen. Das bedeutete, sie musste einige der Kleider zurückgeben, die sie im Lauf der vergangenen Wochen gekauft hatte. Aber irgendwie würde sie den neuen Duke of Rothwell dafür zahlen lassen, dass er sie beraubte.

Rosie nahm einen tiefen Atemzug und versuchte, sich mit dem Gedanken an das Theaterstück zu beruhigen, das sie an diesem Abend besuchen würde. Sie hatte es schon einmal gesehen, aber Kean war so fabelhaft, dass sie noch eine Aufführung sehen musste. Das würde für ihre Nerven sehr beruhigend sein.

Dann kam ihr ein Gedanke. Wenn Rothwell *ihre* Schulden nicht zahlte – welche anderen Schulden weigerte er sich dann noch zu begleichen? Und wer könnte ihr bei ihrem Rachefeldzug gegen den neuen Herzog womöglich zur Seite stehen wollen?

KAPITEL 31

Gideon hatte Louisa eine Nachricht schicken lassen, in der er sie bat, ihn mehrere Minuten vor der vereinbarten Zeit im kleinen Salon von Stanwood House zu treffen. Doch betrübt musste er feststellen, dass sie ihn dort nicht erwartete. Wahrscheinlich war er so enttäuscht, weil er sich daran gewöhnt hatte, dass sie ihn für ihre morgendlichen Ausritte immer schon in der Halle erwartete.

»Darf ich Euren Gnaden ein Glas Wein oder Sherry anbieten, während Lady Louisa über Euer Eintreffen informiert wird?«, sagte der Butler.

»Sherry bitte«, antwortete Gideon und ließ seine Taschenuhr aufschnappen. Er konnte sich wirklich nicht beklagen. Er brauchte länger, sich für den Abend anzukleiden, als für einen Ausritt.

Wenige Minuten später öffnete sich die Tür, und Louisa betrat den Raum. Ein Lächeln legte sich auf ihre tiefroten Lippen, die zu den winzigen Rosen passten, mit denen das durchscheinende Obergewand ihres Kleids bestickt war. Die kleinen Puffärmel waren auf eine Weise gefältelt, die er zuvor noch nicht gesehen hatte. Er wollte nicht einmal wissen, wie teuer dieses Kleid gewesen war. Er war sich nicht sicher, ob er ihr die Art Mode weiterhin würde bieten können, die sie gewohnt war.

»Gideon.« Sie schwebte zu ihm und ließ ihre langen Handschuhe wie nebenbei auf den Tisch fallen. »Was gibt es?«

Als sie zu ihm kam, küsste er sie leicht auf die Lippen. »Ich möchte, dass du ...« Ihr Blick aus blauen Augen traf seinen, und für einen Moment verschlug es ihm die Sprache. Was hatte er getan, um diese kluge und schöne Frau zu verdienen? Er fummelte in der Tasche seiner Weste herum und zog den kleinen Satinbeutel hervor. »Ich möchte, dass du einen Verlobungsring trägst. Es ist eine Tradition in meiner Familie.«

Ihre Augen schienen feucht zu werden. »Oh, mein Liebster. Es würde mich mit großer Freude, nein, mit Stolz erfüllen, deinen Ring zu tragen.«

Er drehte den Beutel um, schüttelte ihn und ließ den Ring in seine Hand fallen. »Ich habe diesen ausgewählt, weil er zu deinen Augen passt.«

Er steckte ihr den Ring an die Hand. Er war zu groß, baumelte fast an ihrem schmalen Finger.

»Ich werde ihn am Zeigefinger tragen.« Sie lächelte und streichelte ihm mit der Hand über die Wange.

»Trag ihn heute Abend.« Wie hatte er nur vergessen können, die Größe ihres Ringfingers festzustellen? »Morgen gehen wir zum Juwelier und lassen ihn ändern, sodass er passt.«

»Er ist wunderschön. Einen solchen Stein habe ich noch nie zuvor gesehen. Was ist das?«

»Er heißt Sternsaphir wegen der Streifen darin.«

Louisa schien ihn einen Augenblick zu mustern, dann sagte sie: »Wusstest du, dass ein blauer Saphir für Liebe, Hingabe und Treue steht?«

»Nein.« Er zog sie in die Arme. »Aber all das wünsche ich mir für uns.«

»Genauso wie ich.« In ihren Augen schimmerten Tränen. »Wir brauchen einander nur zu lieben und zu vertrauen.«

»Louisa, meine Liebste. Du wirst doch nicht weinen?« Die Möglichkeit machte ihm mehr Angst, als er für möglich gehalten hätte.

»Nein, nein«, sie gluckste unter Tränen. »Das sind Freudentränen. Wirklich, kein Grund zur Sorge.«

»Ich freue mich, dass er dir gefällt. Ich habe ihn heute zum ersten Mal gesehen. Er ist über dreihundert Jahre alt.« Bei Jupiter, er hörte sich wie ein angeberischer Schuljunge an.

»Liebling.« Sie rieb ihm mit dem Daumen über die Unterlippe, er fing ihn mit den Zähnen ein und sah, wie ihre Augen warm aufleuchteten. »Ich liebe ihn, er ist perfekt. Du hättest keinen besseren Ring auswählen können.«

Er wollte sie gerade küssen, da öffnete sich die Tür. Sie traten ein Stück auseinander, jedoch nur so viel, dass ein wenig Abstand zwischen ihnen war. Sie hängte sich bei ihm unter.

Ihre Mutter trat mit einem Herrn ein, in dem Gideon Lord Wolverton vermutete.

»Mama, Richard.« Louisa zog ihn vorwärts. »Rothwell, meine Mutter hast du bereits kennengelernt. Dies ist ihr zweiter Ehemann«, ihre Lippen zogen sich einen Augenblick nach unten, »mein Stiefvater Lord Wolverton. Richard, mein Verlobter Rothwell. Es ist immer noch ungewohnt, einen neuen Vater zu haben«, sagte sie zu niemand Bestimmtem.

Gideon streckte die Hand aus. »Es ist mir eine Freude, einen weiteren Neuankömmling in der Familie kennenzulernen.«

Wolverton schnaubte. »Wie es scheint, habt Ihr alle Prüfungen bestanden, die es gibt. Theo, Mary und Philip haben ein Loblied auf Euch gesungen.«

»Ich war froh, dabei helfen zu können, dass Theo sich besser fühlte. Wie ich höre, kommt Ihr aus Kent?«

Der Mann schlenderte zur Anrichte und bedeutete Gideon, ihm zu folgen. Mit einem Blick zu Louisa stellte er fest, dass ihre Mutter wohl mit ihr sprechen wollte, und er gesellte sich zu Wolverton. »Wie lange seid Ihr schon verheiratet?«

»Nicht ganz einen Monat.« Er hielt die Sherryflasche hoch.

Gideon suchte nach seinem Glas und schüttelte den Kopf. Er entdeckte es auf dem anderen Ende der Anrichte. »Ich habe schon eines, vielen Dank.«

Wolverton nahm einen tiefen Schluck und sagte: »Ich fürchte, ich habe Euch einen schlechten Dienst erwiesen.«

Wie das, fragte Gideon sich. Er war dem Gentleman noch nie begegnet. Allerdings könnte es eine Erklärung für das harsche Verhalten seiner Frau bei ihrem ersten Treffen sein. »Ich verstehe nicht.«

»Ich weiß, wie sehr die Dame meines Herzens ihre Kinder liebt, und als ich hörte, dass Ihr Louisa den Hof macht, habe ich mich bei einigen Kollegen informiert.« Wolverton nahm einen weiteren Drink. »Sie sind nicht mehr jung. Tatsächlich könnte man sogar sagen, dass sie schon ältere Herrschaften sind. Auch wenn ich ihnen das niemals ins Gesicht sagen würde. Einige von ihnen kannten Euren Vater.«

Ach, jetzt begann es Gideon zu dämmern. »Und sie kannten ihn auch in seinen letzten Jahren.«

»Nein, das nicht.« Wolverton rieb sich die Wange. »Sie kannten ihn, als sie alle junge Männer waren. Erst vor einem Jahr haben sie ihn wiedergesehen.«

In dem Fall hätten die Männer Gideons Vater nur in seinen wilden Jugendjahren gekannt – und dann wieder, als er seine Jugend wiederaufleben ließ. Dennoch musste er eine Frage stellen. »Hat mein Vater einen von ihnen wiedererkannt?«

Wolverton wirkte alarmiert. »Ja. Er begrüßte sie wie alte Freunde.«

»Das ergibt Sinn.« Gideon presste die Lippen zusammen, als würde ihm das Geheimnis entschlüpfen, wenn er es nicht einsperrte. Er kämpfte mit sich: Sollte er es dabei bewenden lassen oder seinem zukünftigen Stief-

Schwiegervater die Wahrheit über seinen Vater erzählen? Nach einer Weile entschied er, dass genügend andere Menschen Bescheid wussten und es keinen großen Unterschied mehr machen würde. »Mein Vater litt unter Demenz. Es ist nicht allgemein bekannt, und dabei würde ich es auch gern belassen.«

»Habt Ihr es Louisa gesagt?«

»Noch nicht. Ich möchte noch einige Dinge regeln, bevor ich mit ihr darüber spreche. Worthington weiß Bescheid.«

Wolverton rieb sich erneut über die Wange. »Ich halte es für keine kluge Entscheidung Eurerseits, es vor Louisa geheim zu halten, aber wenn ihr Bruder entschieden hat, Euch nach eigenem Gutdünken handeln zu lassen – wer bin ich, Einwände zu erheben?«

»Danke sehr.« Gideon würde es ihr bald sagen müssen, aber nicht bevor sie in Abbey wären, wo er die Gelegenheit hatte, alles zu erklären, ohne dass jemand sie unterbräche. Und wenn er ehrlich war: wenn er sicher sein konnte, dass sie ihn nicht verließe.

»Liebes, du siehst wunderschön aus«, sagte Mama zu Louisa und zog sie von Gideon weg.

Grundgütiger, was dachte Mama, würde in einem Zimmer voller Menschen geschehen, oder machte sie sich Sorgen, weil Louisa und Gideon allein zusammen gewesen waren? Sie waren verlobt. »Danke.« Sie hob die Hand hoch. »Rothwell wollte mir den hier geben, bevor alle anderen kommen. Es ist ein Sternsaphir.«

»Ich habe schon davon gehört, aber noch nie einen gesehen.« Mama klang beeindruckt. »Er sieht sehr alt aus.«

»Ja. Einer seiner Vorfahren hat ihn von seinen Reisen mitgebracht.« Louisa zeigte den Ring Charlotte, die gerade zu ihnen gekommen war.

»Zauberhaft«, sagte sie. »Er muss an deine Augen gedacht haben, als er ihn ausgesucht hat.«

Louisa lachte fröhlich. »Genau daran hat er gedacht.«

Gideons Mutter kam, und kurz darauf wurde der Beginn des Abendessens angekündigt. Da die Kinder bereits gegessen hatten, hatte Grace entschieden, dass das Essen im kleinen Esszimmer serviert wurde. Wenngleich auch um diesen Tisch immerhin sechzehn Personen Platz finden konnten, wenn er zu voller Länge aufgebaut war, so war er an diesen Abend für ihre kleinere Anzahl hergerichtet worden.

Louisa war froh, dass Gideon zu Graces Rechten platziert worden war, während Richard ihr zur Linken saß. Mama und die Herzogin saßen neben Matt. Charlotte und Louisa saßen in der Mitte, sie jedoch neben Gideon. Der Tisch war schmal genug, um sich über ihn hinweg unterhalten zu können.

Normalerweise würden die Diener jedem vorlegen und dann die Servierplatten in einem vorher festgelegten Muster auf den Tisch stellen. Diesen Abend jedoch wurden sie aufgrund der kleinen Größe des Tisches auf einer Anrichte abgestellt. Das Essen begann mit einer Suppe, die Jacques »Essenz von Sellerie« genannt hatte.

»So eine Bezeichnung habe ich noch niemals gehört«, sagte Gideon, nachdem er die Suppe verspeist hatte.

»Das ist der Grund, weshalb ich deinen französischen Koch gern sowohl in London als auch auf dem Land haben möchte.«

»Ich verstehe, was du meinst. Vielleicht könnte er mit uns reisen.«

Auf diesen Gedanken war sie noch nicht gekommen. »Darüber müssen wir sprechen.«

Die Suppe wurde abgelöst von einem gemischten Salat mit in gebräunter Butter sautierter Seezunge und Mandelsplittern, Lammkeule, dünnen grünen Bohnen und gefüllten Wachteln. Als das Dessert aufgetragen wurde, war sich Louisa sicher, dass Gideon ebenfalls von der Notwendigkeit des Küchenchefs überzeugt war.

Sie tupfte sich mit der Serviette die Lippen ab. »Wie hat es dir geschmeckt?«

»Großartig.« Er zog die Mundwinkel herunter. »Als ich das letzte Mal mit euch diniert habe, war das Essen ebenfalls sehr gut, aber ich erinnere mich nicht daran, dass es derartig außergewöhnlich war.«

»Das liegt daran, dass wir da mit den Kindern gegessen haben, und Grace ist der Meinung, dass einfacheres Essen für sie besser ist.«

»Jetzt verstehe ich, weshalb du möchtest, dass mein Koch bleibt.« Er hielt einen Augenblick inne und wählte ein kleines Schälchen Weißkäse mit Obst. »Was hat denn meine Mutter gesagt?«

Louisa wedelte mit den Fingern. »Nur, dass euer Koch in Rothwell seit Jahren bei euch ist und dass sie in den Witwensitz umziehen will.«

Sein Stirnrunzeln vertiefte sich. »Ich erinnere mich nicht, dass die Kochkünste in ihrer Küche annähernd so gut waren wie die von eurem Koch.«

»Sollen wir es dann so festlegen?« Bei ihrer Besichtigung des Hauses hatte Louisa schon mit Gideons Küchenchef Anton gesprochen und festgestellt, dass er glücklich wäre, bei ihnen zu bleiben. »Ich denke, euer alter Koch sollte bei deiner Mutter bleiben. Das erspart es der Herzogin, einen neuen zu suchen.«

Gideon nahm einen Bissen vom Käse und schluckte. »Wie du möchtest, ich lasse dir freie Hand, Liebste. Wenn ich das Essen bekäme, das die Kinder hier bekommen, wäre ich ein glücklicher Mann.«

Mit einem Lächeln griff sie nach einem Zitronenquarktörtchen. »Danke sehr. Ich bin sehr froh, dass wir der gleichen Ansicht sind.«

Plötzlich berührte er ihre Hüfte mit der Hand, und zwischen ihren Beinen loderten Feuerzungen auf. »Das ist nicht die einzige Sache, in der wir der gleichen Ansicht sind.«

Nein, das war es nicht. Tatsächlich waren sie nur unterschiedlicher Ansicht in der Frage, ob sie ihr eigenes Geld für das Anwesen benutzen durfte. Sie beschloss, dass es auch dazu noch kommen würde.

Anderthalb Stunden später führte Gideon ihre kleine Gesellschaft – und an Louisa dachte er bereits als seine Ehefrau und Lebensgefährtin – zu seiner Loge im Theatre Royal, das allerdings unter dem Namen Drury Lane besser bekannt war.

Als sie das Theater betraten, eilte der Manager auf sie zu. »Euer Gnaden, es gab eine kleine Verzögerung bei der Vorbereitung Eurer Loge.« Der Mann hielt einen Moment inne. »Nicht, weil wir sie als letzte hergerichtet haben. Ich versichere Euch, das war keineswegs der Fall. Als ich sie jedoch inspiziert habe, war sie nicht nach meiner Vorstellung. Ich hoffe sehr auf Euer Verständnis. Ich habe veranlasst, dass zum Ausgleich eine zusätzliche Flasche Champagner bereitgestellt wird.«

»Gewiss.«

Sekunden später ging Gideons Gruppe die Stufen zu dem großzügigen Bereich hinauf, der den Dukes of Rothwell gehörte.

Eine geöffnete Champagnerflasche stand in einem Kühler mit Eis bereit. Limonade und Wein standen ebenfalls auf dem Tisch, dazu die passenden Gläser.

»Champagner, Liebste?«, fragte er Louisa.

»Bitte. Wo werden wir uns hinsetzen?«

Glücklicherweise war die Loge der Rothwells sehr groß, sodass bis zu sechs Personen vorne an der Balustrade sitzen konnten. Einer aus ihrem Grüppchen würde in der zweiten Reihe sitzen müssen, jedoch keine von Louisas Schwestern oder den anderen Damen.

»Ich sitze hinter meiner Frau«, sagte Worthington ruhig.

»Danke sehr.« Gideon wusste sein Angebot sehr zu schätzen. So konnte er neben Louisa sitzen.

Während er mit seinem zukünftigen Schwager sprach, stießen Louisa und Charlotte begeisterte Rufe über das Theater aus.

Alle Logen und ein großer Teil des Parketts waren vergoldet. Riesige Kristalllüster hingen von der Decke herab, und Dutzende Kerzen beleuchteten den Saal.

»Ich habe noch nie etwas so Opulentes gesehen«, sagte Lady Charlotte.

»Nur, weil du noch nicht in Brighton warst«, antwortete Worthington trocken. Ihre Augen wurden rund, und flugs fuhr er fort: »Ich würde nicht wollen, dass du es siehst. Das Theater muss reichen.«

»Vergiss nicht, dass die Oper noch beeindruckender ist«, fügte Lady Wolverton hinzu.

»Ja, das stimmt.« Lady Worthington reichte ihrem Gatten ein Glas Champagner. »Ich habe dort eine Loge. Wenn ihr möchtet, könnten wir sie nächste Woche vor der Hochzeit besuchen.«

»Rothwell«, Louisa drückte seinen Arm, »warum gaffen diese Menschen uns so an?«

Zuerst wurde sein Blick zum Parkett gelenkt, wo junge, vornehme Männer sich unter andere von weniger vornehmer Abstammung mischten. »Sie wetteifern darin, die Aufmerksamkeit der jungen Damen auf sich zu ziehen.«

»Nein, ich meine die Loge gegenüber.«

Er folgte ihrem Blick und sah ein Grüppchen, das aus einem Mann und zwei Frauen bestand. Eine der Frauen trug ein Paar Diamantohrringe, die er von hier aus sehen konnte. Louisa schloss die Finger um seinen Arm,

bevor er sich abwenden konnte. *Sie ist unfassbar kühn.*
»Ich kenne diese Leute nicht. Und wünsche es auch
nicht.«

Allerdings hatte er eine recht genaue Vorstellung, wer
die Frau mit den Ohrringen war. War das vielleicht der
Grund für die Verzögerung gewesen? Hatte dieses lose
Weib versucht, seine Loge zu benutzen?

»Der Gentleman heißt Kenilworth«, bemerkte Worthington. »Ich glaube nicht, dass er vorhatte, für diese Saison nach London zu kommen.«

»Wer?«, fragte Louisa nach.

»Der Marquis of Kenilworth. Ein alter Schulfreund
von mir. Kümmert euch nicht um die Frauen bei ihm.
Keine von ihnen wird euch vorgestellt werden.«

Lady Worthington lenkte die Aufmerksamkeit ihrer
Schwester woandershin. Worthington griff nach Gideons Arm.

»Die Frau mit den großen Ohrringen ist Misses Petrie«, sagte Worthington mit strenger Stimme. »Die andere ist, soweit ich weiß, die führende Kurtisane des
Jahres und Kenilworths derzeitige Gespielin. Wenn er
nicht völlig besoffen ist, wird er sie nicht zu uns herüber bringen.«

»Ich lasse nach einem meiner Burschen schicken, damit er vor der Loge Stellung bezieht«, sagte Gideon, um
sicherzustellen, dass der Marquis keinen verrückten
Versuch unternähme. Der einzige positive Aspekt dieser Situation war, dass Gideon jetzt wusste, wie die
Hure aussah.

Louisa war wieder an seiner Seite. »Warum winkt sie
uns zu?«

»Ich bin nicht sicher, ob ich das wissen möchte.«

»Trotz der klugen Beiträge von Kenilworth im House
of Lords«, sagte Worthington in abfälligem Ton, »hält
er sich in schlechter Gesellschaft auf. Man möchte

nicht wissen, was diese Frau sich dabei dachte, das zu tun.«

Die Unterlippe zwischen die Zähne gezogen, nickte Louisa. »Ich verstehe. Sie ist eine von den Frauen, die eine Dame nicht kennt.«

»Ganz genau, meine Liebe.« Gideons Mutter nahm Louisas Arm. »Komm, koste das Gebäck. Ich meine, eine Spur Lavendel entdeckt zu haben.«

Kannte seine Mutter die ehemalige Geliebte seines Vaters? Wenn ja, woher?

»Nun, ich denke, Seine Lordschaft hat schlechte Sitten, wenn er uns so offen anstarrt«, äußerte sich Lady Charlotte. Ihre Nase war leicht gekräuselt, als liege ein Duft in der Luft, den sie nicht mochte.

»Du darfst mit Kenilworth nicht so streng sein«, sagte Worthington. »Er ist der einzige Sohn und alle seine Schwestern sind älter, verheiratet und haben ihre eigenen Familien. Sie kommen nur selten in die Stadt. Seine Mutter hat nie versucht, ihn zu kontrollieren, und sein Vater ist bereits seit Jahren tot. Er trägt für die meisten Dinge die Verantwortung, aber er hat keinen Grund, vor der feinen Gesellschaft zu dienern.« Er grinste. »Zumindest nicht, bis er nach einer Ehefrau sucht, was ihm zufolge noch viele Jahre in der Zukunft liegt.«

»Das ist völlig gleich.« Lady Charlotte trug die Nase nun hoch in der Luft. »Man sollte immer gute Manieren an den Tag legen.«

»Da stimme ich dir zu.« Grace führte ihre Schwester zu einem Stuhl. »Genau das werden wir jetzt auch tun und unsere ganze Aufmerksamkeit der Vorstellung zuwenden.«

Gideon blickte zu Worthington und verdrehte die Augen. Während Lady Charlotte weiterhin die Loge auf der gegenüberliegenden Seite anstarrte, hob ihr Bruder verstohlen sein Glas in Richtung von Kenilworth, um

dessen Gruß zu erwidern. Er musste wissen, dass er mit
zwei leichten Mädchen im Gefolge alle Mütter, die auf
der Suche nach einer guten Partie für ihre Töchter waren, davon abhalten würde, sich ihm zu nähern. Das
war jedoch noch kein Grund für einen Mann, eine Verbindung abzubrechen. Besonders nicht zu jemandem,
der sich politisch als wertvoll erweisen konnte und ein
alter Freund war.

Gideon setzte sich neben Louisa und umschlang ihre
Hand. »Dieser Abend entwickelt sich interessant, und
das Stück hat noch nicht einmal begonnen.«

»Das stimmt.« Sie blickte zu ihrer Schwester. »Charlotte hat offenkundig Abneigung gegen Seine Lordschaft gefasst.«

»Das ist gut so, da er laut deinem Bruder ohnehin
nicht auf dem Heiratsmarkt unterwegs ist.«

»Ich nehme an, du hast recht.« Louisa seufzte. »Ich
habe sie einfach noch nie so erlebt. Für gewöhnlich ist
sie die großzügigste Seele.«

Das Stück begann und enthob ihn der Notwendigkeit
einer Antwort. Ihre Augen strahlten auf, als die Schauspieler die Bühne betraten, und bis zur Pause schien sie
von der Vorstellung vollends gefesselt zu sein.

Gideons Gedanken wanderten zu den Diamantohr-
ringen zurück. Konnten es die sein, zu denen er die
Rechnung hatte? Er musste die Beschreibung wieder lesen und seinen Anwalt in Kenntnis setzen. So sehr er
selbst diese Frau auch hatte konfrontieren wollen – es
wäre nicht klug. Jetzt musste er auch an seine Gattin –
baldige Gattin – und vielleicht auch an ein Kind denken. Die waren viel wichtiger als irgendeine Hure.

KAPITEL 32

»Mylord, wärt Ihr so freundlich, mich in der Pause zur Loge der Rothwells zu begleiten?« Rosie benutzte ihre lieblichste Stimme. Diejenige, mit der sie beinahe immer bekam, was sie wollte. Sie hatte auf die schmerzhafte Art gelernt, nichts zu fordern. Gentlemen schätzten es nicht, wenn man ihnen sagte, was sie tun sollten.

»*Was* wollen Sie von mir?« Der Ausdruck in Lord Kenilworths Antlitz war voller Abscheu. Das ließ sie wünschen, sie hätte mehr Verstand bewiesen, als diese Bitte zu äußern. Natürlich würde er niemals ein Mitglied der feinen Gesellschaft brüskieren, es sei denn, er hätte einen außerordentlich guten Grund dafür.

Aimée brach mit einem fröhlichen Lachen die Spannung. »Um was zu tun? Dich als die Geliebte seines Vaters vorzustellen? Wenn ich mich nicht täusche, ist die Herzogin auch zugegen.« Sie klopfte Rosie mit ihrem Fächer auf den Arm. »Du bist erzürnt, weil du die Loge nicht mehr benutzen kannst. Aber das war zu erwarten. Du wirst deshalb keine Szene machen, und mein armer Kenilworth wird dafür nicht seine Gutmütigkeit hergeben.« Sie wandte sich ihm zu. »Nicht wahr, *mon ami?* Es ist nicht alles *comme il faut.*«

»Vollkommen richtig, kein Gentleman würde einer Dame eine Kurtisane vorstellen. Außerdem ist nicht nur Rothwell anwesend, sondern auch Worthington. Würde ich auch nur versuchen, einen von beiden auf eine solche Weise zu beleidigen, würde Worthington mich schneiden. Und ich könnte es ihm nicht übelnehmen.«

Bevor Rosie den Mund zu einem Einwand öffnen konnte, rief Aimée aus: »*Oui, oui*! Siehst du, *j'ai droit*. Diese Vorstellung bringt ihn so außer Fassung, dass er bei dieser kurzen Antwort nicht einmal die Lippen bewegt hat.« Sie warf Rosie einen scharfen Blick zu. »Weißt du, *moi*, ich habe die englischen Sitten sehr gut gelernt. Um in unserem Beruf die begehrteste Kurtisane zu sein, darf man nicht *maladroite* sein. Gleichgültig, wie groß die Provokation auch sein mag.« Sie zog kurz einen niedlichen Flunsch, dann hob sie die Mundwinkel wieder, als hätte sie die Lösung für alles gefunden. »Wenn du gern wieder eine Loge möchtest, die dir jederzeit zur Verfügung steht, brauchst du einen neuen Beschützer. Dabei kann ich dir helfen. Du bist immer noch *très belle*. Es wird nicht das geringste Problem sein.«

Doch genau das war das Problem. Rosie wollte nicht nur für eine begrenzte Zeit eine Loge. Sie wollte sie für immer. Am allermeisten jedoch wollte sie, dass Rothwell dafür zahlen musste, dass er ihr ihren Besitz genommen hatte. Sein Vater hatte ihr all diese Dinge geschenkt. Der Sohn hatte kein Recht, sie ihr zu stehlen. Wenn sie nicht bald etwas unternahm, würde sie entweder auf Aimées Angebot, ihr einen neuen Beschützer zu suchen, eingehen, oder sie musste ihr Haus verkaufen und in ein kleines Dorf auf dem Land ziehen. Manche Frauen schätzten vielleicht ein ruhiges Leben, doch Rosie liebte London. Die Stadt bot alles, was sie sich wünschte: Parks, das Theater, Einkaufsmöglichkeiten, und außerdem lebten all ihre Freunde und Freundinnen hier.

Sie warf erneut einen Blick auf Rothwells Loge. Er starrte sie an, als wünschte er sich, ihr die Hände um den Hals zu legen und so lange zuzudrücken, bis sie tot war, oder als wollte er sie mit einem Schwert durchbohren. Die junge Dame neben ihm war so vom Stück gefesselt, dass sie die Anspannung nicht zu spüren schien, die von ihm ausstrahlte. Nun blickte sie herüber, verengte kurz die Augen und sah dann weiter der Vorführung zu.

Vielleicht würde Rothwell Rosie ihr Eigentum zurückgeben, wenn sie in die Nähe dieser Dame gelangen würde – oder wenn Rothwell annähme, sie würde sich ihr nähern. Oder noch besser: Wenn sie die andere Frau davon überzeugen könnte, dass er eine Affäre mit ihr hatte, würde sie ihm den Laufpass geben.

Rosie wusste, dass Lady Louisa erben würde. Wahrscheinlich war das sogar der eigentliche Grund, weshalb er diese Partie wollte. Ihm seine Verlobte abspenstig zu machen, wäre eine schöne, lang anhaltende Rache an Rothwell. Sie könnte sie sogar dafür entschädigen, dass sie wieder arbeiten musste.

***

Louisa ließ den Blick zu Gideon gleiten, sah, dass er Kenilworths Loge mit finsterer Miene betrachtete, und wünschte, sie würde den Grund dafür kennen. Er hatte gesagt, dass er die beiden Frauen nicht kannte, und, wie es schien, Kenilworth auch nicht, und das glaubte sie ihm. Dann hatte Matt Gideon etwas zugeflüstert. Sie fragte sich, was ihr Bruder gesagt hatte, und ob sie es herausfinden könnte. Vielleicht billigte er Prostitution in keiner Form. Wenn ja, konnte sie ihm nur von ganzem Herzen zustimmen.

Ganz gleich, wie sehr eine Frau es zu genießen schien – und sie musste eingestehen, dass die jüngere Dame, die neben Seiner Lordschaft saß, Vergnügen zu empfinden schien, als sie mit ihrem Fächer der anderen Frau einen Klaps auf den Arm gab – keine Frau sollte gezwungen sein, ihren Körper zu verkaufen, um leben zu können.

Das war höchstwahrscheinlich der Grund, aus dem Charlotte so empört war. Wie hätte sie das auch nicht sein sollen? Nachdem sie von den armen Frauen gehört hatten, die entführt, zu Miss Betsy's gebracht, dann unter Drogen gesetzt und schließlich zur Prostitution gezwungen worden waren? Jetzt einen Gentleman, einen Peer, zu sehen, der mit zwei leichten Damen hier war, musste Charlotte genauso erzürnen wie Louisa. Jetzt, da sie in der Lage wäre, viel größere Hilfe zu bieten, musste sie mit Dotty Merton sprechen, die eine Zufluchtsstelle für Frauen in Not gegründet hatte.

Charlottes Mund bildete noch immer einen dünnen Strich, und Louisa wandte ihre Aufmerksamkeit wieder dem Stück zu. Sie hatte Shakespeare gelesen, und zu Weihnachten hatten sie einige Teile davon aufgeführt, aber Romeo und Julia hatten sie noch nie verkörpert. Viele Menschen nannten das Stück eine Liebesgeschichte, aber eine Liebesgeschichte hätte ein glückliches Ende haben müssen. Und welcher Ansicht man auch sein mochte – dass am Schluss beide Liebenden tot waren, war kein *glückliches* Ende! Man hätte sich doch vorstellen können, dass ihnen jemand zur Flucht verhelfen würde. Dann hätten sie heiraten können. Nach einer gewissen Zeit hätten ihre Familien überzeugt werden können, die Ehe zu akzeptieren. Andererseits hatte sie erst kürzlich von einem Paar gehört, das von beiden Familien enterbt worden war, weil sie sich den Partien verweigert hatten, die ihre Eltern für sie ausgewählt hatten. Das, so viel wusste sie, würde keinem ihrer Geschwister blühen, ganz gleich, wie zornig Matt und Grace wären. Es gab immer einen besseren Weg. Eine andere Art zu handeln. Und sie würden niemals einen ihrer Geschwister davon abhalten, aus Liebe zu heiraten.

Ein Lichtreflex im Augenwinkel zog Louisas Aufmerksamkeit auf sich, und sie sah die ältere Frau in

Kenilworths Loge den Kopf schütteln, wodurch der Ohrring das Licht einer Kerze einfing. Louisa beschloss, dass sie in der Pause einen genaueren Blick auf diese Ohrringe werfen wollte. Sie sahen sehr nach der Beschreibung des Paars aus, die sie auf der Rechnung gesehen hatte. Wenn sie es waren, könnte Gideon herausfinden, wem er die Rechnung schicken musste.

Der Akt war zu Ende, und der Vorhang schloss sich. Es schien, als würden sämtliche Menschen im gesamten Theater gleichzeitig zu sprechen anfangen.

»Ich brauche dich nicht mal zu fragen, wie dir die Vorstellung gefallen hat«, sagte Gideon zu Louisa. »Du hast nicht ein Mal den Blick von der Bühne abgewandt.«

»Nein, das stimmt«, antwortete Louisa. »Lady Evesham hatte recht. Kean ist bemerkenswert.«

»Ich stimme dir zu.« Gideon behielt Louisa während der Pause dicht bei sich, aber wie Worthington gesagt hatte: Kenilworth wusste es besser, als sie in Begleitung zweier leichter Damen aufzusuchen.

Und das, obwohl jeder sonst zu ihnen kam, der in der Stadt war, sogar Bentley, der Miss Blackacre ausführte.

»Rothwell«, sagte sein Vetter, »ich glaube, du wurdest Miss Blackacre bereits vorgestellt?«

Er verbeugte sich. »Dieses Vergnügen habe ich tatsächlich bereits gehabt. Ich bin mir sicher, Sie genießen das Stück?«

Bevor sie ihm antwortete, knickste sie anmutig. »Ich finde es überaus unterhaltsam, Euer Gnaden.« Sie hob eine Braue und sah sich um, als durchsuchte sie die Menschenmenge. »Ich dachte, ich hätte Lady Louisa und Lady Charlotte gesehen?«

»Hier sind wir.« Louisa und ihre Schwester kamen heran. »Ist das nicht wundervoll?«

»Oh ja. Ich habe Seiner Gnaden gerade gesagt, wie froh ich bin, hier zu sein.« Miss Blackacre nahm

Bentleys Arm. »Lord Bentley könnte kein besserer Gastgeber sein.«

Bentley schien schockstarr zu sein. Unbehagliches Schweigen breitete sich aus und schien zwei Stunden anzuhalten, obwohl nur wenige Augenblicke vergangen sein konnten, bis Louisa einen Knicks machte. »Mylord, wie glücklich Ihr ausseht.«

»Das bin ich auch.« Er lächelte Miss Blackacre an, als wäre sie der einzige Mensch, der außer ihm anwesend war. »Ich sollte Euch danken.«

Louisa lächelte ebenfalls, und Gideon hatte das Gefühl, dass alles vergeben und vergessen war.

Tante Camilla, die in Begleitung der Herzogin von Stillwell, Miss Blackacres Großmutter, war, begrüßte sie alle ebenfalls.

»Ich würde sagen, diese Saison verläuft außerordentlich zufriedenstellend«, sagte die Herzogin zu seiner Tante gewandt. »Würdet Ihr mir da nicht zustimmen, Herzogin?«

»Unbedingt, Herzogin«, antwortete Tante Camilla augenzwinkernd, und beide entfernten sich, um Gideons Mutter zu begrüßen.

»Ich bin so glücklich, dass sich die Dinge zwischen Miss Blackacre und Bentley zum Besten zu entwickeln scheinen«, murmelte Louisa. »Und er hat uns verziehen.«

Gideon zog sie etwas dichter an sich. »Ich auch. Unsere Familien können weiterhin eng verbunden bleiben.«

Schon bald erklang der Ton, der das Ende der Pause verkündete, und ihre Gäste begannen, ihre Loge zu verlassen. »Louisa, meine Liebste?«

Sie wandte ihm ihre leuchtend blauen Augen zu. »Ja?«

»Bilde ich es mir nur ein, oder sagt Miss Blackacre Bentley, wo es langgeht?«

»Sie leitet ihn wirklich an, aber auf sehr subtile Art.«

Gideon war froh, dass sich jemand Bentleys endlich angenommen hatte.

Sie grinste. »Du hast die Herzoginnen gehört. Es ist eine überaus zufriedenstellende Saison.«

»Da muss ich zustimmen.« Er beugte sich so tief, dass seine Lippen ihre Hand berührten, und sagte: »Und umso mehr, wenn wir allein sind.«

»Vielleicht könnten wir«, sie warf ihrer Mutter einen raschen Blick zu, »morgen früh wieder ausreiten.«

»Ich kann mir keine schönere Art vorstellen, den Tag zu beginnen. Und ich werde Euch eine weitere Art zu reiten zeigen.«

Sie öffnete ihren Fächer und hielt ihn so, dass nur ihre mutwillig leuchtenden Augen zu sehen waren. »Ich finde größtes Vergnügen darin, Neues zu lernen.«

Doch ihr Treffen sollte nicht stattfinden. Am folgenden Morgen, als Louisa und Gideon gerade Stanwood House verlassen wollten, gesellte sich Louisas Mutter zu ihnen.

»Louisa, du heiratest in weniger als einer Woche. Es ist zu viel zu tun, als dass ihr eure Ausritte weiter fortsetzen könntet.« Die Stimme ihrer Mutter klang genauso außer sich, wie Louisa sich fühlte. »Rothwell«, sagte Mama, »wenn Ihr zum Frühstück bleiben möchtet, seid Ihr willkommen. Wenn nicht, werdet Ihr Louisa heute Abend wiedersehen. Nun jedoch muss sie sich für den Tag bereit machen.«

Sein Wangenmuskel zuckte, aber er verbeugte sich und sagte: »Es wird mir ein Vergnügen sein, am Familienfrühstück teilzunehmen.«

Als sie ihn wiedersah, war sie ebenfalls für den Tag angekleidet. »Damit hatte ich nicht gerechnet.«

»Ich auch nicht.« Louisa reichte ihm mehr Toast.

Die nächste Woche verflog nur so. Louisa hatte wenig Zeit für sich und überhaupt keine Zeit für Gideon, außer in der Gesellschaft anderer. In den Nächten träumte sie von ihm, und mehr als einmal wachte sie auf und hielt ihr Kissen in den Armen in dem Wunsch, er wäre es. Was auch immer er ihr hatte zeigen wollen, würde warten müssen, bis sie verheiratet waren. Ein paar Mal hatten sie sich zur Rosenlaube schleichen können, doch nur, um nach wenigen gestohlenen Küssen weggerufen zu werden.

»Dies wird noch mein Tod sein«, grummelte er mehr als ein Mal.

»Darf ich Euch darauf hinweisen, Euer Gnaden, dass Ihr nicht als Einziger leidet«, hatte Louisa scharf erwidert.

»Vergib mir, meine Liebste. Ich weiß, das ist auch für dich nicht einfach. Ich bin nur einsam ohne dich.«

»Vergib mir ebenfalls«, antwortete sie dann. »Ich vermisse dich jede einzelne Sekunde am Tag.«

Louisa wusste nicht, ob es leichter war, ein bisschen Einsamkeit auszuhalten, oder – wie sie – von der Schneiderin zur Modistin zum Handschuhmacher und zum Schuster gezerrt zu werden. Es schien, als wolle ihre Familie dafür sorgen, dass sie bis zum nächsten Jahr, und vielleicht darüber hinaus, kein einziges neues Kleidungsstück benötigen würde.

An den restlichen Tagen galt es, Morgenbesuche abzustatten und zu empfangen. Aus irgendeinem Grund hatte sie nie darüber nachgedacht, wie es wäre, wenn sie selbst Gastgeberin war. Diese Woche gab sie deshalb gut darauf acht, wie ihre Mutter und Grace mit ihren Besuchern umgingen, und es beruhigte sie, dass sie anscheinend doch schon vieles verinnerlicht hatte, da sie nicht anders handelten, als Louisa es von ihnen erwartet hatte.

An den Abenden führte Gideon sie zu den gesellschaftlichen Veranstaltungen aus und sorgte dafür, dass sie alle Walzer für ihn reservierte. Wann immer sie sich auf einer Veranstaltung trafen, achtete sie darauf, dass Bentley und Oriana das Supper mit ihnen gemeinsam einnahmen.

Am Nachmittag vor der Heirat gesellte sich Oriana für die Morgenbesuche zu Louisa und Charlotte.

»Danke, dass ihr mich mitnehmt«, sagte Oriana, als sie in den Landauer stiegen.

»Wie geht es mit deiner Beziehung voran?«, fragte Louisa.

»Sehr gut.« Oriana seufzte. »Nein, mehr als gut. Hervorragend. Bentley und ich lieben uns. Vergangenen Abend hat er um meine Hand angehalten. Die Hochzeit wird in sechs Wochen auf dem Anwesen seiner Eltern stattfinden. Seine Mutter sagte, dass alle Familienmitglieder dort heiraten.«

Louisa und Charlotte tauschten Blicke, bevor sie ihre Freundin beglückwünschten.

»Ich hoffe sehr, dass du und Charlotte mitfeiern könnt.«

Oriana errötete leicht. »Ich hätte euch gern als Trauzeuginnen. Ohne euch, glaube ich, wären Bentley und ich kein Paar.«

»Der Tradition nach muss eine Jungfrau die Trauzeugin sein«, erinnerte Louisa ihre Freundin. »Charlotte wäre die bessere Wahl.«

»Ich möchte euch beide. Verheiratet oder nicht. Natürlich nur, wenn es euch nichts ausmacht.«

»Natürlich nicht«, erklärte Charlotte und sah zu Louisa.

»Ich würde mich geehrt fühlen. Danke, dass du fragst.« Sie war erleichtert darüber, dass Rothwell Abbey nicht sehr weit von Covington Estate entfernt war.

Sie erreichten Lady Jerseys Haus, und Oriana sagte: »Nun, lasst uns jeglichem noch verbliebenen Gerede ein Ende setzen. Jeder soll wissen, dass unsere Familien so zueinander stehen wie seit jeher.«

Louisa riss die Augen auf. »Gerede? Ich dachte, das wäre längst ausgeräumt. Ich bin nicht einmal sicher, wodurch es überhaupt ausgelöst wurde.«

»Bentley«, sagte Charlotte. »Er war sehr wütend, nachdem du ihn mit einem Schlag zum Opfer allen Tratschs gemacht hattest.«

»Ich wage zu behaupten, dass niemand dich verärgern will, indem er in deiner Gegenwart etwas sagt.« Oriana nahm die Hand des Lakaien und stieg aus der Kutsche. »Trotzdem gibt es noch einige missgünstige Personen, die sich das Maul zerreißen.«

»Dann sollten wir unbedingt alle fälschlichen Annahmen ausräumen, die sie haben könnten.« In diesem Moment war Louisa sehr glücklich darüber, dass sie London gleich nach der Hochzeit verlassen würde.

KAPITEL 33

Endlich brach der Morgen zu Louisas und Gideons Hochzeit an. Sie wusste nicht, wie sie auch nur ein Auge hatte zumachen können, doch sie erwachte ausgeruht und aufgeregt.

»Mylady«, sagte Lucy hinter einer spanischen Wand, die vor dem Kamin aufgestellt worden war, »Euer Bad wird sogleich bereit sein, und ich klingle nach dem Frühstück für Euch. Lady Worthington sagte, Ihr würdet heute Morgen vermutlich nicht allzu hungrig sein, aber ich war so frei und habe für Euch etwas Schinken zu dem Rührei und dem Toast geordert.«

Louisa stützte sich auf den Ellbogen ab. »Danke sehr, Lucy. Ich bin hungrig.«

Ihr Mädchen nickte. »Wenn Ihr möchtet, dass ich noch etwas Räucherhering bestelle, mache ich das gern.«

»Danke, aber nein.«

Ein Pochen erklang an der Tür, und Lucy öffnete sie. »Schütten Sie vier dieser Eimer in den Zuber und stellen Sie einen neben den Kamin.«

»Ja, Miss Cottonwood.«

Sobald sich die Tür wieder schloss, schwang Louisa die Beine aus dem Bett und tapste zur Spanischen Wand. »Miss Cottonwood?«

»Bolton, Lady Worthingtons Zofe, sagte, ich müsse mit mehr Respekt behandelt werden«, erklärte Lucy und legte Louisas Nachthemd weg. »Letzte Woche begann sie damit, allen zu sagen, dass sie mich Miss Cottonwood nennen sollen.«

Louisa ließ sich in das warme Wasser sinken und antwortete: »Wir haben sehr viele Veränderungen vor uns.«

»Ja, Mylady, das glaube ich auch. Aber zuerst müssen wir Euch ankleiden.«

Louisa aß nicht nur ihr Frühstück auf, sondern bat Lucy doch noch, nach geräuchertem Fisch zu läuten. »Ich frage mich, weshalb Grace dachte, ich hätte keinen Hunger.«

»Nervösen Magen nannte Bolton das.«

War es gut oder schlecht, dass Louisa in keinster Weise nervös wegen ihrer Eheschließung mit Gideon war? Tatsächlich freute sie sich darauf und hoffte, ihm ginge es auch so.

Lucy zog Louisa ihr sachsenblaues Kleid über den Kopf und bedeckte es mit einem Schultertuch. »Ich wollte nicht noch einmal den Fehler machen, Euer Haar zu frisieren, bevor Ihr Euer Festkleid tragt.«

Kurz darauf war ihr Haar zu einem Knoten aufgesteckt, und einzelne gelockte Strähnen rahmten ihr Gesicht ein. Als ihre Zofe ihr den Spiegel reichte, damit sie sich von hinten betrachten konnte, sah sie, dass es nicht ein einfach geschlungener Knoten, sondern ein wunderschönes Gespinst aus Locken und dünnen Zöpfchen war. »Lucy, oder soll ich Cottonwood sagen, noch nie habe ich eine so bezaubernde Frisur gesehen.«

Die junge Frau errötete. »Vielen Dank, Mylady. Ich muss Ihre Ladyschaften informieren, dass Ihr beinahe soweit seid.«

Ehe Louisa es sich versah, wimmelte es in ihrer Kammer von ihren weiblichen Verwandten. Die kleineren Mädchen hielten ein Sträußchen gelber, mit blauem Band zusammengefasster Blumen in der Hand. »Wir wollten dir alle eines geben«, sagte Mary, »aber Grace hat uns nicht gelassen.«

»Eines ist perfekt. Ich danke euch!« Sie küsste Mary und Theo. »Ihr müsst mich oft besuchen kommen.«

Die Zwillinge und Madeline übergaben Louisa drei mit dem Wappen der Rothwells handbestickte Taschentücher. »Die sind sehr hübsch geworden. Ihr habt Sticken geübt.«

»Ja, das haben wir. Grace sagte, sie würden dir gefallen«, sagte Alice, und die beiden anderen nickten bestätigend.

»Oh ja, das tun sie wirklich.«

Augusta gab ihr ein Paar Samtschläppchen, die ebenfalls bestickt waren: mit Ranken aus Blumen und Wein. »Ich dachte, in Abbey könnte es kalt sein.«

In Louisas Augen stiegen Tränen auf. Nach Charlotte würde Augusta als Nächste ihr Debüt haben. »Wahrscheinlich hast du recht. Du musst mich besuchen, um das herauszufinden.«

Charlotte schniefte. »Bring uns nicht zum Weinen. Ich leihe dir meine Schmetterlingsbrosche für die Trauung.«

»Danke sehr. Du wirst die Nächste sein, das weißt du.«

»Das werden wir sehen. Ich habe keine Eile.«

Mama und Grace wechselten einen Blick, und Mama trat einen Schritt vor. »Seit du ein kleines Mädchen warst, habe ich an diesen Augenblick gedacht. Man sollte meinen, ich hätte mich an den Gedanken gewöhnt.« Sie trat hinter Louisa und öffnete eine Halskette mit Perlen und runden Saphiren. Mit einem Finger wischte sie sich die Augen ab. »Ich habe mir selbst versprochen, nicht zu weinen.«

Louisa griff die Hand ihrer Mutter und drückte sie. »Solange es Glückstränen sind, Mama.«

»Ja, mein Liebes. Das sind sie. Inzwischen glaube ich, dass Rothwell perfekt für dich ist.«

»Zuletzt, aber hoffentlich nicht weniger bedeutungsvoll.« Grace überreichte Louisa ein Paar Ohrringe. Der

obere Teil bestand aus kleinen, mit Diamanten ange-
ordneten Saphiren, und eine einzelne Perle hing herunter. »Ich glaube, wir haben alt, neu, geliehen und blau
abgedeckt.« Ihre Schwägerin umarmte sie liebevoll.
»Leg deinen neuen Schmuck an, und dann fahren wir
los. Matt ist mit den Kindern bereits aufgebrochen.
Rothwell trifft uns in der Kirche.« Sie griff in ihre Tasche. »Bevor ich es vergesse, dies schickt dir Rothwell.«

Grace öffnete einen Beutel aus schwarzem Satin und
zog ein Armband aus Perlen und Saphiren hervor, das
sowohl zum Halsband, das ihre Mutter ihr geschenkt
hatte, als auch zu den Ohrringen perfekt passte. Louisa
war erleichtert, dass der Angestellte in Rundell and
Bridge's sie davon überzeugt hatte, für Gideon eine
schlichte Krawattennadel aus demselben Edelstein zu
erwerben.

Sie sah sich in der Kammer um, in der sie nie wieder
schlafen würde. Das meiste von ihren neuen Kleidern
und anderen Besitztümern befand sich bereits in Rothwell House in Truhen, die nach Abbey geschickt würden. »Ich bin jetzt bereit zum Aufbruch. Cottonwood?«,
sprach sie ihre Zofe an.

»Es wird alles bereitet sein, wie Ihr es wünschtet,
Mylady.«

Louisa mochte weniger erfahren in der Verführung
sein als ihr Ehemann, doch mit ein paar Anregungen
von Grace und Dotty hatte sie etwas vorbereitet, das ihr
Mann zu schätzen wissen würde.

Nachdem Rollins Gideon soeben entlassen hatte, war
er im Begriff hinunterzugehen und auf die Kutsche zu
warten, da beschloss er, rasch noch Allerton aufzusuchen. Dieser erhob sich bei seinem Eintreten. »Heute ist
der große Tag, Euer Gnaden.«

»In der Tat. Ich könnte nicht glücklicher sein. Sind Sie
bereit, morgen nach Abbey abzureisen?«

»Ja. Allerdings kam dies heute Morgen für Euch an.«
Der Ton seines Sekretärs klang ernst. »Ihr werdet es lesen wollen, bevor Ihr geht.«

Gideon breitete den Brief auf Allertons Schreibtisch aus.

An den Duke of Rothwell
Governor Square
Mayfair
Es tut mir leid, Euch informieren zu müssen, dass mein ehemaliger Partner Mister Sullivan nicht an seinen Wunden verstorben ist. Er kam zu meinem Büro und forderte Einlass. Stattdessen haben mein anderer Partner und ich ihm seinen Geschäftsanteil ausgezahlt.
Dies schien ihn unglücklicherweise jedoch nicht zu besänftigen. Ich fürchte sehr, dass er noch immer danach trachtet, Euch Schaden zuzufügen.
Euer untertänigster Diener,
M. Hammond

Verflucht! Zum Teufel noch mal! Ausgerechnet an seinem Hochzeitstag musste er einen solchen Brief erhalten!

Er musste dafür sorgen, dass Louisa und seine Mutter in Sicherheit waren, bevor er etwas gegen den Schurken unternehmen konnte.

Gideon begann damit, sich die Haare zu raufen, da fiel ihm ein, wie viel Arbeit Rollins diesen Morgen in seine Frisur gesteckt hatte.

»Ich werde Bow Street informieren, wenn Ihr es wünscht, Euer Gnaden.«

»Informiere Templeton. Wir reisen noch heute nach Rothwell ab.« Er zog fest am Glockenseil. Einen Augenblick darauf erschien sein Butler.

»Euer Gnaden, die Kutsche wartet auf Euch.«

»Ich werde nach dem Hochzeitsfrühstück nach Rothwell Abbey aufbrechen, nicht erst morgen früh. Bitte treffen Sie alle Vorkehrungen. Sagen Sie Rollins, ich möchte, dass er ein Hotel findet, das sich für meine Hochzeitsnacht eignet. Ich will, dass alle dieses Haus so rasch verlassen, wie Sie es nur einrichten können.«

»Ja, Euer Gnaden. Soll ich dem Kutscher sagen, Ihr werdet noch eine Weile brauchen?«

»Nein. Ich komme jetzt.« Er schob den Brief über den Schreibtisch zu seinem Sekretär. »Sie wissen, was Sie damit tun müssen.«

»Ja, Euer Gnaden. Ich sehe Euch auf Rothwell Abbey.«

Nichts würde ihn zu spät zur Vermählung mit Lady Louisa Vivers kommen lassen. Er hoffte nur, dass dieser Schurke Sullivan sein Haus nicht beobachten ließ.

Gideon war zur Vorderseite des Hauses geeilt, dann änderte er jedoch die Richtung und ging zu den Ställen. »Barnes.«

»Ich habe die Kutsche für Euch vorfahren lassen, Euer Gnaden«, sagte der Mann mit aufgebrachter Miene.

»Ich weiß. Ich will, dass Sie ein paar Burschen auf den Platz schicken, um zu sehen, ob jemand das Haus ausspäht.«

»Und wenn das der Fall ist?«

Gideon dachte einen Augenblick nach. »Ablenken, bis die restliche Dienerschaft das Haus durch die Stallungen verlassen hat. Nur meine Mutter soll das Haus durch den Vordereingang verlassen. Schicken Sie die Reisekutsche nach Stanwood House.«

Verflucht, er musste seiner Mutter sagen, dass es nicht sicher wäre, in der Stadt zu bleiben. Zum Glück hatte er nicht auch noch nach seinem Bruder geschickt, der sich auf seinen Eintritt in Oxford vorbereitete, oder nach seinen Schwestern.

»Jawohl, Euer Gnaden.« Barnes eilte in beschwingtem Schritt davon.

Wahrscheinlich hatte er in seinem ganzen Leben noch nicht so etwas tun müssen. Gott sei Dank hatte Gideon den Brief zu einem Zeitpunkt erhalten, zu dem er noch Planungen machen konnte.

Er verlor keine Zeit mehr, sondern ging zurück durchs Haus und stieg dann in seine Stadtkutsche. Schon bald wäre er der glücklichste Mann auf Erden.

Eine halbe Stunde darauf spähte er zum vierzehnten, wenn nicht gar hundertsten Mal zur Seitenpforte, durch die Louisa nach Worthingtons Worten die Kirche betreten würde.

»Sie ist zu spät dran. Sie ist nie zu spät.«

»Sie ist nicht zu spät. Es ist noch nicht zehn Uhr«, sagte Worthington. »Selbst die Kinder sind noch nicht hibbelig. Und vermutlich gibt es das eine oder andere Frauenritual, durch das sie noch muss, bevor sie das Haus verlässt.«

Ein frischer Windzug wehte herein, als sich die Seitenpforte öffnete. Grace trat herein, gefolgt von Lady Wolverton, Charlotte und – endlich – Louisa. Auf einen Schlag wich alle Luft aus seinem Körper, und er musste sich an der Kirchbank festklammern.

»Fühlst du dich, als ob Jackson dir gerade in den Magen geboxt hätte?« Rutherford, ein Freund, der sich in der Zeit, als Gideon und sein Vetter nicht miteinander sprachen, zum Trauzeugen bereiterklärt hatte, fragte ihn das, wobei seine Stimme vor unterdrücktem Lachen zitterte.

»Das trifft es ganz genau.« Oh Gott, sie war ohnegleichen.

»Also wirst du es durchziehen. Wobei ich ohnehin überzeugt davon war, dass du das würdest. Anna irrt sich in solchen Dingen nie.«

Louisa war in ein dunkelblaues Kleid gehüllt, das bei jeder Bewegung schimmerte, als sie sich auf ihn zu bewegte, oder vielmehr auf ihn zu glitt.

Der junge Geistliche, der die ganze Zeit hin und her gelaufen war, blieb nun vor dem Altar stehen und wartete geduldig.

Worthington ging auf Louisa zu, nahm ihren Arm und führte sie zu Gideon. »Ich denke, wir können beginnen.«

Der Vikar öffnete sein Gebetbuch, doch offenkundig brauchte er es gar nicht. »Wir haben uns heute im Angesicht Gottes versammelt ...«

Louisa richtete den Blick aus ihren wunderschönen blauen Augen auf Gideon, und abermals verlor er sich in ihrem Anblick. Sein Freund stupste ihn in die Seite, als es an der Zeit war, sein Gelübde zu sagen. Doch er konnte sich nur noch daran erinnern, dass er sie lieben und umsorgen wollte, dass sie ganz die Seine sein sollte und er sie mit seinem Körper ehren würde. Wenn das alles wäre, was er tun musste, würden sie eine lange und glückliche Ehe führen.

Als sie sprach, klang ihre Stimme fest und sicher, als würde sie ihr Gelübde nicht vor Gott, sondern vor der ganzen Welt ablegen. Wie sehr er sie liebte! Er liebte ihre Schönheit und ihre Stärke.

Dann erklärte der Priester sie zu Mann und Frau, und sie war die Seine. Für immer.

»Wir sind verheiratet«, sagte Gideon mit einem leichten Schwindelgefühl.

»Ich weiß.« Louisa lächelte, und dann lächelte sie noch etwas mehr, bis ihr die Wangen wehtaten, und darüber hinaus lächelte sie weiter. Gideons Frau, das war sie nun endlich, vollkommen und unwiderruflich Gideons Frau.

»Euer Gnaden.« Der Geistliche stand vor ihr, und sie brauchte einen Augenblick, bis ihr klar war, dass er sie gerade angesprochen hatte.

»Das war eine wunderschöne Zeremonie.«

»Vielen Dank, Euer Gnaden, aber nun müsst Ihr unterzeichnen.«

»Gewiss.« Sie zog an Gideons Hand und hielt seinen raschen Gang zur Tür auf. »Wir müssen noch die Urkunde unterzeichnen.«

Rutherford lachte. »Diesen Teil habe ich selbst beinahe vergessen.«

Nur wenige Minuten darauf saßen Louisa und ihr Ehemann – wie sie dieses Wort liebte – in Graces Landauer und befanden sich auf dem Weg nach Stanwood House.

Gideon hauchte einen Kuss auf ihre Lippen. »Meine Ehefrau.« Er klang ebenso stolz und glücklich, wie sie sich fühlte. »Würde es dir etwas ausmachen, nach dem Hochzeitsfrühstück nach Rothwell Abbey aufzubrechen?«

»Nicht im Geringsten, aber warum?«

»Ich habe das Bedürfnis, zurückzukehren. Ich war viel länger als geplant in London, und ich möchte, dass du meine Geschwister kennenlernst.«

»Dann lass uns fahren. Ich möchte sie auch kennenlernen, und ich weiß, dass es Grace nichts ausmachen wird, wenn wir zeitig aufbrechen.« Louisa konnte nicht verhindern, dass sie errötete. »Ich denke, es könnte nötig sein.«

»Ich habe meinen Leibdiener beauftragt, für heute Abend eine gute Unterkunft für uns und unsere Kutsche zu finden. Wir werden nur so zwei Stunden auf den Straßen unterwegs sein. Den Rest der Strecke können wir morgen zurücklegen.«

»Wird deine Mutter uns begleiten?«

»Ich habe sie nicht gefragt, glaube aber, dass sie das tun wird.«

Sie hielten vor dem Haus der Familie Carpenter an, und Royston selbst klappte den Tritt nach unten. »Euer Gnaden.«

Der Butler verbeugte sich tief. »Alles ist vorbereitet.«

Louisa und Gideon hatten weniger als eine Stunde Zeit, bevor ihre Gäste kommen würden. Dankenswerterweise hatten ihre Mutter, Grace und ihre Schwiegermutter den größten Teil der Planungen übernommen. Wäre alles Louisa überlassen geblieben, hätte sie so weit gar nicht gedacht.

Wenige Minuten später trafen die drei Damen ein. Gideon nahm seine Mutter einen Augenblick zur Seite, und Louisa sah, wie die Lady nickte. Damit war alles festgelegt. Morgen würde sie ihr neues Zuhause sehen.

Nun musste sie nur noch ihre Mutter und ihre Schwägerin einweihen. »Grace, Mama«, sagte Louisa, während Matt eine Flasche Champagner öffnete. »Rothwell und ich haben beschlossen, schon heute nach Rothwell Abbey aufzubrechen. Habt Ihr Einwände?«

»Nicht im Geringsten«, antwortete Grace. »Ich weiß, dass du schon ganz erpicht darauf bist, die Änderungen anzustoßen, die du vornehmen möchtest.«

Mama kaute allerdings auf ihrer Unterlippe herum. »Bist du dir ganz sicher, Louisa?«

»Vollends. Ich möchte nicht länger in London bleiben, zumal auf dem Gut so viel zu tun ist.« Es bestand auch die geringe Hoffnung, dass sie in freudiger Erwartung war. Zum ersten Mal war ihre Regel unpünktlich.

»Wenn es dein Wunsch ist ...« Ihre Mutter sah nicht allzu glücklich aus.

Louisa fragte sich, ob Mamas Reaktion etwas mit ihrer ersten Ehe zu tun hatte. »Ist es.«

Gideon drückte Louisa ein Glas Champagner in die Hand, und auch Matt und Richard gaben ihren Frauen ein Glas.

»Auf uns, Euer Gnaden.« Er stieß mit ihr an. »Und auf ein langes und glückliches Leben.«

»Auf uns, Euer Gnaden.« Sie lächelte erneut. »Mögen wir immer so glücklich sein wie in diesem Moment.«

KAPITEL 34

Die gesamte feine Gesellschaft, der *Haut Ton*, war auf den Wunsch der drei Damen – Gideons Mutter, Louisas Mutter und Grace Worthington – eingeladen worden und hatte die Einladung auch angenommen. Der Ballsaal war voll, und die Gäste hatten sich auch auf die Terrasse verteilt.

Es war außerordentlich zufriedenstellend, aber Gideon war mehr als froh darüber, als sie auf dem Weg gen Norden waren. Nicht nur wegen Sullivan. Gideon wollte Louisa wirklich in sein Heim bringen. Er fühlte sich schuldig, weil er nicht hatte bewerkstelligen können, dass seine eigenen Schwestern zu ihrer Hochzeit hatten kommen können. Vielleicht könnte er es wiedergutmachen, indem er eine erbauliche Veranstaltung in Worthington Abbey plante.

Gideon und Louisa kamen drei Stunden, nachdem sie sich von Berkeley Square quasi fortgeschlichen hatten, im Swan an. Das vier Stockwerke hohe, weitläufige Hotel war aus grauem Stein erbaut. Da Gideon die peniblen Ansprüche seines Leibdieners kannte, war er sich sicher, dass es im Innern ebenso imposant wäre wie von außen. Die Kutsche, die Worthington ihnen geliehen hatte, und die viel luxuriöser und außerdem besser gefedert als die von Gideon war, rollte unter einem Bogen hindurch in den hinteren Hof.

Die Tür öffnete sich, die Stufen wurden herausgeklappt. Gideon sprang zuerst hinaus, dann bot er Louisa seine Hand.

Am Hoteleingang erwartete sie ein kleiner, zierlicher Mann. »Euer Gnaden, Euer Gnaden, willkommen im

Swan. Wir haben unsere besten Räume für Euch vorbereitet.«

Louisa legte den Kopf leicht schräg. »Vielen Dank. Ich bin mir sicher, sie werden vollkommen sein.« Sie wisperte Gideon zu: »Ich war erst ein einziges Mal in einem Hotel, als wir nach London gereist sind.«

Er konnte nicht verhindern, dass seine Lippen sich kräuselten. »Ich werde mir Mühe geben, diesen Aufenthalt unvergesslich für dich zu machen.«

»Ich bin gewiss, das wirst du, mein Gemahl.«

Der Hausherr, der es versäumt hatte, ihnen seinen Namen zu nennen, führte sie zu ihren Gemächern und listete ihnen auf, was an diesem Abend zum Dinner gereicht wurde. »Wir haben Lammkarree, Salat ...«

Gideon blickte Louisa an, die mit den Schultern zuckte. »Ich werde meinen Leibdiener mit unseren Wünschen schicken. Wir speisen in unseren Räumen.«

»Gewiss, Euer Gnaden, Euer Gnaden, ich erwarte die Angaben von Mister Rollins. Es besteht kein Grund zur Eile. Darf ich Euch zu Eurer Hochzeit meine Glückwünsche aussprechen.«

Wenn auch der Raum nicht sehr groß war, das Bett war es durchaus. Mindestens vier Menschen würden leicht Platz darin finden. Auf fast jeder flachen Oberfläche waren Blumen in Vasen und Schalen aufgestellt worden, und an einer Wand führte eine Tür zu einem zweiten Raum mit einem Tisch, Stühlen und einem Sofa.

Der Hausherr überreichte Gideon den Schlüssel, und Louisa begann zu lachen. »Meine Güte. Ich kann nun wirklich nicht auf eine große Erfahrung zurückblicken, wenn es um Hotelaufenthalte geht. Aber sieh dir dieses Zimmer an. Ich hätte nie erwartet, dass es so einladend sein würde.«

»Ich habe so ein Gefühl, als hätten wir das mehr meinem Leibdiener und deiner Zofe zu verdanken als dem

Hausherrn.« Gideon schlang die Arme um sie. »Küss mich.«

Louisa hob ihm das Antlitz entgegen und schmiegte sich an ihn. »Nur zu gerne.«

»Ach, Euer Gnaden.« Rollins stand in der offenen Tür, dicht hinter ihm eine junge Frau, in der Gideon Louisas Zofe vermutete. »Vergebt uns die Unterbrechung. Miss Cottonwood und ich haben gerade erfahren, dass Ihr eingetroffen seid. Wenn Ihr uns einen Augenblick Zeit schenkt, wir hätten ein paar Dinge.« Rollins hielt einen Augenblick inne. »Ja, ein paar Dinge, die angerichtet werden müssen.«

Louisa kicherte an Gideons Halstuch, während ihre Bediensteten geschäftig durch das Zimmer huschten.

»Die Laken sind unsere, Euer Gnaden«, sagte die Zofe, bevor sie die Tür zuzog.

Gideon sah sich im Raum um. »Nun, sie hatten tatsächlich noch einige Dinge anzurichten.«

»Ich bin ausgesprochen beeindruckt.« Das Ergebnis war tatsächlich noch besser, als Louisa es erwartet hatte. Champagner, Obst und Käse, die nicht vom Hotel stammen konnten, außerdem Hühnchen und kleine Pasteten, die französisch aussahen, waren kunstvoll arrangiert. Eine Vase mit rosafarbenen und roten Rosen stand in der Mitte des Tisches. »Ich schlage vor, dass du den Wein öffnest, Gemahl.«

»Woher wussten sie, wie sie das hier machen sollten?«

»Nun, es könnte eine Anregung meinerseits gewesen sein.« Louisa begab sich zum Tisch. Während der Hochzeitsfeier war sie gar nicht hungrig gewesen, doch jetzt war sie ausgehungert.

»Von dir?« Gideon folgte ihr mit einem schelmischen Blitzen in den Augen. »Und woher wusstest du, wie man das macht?«

Louisa sah ihn mit, wie sie hoffte, schuldbewusstem Blick an. »Ich habe möglicherweise etwas Hilfe gehabt.«

Er öffnete den Champagner, und sie füllte ihre Teller. Sie fütterten einander mit Häppchen, küssten sich zwischendurch, und langsam, sehr langsam legten sie ihre Kleidungsstücke ab. Dann tranken sie nackt ihren Champagner. So nackt wie am Tag ihrer Geburt.

»Und nun, Gemahl, wirst du mich überwältigen?«

»Nein«, knurrte er, und seine tiefe Stimme ließ sie erbeben. »Ich werde dich jetzt so langsam lieben, wie es nur menschenmöglich ist.«

Sie schluckte erwartungsvoll. »Das hört sich schön an.«

»Ich bin froh, dass du das denkst.«

Gideon trug Louisa zu dem großen Bett. Die Laken dufteten nach Lavendel, und er grinste. Sie hatte alles gut vorbereiten lassen, und er hatte die beste Absicht, ihr dafür seinen Dank zu zeigen.

»Oh, Liebste.« Er berührte ihre Lippen mit den seinen.

»Ich liebe dich.« Sie öffnete den Mund.

»Nicht mehr als ich dich.« Er küsste Louisa langsam, genießerisch, und zeigte ihr seine ganze Liebe, ehrte ihren Körper mit seinem, wie er es gelobt hatte. Später, als sie erbebte und ihn fest umschloss, erstickte er ihre Schreie mit einem Kuss. Bald wären sie in ihren eigenen Gemächern auf Rothwell Abbey und brauchten sich keine Gedanken mehr darüber zu machen, ob jemand sie hörte. Doch jetzt würde er sie auf jede erdenkliche Weise beschützen.

Als er erwachte, ergoss sich das Sonnenlicht durch die Fenster. Louisa fühlte sich warm an, und er hielt sie fest an sich gedrückt. Entweder waren die Vorhänge vergangene Nacht nicht zugezogen worden, oder jemand hatte sie diesen Morgen bereits geöffnet. Mehrere Minuten schwelgte er einfach in dem Gefühl, neben seiner Angetrauten aufzuwachen. Er dankte dem Schicksal dafür, ihm Louisa geschenkt zu haben.

Sein kleiner Freund zuckte, drängte ihn, Louisa wieder zu lieben. »Louisa?«

»Hm?« Ihre Lider zitterten, blieben jedoch geschlossen.

War sie überhaupt schon wach? »Ich werde dir noch etwas anderes zeigen.«

Ihr weiches Hinterteil erbebte an ihm, als er in sie glitt.

Oh Gott, wenn er dies jeden Morgen genießen könnte! Sie wurde eng um ihn und schrie ihre Erleichterung hinaus. Er zog sie an sich und schnupperte an ihrem Haar. »Ich hoffe, du hast es ebenso sehr genossen wie ich.«

Louisa öffnete die Augen und lächelte. »Genug, um es zu einer Morgenroutine zu erklären.«

Später an diesem Tag ließ Gideon die Kutsche anhalten. »Wir sind auf einem Hügel, von dem aus du Rothwell Abbey sehen kannst.«

Von einem großen, flachen Felsen aus, zu dem er Louisa geführt hatte, blickte Louisa durch eine Lücke in den Bäumen. Das Haus war immens groß. Sogar noch größer als Worthington Place. Aus sandfarbenem Stein gebaut, schien es das Sonnenlicht zu reflektieren. Der größte Teil des Gebäudes schien erneuert zu sein, doch sie konnte auch noch Teile sehen, die einen viel älteren Baustil zeigten. »Gideon, es ist wunderschön.«

»Ich habe gehofft, dass es dir gefällt.« Er schlang die Arme um ihre Taille. »Ich glaube, du wirst vieles der modernen Annehmlichkeiten finden, an die du gewöhnt bist. Die meiste Arbeit wartet im alten Teil des Gebäudes auf uns. Einer der Zimmermänner fand Trockenfäule in einigen Dachsparren. Seit ich zurück bin,

habe ich den Dienstboten aufgetragen, sämtliche Anzeichen von Zerfall zu notieren.«

Louisa führte sich nochmals vor Augen, was sie über
die Dienerschaft der Rothwells erfahren hatte. Eine Mi-
nimalbesetzung, die Misses Boyle einschloss, blieb in
London. Mister Grant, der Verwalter von Rothwell Abbey, würde Louisa heute noch kennenlernen. »Deine
Mutter sagte mir, dass wir eine Dienerschaft von vierzig Personen für den Haushalt haben. Fünfundzwanzig
von ihnen sind Dienstmädchen. Ich werde den Hausmeister anweisen, dafür zu sorgen, dass alle Zimmer
mindestens einmal pro Woche gesäubert und gelüftet
werden. Auf diese Weise können wir jederzeit flexibel
auf Nötiges reagieren.«

»Ein hervorragender Plan.« Er hob sie herunter und
küsste sie. »Sollen wir nach Hause fahren?«

Es dauerte etwa vierzig Minuten, bevor die Kutsche
vor dem Haus anhielt. Die Bediensteten warteten in
zwei Reihen, die Frauen auf der einen Seite, die Männer
auf der anderen Seite, in der Reihenfolge ihres Dienst-
rangs. Sobald Louisas Fuß den Boden berührte, begannen die Vorstellungen.

»Meine Liebe«, sagte Gideon, »darf ich dir Rothwell
Abbeys Butler, Fredericks Junior, vorstellen. Er ist der
älteste Sohn von ...«

»Fredericks, unserem Londoner Butler.« Lächelnd
neigte Louisa den Kopf, als der Butler sich verbeugte.

»Exakt, Euer Gnaden.«

»Und hier ist Misses Grant, unsere Haushälterin in
Rothwell Abbey.«

»Euer Gnaden.« Die Frau sank in einen tiefen Hof-
knicks. »Willkommen zu Hause.«

»Danke sehr, Misses Grant, ich freue mich, hier zu
sein. Wenn Sie bereit sind, würde ich gern morgen früh
das Haus besichtigen.«

»Gewiss, Euer Gnaden.«

Louisa freute sich, dass viele der Diener aus dem Londoner Stadthaus hier waren, darunter auch ihr Küchenchef. Der alte Koch war bereits ins Witwenhaus umgezogen, in das ihre Schwiegermutter entschieden hatte, sogleich einzuziehen.

Als sie und Gideon auf einer Seite die große Treppe hinaufstiegen, flüsterte er: »Ich hatte gehofft, dass wir ein paar Tage für uns allein hätten, bevor die Arbeit beginnt.«

»Wollen wir uns darauf einigen, die Arbeit auf halbe Tage zu beschränken, wodurch uns die andere Hälfte zum Spielen bleibt?«

»Das muss wohl genügen, schätze ich.« Er seufzte, womit er Louisa zum Kichern brachte.

»Du bist unverbesserlich.«

»Ich gebe mir Mühe. Ach, da sind wir ja. Ich hatte beinahe vergessen, wie lange dieser Weg dauert.«

Sie hatten das Ende eines Flurs im ersten Stock des Ostflügels erreicht. Hier lagen die Räume der Familie. Ein Diener, der bereitstand, öffnete eine Tür.

»Dies sind unsere Gemächer«, sagte Gideon.

Die Tür öffnete sich in eine etwas kleinere Ausgabe der Eingangshalle unten. Es war, als hätten sie ein kleineres Haus innerhalb eines großen betreten. Die Wände waren mit cremefarbener Seide dekoriert, auf der Motive von Weinreben und Vögeln abgebildet waren. Selbst die Ecken waren makellos sauber. Gideon entließ den Diener und führte Louisa durch ihre Schlafzimmer, Ankleidezimmer und Salons. Sie könnten wochenlang hier leben, ohne den Rest des Hauses zu benötigen. Allerdings wusste sie, dass dies nie geschehen würde.

»Hier ist unser Zufluchtsort«, sagte er und öffnete eine weitere Tür. »Zumindest für mich und die Diener, die früher Wasser heraufschleppen mussten.«

Es war ein Badezimmer, gefliest und mit einem eigenen Kachelofen versehen. »Liebster, das ist bemerkenswert. Stanwood House hat drei davon, doch keines ist so groß.«

»Mein Vater hat es vor einigen Jahren einbauen lassen.«

»Es muss sehr kostspielig gewesen sein. Wenn ich mich nicht irre, kommen diese Fliesen aus Holland.«

»Nun, ja. Zu der Zeit konnten wir uns das leisten.« Er zog eine Grimasse.

Ihr Herz zog sich angesichts des Schmerzes, der sich in seinem Antlitz abzeichnete, zusammen, und sie erneuerte bei sich den Schwur, ihm in jeder ihr möglichen Weise zu helfen. »Das ist müßig. Wir müssen mit dem haushalten, was wir haben. Und du hast recht. Dadurch werden Diener für andere Aufgaben frei. Musstest du viele von ihnen entlassen?«

»Nein, das konnte ich nicht. Rothwell Abbey ist das Herz dieser Region. Wenn wir Diener entließen, hätte es Auswirkungen auf die gesamte Wirtschaft hier.«

Er hatte recht. Daran hatte sie zuvor nicht gedacht. »Natürlich. Wann werde ich deine Geschwister kennenlernen?«

»In wenigen Tagen. Mama wollte uns etwas Zeit für uns lassen. Vorerst sind sie bei ihr im Witwensitz.«

Die nächsten drei Wochen verbrachten sie damit, sich an den Vormittagen um die Liegenschaften sowie die Belange des Haushalts zu kümmern, und sich an den Nachmittagen gegenseitig besser kennenzulernen. Es überraschte Gideon nicht, dass Louisa alles, was sie ausprobierte, perfekt machte, gleich ob es sich um die Leitung von Rothwell Abbey handelte, um Schwimmen oder um Bogenschießen. Lediglich fürs Fischen hatte sie keine Geduld, was gleichgültig war. In wenigstens einer Sache musste er doch auch hervorstechen.

An diesem Dienstag kam er jedoch mit Louisa gerade von einem Besuch bei den Pächtern nach Hause, da fand er einen Brief von Lord St. Eth vor. Die Nachricht war kurz und präzise. St. Eth war wieder in London und bereit, Gideon zu seiner Einführung im House of Lords zu begleiten, bevor er erneut zum Wochenbett einer weiteren Nichte aufbrechen würde. Die zweite Nachricht kam von Gideons Anwalt. Misses Petrie war schriftlich aufgefordert worden, das Haus in der Brick Street zu verlassen. In dem Brief stand ebenfalls, dass das Familienschmuckset der Rothwells im Bankfach der Frau gefunden worden war und sich nun in Templetons Gewahrsam befand. Niemand hatte Sullivan gesehen.

»Louisa, Liebling.«

Sie sah von einem Stapel Briefe auf, den sie durchging. »Ja?«

»Ich muss nach London.« Heimlich ein Stoßgebet sendend, dass sie Nein sagen würde, fragte er: »Würdest du mich gern begleiten? Es ist nur für eine Woche oder so.«

»Normalerweise würde ich sehr gerne mit dir fahren«, eine Falte entstand auf ihrer gerunzelten Stirn, »aber ich arbeite hier gerade an verschiedenen Dingen. Macht es dir sehr viel aus, wenn ich mich entschuldige?«

»Nein, natürlich nicht«, antwortete er und gab sich Mühe, seine Erleichterung nicht zu zeigen. »Ich werde sofort aufbrechen.«

Louisa kam zu ihm, schlang die Arme um ihn und lächelte. »Damit du umso schneller wieder zu mir zurückkehren kannst.«

»Ja.« Denn alles, was er sich wünschte, war, sie für immer an seiner Seite zu haben. Sie war sein Herz und seine Seele. Er war noch nicht abgereist und vermisste sie bereits. »Es ist noch nicht Mittag. Vielleicht können wir uns noch eine Stunde stehlen, bevor ich aufbrechen muss.«

»Ich halte das für eine hervorragende Idee, Liebster.«

***

Louisa sah sich im Morgenzimmer um. Gideon war seit fast zwei Wochen weg, heute würde er endlich zurückkommen. Sie war sich inzwischen sicher, dass sie freudiger Erwartung war, und wünschte, sie hätte ihre Mutter gefragt, was ihr bevorstand. Vielleicht hätte sie Glück und würde, wie Grace, um die Morgenübelkeit herumkommen.

In der Zwischenzeit hatte sie die Gelegenheit genutzt, um mit ihrem sehr großzügig bemessenen Taschengeld mehrere der Haupträume und ihren Salon neu zu gestalten. Der Raum war nur mit einem Sofa, Stühlen und ein paar verstreut aufgestellten Tischen möbliert gewesen. Glücklicherweise hatte sich das Textiliengeschäft in Bedford, von dem ihre Schwiegermutter ihr berichtet hatte, in jeder Hinsicht als gleichrangig mit allem, was man in London nur finden konnte, erwiesen.

Sie hatte sich außerdem darangemacht, die Küche zu modernisieren. Diesen Teil hatte sie aus ihrem eigenen Besitz finanziert, was Gideon in keinster Weise schätzen würde. Nicht dass ihr Ehemann diese Küche bemerken würde. Sie wusste aus berufener Quelle, dass er sie seit Jahren nicht betreten hatte. Allerdings hoffte sie, dass er das Morgenzimmer oder vielleicht ihren Salon bemerken würde, insbesondere da sie in diesem Zimmer zusätzlich ein Tagesbett hatte aufstellen lassen.

Sie legte die Hand auf ihren noch flachen Bauch und sprach ein Gebet. Es war noch sehr früh, doch zum ersten Mal in ihrem Leben verzögerte sich ihre Blutung, wodurch sie hoffte, ihr Kind noch vor dem Frühling in den Armen halten zu können.

Die Uhr schlug eins, und sie zog am Glockenseil. Wenn Gideon nicht aufgehalten wurde, würde er jeden Augenblick da sein.

»Euer Gnaden?«

»Ich glaube, wir können mit der baldigen Rückkunft Seiner Gnaden rechnen. Bitte sagen Sie dem Koch, dass er ein kleines Mahl bereithält, wenn mein Gemahl eintrifft.«

»Sehr wohl, Euer Gnaden.«

Das Gericht, das sie mit dem Koch gemeinsam vorgesehen hatte, bestand überwiegend aus einer Zusammenstellung aus kaltem Fleisch, Käse und Obst, doch dazu gab es die weiße Suppe, die Gideon so besonders gern mochte.

Sie sank auf einen ihrer neuen Stühle mit französischer Rückenlehne, legte die Füße auf den passenden Schemel und nahm ihr Buch zur Hand. Nun musste sie nur noch warten.

An der Tür erklang ein Pochen, und Fredericks Junior betrat den Raum. »Euer Gnaden, die Post ist eingetroffen.«

»Danke, Fredericks. Ich werde sie mir ansehen.« Er stellte das Silbertablett auf dem niedrigen Marmortisch neben ihrem Stuhl ab.

Louisa hoffte inständig, dass keiner der Briefe von Gideon war. Er hatte seine Heimkehr inzwischen um fast eine Woche verschoben, und sie war ungeduldig, ihn endlich wiederzusehen. Ja, wenn er heute nicht zurückkäme, würde sie sogar einen Sprung nach London machen.

Sie durchblätterte die Briefe und sortierte sie in zwei Stapel: einen mit Rechnungen und den zweiten mit persönlichen Schreiben. Sie stieß auf eine dritte Nachricht mit einer ihr unvertrauten Handschrift, und sie war sich sicher, dass sie niemanden kannte, der in der Brick

Street lebte. Sie legte die anderen beiden Stapel zur Seite und öffnete das grellrosafarbene Siegel des Briefs.

Meine liebe Herzogin,

Louisa saß sicherlich nicht auf einem hohen Ross, doch wenn man bedachte, dass diese Person ihr nicht bekannt war, war diese Anrede so informell, dass es schon an eine Beleidigung grenzte. Weiter ging es:

Ich schreibe diesen Brief an Euch von Frau zu Frau.

Die Haare in Louisas Nacken sträubten sich in einer Vorahnung.

Als ich den Herzog zum letzten Mal gesehen habe, ging es ihm prächtig. Ihr könntet fragen, woher ich das weiß. Die Frage ist leicht beantwortet: Ich bin seine Geliebte.

Einen Augenblick blieb Louisa die Luft weg. Es war, als hätte jemand sie in den Magen geboxt. Tranen stiegen ihr in die Augen und ließen sich nicht wegblinzeln. Sie wollte den Brief anzünden und in den Kamin werfen. Stattdessen las sie weiter.

Ich hatte angenommen, er würde mich aufgeben, als er heiratete, er bestand jedoch darauf, dass das nicht nötig wäre. Je mehr ich jedoch über diese Angelegenheit nachdachte, desto mehr tatet Ihr mir leid, die junge Ehefrau, die den Herzog wahrscheinlich sogar liebt. Deshalb habe ich entschieden, ihn für die kleine Summe von eintausend Guineen aufzugeben.

Louisas Augen wurden wieder trocken, und der Knoten in ihrem Bauch löste sich wieder. Eintausend Guineen? Diese Frau war närrisch!

Ich verlasse mich darauf, bald von Euch eine Antwort auf mein großzügiges Angebot zu erhalten.
Mrs. R. Petrie

Louisa sog mehrmals die Luft ein und atmete aus. Sie musste Gideon vertrauen. Er liebte sie. Er hatte die drei Worte gesagt. Er hatte ihr gezeigt, wie viel sie ihm bedeutete. Wenn er wiederkäme, würde sie ihn nach dieser Misses Petrie fragen. Es würde eine nachvollziehbare Erklärung geben. Es musste eine nachvollziehbare Erklärung geben.

Kapitel 35

Es war beinahe zwei Uhr. Gideon konnte es nicht mehr abwarten, nach Hause zu kommen. Er fühlte sich wie ein mittelalterlicher Krieger, der aus dem Kampf zurückkehrte. Vielleicht nicht von der Art, die man auf Schlachtfeldern ausfocht, aber dennoch von einem Kampf. Er hatte sein Eigentum und einen großen Teil seines Geldes zurückbekommen, und bald wäre er wieder in Louisas Armen, wo er hingehörte.

Die alte Reisekutsche hielt vor der Treppe an, die zum Haupttor hinaufführte. Fredericks Junior hatte die massiven Flügel bereits geöffnet, bevor Gideon von der Kutsche sprang.

»Euer Gnaden.« Der Butler dienerte. »Wir sind glücklich, dass Ihr wieder zu Hause seid. Ihre Gnaden bittet Euch, zu baden, bevor Ihr sie im Morgenzimmer aufsucht.«

»Vielen Dank.« Gideon wollte Louisa sogleich sehen, aber er roch, als wäre er zwei Tage lang auf Reisen gewesen. »Ist Rollins schon angekommen?«

»Das ist er in der Tat, Euer Gnaden. Ich glaube, er hält sich in Euren Gemächern auf.«

Gut. Das bedeutete, dass Gideons Bad bereit wäre, wenn er die Treppe erklommen hätte.

Als er sich in den Zuber sinken ließ, dachte er über all die Arten und Weisen nach, auf welche er seine Frau lieben würde. Wenn er je wieder eine Stunde ohne sie verbringen müsste, wäre das schon zu lange.

Weniger als eine halbe Stunde später öffnete er die Tür zum Morgenzimmer und blieb perplex stehen. Wie hatte sie es geschafft, all das in der Zeit, in der er weg war, zu veranlassen? Früher war der Raum in Grün- und Brauntönen dekoriert gewesen. Nun herrschten Gelb- und Weißtöne vor, die den Salon mehr strahlen ließen als je zuvor. Er war einladend und gemütlich – aber zum Teufel – woher war das Geld gekommen? Hatte sie ihn hintergangen und ihr eigenes Vermögen angetastet? Und wo zur Hölle war sie?

Er suchte den Salon ab und entdeckte sie schließlich. Sie stand mit dem Rücken zur Tür an einem der vielen Fenster und sah hinaus. Sie war in ein strahlend gelbes Kleid gewandet, das passend zum Zimmer gewählt schien, weshalb er sie zunächst nicht gesehen hatte. Mein Gott, sie war wunderschön, und er verspürte keine Lust, mit ihr über die Neugestaltung zu streiten. Nicht, solange er nichts mehr wollte, als sich in ihren Armen zu verlieren. »Louisa, Geliebte.«

Sie drehte sich langsam um, so als wollte sie sich nicht von dem Ausblick abwenden. »Gideon.«

Ihre Stimme klang voll, doch die Wärme, die sie gewöhnlich bereithielt, fehlte. Erwartete sie einen Streit? Nun, den würde sie nicht bekommen. Zumindest nicht sogleich. Er ging auf sie zu.

»Könntest du bitte dort stehenbleiben.« Obgleich sie es wie eine Bitte formulierte, war der Befehl darin nicht zu überhören.

Er blieb stehen und fragte sich, worauf sie aus war. Vielleicht sollte er den Raum erwähnen. »Es gefällt mir, was du aus diesem Zimmer gemacht hast.«

»Danke sehr.« Sie neigte den Kopf. »Wir müssen etwas besprechen.«

Verdammt. Er war soeben erst zurückgekommen. Wollte sie ernstlich darüber sprechen, dass sie ihr eigenes Geld verwenden wollte, um das Haus mit neuem Mobiliar auszustatten? »Wenn du wünschst.« Wenn sie so fest entschlossen war, dieses Gespräch jetzt zu führen, könnten sie es auch zu Ende bringen. »Du hast meinen Anordnungen nicht gehorcht, dein persönliches Vermögen nur mit meiner ausdrücklichen Zustimmung für das Haus und die Liegenschaften zu verwenden.«

Louisa zog hochmütig eine dunkle Braue hoch, wodurch Zorn in ihm wuchs. »Ich erinnere mich nicht an eine Anweisung, sondern an die Äußerung einer Präferenz. Einer, zu der ich nicht meine Zustimmung gab, wie ich hinzufügen möchte. Wenn du es genau wissen musst – ich habe mein Taschengeld verwendet, nicht mein Vermögen, doch das ist nicht der Grund, aus dem ich mit dir sprechen möchte.«

Was zum Teufel ... Louisa hatte ihn soeben in die Schranken gewiesen. »Wenn du glaubst, du kannst ...«

»Wer ist Misses Petrie?«

Zur Hölle noch mal! Nach allem, was er unternommen hatte, um sicherzustellen, dass Louisas Ohren nie mit dem Namen dieser Frau beschmutzt wurden.

»Woher hast du ... Nein. Ich will es gar nicht wissen. Sie spielt für dich keinerlei Rolle.«

»Spielt für mich keine Rolle?«, fragte Louisa mit gefährlich leiser Stimme. »Soweit ich es verstehe, ist sie ...«, sie hielt einen Moment inne, als suchte sie nach dem richtigen Wort, »... ein leichtes Mädchen.«

»Ich werde mit dir nicht über sie sprechen. In diese Angelegenheit wirst du nicht einbezogen.« Gideon hatte den Namen der Hure niemals von den Lippen seiner Frau zu hören gewünscht.

Er hatte die ehemalige Geliebte seines Vaters beinahe zugrunde gerichtet, und doch war er auch großzügig geblieben. Er hatte ihr die Wahl zwischen dem Strick, der Deportation oder der Flucht auf den Kontinent gelassen. Natürlich hatte sie sich für die letzte Option entschieden. Schon sehr bald würde sie auf einem Schiff auf dem Weg nach Frankreich sein.

Louisas Mund bildete einen dünnen Strich. »In diesem Fall habe ich dir nichts mehr zu sagen.« Sie deutete einen kleinen Knicks an. »Guten Tag, Euer Gnaden.«

Wenn Louisa das wirklich dachte, würde sie noch einmal in sich gehen müssen. Sie käme aus diesem Raum nicht hinaus, es sei denn – die Tür auf der anderen Seite des Morgenzimmers, die in den Garten führte, fiel mit einem Schnappen zu.

Der Teufel sollte sie holen. Er war müde und hungrig. Gideon hatte sich nichts mehr gewünscht, als ihre Arme und ihre Küsse zu spüren. Aber er sollte verdammt sein, wenn er ihr auf seinem eigenen Grund und Boden hinterherliefe. Früher oder später würde sie sich beruhigen und zurück ins Haus kommen. Dann würde er sie mit all seiner Verführungskunst von ihrer schlechten Laune erlösen. Doch inzwischen würde er erst einmal essen.

Er trat in den Flur und rief nach seinem Butler. »Wie schnell kann das Essen fertig sein?«

»Es ist bereits im Frühstücksraum für Euch angerichtet, Euer Gnaden.«

»Fein.« Er knurrte das Wort beinahe.

Verdammich. Seine üble Laune am Personal auszulassen, besonders am altgedienten, war keine sehr gute Idee, doch zu diesem Zeitpunkt war es ihm einfach gleich. Er brauchte etwas zum Essen, musste sich beruhigen und darauf warten, dass seine Frau wieder zurückkäme.

Louisas schlimmste Befürchtungen hatten sich bewahrheitet. Wenn diese Misses Petrie Gideon nichts bedeutete, hätte er nicht so defensiv reagiert. Erneut blinzelte sie die Tränen weg, und ihre Kehle war so rau, dass sie kaum schlucken konnte. Sobald sie dazu in der Lage war, würde sie alles in die Wege leiten, um Rothwell Abbey zu verlassen. Es war vollends ausgeschlossen, dass Louisa ihren Gemahl mit einer anderen Frau teilen würde.

Weder Grace noch Matt würden von ihr erwarten, sich mit einer solchen Haltung zu arrangieren.

Sie umging den Rosengarten und betrat das Haus durch das Musikzimmer, das auf der anderen Seite der Eingangshalle lag. Wenig später saß sie an ihrem Schreibtisch, ein leeres Blatt Papier vor sich. Sie biss die Zähne zusammen und begann zu schreiben.

Liebe Grace,
ich habe herausgefunden, dass Rothwell nicht der Mann ist, für den ich ihn hielt. Er hält sich eine Geliebte, und ich habe beschlossen, ihn zu verlassen. Bitte sag mir, dass Du keine Einwände dagegen hast, wenn ich nach Worthington Place gehe.
Deine ergebene Schwester
Louisa

Sie dachte darüber nach, ihre korrekte Unterschrift zu verwenden, entschied sich jedoch dagegen. Sie wollte nicht mehr die Herzogin von Rothwell oder Louisa Rothwell sein.

Nachdem sie den Brief versiegelt hatte, schickte sie nach ihrer Zofe. »Nimm das mit in die Stadt und versende es mit der Post. Wenn möglich, bitte per Sonderkurier.«

»Ja, Euer Gnaden.«

»Wenn du zurück bist, fang mit Packen an. Wir verlassen Rothwell Abbey. Ich werde in diesem Raum schlafen, bis wir abreisen.«

Cottonwood runzelte die Stirn, schwieg jedoch. »Ich werde Euer Bett herrichten und alles andere schnellstens vorbereiten.«

Als ihre Zofe das Zimmer verließ, holte Louisa einen Schlüssel aus der Schreibtischschublade. Wenn Ehrgefühl Gideon nicht aus ihrem Gemach fernhalten würde, dann würde es die verschlossene Tür tun. Ihre Mutter hatte recht gehabt. Man konnte nicht alles, was man über einen möglichen Ehemann wissen musste, innerhalb von wenigen Wochen erfahren. Louisa hätte niemals den Verdacht gehabt, dass Gideon eine Geliebte hätte. Sie hatte es nicht glauben wollen. Und doch war es die Wahrheit.

Später am Abend, als sie auf ihrem Tagesbett lag und sich in den Schlaf zwingen wollte, ruckelte der Griff an der Tür zwischen dem gemeinsamen Schlafzimmer und ihrem Salon.

»Louisa, ich fordere, dass du sofort diese Tür öffnest.«

»Ich wünsche, allein zu sein.«

»Es gibt keinen Grund, weshalb du erzürnt sein solltest. Ich habe nichts getan, was andere Männer meines Standes nicht auch getan hätten.«

Es scherte sie gewiss nicht, wie viele andere verheiratete Männer sich Geliebte hielten. Sie würde nicht bei einem Ehemann bleiben, der eine hatte. »Geh weg, Rothwell. Ich verspüre nicht den Wunsch, mit dir zu sprechen.«

»Irgendwann muss du herauskommen.«

Sie weigerte sich zu antworten, und einen Augenblick später hörte sie, dass er sich von der Tür entfernte. Ihre Kehle wurde wieder eng.

Ich werde nicht weinen. Ich werde nicht weinen. Ich werde nicht weinen.

Doch sie konnte nicht verhindern, dass ihr die Tränen die Wangen hinabrannten.

Zwei sehr lange Tage und Nächte später brachte ihre Zofe ihr einen Brief mit einem vertrauten Siegel.

Meine liebste Louisa,
ich bin bestürzt, dass Du Rothwell verlassen möchtest. Unter den gegebenen Umständen halte ich Dein Urteil

jedoch für gerechtfertigt. Ich nehme an, Du möchtest Dich nicht Fragen aussetzen, die aufkämen, wenn Du nach Worthington zurückkehrst. Deshalb biete ich Dir an, auf Stanwood zu leben, solange Du dort bleiben möchtest.

Ich bete, dass Rothwell zur Vernunft kommt, doch viele Männer tun das nie. Ich schicke eine unserer Reisekutschen. Du kannst innerhalb der nächsten beiden Tage mit ihr rechnen.

In großer Liebe,
Deine Schwester
Grace

Ein Tropfen traf auf den Brief und verwischte einige der Worte. Louisa wischte die Tränen weg und schnäuzte sich. Sie hatte gehofft, dass ihre Familie ihre Gründe, Gideon zu verlassen, verstehen würde, aber man konnte sich nie sicher sein. Viele Familien hätten sie aufgefordert, bei ihrem Gemahl zu bleiben. Gott sei Dank gehörte ihre eigene nicht dazu.

Sie klingelte nach ihrem Mädchen und wartete, bis sich die Tür öffnete. »Wir reisen ab, sobald die Kutsche der Worthingtons hier eintrifft.«

»Jawohl, Euer Gnaden. Was soll ich den anderen sagen?«

»Dass ich zu einem Besuch nach Hause gereist bin. Sicherlich wird das niemanden überraschen.« Obgleich niemand aus der Dienerschaft es wagen würde, den Streit zu erwähnen, den sie und Gideon gehabt hatten, wussten die Bediensteten doch sehr wohl, dass die Beziehung zwischen Seinen und Ihren Gnaden äußerst angespannt war.

»Nein, Euer Gnaden, aber was ist mit dem Kindchen?«

Louisa berührte ihren Bauch und seufzte. »Darum werde ich mich kümmern, wenn es so weit ist.«

Sie stand auf und zog ihre Röcke heraus. Es war an der Zeit, ihrem Ehemann zu sagen, dass sie ihn verlassen würde.

Gideon saß in seinem Studio am Schreibtisch und rieb sich mit den Händen über das Gesicht. Er fragte sich, wie er seine Ehe und sein Leben so hatte außer Kontrolle geraten lassen können. Hätte er Louisa doch nur die Wahrheit anvertraut, dann hätte er sie nicht verletzt. Irgendwie musste er einen Weg finden, ihre Liebe wiederzugewinnen. Doch würde sie ihm sein Hintergehen je wirklich verzeihen können?

Worthington hatte recht gehabt, als er Gideon geraten hatte, die Wahrheit nicht vor ihr zurückzuhalten. Die Erinnerung an ihre Reaktion, als er ihr sagte, dass diese Person Petrie sie nicht zu kümmern hätte, und ihr befahl, nicht sein Verhalten infrage zu stellen, ließ ihn zusammenzucken. Das wäre der richtige Augenblick gewesen, alles zu gestehen. Ihr von seinem Vater, der Geliebten und den Spielschulden zu erzählen. Aber er war doch so davon überzeugt gewesen, dass es richtig war, diese schmutzigen Geschäfte von ihr fernzuhalten.

Doch selbst dann, als sie ankündigte, das Gespräch käme damit zu einem Ende, hatte er nicht begriffen, dass sie jegliche Gespräche gemeint hatte. Dass sie ihm fürderhin nichts mehr zu sagen hätte.

Niemals.

Seit Louisa hinausgegangen war, hatte Gideon sie kaum noch zu Gesicht bekommen, und dann auch nur aus der Ferne. Selbst in einem Haus von dieser Größe bedurfte das einiger Planung. Irgendwie musste er einen Weg finden, zu ihr zu gelangen.

Es klopfte leise an der Tür, und einen Augenblick darauf glitt Louisa in den Raum. Er stand auf und studierte ihre Haltung. Doch von ihrem ruhigen Antlitz konnte er kaum etwas ablesen. Nur ihre rechte Hand, die sich in ihre Röcke krallte, zeigte ihre Verzweiflung.

Er erhob sich rasch auf seine Füße. »Louisa, bitte nimm Platz.«

»Das wird nicht nötig sein, Euer Gnaden.«

Offenbar sprachen sie sich nicht mehr mit ihren Vornamen an. »Was kann ich für Euch tun?«

»Ich bin gekommen, um Euch mitzuteilen, dass ich in zwei Tagen abreisen werde.«

Abreisen? Nein. Sie war seine Frau.

Der Schmerz in seiner Brust breitete sich aus, und einen Augenblick lang dachte er, er würde zu Boden stürzen. Gideon starrte sie an und erhaschte einen kurzen Augenblick, in dem der Schmerz und die Wut, die sie spürte, durch die höfliche Maske hindurchschimmerten, die sie aufgesetzt hatte. Er war Ursache dieser Seelenqual und dieser Verletzung, und er durfte nicht zulassen, dass sie wegging. Täte er das, würde er seine Ehe niemals retten können. »Ich werde es nicht zulassen.«

Ihre Lippen verzogen sich zur Parodie eines Lächelns. »Wie gedenkst du mich aufzuhalten? Willst du mich in meinem Zimmer einsperren?«

»Das wäre eine Idee.« Sobald er die Worte geformt und ausgesprochen hatte, war ihm klar, dass es genau das Falsche gewesen war.

Sie hob das Kinn und sah mehr wie eine Prinzessin aus denn wie eine Herzogin. »Es mag nicht den Sitten unserer Zeit entsprechen, jedoch weigere ich mich, meinen Ehemann mit einer anderen Frau zu teilen. Wenn du eine Gattin wolltest, die wegsieht, hättest du eine andere wählen müssen.« Sie wandte sich zur Tür, dann warf sie einen Blick zurück. »Wenn Ihr versuchen wollt, mich aufzuhalten, solltet Ihr Gitter vor den Fenstern anbringen, Euer Gnaden.«

Eine Geliebte? Glaubte sie tatsächlich, er hielte sich eine Geliebte? Wie zur Hölle war sie denn auf diesen Gedanken verfallen?

Er wollte zu ihr eilen, da fiel die Tür krachend zu, und er sank auf seinen Stuhl zurück. Er bezweifelte nicht, dass sie ihre Drohung wahrmachen würde, und kämpfte erfolglos gegen das Bild von seiner geliebten Louisa an, die aus dem Fenster kletterte und sich den hübschen Hals brach.

Doch was zur Hölle sollte er jetzt tun? Ihm blieben zwei Tage, um einen Plan zu entwickeln, wie er sie vom Bleiben überzeugen könnte. Wie er sie davon überzeugen könnte, dass er sich niemals eine Geliebte nehmen würde. Dass Louisa die einzige Frau war, die er wollte und die er jemals wollen würde.

Hatten alle anderen recht damit gehabt, dass er ihr von der Geliebten seines Vaters hätte erzählen sollen? Er hatte sie doch nur beschützen wollen. War es zu spät für die Wahrheit? Würde sie ihm überhaupt glauben?

KAPITEL 36

»Euer Gnaden?«

Louisa, die soeben die große Halle durchquerte, blieb stehen. All ihre Taschen waren gepackt und wurden auf die Kutsche geladen. Sogar ihre Katze war abreisebereit; sie hatte es sich vor wenigen Augenblicken in ihrem Reisekäfig gemütlich gemacht. »Ja, Fredericks.«

Der Butler streckte ihr ein gefaltetes und versiegeltes Blatt Papier hin. »Seine Gnaden bat mich, Euch dies zu geben.«

Zögernd nahm sie die Botschaft aus seiner Hand, halb erwartend, dass sie sich daran die Finger verbrennen würde. Sie und Gideon hatten nicht mehr miteinander gesprochen, seit sie ihm gesagt hatte, dass sie weggehen werde. Sie konnte nur annehmen, dass er sich entschlossen hatte, ihre Entscheidung zu respektieren. »Danke.«

Sie verschwand in den kleinen Salon auf der vorderen Seite des Hauses und öffnete die Nachricht.

Triff mich im Rosengarten beim Gatter.
G.R.

Sie konnte sich nicht vorstellen, was er wollte, doch was es auch wäre – dort würde man sie wahrscheinlich nicht belauschen können. Sie kämpfte mit sich, ob sie sich eine Haube holen gehen oder eher um eine schicken lassen sollte, und beschloss, dass es ihr lieber wäre, die Unterhaltung mit ihrem Ehemann hinter sich zu bringen.

Sie verließ den Raum, ging den langen Flur entlang zur Hinterseite des Hauses und dann hinaus in den ersten Garten. Wenige Minuten darauf erreichte sie das Gatter, doch von Gideon sah sie keine Spur.

Was zum Teufel spielt er für ein Spiel?

Plötzlich eilte Potter, der Chefgärtner, herbei. »Euer Gnaden. Das soll ich Euch geben.«

Wie der Butler hielt er ihr einen versiegelten Brief hin. »Danke.«

Ich habe mich verspätet. Bitte, geh zum Sommerhaus. G.R.

Schmerzlich wurde ihre Kehle eng. Warum wollte er sie an einem Ort treffen, an dem sie in den ersten Wochen ihrer Ehe Stunden damit verbracht hatten, sich zu lieben? An einem Ort, den er mit solchen Erinnerungen verband? Ihretwegen? Oder fand er es womöglich leichter, ihr dort Lebwohl zu sagen?

Sie streckte den Rücken durch und ging rasch den Pfad entlang, der zu dem kleinen Cottage führte. Etwa fünfzehn Minuten später starrte sie den kleinen Steg an, der zum Sommerhaus führte. Blumengebinde schmückten den Steg, und Gideon erschien in der offenen Tür.

»Ich bin gekommen.« Ihre Stimme klang rau, als sie die Wörter durch ihre schmerzende Kehle zwang.

»Das sehe ich.« Er blieb einen Augenblick stehen, wo er war, dann überwand er mit großen Schritten den Abstand zwischen ihnen. »Louisa.« Er hob die Hände und hielt sie einen Augenblick auf Höhe ihrer Schultern in der Schwebe, dann berührte er sie, umschloss mit seinen warmen, kräftigen Fingern ihre Oberarme. »Habe ich dich für immer verloren?«

Ein Teil von ihr wollte seine Hände abschütteln, der andere Teil wollte sich an ihn schmiegen, doch sie blieb unbeweglich stehen und suchte mit dem Blick seine sturmgrauen Augen. »Wie kannst du etwas verlieren, das du weggeworfen hast?«

Sein Adamsapfel bewegte sich beim Schlucken auf und ab. »Ich habe einen Fehler gemacht. Ich habe dich verletzt, wo ich dich doch nur beschützen und lieben wollte.« Er zwang seinen Blick weg von ihrem. »Wenn es nicht aus meinem verfluchten Stolz heraus geschah.«

Ungebetene Tränen füllten ihre Augen, als die Wut über alles, was sie verloren hatten, durch ihre Adern brandete. In ihren eigenen Ohren klang ihre Stimme wie ein leises, raues Krächzen. »Du hast dir quasi sogleich nach unserer Hochzeit eine Geliebte genommen. Was, bitte, hat das denn mit deinem Stolz zu tun?«

»Das ist es ja. Sie war *nie* meine Geliebte. Sie war Vaters Geliebte.« Louisa hätte ihm geglaubt, wenn sie nicht diesen Brief erhalten hätte. »Ich wollte es allein aus der Welt schaffen. Ich wollte nicht, dass du erfährst, was mein Vater getan hatte. Ich habe mich selbst überzeugt, dass du in alledem keine Rolle spielen solltest.« Er schüttelte den Kopf. »Bitte komm, ich muss dir etwas zeigen.«

Sie ließ es zu, dass er sie ins Cottage zog. Spitzenvorhänge flatterten im Luftzug. Auf dem rauen Holztisch lag ein schwarzes Tuch mit einem Schmuckset, das augenscheinlich antik war und ein Vermögen gekostet haben musste.

»Dies ist seit 250 Jahren im Besitz meiner Familie. Königin Elisabeth hat diese Schmuckstücke dem zweiten Duke of Rothwell zu seiner Hochzeit mit einer ihrer Lieblingsdamen geschenkt. Mein Vater hat sie Misses Petrie geschenkt.« Seine Stimme wurde rau. »Er hatte kein Recht dazu, und ich musste sie wieder zurückbekommen. Sie hat so vieles von mir, von uns gestohlen.

Sein Verhalten und ihre Gier haben dazu geführt, dass unser Familiensitz in Gefahr geriet.«

Schmuck! Zugegeben, es waren alte, unbezahlbare Stücke, die der alte Herzog nicht hätte weggeben dürfen. Sie verstand vollends, dass Gideon sie hatte zurückerwerben müssen, und dennoch berührte dies nicht das eigentliche Problem. Louisa atmete langsam ein und aus und bemühte sich, ihr pochendes Herz zu beruhigen. Er hatte vielleicht diese Frau nie ins Bett geholt, doch die Tatsache, dass er Louisa nicht genug vertraut hatte, sie einzuweihen oder sich gar von ihr helfen zu lassen, blieb bestehen. Das war ein ebensolcher Betrug wie der, den sie von ihm vermutet hatte. Sie mied seinen Blick und hob das Kinn, um die Tränen zurückzuhalten, die hinunterlaufen wollten.

»Bitte, sag etwas.«

Als Louisa sich wieder unter Kontrolle hatte, sah sie ihm geradewegs in die Augen. »Du hast vielleicht nicht die Unverletzlichkeit unseres Ehebetts verraten, aber die Tatsache, dass du mir nicht vertraut hast, mir nicht vertrauen *konntest*, ist fast noch schlimmer. Wie könnten wir eine Ehe ohne Vertrauen führen?«

Er umschlang mit dem Arm ihre Taille, als fürchtete er, sie könne ihm davonlaufen. Nun, vielleicht lag er nicht falsch. Sie war drauf und dran gewesen, wieder zu gehen.

»Meine Liebe.« Er festigte seinen Griff erneut. »Es ist nicht so, dass ich dir nicht vertraut hätte.« Sie versuchte, sich zu lösen, aber er hielt sie fest. Er lachte reumütig auf. »Ich hatte meinen Plan bereits fertig, bevor ich wusste, dass wir heiraten würden. Mir kam nie in den Sinn, du könntest etwas davon herausfinden, was ich tat, und als es doch geschah, habe ich falsch darauf reagiert. Es war falsch, dich nicht einzuweihen, und ich war ein Idiot, dir zu sagen, du hättest keinen Anlass, mich auszufragen.«

Louisa war sehr still. Zu still. Gideon legte den zweiten Arm um sie. Wenn sie weglaufen wollte, würde er alles tun, um sie aufzuhalten.

Endlich holte sie tief Luft. »Was genau war denn dein Plan? Und wie, um Himmels willen, konntest du denken, ich würde nichts über *sie* herausfinden?«

»Lass mich ganz am Anfang beginnen.« Gideon schloss die Augen und dachte darüber nach, wie er ihr am besten erklären sollte, was geschehen war. Er wusste, dass er nur dieses eine Mal hatte, um Louisa zu überzeugen. »Meiner Mutter zufolge litt mein Vater an Demenz. Zu Anfang war es noch nicht so leicht zu bemerken. Er vergaß Dinge, aber es fand sich immer jemand, der auf sie stieß oder ihn daran erinnerte. Dann begann er, die Menschen in seinem Umfeld zu vergessen. An einem bestimmten Punkt erkannte er nicht einmal mehr meine Mutter. Er verließ Rothwell und zog ins Londoner Stadthaus ein. Auf eigenartige Weise ergibt das vollkommen Sinn. Er hatte nach seinem Universitätsabschluss viel Zeit dort verbracht.«

»Und da tat er sich mit Misses Petrie zusammen.«

Das war keine Frage, doch er antwortete: »Ja. Doch nicht nur das, sondern ganz offenbar hatte er auch jede Kontrolle über seine Ausgaben verloren. Er spielte wieder, wie er es als junger Mann getan hatte. Unglücklicherweise war das Schmuckset in London, um gereinigt zu werden.«

Als Louisa leise stöhnte, wusste er, dass sie begriff. Er erzählte ihr alles; die Maßnahmen, die er unternommen hatte, um jegliche weiteren Einkäufe zu unterbinden und um zu stornieren, was bereits gekauft worden war. Sein erster Besuch im Haus von Misses Petrie, sein Verdacht, dass sie Geld und Besitz in einem Schließfach in einer Bank versteckte, die Aktionen, die sein Rechtsanwalt gestartet hatte, um den fehlenden Schmuck aufzutreiben. Und schließlich den Erfolg und das

Auffinden des Schmucks. Dann erzählte sie ihm von dem Brief. Allein dafür hätte er die Hure umbringen mögen.

»Du hättest mit mir darüber reden müssen.« Louisas Stimme klang leidenschaftslos, so als widerfahre das alles einer anderen.

»Das kann ich nicht abstreiten. Ich hätte es dir schon vor unserer Heirat erzählen sollen, spätestens jedoch, als ich zurück nach London ging.« Er war so unfasslich müde und hatte Angst vor dem, was sie tun würde. Angst davor, was geschähe, wenn sie ihn verließe. »Ich hatte nicht erwartet, dass sie dir schreiben würde, und als du mich konfrontiertest ... da hätte ich alles erklären müssen. Es tut mir sehr leid, dass ich das nicht getan habe.«

»Es hätte uns sehr viel Kummer erspart«, murmelte sie trocken.

»Ich weiß das jetzt. Es ist so bedauerlich, dass ich es nicht rechtzeitig gesehen habe.«

Sie drehte sich in seinen Armen um, und ihre Brauen kräuselten sich, als sie zu ihm aufsah. »Du hast ihr den größten Teil ihres Geldes, ihre Pferde, Kutschen und das Haus, in dem sie lebte, weggenommen. Kurz und gut, alles, was ihr wichtig war. Wo ist sie jetzt?«

»Ich weiß es nicht, und es schert mich auch nicht. Sie hat meiner Familie genug Kummer zugefügt.« Plötzlich erscholl ein Schuss, und splitternd zersprang eine Fensterscheibe. Gideon riss Louisa zu Boden.

Statt laut zu schreien oder zu wimmern, blickte sie wütend drein. »Ich schätze, wir haben sie gefunden. Meine Güte, Gideon, hat dir niemand gesagt, dass verwundete Tiere gefährlich sind?«

Ihr Tonfall war so angeekelt, dass er beinahe gelacht hätte. »Ich meine mich zu erinnern, dass jemand mal so etwas gesagt hat.« Er hatte sie doch nur von jeder Gefahr fernhalten wollen, und nun hatte er sie mitten hinein geführt. Er blickte sich im Cottage um. Wie zur Hölle sollten sie hier herauskommen? »Warte hier.«

»Oh, nein, das tust du nicht.« Sie griff nach seinen Schultern und rollte sich auf ihn. »Ich bin ein viel kleineres Ziel, und ich habe eine Pistole. Hast du auch eine?«

Ihm blieb der Mund offenstehen. Er konnte sich selbst zwar nicht sehen, wusste es aber trotzdem. »Du hast eine Pistole?«

»Natürlich. Ich wollte gerade abreisen.«

Und er selbst, idiotisch wie er war, hatte nicht einmal eine Steinschleuder, geschweige denn seinen Stock mit dem Dolch. »Sehr gut, Ma'am, Sie befehlen.«

»Das ist aber auch Zeit«, murmelte Louisa.

Sie suchte mit den Blicken den Raum ab und achtete insbesondere auf das zerbrochene Fenster. Als sie sich von ihm aufrappelte, wollte er nach ihr greifen und sie zurückziehen, doch er wusste, dass es ein Fehler wäre.

»Hattest du ein Essen vorgesehen? Solange wir hier wären, meinte ich.«

Wie zum Teufel konnte sie denn jetzt an Essen denken? »Natürlich, die Bediensteten müssen den Schuss gehört haben.« Großer Gott, er war ein solcher Narr.

Sie nickte. »Hilfe sollte schon bald unterwegs sein.« Sie raffte ihre Röcke und schlich geduckt zum Fenster. Sobald sie von draußen nicht mehr gesehen werden konnte, richtete sie sich auf, mit dem Rücken zur Wand. »Wer ist da draußen, und was wollen Sie von mir?«

»Ich will nicht Euch, Herzogin«, rief Misses Petrie. »Ich will den Schmuck. Es war ein Geschenk, er gehört mir.«

Louisa kaute auf ihren Lippen, und Gideons Wunsch, sie wieder zu schmecken, und nicht nur ein Mal, erwachte.

»Nun gut. Wenn es wirklich Ihr Eigentum ist, kommen Sie her und holen Sie ihn sich.«

»Als ob ich Euch trauen tät.«

»*Ich* habe Ihnen keinen Grund gegeben, mir *nicht* zu trauen.« Louisas Tonfall war gleichermaßen hochmütig wie ehrlich.

»Jetzt habt Ihr mich. Ich habe einen Freund bei mir.«

»Ist er derjenige, der auf mich geschossen hat?«

»Er wollte Euch nicht verletzen.«

Wer würde der Frau helfen, Gideon zu töten? Oh Gott, Sullivan. Und Gideon hatte noch nicht einmal die Gelegenheit gehabt, Louisa von ihm zu erzählen.

»Glücklicherweise hat er das geschafft«, sagte Louisa ruhig, »aber ich habe eine starke Aversion dagegen, dass man auf mich schießt.«

»Ja, Euer Gnaden.«

Mehrere Momente vergingen, ohne dass jemand etwas sagte. Louisa drehte die Augen zur Decke und machte eine ungeduldige Bewegung mit ihrer freien Hand. Trotz des Schlamassels, in dem sie sich befanden, wollte er lachen. Wenn jemals eine Frau es verdient hatte, ein Schmuckset zu bekommen, das die gute Queen Elisabeth einst seiner Familie geschenkt hatte, eine Frau, die losgeritten war, um ihre Armee anzuführen, dann war es seine Herzogin.

Endlich rief Misses Petrie: »Hat der Herzog eine Waffe?«

»Nein.«

»Wo ich so drüber nachdenke, warum redet Ihr mit mir und nicht mit ihm?«

»Meiner wohldurchdachten Meinung nach hat Seine Gnaden mehr als genug getan.«

»Na, ich würde mich sicherer fühlen, wenn mein Freund mitkäme«, sagte die Frau.

»Nun, dann lasst uns alle zusammen verhandeln. Seine Waffe muss jedoch draußen bleiben.«

»Ja, Euer Gnaden.«

Gideon stand auf und bezog neben der Tür Stellung, den Rücken fest an die Wand gedrückt. Er blickte zu Louisa, die nickend ihre Zustimmung gab und einen kleinen, eleganten und tödlichen Dolch aus ihrem Rock zog, den sie ihm herüberreichte.

Er musste wirklich aufhören, seine Frau zu unterschätzen. »Es ist eine feine Sache, dass niemand eine wohlerzogene junge Frau verdächtigt, eine Pistole oder«, er grinste, »einen Dolch bei sich zu tragen.« Sie ging zur Tür und öffnete sie, wobei sie sich einen täuschend unschuldigen Anschein gab.

Die Pistole hielt sie in ihren Rockfalten versteckt. »Ich hoffe, ihr Freund wird in dieser Ecke nicht nach dir suchen.«

Gideon musste ihr unbedingt noch von Sullivan erzählen. Besonders, wenn der Kerl hier war. »Wenn sie sich so benimmt wie jeder normale Mensch es täte, wird sie hereinkommen und dich begrüßen. Der Mann wird ihr hinterher kommen, und noch bevor er zur Tür durch ist, werde ich ihn niederstrecken.« Sie warf ihm einen zweifelnden Blick zu. »Ich habe trainiert. Von der Erfahrung, die ich in der weniger gesitteten Kampfkunst in Kanada gesammelt habe, mal zu schweigen. Und ich habe deinen Dolch.«

Louisa verdrehte die Augen. »Wenn es noch irgendetwas gibt, das ich wissen sollte, ist jetzt der richtige Zeitpunkt, damit herauszurücken.«

»Sullivan ...« Schritte wurden auf dem hölzernen Steg hörbar und brachten Gideon zum Schweigen.

»Lassen Sie die Waffe auf der anderen Seite der Brücke«, rief Louisa hinaus.

»Hab ich, Euer Gnaden.«

Er traute Sullivan nicht im Geringsten. Das Gewehr hatte er vielleicht zurückgelassen, aber er musste noch eine Waffe haben. Gideon wartete. Er hätte nur eine Chance, den Lump zu überwältigen

Wenige Augenblicke darauf trat Misses Petrie in das Cottage, dicht gefolgt von Sullivan. Sie knickste tief vor Louisa, womit sie ihm die ideale Gelegenheit gab, Sullivan einen Boxhieb gegen das Kinn zu verpassen. Gideon war bereit, dem Hieb einen weiteren in den Magen des Verbrechers folgen zu lassen, aber der Teufel ging zu Boden wie ein Felsbrocken. Wer hätte gedacht, dass der Kerl ein schwaches Kinn hätte?

»Was ...« Misses Petries Ausruf wurde von Louisa abgewürgt, die mit der Pistole fuchtelte.

»Bitte entfernen Sie sich von Ihrem Freund und nehmen Sie Platz, Misses Petrie«, sagte Louisa in leutseligem Ton.

Louisa lächelte und setzte sich auf einen Stuhl gegenüber Misses Petrie. »Nun, wollen wir darüber sprechen, aus welchem Grund Sie denken, das Schmuckset wäre Ihres.«

Ihr Gegenüber sah gekränkt aus. »Hmpf, der alte Herzog hat es mir geschenkt. Deshalb.«

»Ach so, aber da gibt es ein lästiges Detail: Er hatte nicht das Recht dazu, Ihnen den Schmuck zu schenken.«

Misses Petrie sah verwirrt aus. »Aber er war der Herzog, und er hatte den Schmuck. Wenn der jetzige Herzog ihn mir nicht zurückgibt, werde ich ihn vor Gericht ziehen.«

»Ja, aber ...«, Louisa suchte nach einer leicht verständlichen Erklärung. Allerdings war es ohnehin eine ganz einfache Angelegenheit. »Die Stücke haben ihm nicht gehört, also konnte er sie auch nicht verschenken. Sie gehörten zum Herzogtum, nicht ihm persönlich. Er hat das Recht, das Besitztum zu Lebzeiten zu nutzen, ist jedoch nicht befugt, es zu verkaufen, zu verpfänden oder wegzugeben. Man nennt es auch Erblehen.«

Misses Petrie war keine dumme Frau, und Louisa sah, wie ihr Kopf arbeitete. »In dem Fall steht mir etwas im gleichen Wert zu.«

Im Augenwinkel sah sie, wie Gideon den Kiefer anspannte. »Unglücklicherweise hat der verstorbene Herzog den Wert des Guts heruntergewirtschaftet. In den letzten paar Jahren war er nicht er selbst. Tatsächlich erkannte er nicht einmal seine Ehefrau wieder, bevor er Ihnen begegnet ist.«

Die Frau ließ die Schultern sinken. »Dann gibt es nichts, das ich tun kann?«

»Misses Petrie«, sagte Louisa sanft. »Seine Gnaden hat sich geweigert, die Spielschulden seines Vaters zu begleichen. Das ist alles, was er derzeit tun kann, um die Menschen, die auf ihn angewiesen sind, zu unterstützen.«

»Alles umsonst.« Misses Petrie schüttelte langsam den Kopf. »Zwei Jahre verschwendet.«

Einen Augenblick hatte Louisa Mitleid mit ihr, dann jedoch erinnerte sie sich an die gefälschten Briefe an Rundell and Bridge's, die Schneiderin und mehrere andere Geschäfte, und an den Brief an sie selbst. Sie schwieg.

»Wenn Ihr mich gehen lasst, lasse ich Euch in Ruhe.«

Gideon stieß sich von der Wand ab, an der gelehnt hatte. »Ich wäre bereit, Ihre Bitte zu erfüllen. Aber ich kann Ihnen nicht erlauben, einfach so wegzugehen. Tatsächlich sollten Sie inzwischen von unserer Küste abgelegt haben.«

»Ich muss sagen, dass ich es wie mein Gemahl sehe.« Die Bedrohung war vorbei, und in Louisa erwachte die Wut. »Für gewöhnlich habe ich großes Mitleid mit Frauen, die gezwungen sind, für ihren Lebensunterhalt ihren Körper zu verkaufen. Sie jedoch sind noch weit über das hinausgegangen, was eine normale Kurtisane tun würde. Sie haben Briefe gefälscht – nicht nur in der

Absicht, einen alten Mann zu bestehlen, sondern auch seine gesamte Familie.« Sie stieß mit dem Finger in Richtung der Prostituierten. »Sie erweckten in mir den Glauben, die Hure meines Ehemanns zu sein.« Selbst das Zusammenzucken der Frau beschwichtigte Louisas Zorn nicht. »Es scherte Sie nicht, wessen Leben Sie ruinieren. Wenn ich dürfte, würde ich Ihnen selbst die Schlinge um den Hals legen.« Misses Petries Gesicht verlor alle Farbe. »Aber zu unser aller Glück haben Sie niemanden umgebracht. Deshalb will ich mich mit einem Urteil zufriedengeben, aufgrund dessen Sie für eine feste Zeit deportiert werden, die sicherstellt, dass Sie nie wieder nach England zurückkehren. Gideon.« Louisa streckte die Hand aus, und sogleich war er neben ihr. »Ruf den Untersuchungsrichter. Ich möchte diese Personen nie wiedersehen.«

»Es wird nach deinem Wunsch geschehen, meine Liebste.«

»Louisa?«

Sie hörte die Stimme ihres Bruders. »Hier drinnen, Matt. Uns geht es gut.«

Er trat ein, dicht gefolgt von Grace. »Wir sind hergekommen, um euch dabei zu helfen, die Dinge klarzustellen. Aber nun scheint es ... habe ich recht, dass ihr das bereits allein getan habt?«

Louisa schüttelte den Kopf und ließ dann doch ein Lächeln zu. »Ja. Ihr wusstet die ganze Zeit, dass Rothwell keine Affäre hattet, habt aber dennoch die Kutsche geschickt.«

Ihr Bruder zuckte die Achseln. »Das war nichts, das ich einem Brief anvertrauen wollte. Doch nicht nur das. Du musstest wissen, dass du dich immer auf uns verlassen kannst, und Rothwell musste wissen, dass du niemals allein dastehen wirst.«

Gideon schlang den Arm um Louisas Taille, plötzlich rief er aus: »Worthington, hinter dir! Ziel auf sein Kinn.«

Ihr Bruder wirbelte herum und versetzte dem Feigling einen Fausthieb auf das Kinn. Erneut ging der Mann zu Boden. »Ich vermute, das ist Sullivan. Gibt es einen Grund dafür, dass du den Kerl nicht gefesselt hast?«

»Ich konnte nichts finden, das ich dafür benutzen konnte«, sagte Gideon reuevoll. »Außer wenn ich die Laken zerschnitten hätte, heißt das.«

Im Augenwinkel sah Louisa, dass Misses Petrie vom Stuhl aufstand. »Sie bleiben, wo Sie sind.«

Beleidigt ließ die Frau sich wieder auf den Stuhl fallen.

»Gideon, ich bin sehr froh, dass du die Laken nicht geopfert hast, aber könntest du deine Krawatte verwenden, um diese Frau zu fesseln? Ich möchte nicht, dass sie vor der Ankunft des Magistraten flüchten kann.«

Er zog einen Mundwinkel hoch und lächelte schief. »Gewiss, meine Liebste.«

KAPITEL 37

Sobald Gideon Misses Petrie sicher gefesselt hatte, blickte Louisa von ihm zu ihrem Bruder und wieder zurück. »Wer ist Sullivan?«

»Zu diesem Teil wollte ich gerade kommen, als er auch schon auf uns geschossen hat.« Gideon zuckte leicht. Es wäre auch zu schön gewesen, wenn sie es auf sich bewenden lassen hätte. »Mein Vater ging auch regelmäßig in zumindest eine Spielhölle und hat einen ganzen Batzen Geld verloren.«

»Ich vermute, Sullivan war einer derjenigen, denen dein Vater Geld schuldete?«

»Ja. Ich dachte bis vor wenigen Wochen, er sei tot.« Natürlich nötigte ihn diese Feststellung auch, zuzugeben, dass der Schurke ihn angegriffen hatte.

Als er geendet hatte, sagte Louisa: »Ich bin für gewöhnlich kein blutrünstiger Mensch, aber ich bin ernstlich der Ansicht, dass Sullivan erhängt gehört. Er war zu dicht davor, dich umzubringen. Selbst wenn er deportiert würde, hätte ich zu große Angst, dass er eines Tages zurückkehren würde, um zu beenden, was er begonnen hat.«

»Es geht auch gegen meine Überzeugungen, Liebste, aber du hast recht.«

»Ich bin erfreut zu sehen, dass alle losen Enden miteinander verbunden werden konnten«, sagte Worthington.

»Gott sei Dank.« Grace zog ihren Ehemann am Arm. »Louisa, ich denke, wir sollten euren Hausmeister nach einem Zimmer fragen und uns vergewissern, dass der Magistrat gerufen wurde.« Grace blickte aus dem

Fenster. »Ah, Hilfe ist da. Sobald diese Gefangenen abtransportiert sind, können du und Rothwell eure Aussprache fortsetzen. Wir sehen uns zum Dinner. Nicht früher.«

Drei seiner größten Burschen, die mit Fredericks Junior gekommen waren, führten Sullivan und Misses Petrie aus dem Cottage ab.

»Wohin bringt ihr sie, bis der Untersuchungsrichter da ist?«, fragte Louisa.

Der Butler dienerte. »Wir haben mehrere sehr nette Zellen, die seit Jahren nicht mehr benutzt wurden, Euer Gnaden. Dort werden diese Verbrecher sicher untergebracht sein.«

Einige Minuten darauf, nachdem ein gehaltvolles Mahl einschließlich zweier Flaschen Wein auf dem Tisch – inzwischen mit weißem Linnen bedeckt – angerichtet worden war, ließ man Gideon und Louisa allein.

»Bitte, vergib mir«, sagte er, bereit, auf die Knie zu gehen und zu flehen, wenn er es musste.

»Nur wenn du mir versprichst, dass du mich nie wieder ausschließen wirst.«

»Das verspreche ich.« In der Annahme, das Problem sei aus der Welt, näherte er sich ihr.

»Es gibt noch etwas.« Sie streckte die Hand aus, um ihn aufzuhalten. »Ich werde mein Vermögen in der Weise verwenden, die ich für richtig halte.«

Er hätte wissen müssen, dass sie dies ansprechen würde. »Ich nehme an, es gibt keine Möglichkeit, wie ich dich davon abbringen könnte, obwohl wir bei Weitem nicht so arm sind, wie wir es waren.«

»Überhaupt keine Möglichkeit. Ich erhalte eine vierteljährliche Zuwendung.« Sie runzelte einen Augenblick die Stirn. »Allerdings kann es sein, dass du mir ein Darlehen geben musst. Ich habe es für die Renovierungen der Küche ausgegeben. Anton drohte, nach London zurückzukehren, wenn nicht sogleich etwas getan würde.«

Lachend zog er sie in die Arme. »Nur du würdest dein Geld für die Küche und Mobiliar ausgeben statt für Kleidung und Schmuck. Ich liebe dich.«

»Ich liebe dich auch.«

Das Tagesbett verlockte ihn, als er sie rückwärts schob und Teile ihrer Kleidung löste. Als er spürte, dass ihre Beine die Bettkante berührten, trug sie nur noch ihre Chemise, und er musste lediglich seine Hosen abstreifen.

»Louisa, mein Herz, es ist viel zu lange her, dass ich dich geliebt habe.«

»Da kann ich dir nur recht geben.«

Das dünne Leinen, das sie noch bedeckte, glitt mit seinen Hosen zu Boden. Augenblicke darauf fielen sie auf das Tagesbett.

»Ich habe dich vermisst. Und das habe ich vermisst.« Gideon hauchte Küsse von ihrem Ohr zu ihrem Mundwinkel.

»Ich auch. Du weißt nicht, wie schmerzlich ich mich nach dir gesehnt habe, sogar als ich dachte, du hättest uns betrogen.« Louisa griff nach unten und nahm sein erigiertes Glied in die Hand. »Ich will dich jetzt.«

Mehrere Stunden später kuschelte Louisa sich an ihn. »Wir müssen bald zurück. Es muss schon Zeit sein, sich für das Dinner anzukleiden.«

Ein eigenartiger Laut, beinahe wie von einem Kranken, erklang an der Tür.

»Chloe!« Louisa sprang auf. »Wie ist sie hierhergekommen?«

Sie öffnete die Tür, und das Kätzchen lief herein. »Grundgütiger. In all dem Tumult muss sie aus dem Haus geschlüpft sein.«

Gideon lag auf der Seite und betrachtete seine Frau mit dem grauen flauschigen Knäuel. »Ich frage mich, wie sie es finden wird, in ... sagen wir ... etwa drei Monaten einen kleinen Spielkameraden zu bekommen. Dein Bruder hat uns einen von Daisys Welpen versprochen.«

»Ich glaube, sie wird gut damit zurechtkommen. Chartreux-Katzen sollen sich gut mit anderen Haustieren verstehen.« Sie warf ihm einen verschmitzten Blick zu. »Ich frage mich, wie du es finden wirst, in etwa acht Monaten Papa zu werden.«

»Du bist schwanger?« Gideon sprang aus dem Bett.

Mit einem schelmischen Lächeln sagte sie: »Nun, das ist der einzige Schluss, zu dem ich gekommen bin.«

Er barg sie und das Kätzchen in den Armen und küsste sie. »Ich werde es lieben. Erzähl es nur nicht meiner Mutter.«

»Warum nicht?«

»Ich muss noch ein Geständnis machen ...«

Anmerkungen der Autorin

Einer der Gründe, warum ich die Epoche des Regency so liebe, liegt in ihren strikten Regeln, die im Zusammenspiel mit den Überbleibseln des freizügigen Verhaltens der georgianischen Ära einige sehr interessante Sitten und Gebräuche hervorbringen konnten.

Das Glücksspiel wurde in der georgianischen Epoche sehr beliebt und setzte sich in der Regentschaft fort, allerdings mit einem großen Unterschied: Frauen wurde davon abgeraten, sich am Glücksspiel zu beteiligen. Ältere Damen spielten jedoch weiterhin. Die enormen Geldbeträge, die im Glücksspiel verloren wurden, und die Familien, die dadurch ruiniert wurden, waren erschreckend. Mitglieder der Aristokratie konnten ihre Schulden bei Händlern und Geschäftsfrauen nicht bezahlen, sodass viele von ihnen ihr Geschäft aufgeben mussten. Aber Gott behüte, dass sie ihre Spielschulden nicht einlösten, die übrigens vor Gericht nicht einklagbar waren. Warum? Es war eine Frage der Ehre. Spielschulden wurden tatsächlich als Ehrenschulden bezeichnet. Das bedeutete, niemand, der etwas auf sich hielt, hätte mit einem Minderjährigen (jemandem unter 21 Jahren) oder einem Erwachsenen, der geistig nicht zurechnungsfähig war, gespielt.

Dies führt mich zum Thema Demenz. In der damaligen medizinischen Fachwelt schien sie als eine Krankheit anerkannt zu sein, die manchmal im Alter auftritt. Ich habe einen Beleg dafür gefunden, dass sie als Erkrankung bezeichnet wurde. Was wir heute als Alzheimer kennen, hatte damals jedoch noch keinen Namen. Alle Arten geistiger Probleme, die ältere Menschen hatten, wurden als Demenz eingestuft.

Noch ein paar Worte über die Gebräuche: Im Gegensatz zur viktorianischen Ära durften Paare während der Zeit des Regency allein sein, sobald sie verlobt waren. Dazu gehörte, allein in einer geschlossenen Kutsche zu fahren, ein Haus zu besichtigen, oder dass die Dame ihn in seinem Haus besuchen durfte, und Ähnliches. Es gab reichlich Gelegenheit, zusammen zu sein. Das war der Grund, warum ein Gentleman eine Verlobung nicht auflösen konnte. Das hätte den Ruf einer Dame ruiniert, da man davon ausging, dass sie keine Jungfrau mehr war, wenn er sie abwies. Ich überlasse es Ihrer Vorstellungskraft, wie ein Mann die Jungfernschaft seiner Zukünftigen herausfinden konnte, liefere Ihnen jedoch ein paar Fakten. Weit über die Hälfte der Geburten fanden früher als neun Monate nach der Eheschließung statt. Es gab keine Meldepflicht für Geburten, sodass nur der Adel und möglicherweise die wohlhabende Kaufmannsschicht darauf achteten, Geburten sorgfältig zu registrieren. Frühe Erstgeburten waren so häufig, dass es ein Sprichwort gab: »Das erste Kind ist oft zu früh. Die anderen sind alle pünktlich.«